가면의 꿈

이청준 전집 7 중단편집
가면의 꿈

초판 1쇄　2011년 12월 29일
초판 2쇄　2025년 11월 17일

지은이　이청준
펴낸이　이광호
펴낸곳　㈜문학과지성사
등록번호　제1993-000098호
주소　04034 서울 마포구 잔다리로7길 18(서교동 377-20)
전화　02) 338-7224
팩스　02) 323-4180(편집)　02) 338-7221(영업)
전자우편　moonji@moonji.com
홈페이지　www.moonji.com

ⓒ 이청준, 2011. Printed in Seoul, Korea

ISBN 978-89-320-2087-7
ISBN 978-89-320-2080-8(세트)

이 책의 판권은 지은이와 ㈜문학과지성사에 있습니다.
양측의 서면 동의 없는 무단 전재 및 복제를 금합니다.

이청준 전집 7

가면의 꿈

문학과지성사
2011

일러두기

1. 문학과지성사판 『이청준 전집』에는 장편소설, 중단편소설, 그리고 작가가 연재를 마쳤으나 단행본으로 발간되지 않은 작품과 미완성작 등을 모두 수록했다.

2. 전집의 권별 번호는 개별 작품이 발표된 순서를 따르되, 장편소설의 경우 연재 종료 시점을, 중단편소설의 경우 게재지에 처음 발표된 시점을 기준으로 삼았다. 단, 연재 미완결작의 경우 최초 단행본 출간 시점을 그 기준으로 삼았다. 중단편집에 묶인 작품들 역시 발표된 순서대로 수록하였으며, 각 작품 말미에 발표 연도를 밝혀놓았다.

3. 전집의 본문은 『이청준 문학전집』(열림원) 발간 이후 작가가 새롭게 교정, 보완한 내용을 충실히 반영하여 확정하였다. 특히 미발표작의 경우 작가가 남긴 관련 자료에 근거하여 수록하였음을 밝힌다.

4. 전집의 각 권에는 작품들을 수록하고 새롭게 씌어진 해설을 붙였으며 여기에 각 작품 텍스트의 변모 과정과 이청준 작품들의 상호 관계를 밝히는 글을 실었다. 이 글은 현재의 문학과지성사판 전집의 확정 텍스트에 이르기까지 주요한 특징적 변모를 잘 보여준다.

5. 이 책의 맞춤법은 국립국어연구원의 '한글 맞춤법'에 따르는 것을 원칙으로 하되, 띄어쓰기의 경우 본사의 내부 규정을 따랐다. 단, 작품의 분위기에 영향을 준다고 판단되는 방언이나 구어체 표현 · 의성어 · 의태어 등은 작가의 집필 의도를 살려 그대로 두었다 (괄호 안: 현행 맞춤법 표기).
    예) ① 방언 및 의성어 · 의태어: 밴밴하다(밴반하다) 희멀끄럼하다(희멀겋다) 달겨들다(달려들다) 드키(듯이) 둘레둘레(둘레둘레) 뎅강(뎅궁) 까장까장(꼬장꼬장)
    ② 작가의 고유한 표현:
    ─그닥(그다지) 범상찮다(범상치 않다) 들춰업다(둘러업다)
    ─입물개 개없고 아심찮게도 목짓 편뜻 사양키
    ③ 기타: 앞엣사람 옆엣녀석 먼젓사람 천릿길 뱃손님 뒷번
    그리고 나서(그러고 나서) 그리고는(그러고는)

6. 이 책의 외래어 표기는 국립국어연구원의 '외래어 표기법'에 따라 바꾸었다. 단, 작품의 제목이나 중요한 어휘로 등장하는 경우에는 원본을 그대로 살렸다.
    예) ① 맘모스(매머드) 세느(센) 뎃쌍(데생) ② 레지('종업원'으로 순화)

7. 이 책에 쓰인 문장부호의 경우 단편, 논문, 예술 작품(영화, 그림, 음악)은 「 」으로, 단행본 및 잡지, 시리즈 명 등은 『 』으로 표시하였다. 대화나 직접 인용은 큰따옴표 (" ")와 줄표(─)로, 강조나 간접 인용의 경우 작은따옴표(' ')로 묶었다.

차례

귀향 연습　7
배꼽을 주제로 한 변주곡　99
가면의 꿈　145
현장 사정　165
엑스트라　214
대흥부동산공사　249
떠도는 말들──언어사회학서설 ①　282
그 가을의 내력　325

해설 고향을 잃어버린 고향에 관하여/김동식　351
자료 텍스트의 변모와 상호 관계/이윤옥　384

귀향 연습

1

 차에서 내린 사람은 나 한 사람뿐이었다. 버스는 이내 요란스런 먼지를 일으키며 면소 쪽으로 떠나버렸다. 먼지 덩어리가 점점 멀어져갔다. 해질녘 포장이 되지 않은 시골 신작로의 먼지는 노을처럼 붉었다. 버스는 그 불그스레한 먼지를 깃발처럼 꽁무니에 펄럭이며 조그맣게 멀어져갔다. 이제 10여 킬로 정도만 더 가면 버스는 종점에 닿을 것이다. 면소가 있는 신월리(新月里)가 버스의 종점이었다. 버스는 그곳에서 밤을 지내고 나서 다음 날 새벽 일찍 읍내나 K시를 향해 다시 신월리를 빠져나갈 것이다.
 나는 버스가 멀어져가는 신월리 쪽 신작로를 한동안 망연스럽게 바라보고 서 있었다. 그 버스가 수수밭과 솔밭으로 이어진 고갯길을 넘어가버린 다음에야 몸을 돌이켜 세웠다. 여행 가방을 어깨에 걸어 메고 발길을 옮기기 시작했다. 그러나 나는 서너 발짝도 못 가서 금세 다시 걸음을 멈춰 서고 말았다.

―그러면 그럴 테지.

사르르 배가 아파오기 시작했다. 버스에서 내려 신월리 쪽 신작로를 바라보고 서 있을 때부터 이미 기미가 느껴지기 시작한 배앓이였다. 그것이 기어코 또 발작으로 번지고 말 기세다. 아랫배에서 갑자기 힘이 쭉 빠져나간 느낌이다. 그럴수록 뱃가죽엔 힘이 태인다. 전기를 맞은 것처럼 뱃속이 짤짤거린다. 가만히 걸음을 멈추고 서서 증세를 가눠본다. 아무래도 안 될 것 같다. 통증은 단속(斷續)을 계속하면서 천천히 뱃속 전체로 번져나가고 있었다.

―빌어먹을.

드디어 나는 단념을 하고 말았다. 여행 백을 어깨에 걸어 멘 채 주위를 둘러보았다. 다복솔밭 속에 너럭바위가 깔린 곳이 있었다. 나는 이내 길을 비켜서서 다복솔을 헤치고 바위 쪽으로 들어갔다. 한쪽에다 여행 백을 벗어두고 허리띠를 풀었다. 엉덩이에서 바지를 까 내린 다음 너럭바위 곁으로 자리를 잡아 앉았다. 자세를 잡고 보니 다복솔 가지 너머로 바다가 내려다보인다. 멀고 가까운 섬들이 가뭇가뭇 바다를 수놓고 있다. 바다는 산기슭 아래로 넓게 펼쳐진 서산농장의 길다란 제방에 막혀 하얀 물보라를 피워 올리고 있었다.

―바람이 이는 모양이군.

두 다리엔 전혀 힘을 태우지 않은 채 나는 무연한 자세로 물보라이는 둑길을 내려다보고 있었다. 서산농장. 서산이농장. ―이곳 사람들은 이 간척지 농장을 서산농장 또는 서산이농장이라고 불렀다. 일본 사람 서산(西山)이라는 자가 바다를 막아 일군 땅이기 때문이었다. 일정 때는 이 농장이 서산의 소유지였기 때문에 그렇게 불렀고, 8·15해방이 되고 나서는 전날의 버릇 때문에 그렇게 불러왔다.

뱃속은 아직 조금도 좋아진 것 같지가 않다. 찌뿌듯한 긴장이 점점 더 기분을 상해온다.

─젠장맞을, 이러다간 정말 둑을 건널 자신이 없는걸.

제방을 건너야 한다. 제방을 건너고서도 해변길을 한참 더 따라가야 화산리에 닿는다. 기태 녀석이 화산리 근처에 과수원을 내고 있기 때문이다. 산을 내려가 둑길로 들어서고 나면 전혀 배앓이를 달랠 곳이 없다. 솔밭도 없고 언덕도 없다. 둑길은 또 멀기만 하다. 둑길이 끝나는 맞은쪽 언덕이 아득하다. 거기서 또 왼쪽으로 한참 해변길을 따라가다 묏부리 끝에 옹기종기 모여 앉은 화산 마을은 풀기 잃은 오후의 햇볕 속에 부옇게 멀어지고 있었다.

뱃속이 가라앉지 않고는 산을 내려갈 자신이 서지 않는다. 그런데도 뱃속은 영 나아질 기미를 보이지 않는다. 나는 기분이 서서히 참담스러워져가고 있었다. 될수록 편안하게 자세를 고쳐 잡아 보았다. 그러나 그리 기대를 가질 수는 없었다.

언제나 그런 식이었다. 배앓이가 시작되면 공연히 마음이 불안해졌다. 마음이 불안해지면 뱃속이 더욱 거북해지고, 그런 찌뿌드드한 기분을 안고는 아무것도 다른 일을 생각할 수 없었다. 적당한 장소를 찾아내어 무작정 엉덩이를 까고 앉아 있어야 마음이 놓였다. 그렇다고 그게 무슨 용변을 위한 행사는 아니었다. 용변으로 말하면 그런 식으로 해서 성공을 거둔 일이 거의 없었다. 장소와 날짜가 기억에 남을 만한 정도에 불과했다. 대개는 그냥 그런 식으로 편안하게 자세를 잡고 앉아서 기분을 가라앉힐 수 있을 뿐이었다. 그러면 배앓이도 어느새 기세를 꺾고 사라져가기 일쑤였다. 이번에도 그런 식이었다. 무작정 그러고 앉아 기다려보는 수밖에 다른 도리가 없었다.

 ─예까지 와서 참 희한한 꼴이 되어가는구먼.

 병이랄 수밖에 없었다. 병치고도 여간 치사스런 병이 아니었다. 질병으로 치자면 그러지 않아도 이만저만 요란스런 병력의 소유자가 아닌 내 꼴이다. 열네 살 때던가. K시에 있는 상급 학교 진학을 위해 고향 마을을 떠난 후로, 나는 참으로 헤아릴 수 없이 많은 질병을 앓아내고 있었다. 고향을 떠나고부터 내게 숙명처럼 마련된 그 절망의 목록은 끝이 없었다. 생각나는 것만 대충 추려도 다른 사람들과는 비교가 되지 않는다. 우선 중학교를 입학해서는 늑막염을 앓았다. 늑막염은 다시 폐결핵 증세로 변해 중학교 3년 동안을 온통 병원 근처에서 지내게 만들었고, 고등학생이 되어서는 또 폐렴과 기관지염으로부터 시작해서 '염' 자 돌림의 질병은 모조리 한차례씩 순례를 했다. 기왕에 앓아낸 늑막염을 제외하고서도 내가 앓아낸 염 자 돌림의 질병은 아마 열 가지는 넘을 것이다. 폐렴, 기관지염, 인후염, 대장염, 방광염, 전립선염, 피부염, 결막염, 각막염 등등. 염 자 돌림 가운데서 내가 운 좋게 앓지 않고 넘긴 질병이란 간장염과 뇌염, 뇌막염, 복막염 정도가 고작인가 보다(그 모두가 물론 고등학교 시절에 앓은 것들은 아니다. 그중에서 가령 방광염과 전립선염은, 훨씬 뒤에 앓은 요도염까지 포함하여 성인이 다 된 다음에 치러낸 것들이다). 그러나 피부염 하나만 해도 얼굴에 생긴 것, 가랑이 사이에 생긴 것, 콧구멍 속에 생긴 것, 발톱눈을 빼다가 잘못 건드려 엄지발가락이 곪아터진 것 따위를 죄 다 합하면 분명 열 가지도 넘으리라. 무슨 인연인지 모른다.

대학교 시절은 또 어쨌는가. 이때도 물론 무사했을 리가 없다. 앞서의 요도염과 전립선염은 이 시절에 앓은 것이었고, 그 밖에도 나는 이 무렵부터 간이 나빠지기 시작해서 한 시절 리포탄과 제비쑥에 무척도 많은 신세를 져야 했다. 위산과다와 위궤양, 위하수와 위무력증 사이를 왔다 갔다 하면서 스토마와 다리콘과 페파롱을 상비하고 다닌 것도 그 대학 시절이었다. 까닭 없이 밤잠을 잘 수 없어 세레피아를 먹고도 아침 6시까지 머리맡에 트랜지스터를 켜놓아야 했던 것도 역시 그 무렵.

군대 시절에는 신문에서도 병명을 알 수 없어 '괴질'이라고 말하는 혹독한 피부염을 앓았고, 또다시 결핵성 늑막염 증세가 보인다고 후송 병원까지 쫓겨 가 두 달가량 근무를 비운 일이 있었으며, 제대가 가까워질 무렵에는 군의관으로부터 한 번 더 간장 주의의 경고를 받았다.

제대를 하고 나서는 그 모든 질병들이 내 속에서 좀더 고질화되어가는 느낌이었다. 만성소화불량증, 만성장염 따위처럼 병이랄 것도 없으면서 오히려 이름 있는 질병보다 더 끊임없이 사람을 들볶는 것들 말이다. 불면증도 그런 것이었고, 목구멍에 고장 난 바람개비가 들어박힌 것 같은 만성기관지염도 그런 것이었고, 커피나 아이스크림이나 콜라나 맥주나 그런 것만 들어가면 (그렇다고 사양하는 것도 아니었지만) 기어코 창자가 삐지고 마는 만성장염과 그 덕분에 생긴 치질기하며, 심심찮은 출혈⋯⋯ 그 모든 증세가 다 그런 것이었다. 거기다 가끔가끔 지나가는 치통이나 편두통에 철만 바뀌면 서운찮게 찾아오는 고뿔 감기까지 합하면 대략 형편을 알 만할 것이다.

그렇게 수없이 나를 거쳐 간 질병들은 일단 증세가 물러가고 난 다음에도 안심이 될 수 없었다. 그것들은 내 몸 어느 구석에든 기어코 그 독소의 뿌리를 숨겨두거나 흉한 흔적들을 남겨놓았다.

날씨만 차지면 문둥병 환자처럼 얼굴이 온통 푸릇푸릇해진 것은 피부염의 흔적이었고, 가랑이 사이가 다른 사람처럼 희고 정갈스럽지 못한 것은 군대 시절의 괴질이 남긴 흉터 자국 때문이었다. 하지만 그런 것은 문제도 되지 않는다. 보다 고약스러운 것으론 위산과다와 만성장염에서 온 출혈성 치질, 그리고 그 때문에 생긴 만성소화불량증과 빈혈기⋯⋯ 만성소화불량증은 내 평소의 인상을 형편없이 신경질적인 것으로 만들었고, 악성 빈혈기는 얼굴색을 누렇게 떠 보이게 할 뿐 아니라, 간간이는 구역질과 두통까지 유발했다. 영양 섭취가 만족하지 못한 탓인가. 갈비뼈가 드러나 보일 만큼 살집이 얇았고 골격도 약했다. 언제부턴지 머리털과 이빨 색이 누렇게 변하더니 종당에 가서는 아무리 빗질을 해도 윤기가 나지 않는 내 까실까실한 불갈색 머리털이 한 줌씩이나 빠져나갔다. 이마가 볼썽사납게 벗겨져나가기 시작한 것이다. 눈알은 언제부턴가 흰자위를 뒤덮기 시작한 핏발로 늘 주정뱅이처럼 흐리멍텅하게 충혈되어 있었고, 멋없이 크기만 한 손발과 팔꿈치의 살갗은 마치 코끼리 등가죽처럼 거칠고 검고 억셌다.

 한마디로 나를 지나간 질병들은 이제 내게서 가장 흉악한 모습으로 종합되고 완성되려는 듯 내 외모마저 형편없이 망가뜨려놓고 있었다.

 이 모든 증상 가운데에서도 가장 신경질 나고 견딜 수 없는 것은 역시 배앓이였다. 걸핏하면 뱃속이 찌뿌듯해오면서 통증이 시작되었다. 외출을 하려 하거나 차를 타려 하거나 언짢은 말을 듣거나…… 어떤 식으로든 마음에 부담 가는 일이 생기기만 하면, 소위 사돈 논 사는 거 보고 배 아파진다는 식으로, 느닷없이 복통이 시작되곤 하였다. 그렇게 되면 나는 또 영락없이 그런 기분을 달래기 위해 적당한 장소를 찾아 무작정 증세를 기다리고 있어야 했다. 치사스런 병이었다. 그리고 그것은 앞서도 말했듯이 내가 지금까지 겪어온 수많은 질병들이 가장 흉악한 병증으로 완성되어 가고 있는 절망적인 증세였다.

 그 모두가 고향을 떠나 얻은 증상이었다. 그래서 나는 한때 힘겹고 지저분한 도회 생활을 청산하고 그만 고향으로나 돌아갈까 생각한 일이 있었다. 그러나 나는 이미 그럴 수도 없게 되어 있었다. 병고와 생활에 씻긴 내 흉한 몰골, 누렇게 떠오른 얼굴색과 흐리멍텅 충혈된 눈빛과 까슬까슬하고 노랗게 바랜 머리털과 그나마 무더기로 탈모가 되어 천박스럽게 벗겨진 이마와, 멋스럽거나 귀해 보이는 데라고는 눈곱만큼도 찾아볼 수 없는 손발가락과 팔꿈치와 가슴과 팔다리와…… 그런 몰골을 하고는 도저히 고향 마을을 찾아들어갈 엄두가 나지 않았다. 배앓이를 안은 채 그냥저냥 서울 거리에서 자신을 견디어내고 있었다. 그러던 참에 이번에는 어디서 소식을 들었는지 기태 녀석이 편지를 보내왔다. 서울살이를 하노라고 그토록 몸을 망가뜨려놓은 형편이면 제집으로 내려와서 얼마간이라도 심신을 좀 쉬어가라는 것이었다. 그러면서 녀석은 지금 화산 마을 한 귀퉁이에 조그만 과수원을 일궈놓고 있으며, 그렇지 않아도 자기 집에는 지금 조카 녀석이 하나 서울에서 휴양을 내려와 있노랬다.

  나는 대뜸 결정을 내려버렸다. 기태 녀석이라면 초등학교와 K시의 중학교를 함께 다닌 친구였다. 그러고 나서 그는 더 이상의 진학을 단념하고 일찌감치 고향으로 내려가 아직까지 그곳에만 들어박혀 지내는 친구였다. 그동안은 서로 소식을 나눈 일이 없었는데도 녀석은 불쑥 그런 권유를 보내올 만큼 마음이 가까운 친구였다. 그에게서라면 얼마든지 마음이 편해질 수 있을 것 같았다. 화산 마을은 내가 태어난 동백골하고는 30여 리나 떨어져 있어 얼굴 아는 사람을 만나게 될 일도 없을 듯싶었다. 녀석이 언제 그곳으로 자리를 옮겨 잡았는지, 나로서는 아주 안성맞춤이었다. 녀석과 함께 다닌 옛 소학교가 있는 데까지도 그곳에서는 아직 20여 리나 넘어 남아 있었다. 바다와 과수원까지 있겠다, 망설일 필요가 없었다. 나는 당장 기태 녀석에게 답장을 썼다. 그러곤 미처 그 편지가 닿기도 전에, 오늘 아침 간단한 여행 가방 하나를 꾸려 들고 훌쩍 서울을 빠져나와버린 것이다.

이젠 저녁 해가 불과 한 뼘 남짓밖에 남아 있지 않았다. 화산 마을 쪽 산기슭이 더욱 부옇게 멀어지고 있었다. 나는 이윽고 자리를 일어섰다. 그럭저럭 생각을 더듬는 사이에 뱃속의 긴장이 어지간히 가라앉아 있었다. 나는 바지춤을 추켜올려 허리띠를 매었다. 휴지는 물론 사용할 일이 없었다. 저린 다리를 고르고 나서 손가방을 찾아 들었다. 그러고는 둑길을 향해 천천히 산길을 내려가기 시작했다.

2

"어허, 이거 지섭이 아냐. 헌데 지섭이가 얼굴이 왜 이 모양이야."

배밭을 손질하다 나온 기태는 나를 맞고 나서 우선 놀라기부터 했다. 흉하게 변해버린 나의 몰골을 보고 그는 정말 기절이라도 할 듯싶은 표정이었다.

"그래, 난 자네 모습이 많이 변했단 말을 들었지만, 이거야 어디 자네를 남지섭으로 알아보기나 하겠나."

그는 내가 무안해지는 것도 아랑곳없다는 듯이 이리저리 내 얼굴을 뜯어보며 계속 요란하게 놀라고 있었다.

"그래, 내 편지는 받아봤나?"

나는 달리 할 말이 없었다. 허물이 없다고는 하지만 아직도 집 안으로 안내할 생각을 않고 있는 기태를 보자 나는 갑자기 그런 식으로 나타난 자신이 면구스러울 뿐이었다.

"그래, 편진 받았어. 오늘 아침에. 하지만 이렇게 갑자기 내려올 줄은 몰랐군."

기태가 비로소 내게 불청객이 아님을 확인해주었다.

그러고는 새삼스럽게,

"하지만 어쨌든 잘 와주었어. 정말 아주 잘 와주었어."

자기를 찾아와준 것이 정말 고맙다는 듯 잘 와주었어, 잘 와주었어를 연발하며 집 안으로 내 등을 밀고 들어갔다. 그러면서 그는 아직도 엄청나게 변해버린 내 모습이 영 불가사의한 일처럼 생각되는 듯, 내 얼굴을 곁눈질로 몇 번씩 되살펴보곤 하였다.

그러나 어쨌든 기태는 나를 기대 이상으로 반겨주었다. 서둘러 저녁을 먹고 나서 둘이서만 마당 가로 바람을 쏘이러 나가서도 그는 그 잘 와주었어, 잘 와주었어를 몇 차례나 더 되풀이하고 있었다. 나 역시 그러는 기태가 고맙지 않을 리 없었다.

기태는 이미 결혼을 하여 부인과 함께 과수원을 가꾸고 있었다. 하지만 부인은 서른이 넘어서야 연년생으로 얻은 두 딸아이에 매달려 있어서 과수원 일은 거의 그 혼자 도맡다시피 하고 있다는 것이었다.

기태는 그런 식으로 한동안 자기 주변의 처지하며 그간에 지내온 이야기를 설명하고 나서는,

"그런데 말이야……"

드디어는 내 쪽으로 화제를 돌렸다.

"그런데 자네 이번에도 동백골을 들어가보지 않은 모양이군그래."

그는 내 고향 마을을 들먹이고 나섰다. 나는 그의 말뜻을 짐작할 수 있었다. 그래서 나는,

"글쎄…… 이런 꼴을 하고서야 어디……"

변명하듯 대답을 얼버무리려 하였다. 기태도 물론 나의 말을 알고 있었다.

"알고 있어. 내 자네가 거길 찾아가기 싫어한다는 말 진작부터 듣고 있었지. 그래 내 집에라도 좀 와 있었으면 싶다고 한 게 아닌가."

더 이상 설명하지 않아도 모두 이해를 하고 있다는 투였다.

"그야 나로선 내 집부터 찾아준 게 고마울 뿐이지. 하지만 오늘 차에서 내리면서는 마음이 좀 편하지 않았겠어. 요즘 예까지 버스가 들어오는 걸 모르고 농장 저쪽 켠에서 차를 내렸다니 말야."

버스가 여객선 연락을 위해 이 화산 마을까지 들어다니게 되었다는 것은 마을을 들어서고 나서야 알게 된 사실이었다.

"그래 또 한차례 배앓이가 났지 뭔가."

"배앓이……?"

"그래…… 버스가 신월리 쪽으로 들어가는 걸 보고 서 있으려니까 배앓이가 시작되더군. 동백골은 신월리에서 차를 내려 들어가야지 않나?"

"그런데 배앓이는 무슨……?"

기태는 영문을 알 수 없다는 듯 어리둥절한 표정이었다. 당연한 노릇이었다. 그가 여태 내 배앓이를 기억하고 있을 리가 없었다. 그가 어떤 경로로 내 쪽 소식을 전해 들었든 나의 그 배앓이까지 이해를 하고 있을 수는 없었다.

"아마 벌써 잊어버렸겠지. 하지만 왜 전에도 난 자주 배앓이 때문에 애를 먹은 일이 있지 않았나. 자네들이 날더러 꾀배라고 놀려대던……"

나는 기태의 기억을 일깨워주려 했다. 기태는 과수원 아래로 시원스럽게 펼쳐진 바다를 내려다보며 잠시 생각을 더듬는 기색이었다. 나는 그 기태를 기다리면서 말을 참고 있었다. 그와 함께 말없이 바다를 내려다보았다. 어둑어둑한 밤의 장막 속에서 바다는 거울처럼 맑게 번들거리고 있었다. 그 바다와 과수원 사이에는 이곳 화산초등학교의 목조 교사가 내려다보였다. 거뭇한 탱자나무 울타리에 둘러싸인 초등학교 목조 교실의 한쪽 창문에선 정적처럼 고요한 불빛이 흘러나오고 있었다. 초등학교 건물 아래로는 이웃 완도와 녹동을, 좀더 멀리는 목포와 여수를 다니면서 잠시잠시 포구를 들르는 여객선들을 위해 두 줄기 부두가 실처럼 길게 바다 가운데로 뻗어 나가 있었다. 그리고 역시 그 여객선들의 밤 항로를 위해 바다 가운데서 외롭게 깜박이고 있는 두 개의 등대불……

과수원은 그 모든 것을 한눈에 내려다보고 있었다. 기태의 과수원은 그만큼 마을과는 외떨어진 산언덕을 높게 기어올라와 있었다.

나는 그런 기태의 과수원이 마음에 들었다. 이곳에서라면 어쩌면 나의 그 수많은 증세들에 대해, 무엇보다 그 배앓이에 대해 희망을 걸어볼 수도 있지 않을까 생각됐다. 적어도 이런 곳에서라면 나는 그 많은 내 병 증세들과 배앓이를 얼마 동안이라도 맘 편히 견뎌낼 수 있지 않을까 싶었다.

"맞았어, 이제 생각이 나는군."

기태가 겨우 기억이 되살아오는 듯 말했다.

"자넨 꾀배쟁이였지. 걸핏하면 배가 아프다고 엄살을 떨면서 꽁무니를 빼구…… 그래 지금도 그 꾀배를 앓는 버릇이 있단 말인가?"

기태는 쿡쿡 웃고 있었다. 내 배앓이가 별로 대수롭잖게 여겨지는 모양이었다.

"그렇다니까. 하지만 이젠 꾀배가 아니야. 아니 그때부터두 꾀밴 아니었어. 그때도 정말 난 배가 아팠거든."

"예끼 사람……"

"아니야. 정말이었어. 무슨 꾸중을 들을 일이나 하기 싫은 일이 생겨 기분이 언짢아지면 난 영락없이 뱃속이 살살 아파오기 시작했거든. 그러다가 나중엔 아주 잔등머리가 휘이도록 견딜 수가 없어지곤 했어…… 요즘은 그게 더 심해진 꼴이야."

"그야 자네 얼굴을 보면 아무도 탈이 없는 사람이라곤 할 수 없을 것 같애. 하지만 어디 아픈 델 아프다고 해야지……"

기태는 아무래도 곧이가 들리지 않는 모양이었다.

"그래 도대체 요즘은 그 배가 어떻게 아프다는 건가……"

숫제 추궁을 하듯 물어왔다.

"횟수가 잦다 뿐, 증세는 옛날하고 비슷해. 말하자면 아까 얘기처럼 버스가 신월리 쪽으로 들어가는 것을 보고 서 있을 때라든지…… 그런 식으로 기분이 언짢아진다든가 감정상의 조화를 잃는다든가 할 때……"

도회 생활을 하자면 얼마나 자주 그런 경우를 당해야 하겠나—

말을 하다 말고 나는 그만 중도에서 입을 다물어버렸다. 아무래도 기태가 곧이를 듣지 않을 것 같았다. 곧이듣기지 않을 일에 쑥스러운 소리들을 늘어놓을 필요가 없었다.

"하여튼 이제 내 집엘 왔으니 배앓이든 뭐든 맘 놓구 몸을 좀 다스려보라구."

기태도 이젠 더 이상 물으려 하지 않았다. 그는 문득 자리를 일어섰다.

"자 그럼 이야기는 다음날 또 하기로 하고 오늘 밤은 좀 일찍 쉬어야지. 먼 길 오느라구 피곤했을 테니."

나는 말없이 그를 따라 일어섰다. 몸이 피곤한 것 같지는 않았다. 하지만 이젠 밤이 너무 늦고 있었다. 온밤을 꼬박 뜬눈으로 지새우곤 하는 내 버릇대로라면야 이쯤은 아직도 초저녁이다. 그러나 기태는 낮일이 고된 사람이었다.

"참, 자네 거처를 안내해야겠군."

기태는 그러면서 과수원 쪽으로 나를 앞장서 걷기 시작했다. 나는 군소리 않고 그의 뒤를 따랐다.

잠시 후 나는 기태가 안내해 간 내 임시 거처에 이르렀다. 나에겐 좀 의외로 생각되는 곳이었다. 기태는 나를 죽 과수원 사잇길로 끌고 올라갔다. 길을 올라가면서 기태는 몇 마디 사전 설명을 주었다.

"과수원 뒤에다 방을 몇 칸 따로 내놓았어. 아마 거기가 나을 거야. 너저분한 살림살이가 눈에 뜨이는 곳보단 말야. 별장 기분을 내도 좋지."

그러나 내가 그 별채로 들어서고 나서 의외로 생각된 것은 오랜만에 먼 길을 찾아온 친구를 외떨어진 별채로 내쫓는 듯한 느낌이 들어서라든가, 별장 기분을 낼 수도 있다는 기대의 말에 대한 어떤 기대가 무너져서가 아니었다. 별채는 상상 외로 규모가 크고 정돈이 잘되어 있는 집이었다. 지내기에 조금도 불편하지 않을 것 같았다. 뜻밖이라고 생각한 것은 그곳에서 나를 맞은 사람들이었다. 별채에는 이미 사람들이 들어 있었다. 저녁을 먹을 때 잠깐 인사를 나눈 기태의 안댁이 자리를 보러 올라와 있었고, 스물다섯쯤 나 보이는 젊은 여자가 있었고, 초등학교 3, 4학년 또래의 사내아이가 있었다.

"인사하게. 내 미처 얘길 못했지만 정은영 선생님이시라구, 요 아래 초등학교에 계신 분이시네. 그리고 이쪽은 남지섭이라구 아침에 말씀드린 제 고향 친굽니다. 오늘 서울에서 내려온 길이랍니다."

기태는 아직 뜰가에 나앉아 있다가 우리들을 맞는 젊은 여자와 나를 번갈아 소개했다.

"남지섭입니다."

"정은영이에요."

어둠 속이라 그런지 여자는 내 모습을 전혀 눈치채지 못한 모양이었다. 수인사를 나눌 때마다 나의 모습 때문에 으레 한차례씩 놀라 주춤거리는 그런 기색이 이 여자에게선 엿보이지 않았다.

"미리 양해들을 구했어야겠지만, 당분간은 자네가 정 선생하구 이 집을 함께 맡아줘야겠네. 내 지섭이 자네 쪽 이야기는 오늘 아침 정 선생께 대략 말씀을 드려놨지만, 사실은 지금까지 정 선생께서 이 집을 맡아오셨거든."
 기태가 사정을 설명했다.
 "그리고 이 아이는 내 편지에서도 잠깐 말했는지 모르지만, 훈이라구 내 조카앨세…… 사실은 이 아이 때문에 정 선생도 여기 와 계실 생각이 나신 거구. 애하구 정 선생은 너무 사이가 좋아서 말야."
 기태는 다시 등의자에 들어박혀 두 눈만 말똥거리고 있는 그 초등학교 3, 4학년 또래의 소년 아이를 소개했다. 물론 편지에서부터 귀띔이 있던 아이였다.
 "자 그럼 지섭이 자넨 이제 좀 들어가 쉬게. 친해지는 건 밝은 날 이야기를 해가면서 천천히들 하구."
 소개가 끝나자 기태는 곧 나를 전망이 좋은 건물의 왼쪽 편 방으로 안내해 갔다.
 "아침은 내려와 먹게. 저 사람들은 자기들끼리 자취를 하고 있으니까 공연히 신세 지지 말구……"
 나를 방 안으로 들여밀어놓고 기태는 한마디 더 당부를 하고 나서 발길을 돌렸다.
 기태가 돌아가버리고 나자 나는 다시 기분이 이상해졌다. 아무래도 좀 의외로웠다. 생면부지의 여인과 함께 한 지붕 아래서 외딴 밤을 지낸다는 것이 쑥스럽기만 했다. 기태의 심중에 무슨 밑지 않은 계략이 숨어 있는 것 같기도 했다. 허나 기태의 거동은 시종 자연스럽기만 했다. 그런 것을 전혀 허물거리로 여기는 것 같지가 않았다. 아무러면 어떠냐는 식이었다. 그러나 나는 이제 더 그런 일에 신경을 곤두세우고 있을 수가 없었다. 자리 위로 비스듬히 몸을 기대 누웠다.

문득 뱃속이 거북해오기 시작했다. 배앓이가 다시 시작될 모양이었다. 긴장감이 찌르르 창자를 훑어 내려가더니 이어 아랫배에서 힘이 죽 빠져나가버린다. 순간적으로 기분이 묵지근해지며 또 다른 긴장감이 뱃가죽으로 솟아오른다.

— 또 시작이로군.

이번에는 어찌할 도리가 없었다. 화장실을 물어두지 않고 있었다. 그걸 물어놓았다고 해도 첫날부터 그곳을 쫓아다닐 수는 없었다. 가만히 누워서 그냥 긴장을 견디는 수밖에 없었다. 자세를 좀 더 편하게 하고 누워서 조심스럽게 시간을 기다렸다.

— 젠장! 기태 녀석은 이래도 꾀배라지.

하긴 기태가 끝내 배앓이를 곧이듣지 않으려 한 것도 무리가 아니었다. 나의 배앓이를 꾀배라고 곧이듣지 않은 것은 그때부터도 그랬다. 아니 사실을 말하자면 나의 배앓이는 정말로 꾀배하고 상관이 없는 것도 아니었다. 내 배앓이는 그 꾀배에 뿌리가 닿아 있는 것이었다.

초등학교 저학년 시절. 나는 잡부금 때문에 학교에 가기 싫은 날이 무척도 많았었다. 어머니는 잡부금만 달라면 야단이었고, 잡부금을 가지고 가지 않으면 학교에선 선생님이 야단을 쳤다. 벌을 서는 날도 있었고, 잡부금을 가지러 10리가 넘는 산길을 걸어 집까지 되돌아오게 되는 수도 있었다. 잡부금이 밀리면 아예 학교가 가기 싫었다. 그런 날이면 나는 골목 밖까지 나왔다가도 곧장 집으로 되돌아가버리기 일쑤였다. '어머니 배가 아파요, 배가 아파서 학교에 못 가겠어요.' 언제부턴가 그런 핑계를 대기 시작했다. 아버지는 일제 때 징병으로 끌려가 해방이 되고서도 돌아오질 않았다. 나는 그런 어머니의 외아들이었다. 어머니는 무엇보다 내가 몸이 아프다는 말에 기가 콱 죽었다. 학교엘 가지 않으려 해도, 배가 아프다는 말에는 겁을 먹고 쉽사리 곧이들었다. 잡부금을 못 준 대신 아픈 것은 여간 잘 위해주지 않았다. 나는 잡부금이 밀린 날은 언제나 그런 식으로 학교를 쉬어버렸다. 아이들이 집에까지 나를 데리러 와도 배가 아프다고 꽁무니를 뺐다. 그 아이들이 다시 고갯길을 넘어 학교 쪽으로 사라져가고 나면 나는 슬그머니 망태기를 메고 나와 돼지 꼴을 베거나 산나무를 해 날랐다. 어머니가 그것을 좋아하기 때문이었다. 그리고 나 역시 일요일이 아닌 그런 날, 학교엘 가지 않고 바닷가나 산골에서 혼자 마음대로 지낼 수 있는 것이 무엇보다 즐겁고 편했기 때문이었다.

그러다 보니 내겐 어느새 별명이 한 가지 생겼다.

"꾀배야 학교 가자."

동네 아이들은 언제부턴가 나를 꾀배라고 부르기 시작했다. 아침밥을 먹고 있으면 학교로 가던 아이들이 사립 앞을 지나가며 그런 식으로 나를 놀렸다. 어머니는 곧이듣는데 아이놈들은 그러지 않은 모양이었다. 그러나 나는 잡부금이 밀리면 여전히 학교가 가기 싫었다. 배앓이를 핑계로 그때마다 자주 학교를 빠졌다. 하지만 이젠 방법이 달라져야 했다. 어머니가 눈치를 챌까 겁이 났고, 아이들에게도 좀더 시위를 해둬야 했다. 나는 사립문을 나서서 학교엘 가는 척하다가 도중의 적당한 곳에서 배앓이를 시작했다. 아이구 배야, 아이구 배야, 느닷없이 배를 끌어안고 눈물까지 찔끔거리기 시작하면 아이들도 그런대로 곧이들을 들었다. 오히려 저희 쪽에서 집으로 돌아가라고 나를 위로해오기도 했다. 나는 그 정도로도 쉽게 집으로 되돌아가질 않았다. 눈물을 찔끔거리며 계속 배를 끌어안고 있으면, 동네 사람들이 나를 집까지 데려다 주거나 어떻게 소식을 듣고 어머니가 달려 나와 허겁지겁 나를 업어 들여가곤 했다. 나는 그때까지 사람을 기다리며 좀더 엄살을 떨고 있어야 했다. 그리고 그런 식으로 집으로 되돌아오고 나면 어머니는 전보다도 더 가슴이 아파했다.

 한데도 그 동네 녀석들이 나를 꾀배라고 부르는 소리는 두고두고 고쳐지질 않았다.

 "꾀배야! 오늘도 너 배 아플래?"

 "너는 좋겠다. 학교만 가기 싫으면 배가 아파주구."

 놈들은 이제 그런 식으로까지 되었다. 학교 선생님은 더 말할 것이 없었다. 학교 선생님은 아예 처음부터 곧이를 듣지 않은 축이었다.

 "응, 너 또 학교 가기 싫으니까 배가 아파지는 모양이구나."

 골목길에 서서 눈물을 찔끔거리고 서 있는 나를 보면 동네 어른들마저 그런 식이었다.

 나는 그런 때 정말로 배가 아프기나 했으면 좋겠다고 생각했다. 그리고 어떻게든 진짜 배를 아파보려 애를 썼다. 배가 정말 아파주면 나는 굳이 엄살을 떨지 않아도 떳떳하게 학교를 빼먹을 수 있을 터였다. 그리고 무엇보다 나 스스로 쑥스러운 기분이 덜할 것 같았다.

그런데 참으로 이상한 일이었다. 하느님이 보살펴주시기라도 하신 것일까. 어느 날 아침 나는 또 잡부금 때문에 학교가 가기 싫어 골목 어귀에서 눈물을 찔끔거리고 서 있는데, 이번에는 정말로 배가 아파오는 것이었다. 처음에는 설사가 아닌가 싶을 만큼 뱃속이 사르르 뒤틀려왔다. 하더니 금세 그 증세가 뱃속 전체로 퍼져나갔다. 옳다구나 싶었다. 나는 그 배앓이 증세가 행여라도 다시 사라져버리지나 않을까 싶어 기를 쓰고 배를 더 심하게 아파보려 애를 썼다. 그러자 뱃속의 통증이 점점 기세를 더해가는 것 같았다. 나는 이날 모처럼 만에 당당한 기분으로 집으로 돌아갔다.

이상스러운 것은 그런데 그 배앓이가 우연히 그날 하루 일로 끝난 것이 아니라는 점이었다. 나는 그 후로도 여러 번 밀린 잡부금 때문에 골목 가운데서 눈물을 찔끔거리고 있어야 했는데, 그때마다 배앓이가 다시 시작되어주곤 한 것이다. 마치도 내가 그렇게 되리라 마음만 먹으면 언제든지 그런 암시에 따라 그렇게 될 수 있는 것처럼. 나는 잡부금이 밀리고 학교가 가기 싫으면 언제나 편리하게 배를 앓을 수 있게 된 것이다.

기태가 잘 곧이듣지 않는 것처럼 내 배앓이가 애초 그 꾀병으로부터 시작된 것이 사실이긴 하였다. 그러나 형세가 여기까지 이르고 보면 나의 배앓이는 이제 꾀배라고만 할 수 없는 것이었다. 게다가 그 배앓이는 이제 반드시 내 암시에 따라서만 시작되지도 않았다. 언제부턴가 그 배앓이 증세는 저 혼자서도 곧잘 기동이 시작되곤 했다. 잡부금이 밀려 있거나, 학교가 가기 싫으면, 굳이 배를 앓고 싶다고 생각하지 않아도 저절로 슬슬 증세가 시작됐다. 잡부금이나 학교 가기가 싫은 때문만도 아니었다. 이젠 어떤 일이나, 그런 식으로 마음이 내키지 않은 일을 맞닥뜨리면 영락없이 같은 현상이 일어났다. 이건 훨씬 나중 이야기지만, 6·25사변을 겪으면서 시골 마을에는 한창 경비가 심해진 일이 있었다. 마을마다 보초막을 세워놓고 밤낮으로 길을 지켰다. 그 시절 마을에는 청년들이 거의 다 군대엘 나간 바람에 경비를 설 사람 수가 여간 모자라지 않았다. 청년들은 밤으로만 보초막을 지켰고, 낮으로는 꼬맹이 초등학교 아이들이 두 사람씩 짝을 지어 그 일을 대신했다. 그런 일이 즐거울 리 없었다. 나는 차례가 오면 꼭꼭 배가 아파왔다. 마을 소년단 같은 데서 노래 연습을 하러 나오랄 때도 마찬가지였다. 배앓이는 이제 내 맘대로가 아니었다. 욕을 먹고 망신을 당하느니보다 때로는 내 몫의 일을 치러내고 싶어지기도 했다. 한데도 배앓이가 나를 그럴 수 없게 만들었다.

이젠 거꾸로 애를 먹지 않을 수 없었다. 초등학교를 졸업하고 중학교를 입학하고, 그리고 고등학교 대학교를 다 지낼 때까지도 그 버릇은 여전했다. 아니 그 모든 기간을 통해서 내 배앓이는 점점 더 증세가 심해지고 버릇은 더욱 완벽해져갔다. 군대 생활 몇 년 동안 그 배앓이 버릇 때문에 내가 얼마나 애를 먹어야 했던가는 상상조차 하기 싫은 일이다.

그것은 이제 꾀배일 수가 없었다. 더구나 20년 가까운 서울 생활에서 나는 얼마나 많은 일들을 만났는가. 기분 나쁘고 민망스럽고 겸연쩍고 난감하고 불안스럽고 힘겹고 절망스럽고…… 도회지에서 만난 일이란 모두가 그런 것들뿐이 아니잖았는가 말이다.

3

 다음 날 아침은 모처럼 개운스런 기분에서 눈이 떠졌다.
 눈을 뜨자마자 나는 곧 자리를 정리하고 방을 나섰다. 기태 들에게 아침을 늦게 하지 않기 위해서였다.
 뜰을 지나 나오려다 보니 정 선생이란 여자가 이미 아침 준비를 끝내놓고 마루 끝에서 지금 막 세수를 시작한 소년을 거들어주고 있었다.
 "저희하구 아침을 함께하셨으면 싶지만 워낙 준비가 안 돼서요……"
 정 선생은 나를 보자 손을 잠시 멈추고 미안쩍은 듯이 말했다. 그러나 정 선생은 그 순간 나를 쳐다보던 눈길이 조금 흠칫하고 움츠러들었다. 밝은 날에 드러난 내 몰골을 보고 그녀는 비로소 놀라움을 금할 수 없어진 모양이었다. 그러나 나는 여자의 거동 같은 건 아랑곳을 하지 않았다.
 ─ 이 여잔 잘 잤느냐는 인사를 하지 않는군.
 터무니없이 그런 생각을 하고 있었지만 나는 그때 좀더 기이한 느낌이 들었다. 그것은 훈이라는 소년의 세면 동작 때문이었다. 기태는 그의 편지에서 훈이라는 조카아이가 휴양차 자기 과수원을 찾아와 있노라 썼지만, 이 소년은 전혀 병색 같은 것이 엿보이지 않는 아이였다. 소년은 적당히 살이 찐 몸집에다 불그스레한 얼굴색을 하고 있었다. 피부도 몸 전체로 깨끗하기 그지없었다. 맑고 검은 눈동자가 여간 귀엽고 영특해 보이지 않았다. 다만 녀석은 그렇게 너무 깨끗하고 귀엽게만 생겨먹어 어딘지 좀 계집애 같은 인상을 지닌 것이 흠이랄까. 하지만 어쨌든 소년의 인상은 전체적으로 어떤 천재성을 연상케 하는 유다른 모습이었다. 더욱 기이한 것은 소년의 몸동작이었다. 녀석은 이상스럽게도 몸동작 하나하나가 극도로 신중했다. 그의 손놀림은 나이에 어울리지 않을 만큼 서툴렀다. 손바닥으로 대야의 물을 담아 올리거나 팔을 씻을 때, 또는 두 손으로 귓바퀴를 문지르거나 이마를 씻어낼 때 그의 손놀림들은 무척이나 서툴고 느릿느릿했다. 이렇게 말해도 그때 내가 소년의 세면 동작에서 받은 느낌을 정확하게 말할 수가 없다. 동작 하나하나에 어떤 두려움을 느끼고 있는 듯한, 그래서 그 손놀림 하나하나가 보는 사람으로 하여금 이상스럽게 측은스런 느낌이 들게 하는 그런 거동새였다. 그런데 그것이 그런대로 또 부자연스러워 보이지도 않았다. 서툰 듯 차분차분하고 느린 듯 세심해 보였다. 부자연스럽기보다 그것이 오히려 더 어른스럽게 유연하고 우아스런 것 같기도 했다.

 거기서 더 이상스러운 것은 정 선생이 마지막으로 그의 목과 정강이를 밀어줄 때였다. 도대체 다 자란 아이의 세면질을 그런 식으로 옆엣사람이 도와주고 있는 것부터 예사스런 광경이 아니었지만, 그보다도 기이한 느낌이 들게 한 것은 그때 그 소년의 표정이었다. 소년은 정 선생의 손길이 스치는 곳에서 마침 엄청난 고통을 느끼는 것 같은 힘든 표정을 짓고 있었다. 그녀가 팔목이며 목덜미를 문질러댈 때마다 소년의 표정은 두려움과 아픔 때문에 형편없이 일그러지곤 했다. 그러나 소년은 그것을 정 선생에게 교묘하게 잘 숨겨내고 있었다. 무엇보다 소년은 그 아픔과 두려움을 참아내려고 무진 애를 쓰고 있는 것 같았고, 그것이 어쩔 수 없을 때라도 그런 표정을 정 선생에겐 들키지 않으려는 듯 얼굴을 이리저리 내돌리고 있었다. 그것이 또 소년을 이상스럽게 가엾고 어른스럽게 보이게 하고 있었다.

그러나 나는 더 이상 그러고 두 사람을 지켜보고 있을 수가 없었다. 기이한 느낌을 지닌 채 나는 천천히 발길을 돌려 과수원 길을 내려갔다. 기태가 나를 데리러 그 과수원 길을 다시 거슬러 올라왔기 때문이다. 짐작대로 그는 벌써 한차례 식전 일을 끝내고 나서 아침상이 준비된 것을 보고 나를 데리러 오던 참이었다.

아침을 끝내고 나자 기태와 나는 자연 정 선생이라는 여자와 훈 소년을 화제에 올려놓고 있었다. 상을 받고 앉은 자리에서 내가 그 소년에게서 받은 기이한 느낌을 말했기 때문이다. 그런데 이날 아침 내가 기태로부터 들은 이야기는 잠을 깨고 나와 소년의 세면 동작을 보고 받은 느낌보다도 더욱 기이한 것이었다. 그런 걸 병이라고 할 수 있을지 모르지만, 소년은 정말로 그의 거동에 나타나고 있는 것과 같은 괴상한 병을 앓고 있었다.

"자네도 아는 일이지만 내겐 전부터 형님 한 분이 서울에 살고 계셨지."

소년에 관한 기태의 이야기는 이러했다.

그 기태의 서울 형님은 물론 결혼도 하고 아이도 낳았다. 그러나 두 사람은 어떻게 된 일인지 7, 8년 전쯤 사내아이(지금의 훈이) 하나를 낳고는 단산을 하고 말았다. 하나뿐인 사내아이는 그런대로 귀엽고 건강하게 자라갔다. 어린애는 세 살이 되자 아장아장 걸음마를 배우기 시작했다. 그런데 이때 어린애에게 한 가지 불행한 사고가 일어났다. 걸음마를 배우다가 어떻게 잘못 넘어졌던지 팔목을 부러뜨리고 만 것이다. 하나뿐인 어린애라 아이의 부모들이 질겁을 하고 놀랐을 것은 말할 나위가 없었다. 한 달가량 접골원을 드나들며 치료를 계속했다. 상처는 그런대로 깨끗이 나았다. 아이는 다시 귀엽게 자라기 시작했다. 한동안 아무 탈도 없었다. 그렇게 한 1년쯤 지나고 나서였을까. 어린애에게 다시 사고가 일어났다. 똑같은 사고였다. 이번에는 왼쪽 발목을 부러뜨렸다. 다시 한 번 소동이 벌어졌다. 역시 접골원을 쫓아다니며 치료를 서둘렀다. 아이의 상처는 두 달 가까이나 치료를 계속한 다음에야 완전히 아물었다. 아이는 또다시 귀엽게 자라갔다. 그러나 이번에는 부모들 쪽에서 안심이 되지 않았다. 옛날보다 더 세심하게 아이를 보살폈다. 의사의 권유에 따라 비타민과 칼슘분을 충분히 섭취시키고, 될 수 있으면 바깥을 나다니지 못하게 했다. 방 안에서는 심한 장난질을 피하게 하고, 어떻게든 아이가 얌전히 누워서만 지내도록 했다. 아이는 놀랄 만큼 성질이 유순해서 어머니가 일러주는 것이면 무엇이든 고분고분 말을 잘 들었다. 착하디착하게 누워서만 지내기를 좋아하게 되었다. 장난감도 누워서 매만지고, 그림책 같은 것을 사다 주어도 누워서 보기를 좋아했다. 몸을 일으켜 거동을 할 때도 마치 철이 다 들어버린 아이처럼 무리한 몸짓을 삼갔다. 언제나 조심조심 잠자리를 잡으러 다니는 것처럼 걸어 다녔다. 마루 하나를 지나가도 거리가 멀게 느껴지면 기둥을 붙잡고 서서 가만히 걸음을 쉬어 가곤 했다.

그런데 옆엣사람들이 그토록 세심하게 보살피고, 아이 스스로도 몸가짐을 조심했지만 사고는 여전히 그치지 않았다. 전번 사고에서부터 1년 남짓 시간이 지나고 나자 다시 또 사고가 터졌다. 이번에는 어떻게 몸을 잘못 주저앉히다가 엉덩뼈에 흠이 생겼다. 주위에서들은 어이가 없었다. 어이가 없었지만 물론 다시 접골원을 찾아다니고 치료를 서둘렀다. 간신히 치료가 끝나고 나서도 이번에는 이곳저곳 좀더 병원을 찾아다녔다. 건강 진단을 해보고 종합 신체검사를 받았다. 병원에서도 별다른 체질상의 결함은 없다고 했다. 골절 사고가 빈발한 편인 것은 사실이지만 아이의 영양 상태나 골격이 특히 약한 것은 아니라고 했다. 골질의 경도가 남달리 강해서 그런 것도 아니라 했다. 적당한 영양과 적당한 운동, 다만 그것이면 그만이랬다. 또다시 사고가 생길까 두려운 나머지 몸을 너무 부자연스럽게 갖지 말고, 맘 놓고 자연스럽게 지내라는 것이었다. 몸을 조심한다고 가만히 누워 지내게 하지 말고, 적당한 운동을 시키거나 가끔씩은 맘대로 뛰어놀게도 해주랬다. 그러나 아이의 부모들은 도시 그럴 수가 없었다. 아이를 제 맘대로 뛰어놀게 하다니 어림도 없는 일이었다. 부모들은 신경과민이 되어 있었다. 아이를 가만히 방 안에 눕혀놓고 이제나저제나 또 사고가 나지 않나 오히려 그것을 기다리는 꼴이 되어 지냈다. 항상 초조하고 항상 조마조마했다. 그런데 녀석은 이제 어른이 다 되어버린 듯했고, 자신의 몸이 늘 어떤 위험 속에 지내고 있는지를 다 이해하고 있는 듯했다. 언제나 체념기가 어린 표정으로, 자기 때문에 항상 마음이 초조해 있는 아버지나 어머니에게 미안해죽겠다는 듯 착하디착한 표정으로 어른들을 올려다보곤 했다. 도대체 짜증을 내거나 말썽을 일으켜 애를 먹이는 일이라곤 없었다. 녀석은 오히려 늘 어른들을 위로해주고 싶은 표정이었고, 그런 그의 어른스런 점이 아이의 어머니에겐 정말로 위로가 되기도 했다.

그러나 물론 그런 것이 부모들을(특히 그 어머니를) 안심시킬 수는 없었다. 소년의 어머니는 그러면 그럴수록 더욱 안타깝고 초조했다. 무엇보다도 사고가 규칙적이라 할 만큼 1년 간격으로 거의 일정하게 일어나는 것이 신경을 곤두서게 했다. 다행히도 한동안은 아직 사고가 없었다. 아이는 병원을 다니면서 괴로움을 당한 기간만큼 한 성장을 보충하려는 듯 발육이 좋았다. 하지만 어느새 또 그 1년이 다가오고 있었다. 오늘낼 사이에 기어코 또 사고가 벌어지고 말 것만 같았다. 아이의 어머니는 초조해서 견딜 수가 없었다. 드디어 아이를 병원으로 보냈다. 이를테면 산모가 아이를 낳을 때쯤이면 미리 입원을 하여 해산을 기다리는 예비 입원 격이었다. 아무래도 시기가 위험하게 느껴졌으므로, 사전에 병원으로 가서 의사의 지시에 따라 사고를 막아보자는 것이었다.

"하지만 모두가 허사였지……"

기태는 자신도 새삼 어이가 없어진 듯 거기서 잠시 입을 다물고 있다가 다시 천천히 말을 이어갔다.

 "병원에서는 용케 괜찮았다는 거야. 한 달쯤 입원을 하고 있었다는군. 그런데 겨우 조금 안심이 되어 퇴원을 해 나왔더니, 그것 참, 바로 그다음 날 기어코 또 변통이 나고 말았지 뭐야."

 그러니 이젠 더 어떻게 해볼 수가 없었댔다. 1년마다 힘든 병원 치다꺼리를 해야 하는 건 둘째 치고, 내외가 함께 아이에게 신경이 쏠려 다른 일을 할 수가 없게 돼버렸댔다.

 기태의 그 같은 푸념기 섞인 설명이 좀더 계속돼나갔다. 내외는 지칠 대로 지쳐 있었다. 게다가 아이에겐 또 입학 적령기까지 다가와 있었다. 아이의 부모는 어쩔 수가 없었다. 때가 되자 내외는 두 눈 딱 감고 아이를 학교로 보내버렸댔다. 아무리 집 안에만 가두어두고 조심해도 별수가 없었기 때문이었다. 그러자 아이에게선 또 한 번 이변이 일어났다. 그토록 빈번하던 골절 사고가 이번에는 해를 넘기도록 잠잠했다. 3년째가 되어도 아이는 무사했다. 3년째로 접어들면서부터는 그럭저럭 마음이 제법 놓이기 시작했다. 그런데 녀석이 4학년 새 학기를 맞았을 때, 이젠 거의 염두에도 두지 않고 있던 그 골절 사고가 기어코 다시 소년을 찾아들고 말았다……

 "어느 날 아주머니가 과수원을 찾아오셨어. 훈이 녀석을 데리고 말야. 소식 듣고 내가 권유했었지. 그런 병은 아이를 한동안 이런 시골 과수원 같은 데서 지내게 해주는 것이 좋을 거라구. 함께 지내자면 아이에게 신경만 쓰일 게고 아이에겐 자꾸 더 해로울 것 같더군. 잠시 내가 아이를 맡아주마고 했지. 마침 아이의 담임 선생이나 병원 의사들도 그게 좋겠다더라는군. 그래 아주머닌 내게 아이를 맡기러 온 거였어. 한동안 뜸하다가 이번에 또 갑자기 일을 당하고 나니 아주머닌 정말 어쩔 줄을 몰라 하던 참이었다니까."

기태는 비로소 이야기를 다 끝내고 있었다.

"그래, 아이 엄마는 자네에게 모든 걸 맡기시고 서울로 돌아가셨나?"

비로소 내가 한마디 끼어들었다.

"웬걸, 한사코 여기서 같이 지내려고 하셨지. 하지만 내가 보냈어."

"왜, 자네 혼자서도 자신이 있어서?"

"자신이야 뭐…… 어쨌거나 이 시골 과수원에서라면 아이가 꼭 괜찮을 것 같은 생각에서였지."

"그게 자신이지. 좀 터무니가 없다는 느낌이기는 하지만."

"터무니가 없기는. 아마, 녀석은 괜찮아질 거야."

기태는 의외로 자기 말에 고집을 부리고 있었다.

"그래 아이 엄마도 그걸 믿었나? 그렇게 생각하고 돌아가셨나 말일세."

"아니지. 아주머니가 서울로 돌아가신 건 따로 안심되는 부분이 있었기 때문이었어. 아이를 맡아줄 사람이 나섰거든."

"누구, 그 정 선생이란 여자?"

"맞았어. 훈이 놈은 여길 오자마자 정 선생하고 굉장히 친해졌거든. 나중엔 그 여자가 아주 놈을 맡겠다고 나서더군. 그건 물론 아주머니하고도 상당히 사이가 가까워진 다음 일이었지만 말야.

아마 정 선생이 아주머니에게 장담을 한 모양이야. 그만큼 녀석을 알뜰하게 보살펴주기도 했구. 아주머니가 슬그머니 물러서는 눈치였어. 그래 정 선생은 아랫마을에서 아주 이리로 집을 옮겨 온 거지. 진짜 자신을 가지고 훈이 녀석을 맡고 있는 건 그 정 선생이지. 나는 뒷전이야."

"정 선생이란 여자, 이곳내기가 아니지?"

어젯밤부터 다소 궁금하던 인물 쪽으로 이야기가 풀리자, 나는 느닷없이 그쪽으로 질문의 화살을 돌렸다. 그러자 기태는 공연스레 말을 망설이다가 어딘지 좀 쑥스러운 표정으로 사실을 시인했다.

"벌써 짐작이 간 모양이구만. K시에서 온 여자야."

"K시에서? 여자 혼자서 왜 이런 시골구석까지?"

"글쎄…… 그 여자 취미겠지만, 그러니까 알고 보면 그 여자도 일종의 환자인 셈이지."

알 듯 모를 듯한 소리를 하면서도 기태는 다소 의기가 양양해지고 있었다.

"환자라니…… 어떤 식으로 말인가?"

"그건 그 여자의 눈빛 하나만 봐도 금세 알게 될 거야. 자넨 아직 주의해 본 일이 없겠지만 말야."

"그 여자 눈빛이 어때서?"

그러나 기태는 더 이상 자세한 말을 하려지 않았다.

"그야 내가 말할 수 있나. 여자 자신은 물론 자기가 환자라는 생각을 않고 있는 터인데 말야. 하지만 내 생각은 그래. 그 여잔 환자야. 자네도 의아스러워했지만 우선 그 여자가 K시에서 이런 시골구석까지 찾아들어와 박힌 것부터가 정상은 아니잖나. 듣자 하니 집안도 그리 어려운 처지는 아닌 모양이던데 말야. 내 말이 거짓말인지 아닌지는 직접 알아봐. 두 사람이 천천히 친해지면서 말야. 아마 틀림없을 거야."

무언가 알고 있는 것이 있으면서도 더 이상 그녀가 한 말은 털어놓질 않았다.

"어쨌거나 그렇게 되었다면 자네 집엔 한결같이 모두 병신 손님들만 들어와 있는 셈이군그래."

나는 농조로 말하면서 그만 자리를 일어설 채비를 차렸다. 아침을 먹을 때부터 기태는 오늘 한나절 일을 쉬겠노라 했다. 하지만 나는 그가 공연히 나 때문에 그럴 필요는 없다고 했다. 내 머릿속은 아직도 훈이 녀석의 기이한 이야기로 가득했다. 정 선생이라는 여자의 이야기도 미상불 궁금하지 않은 건 아니었지만, 나는 우선 별채로 올라가 녀석부터 한번 다시 만나보고 싶었다. 그러나 기태는 그러는 나를 좀더 붙잡아두고 싶은 모양이었다.

"하긴 그런 셈이지. 하지만 그것 때문에 자네가 신경 쓸 일은 없네. 내가 좋아서 한 일이니까."

"그거 참 별난 취미로군. 집 안에다 병신들을 모아들인 게 좋아지다니."

"이 시골 과수원이 자네들의 병을 돕는다고 생각할 때가 있지 않겠나?"

"그 여자의 병도 말인가?"

"물론이지. 그래서 난 그 여자가 여기로 와서 훈이 녀석을 치료

할 수 있는 것보다는 자신의 병을 더 많이 치료하게 될 거라고 생각하고 있는 참이지. 물론 여자 자신은 그런 식의 생각을 가져본 일도 없을 테지만 말야."

"환자를 썩 잘 보살피는 정신과 요양원장 같군그래."

"난 적어도 그 환자들을 싫다고 생각한 일은 없다네. 마을 사람들도 마찬가지지. 환자들만 모여들어 있어도 마을에선 우리 과수원이 가장 부러운 살림으로 소문이 나 있거든. 마을 사람들에겐 우리 집 환자들도 외려 신비스런 존재가 되어 있을 거야."

"좀 올라가봐야겠어."

그러자 나는 거기서 그만 자리를 일어섰다.

오전 한나절이라도 일을 쉬고 함께 지내자는 기태를 일터로 내보내고 나서 나는 혼자 별채로 돌아갔다. 별채로 올라가는 과수원 사잇길에서 예의 배앓이가 시작될 기미를 보이기 시작했으므로 나는 잠시 발걸음을 쉬고 풀밭 위로 주저앉아 있었다. 듬성듬성한 배나무 가지와 방금 걸어 올라온 과수원 사잇길로 바다가 내려다보였다. 여름날의 아침나절 햇살 아래서 바다는 시원스럽게 출렁대고 있었다. 언덕 위의 초등학교 운동장에는 지금 막 휴식 시간을 맞은 아이들이 눈이 아릴 만큼 바글대고 있었다. 아이들 떠들어대는 소리가 봄날 무논가의 개구리 소리같이 혼잡스럽게 얽혀 올라왔다. 배앓이가 기미를 보인 것은 아마 기태 때문인 것 같았다. 기태의 말은 무척 고맙게 들리는 데가 있었다. 어떤 식이든지 병을 지닌 사람들을 모아들여놓고 자기 과수원으로 그 사람들을 도울 수 있는 것을 즐겁게 여긴다는 것은 고마운 일이 아닐 수 없었다. 그리고 그가 정 선생까지 어떤 식의 환자로 단정한 것도 근거가 전혀 없는 일은 아니었다. 하지만 나는 그런 기태가 이상하게 편하지 않은 데가 있었다. 그는 자신도 의식할 수 없는 은밀한 방법으로 어떤 묘한 우월감 같은 것을 즐기고 있는 것 같았다. 그는 마음으로 쉬 다른 사람들을 환자시했고, 자신이 그들을 도울 수 있다고 생각하며 후의를 베풀려 하고 있었다. 고마운 일이었다. 이곳을 찾아 내려온 동기가 증세를 좀 감해보고 싶었던 거라면, 그리고 아직도 그 기대를 버리지 않고 있는 내 처지로선 그의 후의에 고마움을 지니지 않을 수 없었다. 하지만 그는 분명히 그 후의 이상의 것을 즐기고 있음이 분명했다. 그렇게 꼬치꼬치 따지고 들다 보면 자신이 우선 치사하고 옹졸한 위인이 되겠지만, 나는 아무래도 기태에게서 그런 인상을 씻어버릴 수가 없었다. 말하자면 나는 도회 생활에 대한 어떤 동경이, 또는 너무도 건강하고, 너무도 건강하기 때문에 오히려 싱겁기 짝이 없어진 그의 오랜 시골 생활이 기태에게선 열등감 대신 그런 어떤 묘한 무의식의 우월감으로 변모했을지 모른다는 생각이 들었다. 그래서 그는 자기 집에 그런저런 인간들을 모아들여놓고, 그들의 증세를 자기 의식의 어떤 내용으로 삼으며 그들을 동정하고 위로해주고 싶었을지 몰랐다. 만약 그렇다면 알고 있든 모르고 있든 기태 자신도 그의 말대로 어떤 식의 환자가 아닐 수 없었다. 자기만은 환자가 아니라 자신만만할 수 있다면, 그것은 자신의 증상조차 알지 못하고 있는, 누구보다 난처한 환자가 아닐 수 없었다. 배앓이가 시작되려고 한 것은 아마 그런 느낌 때문이었던 게 분명했다. 그러나 다행히 증세가 더 이상은 번져나가질 않았다. 한참 동안 바다를 바라보고 앉아 있으려니 슬그머니 기분이 되살아났다. 나는 다시 자리를 일어서서 별채로 올라갔다.

하지만 별채로 올라오고 나서도 나는 곧장 방으로 들어가 몸을 뉘려 하지 않았다. 별채에선 전혀 사람의 기척이 느껴지지 않았다. 나는 그 인기척 없는 별채의 안방 앞에서 잠시 망설망설하고 서 있었다.

— 어딜 나간 것일까.

정 선생은 이미 학교 출근을 하고 없을 게 당연했지만, 훈이 녀석의 기척도 전혀 느낄 수가 없었다.

— 혹시 낮잠을 자고 있는 건 아닐까.

훈이 녀석은 어렸을 때의 그 골절 사고 때문에 누워 지내길 좋아한다던 기태의 말이 생각났다.

— 누워 있다가 그만 잠이 들어버린 것인가?

"훈이, 자니?"

나는 가만가만 방문을 두드리며 불러보았다. 하지만 그런 내 상상은 빗나가고 있었다.

"네, 저 자지 않고 있었어요."

너무도 또록또록한 대답이 금방 방문을 튀어나왔다. 나는 어이가 없었다. 방문을 열어보았다. 나는 다시 한 번 어안이 벙벙해지고 말았다. 안방에는 더운 여름인데도 푹신한 요를 깔아놓고 있었다. 훈이 녀석은 꺼진 트랜지스터라디오를 머리맡에 놓아둔 채 그요 위에 드러누워 무슨 동화집 같은 걸 읽고 있었다. 대답을 하고 나서도 녀석은 문을 열어줄 생각을 하지 않고 있었다. 내가 문을 열어보았을 때도 녀석은 읽던 책을 내려놓을 뿐 자리에서 몸을 일으키려고 하질 않았다.

"들어오셔요."

터무니없이 어른스러운 한마디뿐이었다.

―이 아인 무척도 조심을 하고 있구나. 습관도 들었겠지만, 아마 정 선생이나 아이의 어머니가 그렇게 일러놓고 갔겠지.

나는 짐작이 갔으므로 그러는 훈이 놈의 거동에는 신경을 쓰지 않기로 했다. 그 방은 정 선생도 함께 거처하고 있었기 때문에 나는 익숙하지도 않은 여자의 방을 들어가기가 민망스러웠지만, 결국엔 문턱을 넘어서고 말았다.

"몸이 무척 불편한 모양이구나. 뼈를 자꾸 다친다고 들었는데."

위로하듯 말하면서 녀석을 내려다보았다. 녀석에 대해 알고 있는 것을 숨길 필요는 없다고 생각했다. 그러나 녀석은 기묘하게 거북살스런 표정으로 눈길을 피하면서 나를 외면했다. 녀석이 비로소 내 얼굴을 본 모양이었다. 흉한 몰골을 쳐다보기가 안된 모양이었다.

"이해해주셔요. 아파서 그러는 건 아녜요. 조심을 하고 있을 뿐이어요."

얼굴을 돌리면서 녀석이 사뭇 똑똑하게 대답했다.

"하지만 늘 이런 식이니까 아픈 거나 다름이 없거든요."

"……"

어른스럽기만 한 녀석의 어조에 나는 잠시 대꾸할 말을 잃고 있었다.

"좀 앉아도 될까?"

잠시 후에 나는 정말 어른이라도 상대하는 듯 양해를 구하면서, 그리고 녀석에게 될수록 부담이 가지 않도록 주의를 다른 데로 흘리는 척하면서 방바닥 한쪽으로 몸을 주저앉혔다. 그러자 훈 소년은 역시 그 어른스런 말투로 분명하게 대꾸했다.

"사실은 저 좀 혼자 있고 싶어요. 하지만 잠깐 동안이라면 좋아요."

이런 녀석을 밖으로 나가자고 할 수는 없었다. 엉거주춤 자리에 주저앉고 나서도 나는 다시 할 말이 없었다. 공연히 방까지 들어왔다 싶기도 했다. 금세 다시 자리를 일어서기도 쑥스러웠다. 여기저기 시선을 흘리며 적당히 이야깃거리를 생각하고 있었다.

그런데 그때 소년에게 무슨 생각이 들었던지 이번에는 제 편에서 먼저 말을 건네왔다.

"아저씨에게 뭘 좀 어쭈어봐도 괜찮겠어요?"

나는 뜻밖이면서도 반갑기 그지없었다.

"훈이가 내게? 그럼 괜찮구말구. 뭐든지 어려워 말고 물어봐요. 내 아는 것이면 뭐든지 대답해줄 테니."

맹세하듯 다짐을 주었다. 녀석은 잠시 뭔가 망설망설 조심스런 표정이더니 이내 다시 결심이 선 듯 나지막하게 물어왔다. 그런데 그 녀석의 질문이라는 것이 또 영 뜻밖이었다.

"아저씬 고향을 가지고 계셔요?"

나는 어리둥절해질 수밖에 없었다.

"고향이라니?"

다시 한 번 물었다.

"네, 고향 말이에요, 고향. 사람이면 누구나 거기서 자기의 괴로운 삶을 위로받고 살게 마련이라는 고향이라는 것 말이어요. 전 고향을 가지고 있진 않거든요. 그래서 지금 아저씨에게 그걸 묻고 있는 거예요."

녀석은 점점 알 수 없는 소리만 하고 있었다. 나는 무슨 함정에라도 걸려들고 있는 기분이었다.

"훈이에겐 고향이 없다구? 왜 고향이 없어. 고향이 뭔데?"

"그것도 아저씨에게 물어보고 싶은걸요. 전 고향이 뭔지도 잘 모르니까요."

"고향을 몰라? 자기가 태어나고 어린 시절을 살았던 곳이 고향 아냐. 왜 훈이에게 그런 곳이 없어."

그러나 녀석은 웬일인지 쉽사리 곧이듣지 않으려 했다.

"그런 게 고향이라면 저도 물론 고향이 있어요. 전 서울서 태어났고 여태까지 서울서 살아왔거든요. 그렇담 서울이 제 고향이게요? 하지만 진짜 고향이란 사람의 마음속에 있는 거라고 말하지들 않아요?"

이 저주받을 악동 같으니라구! 나는 비로소 녀석의 말뜻을 짐작할 수 있었다. 누구한테 좀 지저분한 이야기를 들은 모양이었다. 아닌 게 아니라 서울에서 태어나고 서울에서만 자라나고 그리고 아직도 그 서울에서만 살고 있는 사람들이 고향이라는 걸 가질 수 없다는 것은 옳은 말이었다. 고향이란 게 자기가 나고 어린 시절을 보낸 곳이라는 사전적인 의미를 넘어서 그곳을 지키고 살거나 떠났거나 간에, 어떤 사람의 생활 속에 늘 위로를 받으며 젖줄처럼 의식의 끈을 대고 있는 우리들의 어떤 정신의 요람으로까지 뜻이 깊어진다면 지금의 서울 사람들에겐 진정 고향이란 게 있을 턱이 없었다. 그러나 나는 어린놈과의 이야기가 너무 맹랑한 느낌이 들었다. 녀석에게 그것을 납득시키려 한다는 것이 우스워졌다. 얼핏 대꾸를 하지 못하고 있으니까 녀석이 또 추궁을 해왔다.

"서울은 저의 고향이 아니어요. 저는 고향이 없는 실향민 신세지요."

갈수록 말이 맹랑스러워지고 있었다. 나는 난처해지고 말았다. 그래서 우선 쓸데없는 소리를 꺼들였다.

"누가 그런 말을 했지? 훈이에게 고향이 없다구, 훈이에게 서울이 고향이 아니라구 말야……"

"정 선생님이 그러셨어요. 알고 보니 정 선생님도 저처럼 고향이 없는 분이더군요."

짐작하던 대로였다. 여자가 어린아이에게 철없는 넋두리를 늘어놓은 모양이었다. 그런데 그 정 선생이란 여자가 자신도 고향을 갖지 못했노라는 건 또 무슨 소린가.

"정 선생님이? 정 선생님이 말야?"

"네, 분명히 정 선생님이 그러셨어요. 그리고 선생님은 고향을 갖기 위해 여기로 와 살고 계신다구요. 그리고 절더러도 고향을 갖지 못한 사람으로 태어났기 때문에 자꾸만 뼈가 분질러지는 병을 앓게 된다구요."

 이젠 좀 짐작이 가는 얘기였다. 적어도 정 선생 자신에 대해서라면, 그리고 그녀가 말한 고향 없는 사람의 병과 소년의 증세에 관한 상상력에 대해서만은 이해가 확실해지고 있었다. 뜻밖의 수확이었다. 그러나 여자가 무슨 생각에서 어린아이에게 그런 소리까지 지껄여줬는가. 아무래도 정상이 아니었다. 기태 말대로 어딘지 병이 든 여자가 분명한 것 같았다.
 "그래 정 선생은 여기서 고향을 갖게 되었다든?"
 나는 싱거운 기분을 억누르며 다시 물었다.
 "네, 선생님은 이 시골의 맑은 바람과 순박한 인심과 저 넓은 앞바다의 수평선과 파도 소리에서 고향을 가지게 되었다구요. 그러면서 저도 여기서 제 병을 나을 수 있을 거라구요."
 녀석은 그 정 선생의 말인 듯한 소리를 줄줄 외어댔다.
 "그래 훈이도 고향이란 걸 갖고 싶은가?"
 "솔직히 말씀드리면 전 아직 고향을 모르는걸요. 그래서 아까 아저씨에게 고향을 가지고 계시냐고 물은 거예요. 아저씬 고향을 가지고 계시죠?"
 녀석은 벌써부터 부러운 눈초리로 나를 쳐다봤다. 나는 녀석이 숫제 측은한 생각마저 들었다.
 "물론 아저씨는 고향을 가지고 있지. 하지만 고향은 그렇게 쉽게 설명할 수가 없어. 아주 설명이 길지. 그리고 고향이 어떤 건지 안다 해도 여기서 훈이가 꼭 고향을 가질 수 있다고 말할 수는 없는 거구 말야."

조심스럽게 소년을 타일렀다. 그러나 소년은 이제 정말로 내가 부러워진 듯 다그치고 들었다.

"괜찮아요. 길어도 상관없어요. 이야길 좀 해주셔요."

"왜 정 선생님은 여태 그런 얘기를 해주시지 않았니?"

"선생님은 그냥 여기서 함께 살고 있으면 제게도 고향이 생기게 되고, 또 고향이 뭔지도 자연히 알게 된다구요. 그리고 선생님은 자기도 잘 설명을 해줄 자신이 없다고, 저더런 그냥 마음으로 고향을 배우라는 거였어요. 그러면서 늘 맑은 공기와 순박한 인심과 바다와 파도 소리와 수평선 같은 것만 말씀하셨어요. 하지만 전 정말로는 그런 걸 갖고 싶어서 고향이 뭔지 알려는 건 아니거든요."

"그럼 뭣 때문이지?"

"고향을 배우면서, 고향의 이야기를 들으면서 저의 병을 잊어버리고 싶어서예요. 정 선생님은 고향을 배우면 저의 병도 함께 잊어버리게 된다고 하셨거든요. 제 병은 그것을 잊어버리기만 하면 저절로 나을 수가 있다구요. 전 고향을 배우면서 제 병을 잊어버리고 싶은 거예요."

12시가 조금 지나서 나는 나의 방으로 건너갔다. 점심시간이 되어 정 선생이 과수원으로 올라왔기 때문이다. 훈이 놈은 그때까지도 전혀 몸을 일으켜본 일이 없었다. 그러나 우리는 녀석이 처음 다짐을 하고 나섰던 것보다 훨씬 긴 이야기를 나눈 셈이었다. 그리고 내가 그때 정 선생의 방을 돌아 나올 때에는 이미 녀석과 나 사이에 한 가지 약속이 정해져 있었다. 녀석의 방을 돌아 나오면서 나는 그 정 선생에겐 우리의 약속에 대해 아무 기색도 보이지 않았다. 어쩐 속셈에서인지 훈이 녀석은 우리의 약속이 정 선생에게 알려지는 것을 달가워하지 않는 것 같았고, 더구나 나중엔 분명한 어조로 내게 부탁을 남기기까지 했기 때문이다. 나는 잠시 그냥 방을 들여다본 것처럼 정 선생을 스쳐 내 방으로 건너갔다. 그리고 혼자서 생각에 싸이기 시작했다.

훈과의 약속이란 다른 것이 아니었다. 녀석에게 나는 고향을 가르쳐주고 나의 고향 이야기를 들려주어서 녀석에게 고향을 배워주기로 한 것이었다. 나는 물론 그렇게 해서 녀석이 정말로 고향이라는 걸 이해하게 되거나 내 이야기에서 자신의 고향을 배워 갖게 되리라고는 믿지 않았다. 그것은 아마 훈이 녀석도 마찬가지일 게 분명했다. 그는 다만 자기의 병을 낫게 하고 싶을 뿐이라 했다. 고향을 배우면 병을 잊을 수 있기 때문에, 우선은 그 때문에 고향 이야기를 들려달랬다. 그건 어쨌든 내게는 상관이 없는 일이었다. 내게는 무엇보다 이 영감 같은 악동 녀석을 상대로 옛날의 내 고향을 더듬어보고 그것을 스스로 확인해갈 수 있는 계기를 갖는다는 것이 중요했다. 기태나 정 선생 들처럼 나는 내 이야기로 다른 사람의 병을 고쳐낼 자신은 없었다. 그럴 생각도 없었다. 중요한 것은 실로 오랜만에 나의 고향을 다시 생각할 수 있게 됐다는 점이었다. 그리고 그것으로 나는 어떻게 나 자신의 증세들을 조금이라도 감해볼 수 있을까 하는 기대가 생기고 있을 뿐이었다. 생각해보면 쑥스러운 데가 한두 곳이 아니었다. 정 선생은 훈이 녀석이 고향을 가지지 못하고 태어났기 때문에 뼈가 부러지는 병이 생겨났댔다. 그러니까 고향을 배우고 그것을 갖게 되면 병을 고칠 수 있댔다. 일리 있는 말이다. 그러면 정 선생 자신은 어떤가. 그녀도 원래는 고향을 가지지 못했지만, 이 시골 마을로 와서 맑은 공기와 바람과 바다와 파도 소리와 순박한 인심에서 고향을 얻게 되었노라 자신만만하다 했다. 정말일는지 모른다. 적어도, 그녀 자신은 그렇게 믿고 있을지 모른다. 하지만 그렇게 간단할까. 한 사람이 고향을 배우고 그것을 갖게 된다는 것이 그렇게 간단할 수 있을까. 과장이 낀 것 같았다. 거기 비하면 훈이 녀석은 오히려 정직한 편이었다. 그는 다만 자신의 병을 잊기 위해 고향을 배우고 싶다고 했다. 병을 여읠 수만 있다면 고향을 갖게 되든 안 갖게 되든 그것은 문제가 아니랬다. 기태의 말대로 모두가 환자임이 틀림없었다. 실향병 환자들이었다. 실향병 환자라면 그렇게 생각하고 있는 기태 자신도 크게 다를 바가 없는 터였다. 그는 아예 처음부터 그 고향 속에서만 살아왔기 때문에 오히려 고향을 못 가진 사람이랄 수 있었다. 그는 자기 고향 속에서 오히려 그 고향의 의미와 멀어지게 된 처지였다. 그는 허전해진 자신을 달래기 위해 자기 집으로 환자들을 모아들여놓고, 자신도 모르게 어떤 은밀한 우월감을 즐기고 있었다. 모두가 환자였다.

  그렇다면 이번엔 나는 어떤가. 굳이 그 고향이라는 것과 상관해 말한다면 그건 나도 물론 마찬가지였다. 무엇보다 내 모든 질병과 증세들은 그 고향을 떠나가 얻은 것들이었다. 실없는 소리가 될지 모르지만, 정 선생과 훈이 녀석이 고향을 가질 수 없는 곳에 태어나 그들의 도시에서 병을 얻은 사람들이라면, 나는 고향을 가지고 태어나 도시로 가서 그 도시에서 고향을 잃어가며 병을 얻은 사람이었다. 그것은 물론 고향을 가지고 태어나 그 고향에서만 살면서 고향을 잊어버렸기 때문에 그 나름의 병을 얻고 만 기태의 경우와는 또 다른 것이었다. 그리고 나는 실제로 나의 증세들을 그 고향과 관련해 생각한 일이 많은 것도 사실이었다. 고향으로 돌아가면, 그리고 언젠가 잊어버린 고향을 내게서 다시 찾아내고 나면 나는 고향을 잃음으로 하여 얻게 된 내 모든 증세들을 씻어낼 수 있지 않을까, 공상을 한 일이 많았다. 이번에 기태의 집을 찾아오면서도 어슴푸레나마 그런 기대를 품어본 것이 사실이었다. 내 흉한 몰골 때문에 차마 그 동백골까지는 찾아들어갈 수가 없었지만 말이다.

그런데 이 조그만 어른이 내 고향을 다시 더듬어내고, 그것을 이야기하면서 내게서 다시 고향을 찾아내게 될지도 모르는 계기가 되어준 것은 어쨌든 다행스런 일이었다. 그래서 나는 녀석에게 나의 고향 이야기를 약속하게 된 것이었다.

정 선생이 훈이 놈의 점심 준비를 하러 나오는 기척에 나는 다시 방을 나왔다. 때도 없이 그저 생각이 내켜야 아무 데서나 끼니를 때우곤 하던 버릇대로라면 전혀 서두를 시간이 아니었지만, 나 혼자 그러고 있으면 그 여자 쪽이 공연히 거북스러워질 것 같기 때문이었다. 기태 녀석이 또 나를 데리러 올지도 몰랐다. 나는 좁은 뜰을 지나 과수원 사잇길로 들어섰다. 뜰을 지나올 때 정 선생이 또,

"끼니 때문에 일부러 내려 다니시기가 번거로우시겠어요."

미안쩍어하는 소리를 했지만, 나는 어차피 이 여자에게서 신세

를 질 수는 없다고 생각했다. 여자 역시 쑥스러운 기분을 달래기 위해 그렇게 말했을 뿐, 자기들에게서 내 번거로움을 줄이라는 뜻은 아닐 것이었다. 사리나 어조가 다 그랬지만, 그녀의 눈이 그것을 더욱 분명히 하고 있었다. 기태는 정 선생 역시 그녀 나름의 증세를 지닌 환자라고 단정하면서, 그것은 여자의 눈빛 하나만 보아도 금세 알게 될 거라 했었다. 그래 그런지 여자가 말을 하면서 얼핏 나를 스치고 간 눈빛이 아무래도 여느 여인들의 것은 아닌 것 같았다. 그녀의 눈빛은 서늘한 기분이 들 만큼 맑은 느낌을 주었다. 그러나 그녀는 그 맑은 눈으로 무엇을 맑게 바라보려질 않았다. 그녀는 나를 쳐다보면서 나를 보지 않는 식으로 잠깐 동안 시선만 스쳐 갈 뿐 이내 눈빛이 뿌옇게 멀어져가 버렸다. 눈빛은 맑지만 시선이 몽롱하다는 말이 가능할지. 상대방을 보면서도 시선은 오히려 그 상대의 후방으로 멀리 흘러가버리는 그런 눈빛. 눈앞의 상대보다 그 너머의 잡히지 않는 무엇을 좇고 있듯 이상스레 방심스런 현장 부재의 눈빛—

—내력이 있을지 모르겠군. 아마 저 여자가 이 시골 마을의 바람과 인심과 바다에 취해버리고 싶어 하는 (사실은 그 눈빛이 그래서 그런 것인지도 모르지만) 게 우연은 아닐 테니까.

나는 그쯤 생각을 접어두고 기태네들에게로 내려갔다.

내키지 않는 점심을 끝내고 다시 별채로 돌아왔을 때는 아침나절과 마찬가지로 또 온 집 안이 인기척 하나 없이 조용했다. 탱자나무 울타리를 기어올라간 호박꽃잎 떨어지는 소리 하나도 귀에

담을 수 있을 것 같았다. 정 선생은 학교로 내려가고, 훈이 녀석은 또 낮잠 자세를 잡고 누워 녀석의 표현대로 '독서에 몰두'하고 있는 모양이었다.

그러나 난 이번엔 그 훈이 녀석을 부르거나 닫혀 있는 방문 근처엔 다가가지 않았다. 혼자 조용히 뜰을 거닐며 녀석에게 들려줄 동백골 이야기를 생각했다. 녀석에게 그것을 어디서부터 어떻게 이야기해줘야 할 것인가를 곰곰이 생각했다. 쉬운 일이 아닌 것 같았다. 녀석에게 고향을 배워주겠노라 약속해놓고도 막상 그것을 생각해보려 하니 막연하기만 했다. 생각의 실마리가 쉽게 잡히지 않았다. 어머니가 돌아가신 후로 20년 가까운 세월 동안 한 번도 발걸음을 한 일이 없는 동백골이었다. 하나같이 기억이 희미했다. 제법 감동 같은 걸 싣고 떠오르는 일이 없었다. 생각난 것은 내 배앓이의 시초가 됐던 학교 잡부금과 꾀배에 관한 것뿐이었다. 그러나 그것은 다시 기억을 더듬어낼 필요가 없는 것이었다. 그것은 간밤에 이미 확인이 끝난 일이었다. 다른 것을 찾아내야 했다. 훈이 녀석을 위해서도 좀더 행복스런 고향을 찾아내야 했다. 나는 바다를 내려다보며 그 바다와 상관하여 기억을 더듬기 시작했다.

동백골에서도 바다는 멀지 않았다. 바닷가 산비탈에 밭농사를 짓고 있어 그곳 사람들도 바다에는 무척들 익숙했다. 그러나 나는 아직도 그 바다가 어떤 식으로 내 어린 시절과 상관되고 있었는지, 또 그것에 대해 무슨 말을 할 수 있을지 마땅한 생각이 떠오르지 않았다. 모든 게 뿌옇게 멀기만 했다. 아름아름 어떤 기억이 떠오를 듯하다가도 화산 마을 앞 넓은 바다가 눈앞으로 다가오면 그것에 가려 기억 속의 것은 금세 희미하게 멀어져버리곤 했다.

그럭저럭하다가 나는 결국 방으로 들어가 몸을 기대고 누워버렸다. 하지만 누워서도 다시 생각을 계속했다. 다행히 눈앞에서 나를 간섭해오는 바다가 없으니 이젠 생각이 훨씬 쉬운 것 같았다. 동백골 앞바다가 좀더 선명하게 떠올랐다. 이윽고 한 가지 행복스런 정경이 멀리서부터 천천히 뇌리 속으로 비춰 들어왔다. 그것은 참으로 행복스런 추억이었다.

바다가 있었다. 여름의 바다는 유난히 넓고 푸르게 반짝거렸다. 바다에 발뿌리를 내려 뻗은 산줄기는 어디라 할 것 없이 울창한 녹음으로 푸르게 뒤덮여 있었다. 산비탈은 대부분 밭갈이가 되어 있고, 고구마나 수수나 콩이나 목화 같은 것을 심은 여름 밭가리 가운데는 다섯 마지기 남짓한 우리 집 밭뙈기도 끼여 있었다. 어머니는 여름 한철을 대개 그 다섯 마지기 여름 밭갈이로 보냈다. 아침만 되면 어머니는 김매기를 나가면서 밭머리로 나를 데려다 놓았다. 밭머리에는 푸나무꾼들이 산을 오르내리며 쉬어 가는 지게터가 있었다. 그리고 그곳엔 옛날부터 주인 없는 무덤이 하나 누워 있었다. 나는 언제나 그 인적에 씻겨 윤이 돋을 만큼 반들거리는 무덤가의 잔디밭 지게터에서 어머니를 기다리며 지냈다. 나중에 마을 사람들의 이야기를 들어 안 일이지만, 나는 내 기억의 한참 전부터도 여름이면 늘상 그 밭머리의 지게터에서 하루해를 지내곤 했댔다. 그리고 그 시기엔 어머니가 나를 업어다 쇠고삐처럼 허리에 띠를 감아 매어놓곤 했댔다. 걸핏하면 아무 데나 기어가 흙덩이를 집어 먹고 나무 가시 같은 데에 얼굴을 자주 할퀴여댔기 때문이라고. 어떤 때 사람들이 지게터를 지나가다 보면 나는 온몸에 오줌과 똥을 짓이겨 바른 채 배가 고파 울고 있거나, 울음을 울다울다 제풀에 지쳐 더운 뙤약볕 아래 잠이 들어 있는 것을 볼 때가 많았다고. 그러나 나는 물론 그런 일까지는 기억을 하지 못한다. 내가 기억을 남기기 시작했을 때는 이미 내 허리에서 고삐가 풀린 뒤였다. 그리고 그때부터는 그런대로 내게 제법 행복스런 기억이 남아 있었다.

물론 이때도 그 무덤이 있는 밭머리의 지게터를 떠나본 일이 별로 없었다. 날씨가 더워지면 근방 골짜기로 개울물을 마시러 내려가거나, 물을 마시러 갔다가 길을 조금 돌아오는 것 외엔 언제나 어머니의 모습이 보이는 밭머리의 지게터에서만 놀았다. 그 지게터가 좋았다. 그곳에서라야 나는 아무 때고 밭 가운데 파묻힌 어머니를 찾을 수 있었다. 어머니는 하루 종일 쉴 새 없이 그 밭이랑을 왔다 갔다 하면서 김을 맸다. 수수와 콩을 섞어 심은 밭이랑 사이를 멀어지는가 하면 다시 방향을 바꿔 가까워져 오고, 가까워져 있던 어머니가 잠시 동안 한눈을 팔다 보면 어느새 또 아득하게 멀어져 있곤 했다. 그러나 나는 하루 왼종일 그 어머니를 지키고 앉아 어머니를 기다린 것만은 아니었다. 바다도 있고 산도 있었다. 햇빛이 눈부시게 반짝이는 넓고 먼 바다에는 언제나 한두 척씩 고깃배가 떠 있었고, 그 배들은 움직이지 않는 것 같으면서도 눈에 보이지 않게 천천히 멀어졌다간 가까워지고, 가까워졌다간 또 어느새 작은 섬들 뒤로 깜박 자취를 숨겨버리곤 했다. 바다 가운데로 뻗어 나온 먼 묏부리 너머로 모습이 영영 사라져 들어가버릴 때도 있었다. 바다는 지루하지 않았다. 나는 산에서도 지루한 줄을 몰랐다. 산에서는 언제나 멀고 유장한 노랫가락이 들려왔다. 나무나 풀을 베러 산으로 들어간 사람들이 그렇게 쉴 새 없이 노래를 부르고 있었다. 노랫가락은 어머니가 집에서 물레질을 할 때나, 밭으로 나가 김을 매면서 끊임없이 우우우우 울음소리도 같고 노랫소리도 같은 걸 웅얼거릴 때처럼 슬픈 가락을 지니고 있었다. 공연히 가슴이 주저앉고 까닭 모를 설움 같은 것이 서려오는 노랫가락이었다. 나는 언제나 그 노랫가락을 들으며 임자 없는 무덤을 동무 삼아 지냈다. 그러나 한 번도 그 노랫가락을 뽑아대고 있는 사람의 모습을 본 일은 없었다. 노래를 부르는 사람은 푸르고 울창한 숲에 파묻혀 모습을 드러낸 일이 없었다. 언제나 노랫가락만 들려올 뿐이었다. 여긴가 하면 저기서, 저긴가 하면 여기서, 또는 여기저기 어디라 할 것도 없이 산 전체에서 소리는 끊임없이 흘러나오고 있었다. 그것은 참으로 행복스런 시절이었다.

4

  다음 날 오전, 나는 기태에게로 내려가 아침을 먹고 와서 훈이 녀석에게 나의 그 첫번째 고향 이야기를 자세히 들려주었다. 나의 바다와 밭머리의 지게터 이야기와 녹음 속 노랫가락 이야기를 기억해낼 수 있는 데까지 자세하게 들려주었다. 훈이 녀석은 여간 아니 신기한 모양이었다. 이야기 중에 바다 이야기가 나오자 녀석은 느닷없이 바다가 보이는 곳으로 자리를 옮기자고 몸을 일으켜 세우기까지 했다. 바다를 보면서 바다의 이야기를 듣고 싶다는 식이었다. 녀석은 예의 그 신중하고 서투른 동작으로 자기가 먼저 문을 열고 마루 끝으로 나앉았다. 그리고 나의 이야기가 끝나자 녀석은 제법 눈빛까지 반짝이며,

"그러니까 아저씨는 그런 식으로 아저씨의 고향을 소유하기 시작했다는 거겠군요?"

자신도 금세 그럴 수 있을 것처럼 어른스럽게 고개를 크게 끄덕이고 있었다.

"그렇지. 그런 식으로 난 처음으로 고향을 갖기 시작한 거지. 말하자면 내가 맘속에 지닌 고향의 맨 처음 모습이 그런 거였어."

나는 녀석이 역시 이야기를 알아듣는구나 싶었다. 아무래도 징그러운 녀석이었다. 한데 녀석은 나의 그런 느낌마저도 훨씬 앞지르고 있었다.

"그러니까 고향을 소유하게 되는 것이 좋을 수밖에 없겠어요."

혼잣말처럼 중얼거리고 있는 것이 예사로 들리지가 않았다.

"왜? 훈이도 그렇게 생각되냐?"

"그럼요. 하지만 첨엔 좀 이상스럽게 생각되었어요."

"무엇이 이상스러웠지?"

나는 연거푸 물어댔다.

"뜨거운 여름 볕 아래서 인분을 짓이기고 배가 고파 울다 지쳐서 잠이 드는 이야기, 그리고 사람이 죽어 묻혀 있는 무덤가에서 하루 종일 어머니를 기다리는 이야기…… 그런 거 다 기분 나쁘고

무서운 이야기들 아녜요? 그런데 아저씬 그런 기분 나쁜 이야길 조금도 기분 나쁘지 않은 것처럼 아주 즐겁게 말씀하고 계셨거든요. 무서운 무덤하고도 아저씬 무척 친해진 것처럼 말이어요."

그것은 사실이었다. 나는 이야기를 하면서 스스로 그런 기분에 젖을 때가 있었다. 일부러라도 이야기를 과장하고 싶었던 것이다. 물론 그것은 훈이 놈을 위해서가 아니었다. 그것은 나의 고향을 위해서, 나의 증세를 씻어줄 그 고향을 위해서였다. 녀석이 그것까지 눈치를 채고 있었다니. 하지만 녀석의 말은 아직 결론이 나타나지 않고 있었다.

"그런데?"

나는 시치밀 떼고 다시 물었다.

"그런데 이야길 듣다 보니 나중엔 저도 아저씨하고 비슷해졌거든요. 기분 나쁜 이야기가 조금도 기분 나쁘지 않아졌어요. 무덤도 그렇게 무서운 생각이 없어지구요. 아마 고향 이야기니까 그런가 부지요."

녀석은 오히려 제 편에서 나를 깨우쳐주고 싶은 어조였다. 녀석의 말은 이번에도 사실이었다. 고향에서의 일이기 때문에 고향이 그렇게 만들었으리라는 말은 녀석이 거기까지 논리적일 수는 없겠지만, 내가 아까 이야기를 하면서 스스로 어떤 과장을 느끼고 있었다는 것과도 관련이 있는 말이었다. 나는 그만 말이 막히고 말았다.

나는 녀석을 다시 방으로 들여보내고 도망치듯 내 방으로 건너오고 말았다. 방으로 건너와서 잠시 다시 이야기를 생각해보았다.

과장이 따랐던 것은 분명한 사실이었다. 나는 이제 그것을 후회하고 있지는 않았다. 상관없는 일이라고 생각했다. 그런 식으로 해서라도 하나하나 기억을 되살려내리라 생각했다. 훈이 녀석의 반응도 나쁜 편이 아니었다. 며칠 동안이라도 그런 식으로 이야기를 계속해나가 보리라 작정했다.

 그러나 그것은 마음뿐이었다. 어찌 된 셈인지 나는 거기서 다시 기억이 끊어지고 말았다. 어린 시절 일들이 다시 깜깜하게 멀어져 갔다. 바다와 산과 그 밭머리의 지게터에 관한 것 외엔, 그리고 왼종일 김을 매던 어머니와 산속의 노랫가락에 관한 것 이외엔 전혀 생각이 떠오르지 않았다.

 나는 생각이 막힌 채 뒹굴뒹굴 아침 한나절을 허비하고 있었다. 그러다 드디어 12시가 되어 정 선생이 또 과수원 사잇길을 올라왔고, 나는 거꾸로 점심을 때우려 기태네들에게로 그 과수원 길을 내려갔다.

 점심을 끝내고 나자 기태는 이날따라 느닷없는 소리들을 많이 했다. 처음에는 나더러 정말 동백골은 다녀올 생각을 않느냐고 했다. 나는 그렇다고 대답했다. 사실이 그랬다. 고향골을 한번 들어가보고 싶은 건 누구라서 싫을 리가 없었다. 하지만 나는 막상 그곳을 찾아가볼 생각을 못하고 있었다. 이상스럽게 두려움 같은 것이 앞을 서곤 했다. 엄두가 나지 않았다. 기태는 나더러 다시, 그럼 마을 나들이나 좀 나다니는 게 어떠냈다. 마을도 나다니고 하면서 몸을 풀어야지 방구석에만 가만히 들어박혀 지내려면야 외려 여기까지 병을 지러 온 꼴이지 않으냐고 나무랐다. 뭣하면 언제 하루 자기하고 바다낚시질 겸해 뱃놀이를 나가도 좋다고 했다. 그러다가 마침내는 기왕 이야기가 나온 김이니 이날 오후로 함께 마을이라도 내려갔다 오자 했다. 나는 별로 마음이 내켜오지 않았다. 그냥 별채로 올라가 내 고향 추적 작업을 계속하고 싶었다. 하지만 기태의 제의를 거절할 특별한 구실이 있는 것도 아니었다. 이날따라 기태가 이런저런 소리를 늘어놓으며 그런 제의를 해온 것이 무슨 다른 생각이 있는 것 같기도 했다. 나는 결국 기태를 따라나섰다.

  기태는 마을로 내려오자 바닷바람을 쏘이는 척 부둣가를 잠시 서성대고 나선 이내 나를 주막집으로 끌고 들어갔다. 오랜만에 술이나 한잔하자는 제의였다. 이번에도 나는 별반 끌리는 데가 없었지만, 주막 안으로 그냥 녀석을 따라 들어갔다. 아무래도 녀석에게 무슨 이야기가 있는 듯했다. 주막에서는 녀석에 대한 환대가 대단했다. 기태는 완전히 마을의 유지였다. 주막 사람들은 기태를 '과수원 선생님'이라 불렀다. '과수원 선생님'은 여간 아닌 존경과 부러움을 사고 있었다. 그것은 사람들이 그 과수원 집에 와 있는 내게까지 똑같은 친절과 환대를 아끼지 않는 것만으로도 알 수 있는 일이었다. 마을에서는 이미 나에 관해서도 충분히 소문이 나 있는 듯했고, 또 '과수원 선생님'의 신세를 질 수 있는 사람이면 얼마든지 존경을 해줘도 손해 볼 것이 없다는 태도들이었다. 언젠가 기태가 환자들만 모여들어 있어도 자기 과수원 집은 마을에서 가장 부러운 살림으로 소문이 나 있노라던, 그리고 그 집에 모여

든 환자들까지도 어느 면 신비스런 존재가 되어 있으리라던 말이 옳은 듯했다. 어떻든 나는 술을 마시면서도 계속 녀석의 눈치를 살폈다. 녀석에게 제법 무슨 요긴한 이야기가 있는 듯해서였다. 그러나 녀석은 끝내 별다른 기미를 보이지 않았다. 쉴 새 없이 술을 퍼마시며 내 건강을 걱정해주고, 그리고 아무쪼록 자기 과수원이 내 건강을 되찾는 데 도움이 되었으면 좋겠다는 소리뿐이었다. 술자리가 파할 때까지도 녀석은 여전히 그런 식이었다.

하지만 기태에 대한 내 예감은 끝내 빗나가지 않았다. 밤이 어지간히 깊을 때까지 술을 퍼마시고 난 기태는 그제서야 간신히 자리를 일어섰다. 우리는 이윽고 비틀걸음으로 초등학교가 있는 언덕길을 오르고 있었다. 그때 기태가 문득 생각이 났다는 듯 내게 물어왔다.

"지섭이, 자네 정 선생이란 여잘 어떻게 생각하나?"

그래놓고 나서 기태는 다리를 좀 쉬고 싶은 듯, 또는 여태까지 속으로 별러오던 이야기를 비로소 솔직하게 다 털어놓고 싶은 듯 길가 잔디 위로 몸을 풀썩 주저앉혔다. 나는 그의 곁으로 함께 자리를 잡아 앉았다. 엉망으로 취해 오르던 술기가 얼마쯤 걷혀가는 느낌이었다. 그러나 밑도 끝도 없는 그의 물음에 나는 갑자기 대답할 말이 없었다. 어둠 속으로 그의 얼굴을 살피면서 되물었다.

"정 선생을 어떻게 생각하다니?"

"그래 정 선생 말야. 자넨 그 여자가 어떻게 생각되더냐, 말하자면 그 여자가 자네한텐 어떻게 보이더냐 이 말야."

기태는 주정처럼 시부렁거렸다. 나는 그가 술기운 때문에 넋을 놓고 있다고는 생각하지 않았다. 엄청나게 술을 마셔댄 건 사실이었다. 그러나 그는 걸음걸이나 말씨가 아직도 나보다는 멀쩡했다. 그는 그만큼 체력이 강인했다. 정 선생의 이야기를 별러왔던 게 사실이라면, 술자리에선 끝끝내 그것을 참았다가 기어코 다시 때를 잡아 말을 꺼낸 그의 의식 또한 술이 취해버린 사람의 그것은 아니었다.

"그 여자가 내게 어떻게 보이고 말고 할 게 있나. 언제 주의해서 살필 틈이 있었어야지."

나는 대수롭잖은 일이듯 시치밀 떼었다. 그러자 기태는 다소 실망이 되는 표정이었다.

"흐음, 아직 그랬던가? 아직도 주의해 살필 틈이 없었다…… 하지만 뭔가 벌써 분위기를 느꼈을걸……? 내 이미 그 여자에 대해선 귀띔을 준 일도 있었구 말야."

솔직한 대답을 듣고 싶다는 듯 추궁을 계속해왔다. 그러나 나는 역시 할 말이 없었다. 무엇보다 녀석이 그런 걸 내게 묻는 심중을 알 수 없었다. 왜 갑자기 기태가 그런 걸 내게 묻고 있는가. 정 선생에 대한 어떤 자기 느낌 때문인가. 아니면 그녀에 대한 내 관심을 알아보고 싶은 것인가. 왜? 무엇 때문에? 그런 것이 확실해지지 않는 한 나로서는 그녀에 대한 조그만 느낌마저 함부로 지껄여댈 수 없는 처지였다. 게다가 이야기를 별러온 품으로 보아 기태에겐 더욱 경솔할 수가 없었다.

"정 선생에 대해선 실상 자네 쪽에서 하고 싶은 얘기가 있는 것 같구만. 안 그렇던가?"

나는 대답 대신 화순(話順)을 다시 그에게로 넘겼다. 그러자 기태는 기다리고라도 있었던 듯 금세 솔직해졌다.

"그렇지. 하긴 내가 그 여자에 대해 얘길 좀 하고 싶은 건 사실이었어. 그래서 우선 자네 얘기부터 좀 들어보자는 거였지."

"그럼 어디 그 자네 얘기나 좀 들어보세그려. 분위기고 뭐고 내야 아직 그런 걸 알 수가 없으니."

"정말인가? 자넨 그럼 그 여자의 눈망울도 한번 똑똑히 쳐다본 일이 없어?"

눈망울, 시선— 그러나 나는 역시 아는 체할 수가 없었다.

"눈망울이라니, 그 여자 눈이 어째서?"

그러자 기태는 한마디로 대뜸 단정하고 나섰다.

"순 가짜야. 가짜."

"가짜라니?"

"그 여자의 눈이 말야……"

그리고 나서 기태는 한동안 정 선생의 눈을 설명하는 데 열을 올렸다. 기태 역시도 정 선생의 눈에 대해 어느 날 점심때던가 내가 경험했던 것과 같은 느낌을 말했다. 기태 역시 그녀는 눈빛이 맑지만 시선이 이상스럽게 몽롱하다 했다. 사람을 쳐다보면서도 시선은 늘 그의 뒤쪽으로 흘러가 있어 그녀의 눈길 속엔 왠지 그의 모습이 잡히지 않고 있는 그런 허망한 눈빛이 되어버리곤 한다 했다.

"그런데 어째서 그 눈빛이 가짜라는 건가?"

나는 점점 더 짙은 어둠 속으로 싸여 들어가는 마을과 바다와 그리고 숙직실 어디에선가 불빛이 흘러나오는 초등학교 건물을 내려다보며 계속해서 물었다.

"그건 말이지……"

기태는 이제 조금도 사양하는 기색이 없었다. 그는 마치 뭣엔가 쫓기고 있는 사람처럼, 그러다 이제는 목덜미를 붙잡혀 어떻게도 할 수 없게 되어버린 사람처럼 고분고분 속이야기를 털어놓았다.

기태의 이야기는 뜻밖에도 그 정 선생의 여학교 시절까지 거슬러 올라갔다.

정은영은 K시의 여중 3학년 때 같은 K시의 고등학교를 다니던 한 남학생을 사귀게 되었다. 그 남학생은 K시 태생이 아니라 남해의 어느 섬마을에서 K시로 유학을 나온 소년이었다. 소년은 은영에게 자주 고향 마을의 바다 이야기를 들려주곤 했다. 그림책이나 사진 같은 것에서밖엔 실제로 그때까지 바다를 가본 일이 없는 은영은 바다의 이야기를 신기하기 그지없어했다. 바다의 이야기를 무척도 듣기 좋아했다. 소년은 아무것도 다른 얘기는 할 줄 모르는 듯 파도며 수평선이며 그 바다 얘기만 했고, 은영 역시 그런 바다 얘기에 싫증을 내는 법이 없었다. 은영은 이야기를 들을 때마다 소년에게 꼭 그 바다를 한번 구경시켜달라 부탁하곤 했다. 소년은 언젠가 그 은영에게 그의 고향 앞바다를 구경시켜주겠노라 굳게 약속했다. 그리고 그 바다가 더욱 자랑스러운 듯 계속 바다 이야기를 되풀이했다.

그러다 여름 방학이 되었다. 은영은 그 여름 방학을 틈타 소년에게 바다를 구경시켜달라 졸랐다. 그런데 어찌 된 일인지 여름 방학이 가까워지면서부턴 소년의 바다 이야기에 차츰 풀기가 줄어

들고 있었다. 그러다 막상 방학이 되어 은영이 그 바다를 구경시켜달라자 소년은 더욱 기가 죽었다. 이상스럽게 은영을 두려워하기까지 했다. 그러다 소년은 말도 없이 혼자 슬그머니 고향으로 내려가버렸다. 방학이 끝나 다시 고향에서 돌아온 소년은 아직도 어딘지 기가 죽어 있었다. 아니 소년은 고향으로 내려갈 무렵보다도 더욱 낭패스럽고 실망 어린 표정이 되어 있었다. 한동안 바다 이야기는 꺼내려 하지도 않았다.

그러나 소년은 언제부턴가 결국 그 바다의 이야기를 다시 시작했다. 아무래도 그는 그 바다의 이야기밖에 다른 이야기는 할 줄 모르는 것 같았다. 그리고 한번 바다의 이야기가 시작되자 이번에는 전보다도 더 열심히 그리고 자주자주 그 바다의 이야기를 되풀이했다. 은영에게 바다를 데려가주지 못한 대신 은영이 그 바다를 더욱 확실하게 그려볼 수 있도록 해주려는 것처럼, 또는 그 바다의 환상에 취해 꿈을 꾸듯 몽롱해진 은영의 눈길에서 떠나온 고향 바다라도 찾아내려는 듯, 그녀의 눈길을 들여다보며 열심히열심히 바다의 이야기를 들려주었다. 그러나 소년은 아직도 은영을 정말로 그 바다로 데려가주지는 않았다. 방학이 가까워지면 그는 언제나 기가 죽기 시작했고, 그 혼자 슬그머니 고향엘 내려갔다간 이상하게 낭패스럽고 실망 어린 표정이 되어 돌아오는 것도 늘 마찬가지였다. 나중엔 방학이 되어도 숫제 고향엘 내려가려고조차 하지 않았다. K시에서 비실비실 방학을 넘겨버리곤 했다. 그리고 얼마 동안 시간이 지나고 나면 다시 그 고향 바다 이야기를 새로 시작하곤 했다. 그런 식으로 몇 해가 지났다. 은영은 고등학교 2학년이 되고 소년은 3학년이 되었다.

　그해 여름 방학이었다. 은영은 이번에야말로 기어코 그 바다를 가보리라 작정했다. 소년을 졸라댔다. 이번에는 기어코 바다를 가보고 말겠다 했다. 소년이 마다하면 혼자서라도 가겠다 했다. 그랬더니 소년은 은영을 바다로 데려가주는 대신 웬일인지 그만 그녀를 떠나가버리고 말았다. 그렇게 소년이 떠나간 상처로 하여 은영은 물론 바다를 갈 수 없었다. 은영은 그해 여름도 바다를 가보지 못한 채 K시에서 여름을 지냈다. 그런데 그 여름이 지나고 나자 떠나간 소년으로부터 한 권의 책이 우송되어 왔다. 바다의 이야기를 쓴 그 소설책은 소년이 은영에게 보내준 마지막 선물이었고 또 마지막 소식이었다.

　은영은 소설을 열심히 읽었다. 소설의 바다가 또다시 그녀를 감동시켰다.

　소설은 이런 내용이었다. 어느 조용한 바닷가 결핵 요양소. 요양소의 한 간호사와 청년 환자 사이의 애틋한 사랑 이야기. 간호사는 처음 그녀의 직분에 따라 청년에게 정성스런 간호를 베푼다. 청년도 처음에는 그것을 그냥 당연한 친절이나 호의로 받아들인다. 그러나 청년은 이윽고 간호사에게 색다른 주문을 하기 시작한다. 자기와 함께 바닷가로 나가 해변 산책을 해달란 것이다. 간호사는 아직 무심스레 청년의 주문을 받아들인다. 날씨가 좋은 날엔 청년과 함께 자주 그 바닷가로 나가 청년을 위로한다. 그런데 청년은 간호사와 바닷가로 나가기만 하면 자꾸만 그녀에게 수평선을 바라보라 한다. 수평선에 배가 지나가지 않느냐고, 아무것도 보이지 않는 수평선에서 배를 찾게 하여 그녀에게 수평선을 바라보게 한다. 간호사는 처음 몇 번 청년의 말을 따라 정말로 수평선에서 배를 찾으려 애쓴다. 그러나 번번이 청년에게 속은 것을 알고는, 그리고 자신이 그 수평선을 바라보는 동안 청년은 수평선 대신 자기 눈 속만 열심히 쳐다보고 있는 것을 알고는, 무엇 때문에 그런 장난을 하느냐 청년에게 캐묻는다. 그러나 청년은 대답해주지 않는다. 그는 실상 그 간호사의 눈길에서 옛날에 떠나간 한 여자를 느끼려 한 것이었기에. 그를 떠나간 여자가 언제나 그렇게 수평선을 바라보듯 먼 시선을 가지고 있었기에. 그는 그 꿈을 꾸듯 몽롱한 여자의 눈빛을 사랑했기에. 그런데 그 여자는 떠나가고 그는 가슴을 앓게 된다. 그는 아직도 그 여인을 잊을 수가 없다. 간호사의 눈길에서 그것을 느끼고 싶다. 그러나 간호사의 눈은 그런 눈이 아니었다. 생각 끝에 그는 그녀에게 수평선을 바라보게 해본다. 그래도 역시 서툴기만 하다. 수평선을 바라보는 그녀의 눈길에는 멀고 몽롱한 꿈이 어리지 않았다. 하지만 어떻게든 이 여자의 눈에서 그것을 찾아내고 싶다. 그렇게 만들어주고 싶다. 그때까지는 대답을 해줄 수가 없었다. ……그러나 간호사도 이젠 깨달을 수 있었다. 청년이 바라는 것이 무엇인가를 그녀도 어슴푸레 느낄 수 있었다. 그녀는 이제 새로운 느낌으로 청년이 원할 때마다 그 수평선을 바라봐준다. 아무것도 없는 수평선에서 청년을 위해 열심히 그 배를 찾곤 한다. 그러면서 그녀는 청년이 원하고 있는 눈길이 되어보려 스스로 애를 쓴다. 그리고 마침내 어느 날 청년은 그녀의 눈길에서 그가 원하는 것을 찾아낸다. 여자도 그 청년이 비로소 자신에게서 원하는 것을 찾아내고 있음을 느낀다. 그리고 그로부터 청년은 조금씩 병이 낫기 시작한다. 바닷가에 선 그녀의 눈길과 그 눈길 속에 어려 든 수평선의 효험이듯 그의 병은 조금씩 조금씩 나아간다. 그리고 드디어 그의 가슴이 결핵균과 사랑의 상처에서 깨끗이 아물었을 때, 청년은 문득 요양소를 떠나가버린다. 바다와 수평선과 여자를 그대로 남겨둔 채. 그에게서 배우고 그에게서 익힌 그 여인의 눈빛을, 이제는 스스로도 어쩔 수 없이 꿈꾸듯 수평선을 바라보게 되곤 하는 그녀의 먼 시선을 남겨둔 채—

"정 선생이 읽었다는 소설은 그 여자가 빌려주어서 나도 읽어봤어."

기태는 이제 완전히 술이 깬 음성이었다. 그것은 내 쪽도 마찬가지였다. 그러나 나는 좀더 기다리고 있었다. 기태는 다시 말을 계속했다.

"정 선생이 내게 이야기해준 대로였어. 정 선생은 처음 이곳으로 부임해 오고 나서 그런 이야길 대개 다 털어놓았거든. 아까 말한 자신의 옛날 이야기까지 말야. 물론 내게다 그런 것은 아니었지. 우리 집 마누라에게였어. 아마 우리가 무슨 유식한 시골 유지뻘이나 되는 줄 알았던 모양이야. 처음부터 마누라하곤 여간 친하고 싶은 눈치가 아니었거든. 그래서 나도 조금씩은 여자의 얘길 들을 수 있었지. 마누라한테서도 듣고 그 여자가 마누라한테 하는 이야기를 함께 끼여서 듣기도 하고."

"그런데 자넨 아까 그 여자의 눈을 가짜라 했던가?"

기태의 이야기가 대략 끝난 것 같았으므로 나는 비로소 한마디 끼어들었다. 이야기를 다시 처음 줄거리로 끌고 가고 싶었기 때문이다. 기태는 그제서야 겨우 이야기의 실마리가 다시 붙잡힌 듯,
"그래 그렇지. 그 때문에 이야기가 길어졌지."
주의를 가다듬고 나선 다시 한마디로 단정을 지어버렸다.
"그럼 가짜지. 가짜구말구."
"어째서 가짜라지?"
"그 여잔 소설 속의 여자를 흉내 내고 있는 거야. 자네도 이담에 그 여자의 눈을 한번 자세히 보라고. 그때 가보면 내 말을 알 수 있을 거야. 영락없이 지금 말한 그 소설 속의 여자야."
게다가 정 선생은 그녀의 소녀 시절에 그 남자 친구로부터 들어 배운 바다가 아직도 어디엔가 아름답게 숨어 있으리라는 착각을 벗어나지 못하고 있댔다. 그래서 그녀는 지금 눈앞에 바다를 두고도 그걸 보지 못하고 공연히 자신을 가장하며 또 다른 바다에 취해 그 망상 속의 바다만 찾고 있는 꼴이랬다.
"그 여잔 내가 옛날의 그 사내 녀석이 끝끝내 바다를 보여주지 않은 건 그 녀석 역시도 자신의 환상 속에서밖엔 그 고향 마을 앞바다를 아름답게 지닐 수 없었기 때문일 거라고, 녀석도 실상 그런 아름다운 바다는 가지지 못했기 때문일 거라고 몇 번씩 일러줘도 영 곧이를 듣지 않는 거야. 그러면서 그 동화 같은 소설 속의 바다나 찾고 있는 거지. 그런 눈이나 흉내 내고. 가짜일 수밖에 없지. 과장이구, 병이 들었어."
"가짜래도 자네로선 상관없는 일 아닌가. 그 여잔 정말로 바다를 그렇게 아름답게 느낄 수도 있을지 모르구."

"난 반대야. 그 여자가 멀쩡하게 바다 앞에 서서도 그 바다를 다른 식으로 생각하고 싶어 하는 건 남들이 심어준 환상에 그녀가 속고 있는 것이거든. 그 여잔 이런 소리까지 했어. 자기는 아직도 바다를 모른다, 옛날의 그 사내 녀석처럼. 그리고 그 소설을 쓴 작자처럼 순결한 영혼의 눈으로 그 바다와 친해지고 그것을 접해간다면 아마도 진짜로 감동스런 바다의 모습을 만나게 될 수도 있을 것이라고 말야. 혹시나 그렇게 해서 그 환상의 바다를 만나질까 해서지. 아니 그 여잔 스스로 그렇게 자신이 속아 넘어가기를 바라고 있는 거지. 바다와 친해지려 노력도 하고 때로는 짐짓 거기에 반한 척 자신을 과장하기도 하면서 말이야. 하지만 다 쓸데없는 짓이야. 그 소설 속에서처럼, 멀쩡한 바다를 두고 사람들이 이러쿵저러쿵 다른 환상을 짓고 싶어 하는 건 아무리 그 사람들이 바다에 반한 척 바다를 아끼는 척해도 정말로 그 바다와 친해질 수 있기는커녕 자신들도 모른 채 도회지 같은 데서 품고 온 그 병적인 환상이나 현학 취미 같은 것으로 공연히 바다를 병들게 하고 오염시킬 뿐이지. 바다는 그냥 여기 있어. 자 보게. 저렇게 의젓하게 저기 있지 않나. 그 바다가 도대체 어쨌다는 건가. 과장을 해서는 안 돼. 그 여잔 병이 들었어. 순박한 인심이니 맑은 공기니 버릇처럼 되어 있는 그 여자의 말도 모두 그런 식이야. 그녀가 알 턱이 있어? 진짜 순박한 시골 인심을 말야. 진짜로 맑은 공기, 진짜로 시원한 바람을 말야. 어림도 없는 자기 과장이지. 병을 고쳐줘야 한단 말야 내 말은."

기태는 터무니없이 열을 올리고 있었다. 나는 그만 입을 다물고 말았다. 입을 다문 채 가만히 앉아 있기만 했다. 그러자 기태도 그만 제풀에 맥이 빠지는지 입을 다물었다. 아무것도 내겐 더 물으려 하지 않았다. 그는 역시 자신의 이야기를 위해 나를 끌어냈던 게 분명해 보였다. 정은영이란 여자에 대한 그의 관찰과 판단은 나로서도 대략 수긍을 할 수 있었다. 그녀는 사실로 그런 자기 환상과 과장에 빠져 있을 가능성이 농후했다. 기태의 판단은 정확할 수 있었다. 하지만 그건 그토록 기태가 화가 나야 할 일은 아니었다. 보다도 기태는 필시 정은영 그 여자를 좋아하고 있는 게 분명했다. 적어도 그는 그의 어조처럼 여자를 경멸하거나 싫어하는 편이 아닌 것 같았다. 내겐 왠지 그런 생각이 들었다.

　이튿날은 아침에 잠깐 아래채를 다녀오고 나서 계속해서 다시 자리로 들어가 누웠다. 오랜만에 술기를 한 탓인지 간밤에는 또 제법 심한 배앓이가 지나갔다. 기태와 헤어져서 별채로 올라온 후 나는 거의 두 시간 가까이나 화장실을 지키고 앉아 배앓이가 가라앉기를 기다리고 있어야 했다. 그래 그런지 아침이 되어도 잠이 아직 부족했고 뱃속은 안심이 되지 않았다. 기태가 또 아침을 기다릴 듯해서 잠깐 얼굴을 내밀고 오긴 했으나 숟가락은 손에도 대보지 않은 채였다. 나는 가만히 눈을 감고 드러누워 잠을 청했다. 한 시간 남짓 그러고 있어도 의식이 가라앉지를 않았다. 뱃속이 불안하다 생각할 때는 언제나 그랬다. 아침에 일어날 때 잠이 부족했던 푼수로는 눈만 감으면 한잠 푹 잘 수 있을 듯싶었는데, 아무래도 이젠 틀린 것 같았다. 나는 결국 자리에서 일어나 방을 나와버렸다.

　방을 나오자 나는 이내 발소리를 죽이며 안방 쪽으로 주의를 집중시켰다. 안방에서 가는 음악 소리가 흘러나오고 있었다. 조용한 여름날 시골 과수원 한구석에서 들려 나오는 음악 소리는 땅속에서나 솟아 오는 것처럼 신기로웠다. 나는 좀더 안방 쪽으로 가까이 다가섰다. 그것은 차이코프스키의 애조 어린 바이올린 협주곡 멜로디였다.

　— 훈이 녀석인 모양이군.

　전날 낮 녀석의 머리맡에 놓여 있던 트랜지스터라디오를 떠올리며 나는 방 앞으로 다가가 가만가만 창문을 두드려보았다. 녀석이 늘 어른처럼 생각되어 내 쪽에서도 그런 식이 되지 않을 수 없었다. 음악 소리 때문엔지 안에서는 대꾸가 없었다.

　"훈이 자고 있니?"

　다시 한 번 창문을 두드렸다. 녀석이 라디오를 켜놓은 채 잠이 들었을 리는 없다고 생각했다. 하지만 나의 추측은 빗나갔다. 녀석은 이번에도 반응이 없었다. 가만히 문을 열어보니까 녀석은 그제서야 겨우 잠에서 깨어난 음성으로,

　"아저씨세요? 들어오셔요. 전 지금 막 잠이 들려고 했어요. 밤에는 불면증이 심해서요."

　역시 애어른처럼 예의 바른 웃음을 지으며 천천히 자리를 일어나 앉았다.

　"잠을 깨서 미안하다. 한데 라디오를 켜놓구?"

　"네, 전 매일 밤 음악 소리를 들으면서 간신히 잠이 들곤 해요."

"언제나 라디오를 켜야 하나?"

나는 얼핏 짚이는 일이 있어 다그쳐 물었다. 녀석의 대답은 과연 예상을 적중하고 있었다.

"네, 항상 그렇지는 않지만…… 전 거의 습관이 되었어요. 음악 소리가 없으면 좀처럼 잠을 이룰 수가 없거든요. 반대로 음악 소리를 듣고 있으면 어느새 눈이 스르르 감겨와요."

됐다 싶었다. 다름 아니라 나는 어제부터 줄곧 녀석에게 들려줄 고향 이야기를 찾고 있었다. 하지만 좀처럼 아무것도 생각이 나질 않아서 애를 먹고 있던 참이었다. 녀석의 말을 듣고 보니 생각나는 일이 있었다. 바로 그 잠버릇에 관한 것이었다.

어린 시절, 나는 언제나 어른들의 이야기 소리에 실려 잠길을 더듬어 들곤 했다. 저녁을 먹고 나면 나의 그 시골 오두막에는 이웃 할머니 한 분이 밤마다 어머니를 찾아왔다. 찾아와서 살림살이도 의논하고 마을의 소문이나 당신들이 지내온 지난날의 이야기도 나누고 하다가 밤이 한참 늦어서야 잠자리로 돌아가곤 했다. 여름에는 뜰에 편 멍석 위에서, 가을이나 겨울철이 되면 오두막 골방의 희미한 등잔불 아래서, 두 여인은 밤마다 하염없는 이야기를 나누었다. 나는 언제나 그 이야기 소리를 자장가 삼아 잠길을 더듬어 들곤 했다. 어머니의 무릎을 베고 누워 도란거리는 말소리에 귀를 기울이노라면 나는 어느새 그 말소리들이 보얗게 멀어지며 꿈속을 헤매기 시작했다. 어른들의 말소리를 들으면서 잠이 드는 버릇은 어쩌다 어머니가 밤 나들이를 나갔을 때도 마찬가지였다. 어머니가 이웃 할머니나 다른 마을 집을 갈 때도 나는 언제나 어머니를 따라다녔고, 거기서 나는 어른들의 이야기 소리를 들으면서 잠이 들었다가 이튿날 아침이면 그렇게 잠이 든 채 어머니의 등에 업혀 집으로 돌아와 있기 예사였다. 도란도란 말소리를 들으며 잠이 드는 버릇은 완전히 내 버릇이 되어 있었다. 어쩌다 이웃 할머니도 오지 않고, 어머니의 밤 나들이도 없는 날은 좀처럼 잠을 이룰 수가 없었다. 어머니가 죽으면 어쩌나, 돌아가신 내 아버지는 어떻게 생긴 사람이었을까, 공연히 그런 쓸데없는 공상이 꼬리를 물었고, 공상이 늘다 보면 어둠이 내려앉는 것 같은 두려움과 갑갑증만 끝없이 늘어갔다. 언제나 어른들의 말소리를 듣고 있어야 잠이 왔다. 나의 그런 잠버릇은 좀더 자라서 철이 들기 시작했을 때도 마찬가지였다. 중학교 때도 마찬가지였고 고등학교 때도 마찬가지였다. 중학교 시절엔 K시에서 외종형 댁 신세를 지고 지냈기 때문에, 어른이 다 된 외종형들 사이에서 밤을 끼어 자면서 그들의 이야기 소리를 들었고, 병원을 드나들기 시작하면서부터는 다른 침대의 환자와 보호자들의 이야기를 들었다. 고등학교 때에는 자취를 하였는데 나는 한사코 친구 놈에게 이야기를 시켜놓고 녀석의 이야기가 끝나기 전에 서둘러 잠이 들어버리곤 했다.

  그런데 문제는 대학교 이후부터였다. 이제는 내 잠자리를 위해 이야기를 해줄 사람이 없었다. 이야기를 시킬 사람도 없었다. 나는 고물 라디오를 하나 구해 들였다. 언제나 머리맡에 라디오를 놓고 심야 방송을 들었다. 라디오를 들어도 음악은 소용이 없었다. 반드시 말소리를 들어야 잠이 왔다. 하지만 자정이 지나서는 방송이 대부분 음악 프로였다. 음악이 아닌 것은 대이북 방송뿐이었다.

나는 대이북 방송을 들었다. 외국에서 보내온 운동 시합 중계 같은 것이 있는 밤은 그만이었다. 하지만 대개는 대이북 방송을 들었다. 밤 1시도 좋고 2시도 좋았다. 그래도 정 잠이 오지 않는 밤은 아침 방송이 시작될 때까지 계속해서 대이북 방송을 들었다. 그러다 새벽 5시나 6시가 되어 다음 날 아침 프로가 시작되면 계속해서 또 그것을 들었다. 나의 상식은, 나의 지식은, 그리고 내 심야의 사색은 그러니까 대개 그 대이북 방송에서 얻은 것들이었고, 그것에서 비롯된 것이었다. 우리나라의 산업과 문화와 정치와 국제 정세에 관한 나의 지식은 꾸준하고도 확고한 것이었다. 그것은 요즘도 물론 마찬가지다. 요즘엔 민간 방송이 많아서 심야에도 이야기를 들을 수 있는 프로그램이 많지만 그 역시 대이북 방송만은 못하다. 음악 프로가 너무 많다. 음악이 시작되면 나는 차라리 다이얼을 돌려 다른 방송의 광고 말을 듣는 쪽이 낫다. 여인들의 생리용품과 약품(밤에는 특히 신경 안정제가 많다)들의 가격, 쓰임새 따위를 귀신처럼 환히 꿰고 있는 것도 다 심야 방송 덕분이다. 내 지식은, 적어도 내 상식의 세계는 그렇듯 그 라디오로 하여 누구 못지않게 풍성해져온 것이다.

  그런데 훈이 녀석 또한 잠자리에서 라디오 신세를 져야 한단다. 녀석이 나와 다른 것은 내가 반드시 말소리를 들어야 하는 데에 비해 녀석은 음악 쪽이라는 것뿐이었다. 나는 그 점이 조금 마음에 걸리기는 했지만, 그것으로 해서 일단 내 이야기가 떠오른 이상 그쯤은 상관이 없다고 생각했다.

  "고향 얘기를 해야겠군……"

나는 의기양양해서 녀석의 주의를 환기시켰다. 그러고는 곧 이야기를 시작했다. 나의 어머니와 이웃집 할머니의 이야기를 했다. 별이 총총한 여름밤과 등잔불 아득한 겨울밤의 이야기도 했다. 그리고 내 잠버릇을 자상스럽게 이야기했다. 하고 나서, 나는 요즘도 같은 버릇이 계속되고 있는데, 이곳을 오면서 트랜지스터를 깜박 잊어먹었기 때문에 여간 애를 먹고 있지 않노라고, 근자의 사정까지 모두 털어놓았다. 그건 훈이 녀석의 트랜지스터에 주의가 가고 난 다음에야 뒤늦게 생각난 일이었지만, 나로서는 조금도 거짓이 없는 말이었다.

  녀석은 턱을 괴고 앉아 내 이야기를 열심히 듣고 있었다. 그리고 그런저런 이야기를 모두 듣고 나더니,

  "그러니까 아저씨에겐 아직도 고향에서의 버릇이 남아 있는 거군요. 아저씨에겐 아직도 그런 고향이 간직되어 있다는 거 아녜요?"

  고향이란 말을 두 번씩이나 사용하여 언제나처럼 어른스런 이해를 표시하곤 금세 또 엉뚱한 질문을 이어왔다.

  "그런데 좀 이상하군요. 어째서 아저씬 그토록 음악을 싫어하셔요? 제 불면증은 거꾸로 음악을 들어야 잠이 오는데요?"

  처음부터 마음에 짚여오긴 했지만 모른 체 넘어가고 싶었던 것을 녀석이 기어코 다시 들추어낸 것이다. 하지만 나는 미처 거기까지는 녀석에게 시원스런 대답을 해줄 수가 없었다. 거기에 대해선 자신도 말을 그냥 건너뛰고 싶었을 만큼 심사가 석연치 못한 때문이었다. 쉽게 생각하면 한쪽은 사람의 육성을 들으며 자랐고, 다른 한쪽은 라디오의 음악 소리를 들으며 자라난 결과일 터였다.

서로가 각각 다른 것에 의해 다른 식으로 훈련을 받아왔기 때문에 버릇도 달라지게 된 결과였다. 나는 아마도 그것을 알고 있었기 때문에 자랑스러운 듯 지금까지 내 라디오 이야기를 지껄여댔을 터이다. 녀석에게 그것을 말해줄 수도 있었다. 하지만 나는 그걸 말하지 않았다. 아직도 마음이 짚이는 것이 남아 있었다. 그것이 무엇인가. 생각이 날 듯 날 듯하면서도 그게 금세 머리로 떠올라 주질 않았다. 나는 계속 망설이고 있었다. 그것은 물론 녀석의 추궁에 대한 답변을 위한 망설임만은 아니었다. 내 이야기는 애초부터 녀석을 위한 것이 아니었다. 그것은 나의 고향에 대한 자신의 확인 과정이었다. 또 한 가지 다른 이야깃거리가 떠오를 것 같은 기미를 보이기 시작했기 때문이었다.

"아저씬 보통 때도 음악을 그렇게 싫어하셔요?"

망설이고만 있으니까 녀석이 이상하다는 듯 다시 물어왔다.

그러나 나는 이제 서둘러 녀석의 방을 나오고 말았다. 혼자서 생각을 더듬어 들어가보기 위해서였다. 하지만 내 방으로 돌아오자 나는 그 때문에 더 이상 고심할 필요가 없었다. 내게는 이미 생각이 떠올라 있었다.

내 유행가였다.

녀석이 내게 보통 때도 음악을 싫어하느냐고 물은 건 잘못이었다. 나는 실상 그 고향의 산골에서 울려 나오는 노랫가락을 무척도 좋아했다. 그것은 지금도 마찬가지다. 라디오 같은 데서 가끔씩밖에는 들을 수가 없지만, 나는 지금도 여전히 그것을 좋아한다. 뿐만이 아니다. 나는 그 노랫가락 외에도 유행가를 무척 좋아했다. 시끄럽고 빙충맞은 요즘 식의 유행가는 물론 아니었다. 옛날 유행가 말이다. 「이 강산 낙화유수」라든가, 「울려고 내가 왔던가」라든가, 「고향이 그리워도 못 가는 신세」라든가 또는 「신라의 달밤」이나 「목포의 눈물」 같은……, 옛날옛날의 노래들을 무척도 좋아했다. 좋아할 뿐 아니라 어렸을 적부터 그것을 제법 잘 불러대서 이웃집 할아버지나 할머니, 동네 어른들로부터는 침이 마르도록 자주 칭찬을 듣기도 했다. 이 역시 지금도 마찬가지다. 나는 얼마 전까지만 해도 서울의 대폿집 골목에서 술에 취해 목이 쉬도록 그런 노래들을 부르고 다닌 일이 많았다.

  나 역시 노래를 좋아했고 아직도 좋아하고 있음에 틀림없다. 다만 나는 그것이 음악이라고 불릴 수 있는지 어떤지 자신을 가지지 못했을 뿐이다. 내 노래에 대해 내가 자신을 잃어버리게 된 것은 초등학교를 입학하고 나서부터였다. 초등학교 여선생님은 절대로 내게 그런 노래를 부르지 못하게 했다. 그 대신 선생님은 산토끼가 어떻고 병아리 송아지가 어떻고 아니면 하늘의 별이, 학교 종이, 동무들이 어떻고 어떻고 하는 유치한 노래들만 가르쳤다. 나는 노래에서 그만 취미를 잃고 말았다. 그런데 K시로 중학교를 와서부터는 거기서 더한층 취미가 떨어졌다. 중학교 음악 선생님은 물론 시골 초등학교의 여선생님과는 비교도 되지 않을 만큼 고급 노래꾼이었다. 병아리 송아지 같은 건 아예 처음부터 상대를 하지 않았다. 선생님은 이제 진짜 음악 공부를 시켜줄 셈으로 수업 시간에 피아노도 쳐주고 수십 장씩 쌓아둔 레코드판을 들려주기도 했다. 그런데 이 선생님 역시 내 유행가는 절대로 용설 하지 않았다. 유행가는 원래 촌놈 음악이며 음식으로 치면 중국집 자장면이나 우동 같은 것이라 비교했다. 촌놈들은 중국집 자장면이나 우동 정도만 하여도 매우 맛이 있어 하겠지만, 진짜 맛있는 음식을 먹어본 사람은 적어도 오므라이스나 비프스테이크 이상은 되어야 제법 맛을 즐길 수 있다고 했다. 진짜 음악은 그러니까 오므라이스나 비프스테이크 같은 음식물이 그렇듯이 보통 사람은 그 맛을 몰라 잘 먹을 수도 없고, 먹어보려고도 하지 않는 고급 음식이며, 그것이 곧 클래식 음악이라는 것이었다. 하지만 나는 역시 촌놈이었다. 오므라이스나 비프스테이크가 자장면 우동보다 맛이 있는지 어떤지는 확실치 않았지만, 적어도 그 클래식 음악이라는 것이 내게는 아직 유행가보다는 맛이 덜하다는 것만은 확실했다. 시골에서는 구경도 못한 피아노와 전축 같은 것이 만들어내는 소리 쪽이 더 고급 음악임 직하기는 했지만, 도대체 나로서는 그게 마음에 들지가 않았다. 그것들에서 나는 소리는 대개 사람의 목소리가 없기 때문이었다. 그건 나에겐 악기들이 모여 내는 어떤 신호에 불과했다. 나는 쉽사리 그 신호에 익숙해질 수가 없었다. 적어도 그 시절에는 그랬다. 하지만 사람의 목소리가 없는 무의미하고 복잡한 악기의 신호가 진짜 고급 음악이라니 그렇게 곧이를 듣는 수밖에 없었다. 그리고 그 결과로 나는 내 유행가에 대해 차츰 자신을 잃게 되고 만 것이다.

  세월이 흐르면서 나는 물론 그 시절의 서투름이 많이 고쳐져가기는 했다. 고급 음악에 대한 내 무지가 얼마쯤 바로잡힌 셈이었다. 하지만 그와 비례하여 그 유행가에 대한 내 이해나 자신감도 이제는 그만큼 새롭게 다시 되살아나고 있었다. 아니 그것이 음악일 수 있든지 없든지 그런 건 이제 내겐 상관없는 일이 되어갔다. 나는 그저 부르고 싶은 대로 나의 유행가를 불렀고, 그럴 수만 있으면 그것이 음악이든 아니든 아무래도 좋았다.

훈이 녀석에 대한 내 대답도 마찬가지다. 나는 녀석이 묻는 말에 대해 내가 음악을 좋아한다 싫어한다 자신 있게 잘라 말할 수는 없다. 하지만 적어도 내가 그 유행가를 좋아하고 그것을 즐겨 부른다는 말은 해줄 수 있는 것이다. 그러면 그만인 것이다. 그것도 나의 고향이 묻어 있는 이야기니 말이다.

이날 오후 정 선생이 별채를 다녀가고 나자 나는 다시 녀석을 끌어내어 나의 유행가 이야기를 자랑스럽게 들려주었다. 그러면서 나는 그 노래를 부르면서 내가 지내온 동백나무 숲 짙은 시냇가와 밭언덕과 골짜기들을, 그리고 하학 후의 산길과 명절날의 밤놀이와 개구쟁이 친구들을 한 가지 한 가지 기억 속에 더듬어나가고 있었다.

5

어느새 내가 기태의 과수원을 찾아온 지도 한 달이 가까워지고 있었다.

나는 그동안도 물론 훈이 놈에게 계속해서 고향을 배워주고, 그것을 구실로 내 어린 시절을 구석구석 세심하게 더듬어나가고 있었다. 그것은 물론 쉬운 일이 아니었다. 하지만 생각이 막히면 훈이 놈은 언제나 그 생각을 열고 나갈 새로운 계기가 되어주곤 했다. 나는 녀석 때문에 기억의 실마리를 아주 놓쳐버린 적은 없었다. 녀석의 트랜지스터와 잠버릇이 그랬듯이 녀석 때문에 나는 언제나 새로운 이야깃거리를 찾아낼 수 있게 되곤 했다. 그리고 이젠 내게도 그 고향이란 것이 그럭저럭 제법 확실해진 듯한 느낌이 들어가고 있었다. 훈이 놈도 어느만큼 나의 이야기를, 그 고향이란 것을 이해할 수 있게 된 것 같았다. 마음속에선 제법 절실한 느낌을 가져보기도 하는 눈치였다.

그러다 보니 내게 한 가지 이상한 현상이 일어나고 있었다. 언제부턴가 배앓이의 증세가 조금씩 자취를 감춰가기 시작한 것이다. 과수원엘 오고 나서 처음 며칠 사이에 두세 차례 증세가 스쳐갔을 뿐, 훈이 녀석과 이야기를 시작한 다음부터는 나도 모르게 그 배앓이의 기억이 차츰차츰 멀어져가고 있었다. 증세가 나아간 것은 배앓이뿐이 아니었다. 그런 기미는 내 외모에서도 뚜렷하게 나타났다. 배앓이의 증세가 사라져가면서 누렇게 뜬 내 안색이 몰라보게 좋아져가고 있었다. 파리똥을 갈겨놓은 것처럼 늘상 지저분하게 널려 있던 주근깨 같은 것도 말끔하게 가셔나갔고, 그렇게 보아 그런지 손가락만 스쳐도 눈앞이 뿌옇게 쏟아져 내리던 비듬가루도 훨씬 줄어들고 있었다. 늘상 흐리멍텅하게 핏발이 돋아 있던 눈알맹이도 어느 정도 흰자위와 검은자가 선명하게 드러났고, 거칠고 지저분한 불갈색 머리털까지 다소의 윤기를 되찾고 있었다. 별로 담배를 줄인 것 같지도 않은데, 고장 난 바람개비가 들어

막힌 것 같던 목구멍도 개운스런 때가 많았다.

기이한 현상은 나한테서만 일어나고 있는 일이 아니었다. 훈이 녀석에게도 변화가 엿보였다.

녀석은 이제 나의 이야기가 시작되면 으레 자리를 걷고 일어나 방을 나올 줄 알았다. 조금씩조금씩 마루를 거닐어보기도 하고, 어떤 때는 마루를 내려서서 커다란 고무신을 끌고 앞마당을 돌아다니기도 했다. 그런데도 아직 1년이 채 못 된 탓인지, 녀석에게선 그 뼈가 부러지는 사고도 생기지 않았다. 행여나 또 뼈가 부러지지 않을까 옛날처럼 지레 겁을 먹은 것 같지도 않았다.

정 선생도 이젠 나와 훈이 놈 사이의 일을 적당히 모른 척해주고 있었다. 그녀는 처음 나와 훈이 놈이 그런 식으로 어울리고 있는 걸 알고 나선 마치 자신의 가장 귀중한 권리라도 침해당한 듯 신경을 곤두세우며 나를 몹시 못마땅해하는 기미였다. 그러나 내가 그걸 전혀 아랑곳하지 않으려는 태도를 보이자, 그리고 이젠 훈이 놈마저 내 이야기에 적잖은 집착을 보이기 시작하자, 그녀는 결국 우리 둘 사이의 일을 모른 체하기 시작했다. 어디 너희 하고 싶은 대로 맘대로 해보라는 심사가 되어버린 모양이었다.

나는 계속해서 내 동백골 고향 마을의 이야기를 찾았다. 그리고 그걸 훈이 놈에게 열심히 이야기했다. 볕발 고운 초가지붕의 빨간 가을 고추에 대해 이야기했고, 여름철 해질녘의 저녁연기와 가을 귀뚜라미 울음소리에 대해서 이야기했다. 한밤중의 개 짖는 소리, 새벽녘의 닭 울음소리, 솔개에 쫓기는 참새 떼 소리, 자운영꽃 만발한 무논가의 황소 울음소리도 이야기했다. 무엇보다 가을 논두

렁에서 벌어진 개구리고기 잔치와 동백나무 숲께서 뱀을 잡아 구워 먹던 일은 이야기에 더욱 신이 났다. 동백골 아이들은 개구리나 뱀을 보면 사족을 못 쓰고 덤벼들어 불에 구워 먹었고, 특히 동백나무 숲 속에는 뱀이 많아 뱀 불고기 잔치가 끊일 줄을 몰랐던 때문이다. 나는 그것들을 늘 아름답고 즐겁게 이야기했고, 그러면서 자신을 위해서도 그것들을 하나하나 아름답게 간직해나갔다.

나와 훈이 놈의 증세는 그럴수록 더 호전되어갔다. 나에게선 그 아름다운 고향으로 하여 지저분한 증세들이 하나하나 말끔히 씻어져나간 듯했고, 훈이 녀석 또한 내 이야기에 상당한 감동을 맛보며 나름으론 그 고향을 배워나가고 있는 요량이었다. 고향을 배울 수는 없더라도 적어도 녀석이 애초에 바랐던 대로 자신의 증세를 꽤 멀리까지 잊어버릴 수 있는 것만은 확실한 것 같았다.

그러나 나는 내 이야기를 훈이 녀석 때문에, 다시 말하지만, 녀석의 증세를 위해 그토록 열심히 찾아내고 있었던 건 물론 아니었다. 솔직하게 말한다면 나는 녀석의 증세를 감해주기보다 오히려 녀석에게 어떤 고약한 증세를 심어주고 싶은 쪽이었다. 이상스럽게도 나는 녀석에게 복수를 감행하고 있는 듯한 기분으로 녀석을 다루어오고 있었다.

녀석에겐 아무래도 그럴 수밖에 없었다. 한참 나중사 깨달은 일이지만, 녀석에겐 또 한 가지 몹쓸 악습이 있었다. 녀석은 어떤 경우에서나 그가 만난 일을 구체적인 사실로 받아들이는 법이 없었다. 어떤 일이나 녀석은 그것을 하나의 부호처럼 상징화하여 이해하고, 그것이 주는 암시만을 받아들였다. 녀석은 자기 주변에서 일어난 일들을 무엇이나 우선 하나의 편리한 상징으로 추상화시켜 버렸다. 언젠가 녀석이 잠을 잘 때면 꼭 트랜지스터라디오의 음악 소리를 들어야 한다 했을 때도 어슴푸레 느낀 일이었지만, 녀석은 그런 식으로 모든 것을 어떤 신호나 암시를 통해 접촉하고 받아들이고 반응하며, 녀석의 생리 구조는 거기에 매우 익숙하게 단련되어 있었다. 녀석의 그런 습벽은 그가 읽고 있는 책만 보아도 금방 짐작할 수 있었다. 녀석이 늘상 자리에 누워 있을 때 읽고 있는 책은 실상 그만 또래의 어린아이들이 즐겨 읽는 동화책이나 영웅전류가 아니었다. 그것은 갈대의 피리를 부는 목동과 님프 신의 이야기, 에코와 수선화의 전설, 또는 큐피드의 화살을 쏘아대는 미소년과 사랑의 이야기 같은, 하나같이 암시와 상징이 강한 신화 전설류들이었다. 녀석은 그런 이야기를 터무니없이 즐겁게, 그리고 놀랍도록 정확하게 이해해내고 있었다.

　말하자면 녀석의 세계에는 구체적인 사실의 경험은 없고 추상적이고 허망스런 상징들만 가득했다. 그래 녀석은 그가 만난 어떤 새로운 일에 대해서도 여전히 암시와 상징만을 요구하며, 그것만을 이해하고 그것만을 익숙하게 자기 속으로 받아들여, 종당엔 그 자신이 하나의 상징이 되어가는 꼴이었다. 내 이야기에 대해서도 마찬가지였다. 내 이야기마저도 녀석은 그걸 어떤 기호로서 이해하고, 모든 것을 그 나름의 상징이나 암시로 받아들이려 하고 있었다. 생각해보면 녀석이 내게 고향을 가지고 있느냐, 고향이 무엇이냐고 맨 처음 그런 말을 꺼냈을 때부터도 이미 그런 식이 아니었던가 싶다.

나는 물론 나에게서까지 그러는 녀석을 용서할 수가 없었다. 나는 내 이야기에서 녀석이 찾고 있을 어떤 암시나 상징도 인색하게 피해오고 있었다. 녀석이 해독해낼 수 있는 어떤 암시나 기호도 이야기 가운데 담으려 하지 않았다. 구체적인 사물과 사실을 만나도록, 녀석이 그것을 사실로서 만나도록, 그리하여 그것들의 외연이나 상징이 아닌 사실의 알맹이를 만나도록 해왔다. 텅 빈 녀석의 가슴속에 구체적인 사물의 경험을 심어주려 애썼다. 녀석에겐 그것이 무척도 고통이었을 것이다. 그 고통 때문에 녀석은 자신의 증세를 잊게 되었을지도 모른다.

하지만 그건 결코 녀석을 위해 그런 것은 아니었다. 녀석에게 고통을 주고 싶은 내 숨은 심사 때문이었다. 공연히 심술처럼 그래주고 싶었다. 그렇게 하여 녀석이 제 증세를 잊게 된다 하더라도 그것이 결코 녀석을 위해 다행스런 일이 될 수 없다는 게 나의 생각이었다. 뼈가 부러지거나 그런 위험성 때문에 두려워하는 일은 없어진다 하더라도, 그 대신 녀석은 이제 그의 안으로 밀려들어와 모처럼 뿌리를 내리기 원하는 여러 가지 낯선 사실들과 스스로 익숙해진 상징의 요구 사이에서 새로운 혼란과 고통을 겪어야 하며, 그것은 자칫 뼈가 부러지는 증세를 견디는 것보다 더욱 힘들고 행복스럽지 않은 새로운 질병을 잉태할 수 있을 것이기 때문이었다.

나의 이야기는 말하자면 녀석에 대한 막연하고도 무위한 어떤 복수와 같은 행위라 할 수 있었다. 그것을 통해서 나는 애초의 기대처럼 나의 증세들을 줄여가고 있었고, 훈이 녀석은 녀석대로 적어도 그가 바란 것만큼은 내 이야기에서 자신의 증세를 잊은 채 별채 마루와 뜰을 거닐며 자신의 고향을 배우고 있었다. 어쨌든 다행스런 세월이라 하지 않을 수 없는 과수원의 한 시절이었다.

그러던 어느 날— 과수원에는 한 가지 뜻하지 않았던 일이 생겼다. 정 선생이 갑자기 과수원 별채를 떠나가버린 것이다. 그녀는 우리들의 그 별채와 기태네의 과수원을, 아니 그녀가 스스로 돌보기를 자청하고 나섰던 훈이 놈과 그녀의 초등학교 화산리 모든 것을 떠나가버린 것이었다.

곡절을 알 수 없었다. 어느 날 밤 그녀는 훈이 놈에게 저녁을 먹이고 나서 다시 학교로 내려간 일이 있었다. 학교에 일이 밀려 있어 밤일을 해야 한다고 했다.

그날 밤 정 선생은 예상보다 훨씬 더 귀가가 늦고 있었다. 초등학교 건물이 마지막 불빛을 끄고 어둠 속에 잠겨버린 다음에도 정 선생은 아직 한동안 길을 올라오는 기척이 없었다. 정 선생이 별채로 올라온 것은 거진 자정이 가까워질 무렵이었다. 밤이슬이 길섶을 축축하게 적셔놓은 다음에야 그녀는 기력이 하나도 없는 몰골로 과수원 길을 올라왔다. 나는 그녀가 학교 일이 무척 바빠졌고, 바쁜 일 때문에 별채를 걸어 올라오기도 어려운 만큼 심신이 피로해진 거라 생각했다. 한두 마디 위로를 건네주고 싶었지만 그것도 밤이 늦었음을 핑계로 모른 체 그냥 자리로 들고 말았었다.

그런데 어떻게 된 일인지 다음 날 아침 정 선생은 출근을 하지 않았다. 늦도록 자리도 일어나지 않고 있었다. 아침 해가 훨씬 치솟아 오른 다음에야 그녀는 부스스한 얼굴로 잠깐 부엌일을 돌보는 척하더니 금세 다시 문을 닫고 방구석으로 들어박혀버렸다. 그러고는 하루 종일 문고리를 걸어 잠근 채 얼굴을 내밀지 않았다. 어디 몸이라도 몹시 불편한가 싶어 걱정을 해주재도 말을 들여보낼 기회가 없었다. 학교에서 담임반 아이들이 찾아왔을 때도 그녀는 잠시나마 녀석들을 안으로 맞아들이려 하질 않았다. 방문을 조금 열어보이고는 몸이 아프다는 핑계로 녀석들을 선걸음에 되돌려 보냈다. 하학 후 동료 교사 두 사람이 병문안을 왔을 때도 그녀는 역시 그런 식이었다. 정 선생이 그러고 있으니 훈이 놈마저 문밖엔 얼씬도 하지 않고 함께 방구석에만 들어박혀 있었다.

다음 날도 마찬가지였다. 다음 날도 그녀는 여전히 방문을 걸어 잠근 채 기동의 기미를 전혀 안 보였다. 뭔지 모르게 그녀는 한사코 사람을 피하려는 눈치였다.

나는 아무래도 심상치 않은 생각이 들었다. 필시 곡절이 있는 일 같았다. 그녀에게 무슨 일이 일어난 듯싶었다. 기태에게로 내려가 의논을 해보기로 했다. 전날도 나는 녀석에게 사정을 귀띔해주었지만 녀석은 아무것도 걱정스러워하는 빛이 없었다.

"가만둬. 한창 젊은 나인데 곧 일어나겠지 뭐."

방까지 내주고 있는 처지로선 매정할 만큼 무관심한 반응이었다. 그러나 이젠 사정이 달랐다. 전날하고는 분명히 사정이 달라져 있었다. 이야기를 듣고 나면 녀석도 이젠 그럴 수가 없는 형세였다.

기태는 그러나 아직도 마찬가지였다. 일부러 자기를 찾아 내려

와 걱정을 하고 있는 나를 보고 기태는,

"가만 내버려두라니까그래. 그만 나이의 여자라면 그럴 때도 있고 저럴 때도 있을 거 아냐. 가만 내버려둬. 일어날 때가 되면 자기가 어련히 알아서 일어날라구. 그게 다 병 고치고 사람 되어가는 징조라구."

짜증 반 핀잔 반으로 오히려 나를 멋쩍게 만들었다. 할 수 없었다. 아니, 알고 보면 나는 그때 할 수 없고 말 것도 없는 형편이었다. 처음부터 기태의 말을 알아듣지 못한 꼴이었다.

—그게 다 병 고치고 사람 되어가는 징조라구.

훨씬 뒤에 기태의 고백을 듣고 나서야 짐작이 간 소리였지만, 나는 그때 기태의 그 말이 무슨 뜻을 지녔는지를 상상할 수가 없었고 또 그러려고 하지 않았기 때문이다.

어쨌거나 정 선생은 그날 하루를 또 그런 식으로 지냈다. 그리고 다음 날 새벽으로 그녀는 아무도 모르게 혼자 집을 나가버렸다. 처음에는 물론 그녀가 정말 아주 기태네 과수원을 떠나가버린 것인지, 아니면 무슨 일로 잠깐 집을 비킨 것인지도 알 수가 없었다. 정 선생이 아무에게도 사연을 말하지 않았기 때문이다. 그녀로선 마지막 당부처럼 보이는 몇 마디 말 외에, 심지어는 훈이 녀석에게마저 이렇다 할 곡절을 남긴 것이 없었다.

그러나 정 선생이 별채와 과수원과 화산리의 초등학교를 모두 떠나가버린 것은 차츰 확실한 일로 되어갔다. 그 며칠간 여자의 수상쩍은 거동도 거동이었지만, 그녀의 옷가지며 기물들이 말끔히 정리된 것이나, 언제나 선반 위에서 먼지를 흠뻑 뒤집어쓰고 있던 그녀의 트렁크가 자취를 감추어버린 사실들이 그것을 말해주고 있었다. 그리고 이날 오후 그녀의 사직서가 학교로 우송되어 온 사실은 우리들에게 다시 한 번 그것을 확인해주었다.

곡절은 아직도 알 수 없었다. 그것을 알게 된 것은 정 선생이 기태의 과수원과 화산 마을에서 자취를 감추고 난 이틀 뒤의 일이었다. 뜻밖의 인물에서 곡절이 풀려나왔다. 기태가 곡절을 간직하고 있던 인물이었다.

기태도 물론 정 선생이 과수원을 아주 떠나가버린 것을 알고는 한동안 여간 당황한 빛이 아니었다. 나는 기태가 그렇게 당황해하는 것은 역시 다른 사람들처럼 영문을 알 수 없기 때문이리라고, 더군다나 그가 나에게 말한 식으로 일을 너무 대수롭지 않게 보고 흰 장담만 해왔기 때문이리라고 생각했다. 정 선생 일에 너무도 무심했던 자신을 깨닫고 뒤늦은 후회를 하고 있는 거라고 생각했다.

하지만 실상은 그게 아니었다. 그는 이미 모든 것을 알고 있었다.

그날은 또 기태가 느닷없이 술을 마시자고 했다. 우리는 함께 마을로 내려가 술을 마셨다. 그날 저녁 얼근히 술이 취해 초등학교 교사가 있는 언덕길을 올라오다 말고 기태가 문득 고백을 해왔다.

훈이란 녀석에게 고향이라는 것이 그의 삶의 어떤 상징과 기호로 이해되고 있었듯이, 정 선생이란 여자에겐 이를테면 그 바다가 그녀의 삶의 기호였다. 고달프고 삭막한 도회인들의 삶에는 그것이 이미 누구라도 어쩔 수 없는 생래의 습벽이 되고 있는 듯싶었다. 아무리 허망스럽고 하찮은 상징이라 하더라도 저들의 삶에선 그것이 그만큼 소중스러울 수도 있는 것이었다. 그런데 기태는 그

정은영이라는 여자로부터 삶의 기호로서의 그녀의 바다를 빼앗아 버린 것이었다. 꿈을 꾸듯 언제나 자신의 머리 위를 지나가버리는 그녀의 그 잡히지 않는 시선 때문이었을 터였다. 그 시선에 대한 질투와 자기 모멸감 때문이었을 터였다. 하지만 기태는 그것을 그녀에 대한 질투나 자기 모멸감 때문이라곤 말하지 않았다.

 그날 밤 기태는 과수원 사잇길에서 정 선생을 기다리고 있다가 그녀의 처녀를 빼앗아버린 것이었다. 하지만 그는 다만 그렇게 하여 여자에게서 그 허망스런 시선을 빼앗아주고 싶었을 뿐이랬다. 그래서 그녀의 증세를 고쳐주고, 과수원과 바다와 사람들에게, 무엇보다도 그녀 자신에게 조금이라도 정직해질 수 있도록 해주고 싶었을 뿐이랬다. 며칠 전 정 선생이 방문을 걸어 잠근 채 두문불출 끙끙거리고 있다는 말을 듣고, 그게 다 그녀가 사람이 되어가는 징조라 뽐내던 그의 말은 바로 그런 뜻에서 한 소리였다.

 기태가 빼앗아버린 그녀의 시선 속엔 그녀만의 바다가 숨 쉬고 있었다. 기태는 바로 그 바다를 빼앗아버린 것이었다. 자신의 바다를 빼앗긴 정 선생이 마을을 떠난 것은 당연한 노릇이었.

 그러나 기태는 결과가 어떻든 자신의 행동을 후회하고 있지 않았다.

 "하필 자네까지 와 있는 참에 나만 괜히 난처하게 됐군그래. 모두가 그 여자의 터무니없는 고집 때문이었어. 정말이지 그 여잔 너무 고집이 세었던 거야. 자기 고집 때문에 내 집까지 방을 얻어 들어왔고, 자기 고집 때문에 나가고 싶은 대로 집을 나가지도 못했지. 게다가 자네가 온 다음부턴 그게 더 심해지는 것 같았어. 잘

못 본 건지 모르지만 내게는 그렇게 보였어. 그런 여자가 도망은 또 웬 도망질이야, 제길—"

오히려 여자를 멋대로 저주하고 경멸해주고 있었다.

그날 밤 나는 한동안 잊고 지내던 배앓이 증세가 다시 시작될 기미였으므로 그쯤에서 그만 기태와 헤어지고 별채로 올라왔다. 그 과수원 길을 올라오면서 나는 또 나의 고향 이야기를 생각했다. 내 배앓이도 배앓이였지만 훈이 놈을 위해서도 그걸 계속 찾아내지 않으면 안 되었다.

훈이 놈은 이제 거의 나의 차지가 되어 있었다. 한데 녀석은 정 선생이 떠나고 나서도 전혀 어떤 동요의 빛을 엿보이지 않고 있었다. 녀석은 어쩌면 모든 것을 이미 다 알고 있기라도 하듯 그녀에 대해선 아무것도 물으려 하지 않았다. 그녀의 이야기를 꺼내는 일도 없었다. 침착하고 조용하게 누워 책만 읽으며 지냈고, 잠이 들고 싶으면 머리맡에 놓인 트랜지스터라디오의 음악을 켰.

그러나 나는 그런 녀석이 아무래도 불안스럽기만 했다. 이야기를 들려줄 틈도 없었지만, 정 선생이 떠나간 다음부턴 녀석이 다시 전날처럼 방구석에만 들어박혀 지내는 것이 여간 불길한 징조처럼 보이지 않았다. 녀석은 이제 내게 이끌려 뜰을 거닐지도 않았고, 방문턱조차 함부로 넘어 나오는 일이 없었다. 녀석은 어느새 내가 처음 별채로 왔을 때의 그 지나치게 조심스럽고 조용한 모습으로 되돌아가 있었다. 머지않아 뼈가 부러지는 사고라도 생기고 말 것 같았다. 녀석은 미리부터 그것이 두려워 그것을 생각하며 몸을 도사리고 있는 것 같았다.

이번엔 녀석을 위해서라도 이야기를 찾아야 했다. 어떻든 녀석을 다시 그 방구석에서 끌어내고, 증세를 잊어버리도록 해줘야 하였다. 이날 저녁엔 나의 배앓이까지 다시 기미를 보여오고 있어, 나는 더욱 마음이 조급했다. 아무래도 꼭 녀석에게 무슨 변통이 일고 말 것 같았다.
 ─녀석에게 한 번 더 고향 이야길 해줘야지.
 나는 열심히 동백골을 생각하며 별채로 올라갔다.
 그러나 나는 이날 밤 일이 사사건건 낭패였다. 기태의 이야기를 들었을 때도 나는 그게 왠지 내게까지 어떤 상관이 있는 일처럼 망연스런 낭패감에 빠졌는데, 별채로 올라와 훈이 놈을 만나고 나서는 그 낭패감이 더한층 확실하게 다가들었다.
 "그만두셔요. 오늘은 저 아저씨 이야기 듣고 싶지 않아요."
 동백골 어린 시절의 이야기를 시작하려 하자 벌써부터 자리를 잡고 누워 있던 훈이 놈이 뜻밖에 내 말을 가로막아버렸다. 그러고 나선 나를 위압할 만큼 침착하고 조용한 목소리로,
 "그 대신 오늘 저녁엔 아저씨한테 여쭈어보고 싶은 일이 있는데요, 대답해주시겠어요?"
 별러온 일이라도 있었던 듯 다짜고짜 다짐을 하고 나섰다. 아무래도 심상치가 않은 느낌이었다. 나는 녀석의 요구를 거절할 수 없었다. 고개를 몇 번 끄덕여주고는 조심스럽게 녀석의 표정을 살폈다. 그러자 녀석이 물어왔다. 그런데 그 녀석의 질문이라는 게 또 맹랑하기 그지없었다.
 "지금까지 이야기…… 아저씨가 지금까지 제게 들려주신 이야

기 말이에요. 그게 다 정말이어요?"

 어딘지 힐난기가 어린 듯한 눈빛으로 녀석이 넌지시 추궁을 해왔다. 뜻밖의 추궁이었다. 나는 당황하지 않을 수 없었다. 금세 입이 막혀버렸다.

 ─지금까지 내 이야기가 정말이었냐구? 그럼 정말이었구말구. 정말이니까 그런 이야길 생각해낸 게 아니야.

 그러나 나는 그렇게 대답해줄 수가 없었다. 자신이 없었다. 생각지도 않았던 일에 불쑥 녀석의 추궁을 당하고 보니 나는 갑자기 자신이 없어지고 말았다. 녀석의 한마디가 내 머릿속을 온통 뒤집어버린 듯 그 많은 동백골의 기억들이 물거품처럼 사라져가 버리고 없었다. 나는 한동안 대꾸를 잃은 채 다시 한 번 어이없는 낭패감에 사로잡혀 있었다. 그러자 녀석이 다시 추궁해왔다.

 "좋아요. 그 이야기가 다 진짜래도 좋아요. 하지만 아저씬 그럼 어째서 그렇게 좋은 고향 동네를 한 번도 찾아갈 생각을 하지 않으셔요? 여기까지 와 계시면서 고향 동네가 멀지도 않으시다면서 말예요."

 이번에도 나는 녀석의 추궁에 스스로 납득할 만한 대답을 마련할 수 없었다. 나는 두려움이 앞서고 있었다. 훈이 놈이 두려웠다. 나의 고향 마을 동백골이 두려웠다. 그리고 내 모든 이야기가, 그런 이야기들을 끝없이 지껄여온 나 자신이, 그리고 그 모든 것을 이제 다시 새삼스럽게 생각하기가 두려웠다. 그 두려움은 내가 녀석의 추궁을 만난 순간부터 모습을 나타내어 이제는 이미 눈앞까지 다가서서 나를 육박해오고 있었다. 그러나 나는 차마 녀석에게 그런 자신의 두려움을 말할 수는 없었다.

 나는 멍청스런 눈길로 훈이 놈의 조용한 얼굴만 내려다보고 있었다.

 이날 밤 나는 다시 진짜 배앓이가 시작되고 말았다. 과수원을 찾아오고 나서 첫번째로 기태와 술을 마셨던 날 밤 한 번밖엔 배앓이다운 배앓이가 없었는데, 이날 밤은 증세가 진짜로 심했다. 자리로 눕거나 화장실로 달려가 자세를 잡고 앉아 기다리는 것만으로는 어림도 없을 만큼 기세가 사나웠다. 긴장감 때문에 아래 뱃가죽이 땅겨오거나 기분이 미적지근하게 저려오는 정도가 아니었다. 창자가 온통 거꾸로 뒤집히고 얽혀 붙어 마디를 만들고, 그 마디가 끊어져라 끝을 당겨대고 있는 것 같은 복통이 밤새도록 배를 오르내렸다. 잠시 잠깐 통증이 좀 가신 듯싶다가도 그것은 정말 눈 깜짝할 사이뿐이었고, 면도날로 창자를 끊어내는 것 같은 예리한 통증이 금세 다시 뱃속으로 밀물처럼 밀려들곤 했다. 그럴 때마다 이가 떡떡 맞치고 눈앞이 까맣게 변해갔다. 한순간씩 숨도 제대로 쉴 수 없었다. 누워 있거나 앉아 있거나 증세는 늘 한가지였다. 이불자락을 움켜쥐기도 하고 거꾸로 물구나무를 서보기도 하면서 별의별 방법으로 나는 진통을 견디려 했다.

 증세가 사라질 기미를 보이기 시작한 것은 이튿날 새벽녘부터였다.

 아침에 일어나보니 나의 몰골은 다시 말이 아니게 변해 있었다. 조금씩 윤기가 돌기 시작하던 머리카락은 불수세미처럼 헝클어져 있었고, 얼굴색은 누렇게 뜨다 못해 썩은 보리쌀 색깔이 되어 있었다. 뱃가죽은 아직도 여진이 남아 있어 선뜩선뜩 거동이 불편했다. 하지만 기분만은 어느 때보다 차분하게 가라앉아 있었다.

나는 간단히 얼굴을 손질하고 나서 아직 거동의 기척이 보이지 않는 훈이 녀석을 별채에 남겨둔 채 혼자서 기태에게로 내려갔다. 기태와 함께 아침상을 받고 앉았으나 나는 물론 구미가 당겨올 리 없었다. 뱃속 사정도 아직 물 한 모금 들여보낼 형편이 아니었다. 나는 숟가락도 손에 대지 않은 채 언제나 건강하고 식욕이 좋은 기태를 한동안 가만히 바라보고만 있었다. 그러다가 문득 별채에서부터 벼르고 내려온 말을 꺼내기 시작했다.

"나 이제 그만 서울로 다시 돌아가봐야겠어."

열심히 입맛을 다스리고 있던 기태가 그제서야 잠깐 내게로 주의를 돌렸다.

"뭐? 자네 지금 뭘 어쩐다구?"

"나 오늘쯤 여길 떠날까 하구."

나는 같은 뜻의 말을 한 번 더 되풀이했다. 기태는 그제서야 내 말을 제대로 알아들은 모양이었다. 그가 문득 떠 올리렸던 밥숟가락을 멈췄다.

"벌써, 다시 떠난다구? 아니 왜? 왜 갑자기 그런 소리를 하는 거야?"

"갑자긴 뭐…… 언제까지나 공연히 이러고 있을 수는 없지 않아?"

"공연히라니? 자넨 처음부터 예정이 있었던 사람 아냐. 한데도 그런 소릴…… 어디 편치 않은 데가 있어서 그래?"

 기태는 정 선생의 일 같은 건 이제 까맣게 잊어버린 눈치였다. 나와 훈이 놈 사이에 있었던 간밤의 일도 물론 알 리 없었다. 하긴 나 역시도 정 선생이나 훈이 놈 때문에, 그들의 일에서 멀어지기 위해서 기태를 떠나고 싶어진 것은 물론 아니었다. 문제는 나 자신이었다. 그것이 어디서부터 문제가 되었든 결국은 나 자신 때문이었다. 하지만 그것을 기태에게 납득시켜줄 말이 없었다.

 "천만에. 편치 않은 데가 있긴— 그보다 이젠 떠나야 할 때가 된 것 같으니까 그런 거지."

 그러나 기태는 곧이듣지 않았다.

 "몸도 아직 좋아진 게 없지 않아. 쓸데없는 소리 말구 그냥 가만히 있어. 자네 병은 우리 집서 내가 고쳐준다."

 한마디로 잘라버리고는 멈췄던 숟가락질을 다시 시작했다. 내 말은 아예 무시해버리려는 태도였다. 그러나 나도 이젠 내친걸음이었다.

 "아냐, 여기선 안돼. 자네 뜻은 고맙지만 여기서는 아무래도 가망이 없는 것 같아."

 "여기서 가망이 없다면 그럼 어딜 가야 가망이 있을라구. 그게 자네가 말한 서울이라는 곳인가?"

 "자네 집 말고 갈 데가 있다면 그야 서울 쪽밖에 더 없겠지."

 "그 몸을 해가지고? 자넬 그렇게 온통 폐허로 만든 곳이 어딘데, 이번에도 또 그 악마구리 속 같은 서울이란 말인가?"

 기태는 다시 숟가락질을 멈추더니 이젠 아주 그것을 상 바닥에 내려놓고 말았다.

"악마구리 속이라도 할 수 없지. 나를 그토록 폐허로 만든 곳이 서울이라면 내 병도 아마 그 서울 쪽에 뿌리가 있을 테니까. 뿌리를 뽑고 싶으면 싫더라도 그 뿌리가 내려진 곳으로 돌아가는 게 정직한 태돌 테구."

"아서…… 자네 생각이 어떤 건지 모르지만, 난 아무래도 자넬 다시 서울로는 돌아가게 하고 싶진 않아. 내 집이 혹 불편해져서 그런다면 더 할 말이 없지만, 그렇더라도 서울보단 차라리 동백골이나 한번 들어가 지내보는 게 어떨까도 싶고……"

"동백골 쪽도 생각해보지 않은 건 아니었어. 그것도 뭐 새삼스런 기대가 생겨서 그랬던 건 아니구. 기대 같은 걸로 말한다면 그건 오히려 정반대의 생각에서였다고 할까. 난 사실 지금도 그 동백골이 어떤 곳이었던가를 깡그리 잊고 있던 건 아니거든. 그런데 거기 너무 오래 발을 끊고 지내다 보니 어릴 적 일들이 터무니없는 요술을 부리려 들더구만. 그럴듯한 요술로 나를 마구 속이려 든단 말일세. 내 눈으로 다시 가서 사실을 확인해두고 싶기도 했어. 더 이상 내게 요술을 부릴 수 없도록. 하지만 아직도 내게는 용기가 훨씬 모자란 것 같아. 고향이 어떻게 나를 두렵게 하더라도 그 현실을 현실대로 정직하게 맞부딪쳐 들어갈 수 있는 내 용기가 말일세. 당분간은 그 동백골 한 곳이라도 나를 속이게 놔두는 것이 나을 듯싶더구만. 그래야 또 자네 말대로 그 악마구리 속 같은 서울살이를 버텨나가기가 나을 듯싶기도 하고……"

"서울이란 할 수가 없군. 자넨 이제 진짜 서울 사람이 다 되어버린 것 같다니까……"

 기태는 아직도 곧이들리지 않는 듯 허허 웃었다.
 그러나 나는 이제 아무 새로운 느낌도 없었다. 어이없어하는 기태를 향해 담담하게 대답했다.
 "하지만 뭐 서울에 무슨 새삼스런 기대가 있어선 물론 아니야. 그게 이를테면 유일하게 정직한 나의 삶이라는 것이겠고, 서울은 실상 그런 내 하나밖에 없는 소중한 삶의 터전인 셈이니까……"
 "병은 고칠 작정이 아니군."
 기태는 그제서야 겨우 기가 꺾이기 시작했다. 그가 비로소 정색을 하며 혼잣말처럼 중얼거렸다. 그러자 나는 마지막으로 좀더 지껄였다.
 "할 수 없는 일이지. 이제 와서 알게 된 일이지만, 그건 맘대로 되는 일이 아닌 것 같거든. 살아오느라고 이 몰골로 폐허가 다 되었는데 좀 어려운 일이 아니지 않아. 이런 식으로는 어림도 없는 일이야. 난 단념했어. 그리고 이제부턴 그런 걸 불편스럽게 여기거나 부끄러워하지도 않을 것 같애. 나에겐 그 밖에 남은 게 없거든. 어떻게 보면 나는 그 많은 증세들 때문에, 그것을 건강 삼아 지금까지 살아왔던 것 같기도 하구. 고칠 수도 없고 굳이 고치려고 하지도 않겠어. 마음에 들진 않지만 이게 살아 있는 내 진짜 얼굴이거든. 그렇다면 난 다시 서울을 찾아들어가는 것이 새삼스럽게 두려워질 일도 아니겠고, 자 그럼……"
 기태가 이해를 하든 말든 나는 아무렇게나 지껄여대고 나서 천천히 자리를 일어서려 했다.

"그래, 정말 오늘 출발을 할 텐가?"

그러자 기태는 아직도 뭔가 미심쩍은 것이 남은 듯 자신 없는 소리로 물어왔다. 그것은 어쩌면 나의 마음을 누그러뜨려보려는 그의 마지막 권유인지도 몰랐다. 그러나 나는 이제 그 기태의 말에는 대꾸도 하지 않았다.

"훈이 놈을 데려 내려오게. 녀석을 별채에다 혼자 놔둘 수는 없잖아. 하지만 녀석, 본디부터 보통이 아닌 데다 정 선생이 가고 난 다음부터는 상태가 아주 나쁘니까 더 조심을 해얄 거야. 자네 혼자선 힘들지 모르지만 녀석을 다룰 방법도 좀더 생각해보구."

대답 대신 훈이 놈을 부탁하는 말을 남기고는 아주 자리를 일어서버렸다.

잠시 후 나는 달포 전 이곳을 찾아든 때와 한가지로 여행 가방 하나를 어깨에 걸어 멘 채 별채에서부터 천천히 과수원 길을 내려갔다. 낮더위가 시작되기 전 서늘한 아침절에 길을 나서기 위해서였다. 나는 과수원 입구에서 기태의 아내와 그녀에게 부축되어 녀석답지 않게 모처럼 시무룩한 표정으로 나를 바라보고 있는 훈이 놈을 작별했다. 그러고는 계속해서 길을 내려갔다. 나는 이제 기태와 기태의 과수원과 화산 마을을, 기어코 이 화산 마을의 바다와 탱자나무 울타리에 둘러싸인 초등학교를 떠나고 있었다.

"결국은 다시 가고 마는군. 하지만 생각이 내키거든 언제든 다시 찾아오게. 고향이란 실상 자주 다녀야 발길이 익어지는 법이니까."

초등학교가 있는 언덕까지 내려온 기태가 오늘따라 이상스럽게 더욱 연민이 스민 표정으로 나를 배웅하고 있었다.
 "고향이 어디 금의환향 길뿐이어서야 그렇게 늘상 고향 사람다운 아량이 괼 수나 있던가 말이네."

(『세대』 1972년 8월호)

배꼽을 주제로 한 변주곡

1

 어느 날 아침 허원(許元)은 문득 그의 배꼽을 잃어버렸다.
 그는 평소부터 한 가지 조금 정갈스럽지 못한 버릇이 있었다. 아침잠을 언제나 화장실에서 깨고 나오는 버릇이 그것이었다. 그는 여름 겨울 할 것 없이 늘 아침잠이 모자랐다. 그의 회사는 출근 시간이라는 걸 염두에 두고 지내야 할 만큼 규모가 제대로 짜여 있는 곳이 아니었다. 하지만 허원에게는 그게 오히려 기침(起寢)이 너무 늦어서는 안 될 절실한 이유가 되고 있었다. 통근차라도 이용할 수 있는 기업체에 목을 매달고 있는 처지라면 까짓거 하루쯤 당당하게 게으름을 피워볼 수도 있겠는데, 이건 말이 좋아 직장이지 출퇴근 시각이나 월급 날짜 하나 똑똑히 정해져 있지 않은 막살림집 나들이 한가지라, 이 눈치 저 눈치 외려 낯간지러운 일들이 더 무성한 형편이었다. 하숙집 아주머니 걱정 듣기도 그렇고 이웃 방 동료들 대하기도 그랬다. 자격지심이라고 할까. 무엇보다 스스로의 느낌이 그랬다. 아침이라도 좀 남 같은 시간에 일어나줘야 했다. 하지만 원래부터 늦잠벽이 배어 있는 허원이었다. 아침잠이 항상 모자랄 수밖에 없었다.

 그는 창호지 문짝을 적셔오는 아침 햇살 덕분에 간신히 잠이 엷어지기 시작한다. 그러나 그렇게 엷어진 잠 속에서도 그는 아직 반 시간 이상을 더 뭉기적거린다. 그러다가 어떻게 겨우 이불깃을 들추고 나오면 말라빠진 엉덩이를 천장 쪽으로 쳐들고 기도하듯 꿇어 엎드려서 고심고심하기를 다시 10여 분가량. 그는 마침내 그 기도하듯 한 자세에서 담배를 한 알 찾아 든다. 하지만 그는 이때까지도 아직 제대로 눈을 뜨지 못한다. 눈을 감은 채 담배를 더듬어 물고 성냥불을 그어 붙인다. 연기가 빨려드는 듯싶으면 그는 비로소 방문을 열고 나선다. 그리곤 몽유병자처럼 휘청휘청 화장실을 찾아간다. 화장실을 찾아들어가서도 그는 물론 마찬가지다. 한동안은 여전히 눈을 감고 앉아 있는다. 눈을 감은 채 이따금씩 담배 연기만 빨아들인다. 어떤 때는 그렇게 담배를 입에 문 채 화장실 안에서 깜박 다시 잠이 들었다가 입술을 델 뻔한 일까지 있었다. 그러나 허원의 아침잠은 어쨌든 그렇게 담배를 피워 물고 화장실을 찾아가 앉아 있어야 결판이 났다. 담배 한 대를 거의 다 피우고 나면 그때서야 변의가 일기 시작했고, 변의가 시작되면 비로소 제정신이 조금씩 돌기 시작했다.

 언제나 그런 식이었다.

그날 아침도 허원은 창호지 문짝을 기어오른 햇살 덕분에 아침잠이 엷어졌고, 그런 다음에도 그는 이러저러한 절차를 거쳐 삼사십 분 뒤에야 집안 식구들이 이미 모두 한 차례씩 방문을 끝내고 난 화장실 안에서 의뭉자뭉 담배를 피워 물고 앉아 있었다. 한데 이날 아침엔 어찌 된 일인지 물고 온 담배를 입술이 따가울 때까지 피우고 나도 영 변의가 일 기미가 없었다. 꽁초를 버리고 나서 한참 더 기다려도 역시 마찬가지였다. 변의가 일지 않으니 정신이 돌 리 없었다. 머릿속이 점점 더 몽롱하게 취해왔다. 더 이상 그러고 앉아 있을 수가 없었다. 새 담배를 찾아오든지, 아니면 좀더 잠을 자두든지, 화장실을 일단 나가야겠다고 생각했다.

그는 자리를 일어서서 잠옷 바지를 치켜올리려고 했다. 바로 그 때. 허원은 잠옷 바지를 치켜올리면서 무심결에 그의 아랫배를 잠깐 내려다보게 되었는데, 그러다 말고 그는 문득 제물에 소스라치게 놀라고 말았다. 순식간에 정신이 번쩍 들었다.

이상한 일이었다. 허옇게 살이 찐 그의 배퉁이 한복판에 들어앉아 있어야 할 배꼽이 보이지 않는 것이었다.

―그럴 리가?

허원은 자신의 눈을 의심했다. 너무도 무심결에 너무도 터무니없는 이변을 보고 나니 우선 자기 눈을 의심하지 않을 수 없었다. 그는 정신을 가다듬고 다시 한 번 자신의 배퉁이를 내려다보았다. 역시 배꼽이 보이질 않았다. 잠옷 바지를 좀더 아래까지 내려보았다. 그래도 마찬가지였다. 가슴패기서부터 수양버들숲께까지가 개구리의 그것처럼 온통 밋밋한 벌판이었다. 그의 배꼽은 감쪽같이 자취를 감춰버리고 없었다.
 그날 아침 허원은 그런 식으로 홀연히 잠결 속에 배꼽을 잃어버리고 만 것이다.

 어이가 없었다. 도대체 어떻게 그런 변이 있을 수 있단 말인가. 배꼽이 어디로 증발을 하고 말았단 말인가. 그것을 누가 훔쳐가기라도 했단 말인가. 그는 곡절을 알 수 없었다. 무슨 그럴 만한 징조가 엿보였던 것 같지도 않았다. 허물을 생각해볼 수도 없었다.
 그러나 따지고 보면 허원이 그때 그런 식으로 자기 배꼽을 잃어버렸다고 한 것은 사실 알맞은 표현이 아닐지도 모른다. 그것은 허원이 그때 앞뒷일을 곰곰 따져보고 나서야 안 일이었지만, 그는 변고가 나기 이전의 자기 배꼽에 대해서도 별반 신통한 기억이 남아 있질 않았다. 변을 당하고 나서야 그는 허전하고 어이가 없는 중에 곰곰 혼자서 지난날의 기억을 더듬어보았다.
 얼핏 머릿속을 스쳐가는 것이 있었다. 밋밋한 배퉁이 한가운데에 무슨 마늘쪽이 들어박힌 것 같기도 하고 쇠똥 부스러기가 말라붙은 것 같기도 한, 그러면서도 그 넓은 배퉁이의 면적에다 적당한 변화를 이루면서 얌전하게 들앉아 있는 배꼽의 기억…… 그러나 허원은 그것이 정말 자기 배꼽의 기억인지 혹은 남의 배꼽에 대한 것인지 영 머릿속이 확실치가 않았다. 너무도 낭연한 일이시만, 사람들은 누구나 하나씩 그것을 가지고 있게 마련이었으므로, 지금까지 허원은 그것을 굳이 자기에게서 확인해본 일이 없었다. 그래야 할 필요도 없었다. 그는 자기가 정말 배꼽을 잃어버린 것인지, 처음부터 자신에겐 그 배꼽이 없었던 것인지를 확인할 수가 없었다. 하지만 그야 어쨌든 상관없는 일이었다. 중요한 것은 이제 그가 배꼽을 가지고 있지 않다는 사실이었다.

그는 고민하기 시작했다. 무엇보다 우선 옷만 들추면 개구리처럼 밋밋하고 펑퍼짐한 배퉁이의 몰골이 흉해 견딜 수 없었다. 남 앞에 함부로 배를 내놓을 수가 없었다. 혼자 있을 때나 사람들 앞에서나 그는 가급적 옷을 벗는 일을 피했다. 공중목욕탕 같은 곳엔 일체 발길을 하지 않았다. 목욕은 밤 깊은 수돗가에서 아니면 돈을 털어서라도 독탕을 이용했다. 날씨만 웬만하면 하루쯤 날을 잡아 호젓한 강가를 찾아 나가기도 했다. 그러나 그는 대체로 목욕을 싫어했다. 목욕은 아예 즐거운 행사가 못 되었다. 마지못해 물을 찾고 나서도 꼭 뭐 큰 놈 목욕하는 식 그대로였다. 땡여름이 되어도 해수욕은커녕 언제나 집 안에서 기장이 긴 속옷으로 배를 칭칭 감고 앉아 더위를 견뎌냈다. 그의 몸속 깊은 곳엔 불결스런 것이 가득가득 쌓여 들었다. 가렵고 찐득거리고 그리고 지저분한 냄새들이 곳곳에서 코를 찌르고 스며 나왔다.

불편스런 일이 한두 가지가 아니었다. 하지만 허원은 그렇게 스스로 주의하고 고통을 감내해냈기 때문에 자신의 비밀을 남 앞에 감쪽같이 숨겨나갈 수 있었다. 아무도 그의 비밀을 눈치챈 사람이 없었다. 비밀이 탄로 나지 않는 한 그의 일상생활은 더 이상 불편을 겪을 필요도 없었다. 인체 생리나 해부학 서적 같은 걸 뒤져봐도 성인의 배꼽은 거의 아무런 기능도 수행하지 않음을 알 수 있었다. 적어도 그의 외모나 바깥 생활은 정상을 유지할 수 있었다. 그

점만이라도 무척 다행이었다. 그는 일단 안도의 한숨을 내쉬었다.
―그깟 놈의 배꼽, 안 가지고 있음 어때.

그쯤 체념을 하고 될 수 있으면 배꼽에 관한 일들을 잊어버리려 했다. 자신으로부터 배꼽이 사라져버린 사실을, 그리고 그 때문에 생긴 모든 불편을 잊고, 그 배꼽 없는 생활에 스스로 익숙해져버리기를 바라마지않았다. 하지만 문제는 그렇게 간단하지 않았다. 아무리 일상생활에선 드러나게 불편한 점이 없다 해도 그는 역시 배꼽이 없는 자신에 대해 좀처럼 익숙해질 수가 없었다. 그는 자꾸만 허전해서 견딜 수가 없어지곤 했다. 있느니라 여기고 지낼 때는 그처럼 무심스럽던 일이 그런 식으로 한번 의식의 끈을 건드려오자 허원의 상념은 잠시도 그 잃어버린 배꼽에서 떠나 있을 수가 없었다.

그는 마침내 회사 출근마저 단념하기에 이르렀다. 그러자 신통하게도 늦잠 버릇이 깨끗이 자취를 감춰버렸다. 그는 눈만 뜨면 사라져 없어진 배꼽 때문에 기분이 허전했고, 그러면 그 허망감을 쫓기 위해 배꼽에 관한 끝없는 상념들을 쌓기 시작했다. 배꼽의 생리적 역할을 한 번 더 확인해보는가 하면, 배꼽도 아직 덜 떨어진 녀석―, 배꼽도 아직 안 마른 녀석…… 배꼽을 맞춘다, 배꼽 위에서 잠잔다― 따위, 배꼽에 관한 이런저런 속언들을 더듬어보기도 했고, 혹은 그 배꼽의 근원이 되었던 탯줄과 출생에까지 관심을 연장하여 태독(胎毒), 태변(胎便), 태교(胎敎) 따위의 추상적 어의를 되새겨보기도 했다.

그리하여 배꼽에 관한 허원의 지식과 사념은 자꾸 더 심오하고 추상적인 것이 되어갔다. 그에게는 어느덧 그 나름의 독특한 배꼽론 같은 것이 윤곽을 지어가고 있었다. 하지만 그러면 그럴수록 허원은 더욱더 허전해지고, 아무 곳에도 발이 닿아 있는 것 같지 않고, 혼자서 외롭게 허공을 둥둥 떠다니고 있는 것처럼 느껴졌다. 그러면 그는 또 거듭 그 허망감을 쫓기 위해 자신의 배꼽론을 완벽하게 발전시켜나갔다. 마치 그렇게 하여 그는 자신의 사념 속에서 잃어버린 배꼽을 되찾아내고, 그것으로 그 실물을 대신해 어떤 식으로든 자신과 세상 간에 큰 불편이 없도록 화해시키고 그것으로 그 난감스런 허망감을 채우려는 듯이. 그의 배꼽론은 가령 이런 식으로까지 발전되어 있었다.

— 우리는 누구나 배꼽을 가지고 있다…… 우리는 우리들의 어머니로부터 탯줄이 끊어지는 순간 이 우주의 한 단자(單子)로서 고독하게 존재하게 되었다. 그러나 우리는 영원히 그 탯줄의 기억을 잊지 않는다. 우리 영혼은 언제까지나 그 어머니의 탯줄과 이어지려 하고, 또다시 그 어머니의 어머니의 탯줄과 이어져나가면서 우리 존재를 설명하고 근원을 밝혀나가며, 마침내는 마지막 어머니의 탯줄이 이어지는 우리들의 우주와 만나게 된다…… 우리의 배꼽은 우리가 그 마지막 우주와 만나고자 하는 향수의 표상이며 가능성의 상징이며 존재의 비밀로 나아가는 형이상학이다. 그 비밀의 문이다……

그는 어느덧 배꼽에 대해 당당한 일가견을 이룬 배꼽 전문가가 되어가고 있었다.

2

　어느 해 여름이었다. 하니까 그것은 허원이 자신의 배꼽을 잃어 버리고 나서 불편하기 그지없는 세번째의 여름을 맞고 있을 때였 다. 그는 물론 배꼽을 잃어버린 자신에 대해 아직도 완전힌 익숙 해지질 못하고 있었다. 그의 사념 역시 언제나 그 눈에 보이지 않 는 배꼽에 매달려 거기에서밖에는 영영 더 이상 자유로워질 수가 없었다. 그 대신 허원은 이제 그 자신의 배꼽론에 대해선 매우 확 고한 경지에 도달해 있었다.
　그럴 즈음이었다. 허원은 문득 세상 사람들이 수상쩍어지기 시 작했다. 어느 때부턴지는 확실히 알 수 없었지만, 세상 사람들 역 시 무슨 이유에선지 이 인간 장기의 한 조그만 흔적에 대해 심상찮 은 관심을 나타내기 시작한 것이다. 배꼽에 대한 사람들의 관심 역시 기왕부터 있어온 것을 여태까지 서로 모르고 지내오다가 비 로소 어떤 기미를 알아차리게 된 것인지, 혹은 사람들로 하여금 그런 관심을 내보이게 할 만한 무슨 우연찮은 계기가 마련되었는 지는 확실치가 않았다. 그리고 무엇 때문에 사람들에게서 그런 관 심이 시작되었는지 그 이유를 알 수도 없었다. 하지만 그것은 어 쨌든 사실이었다. 주의를 기울여보니 관심의 정도도 여간이 아니 었다. 한두 사람, 한두 곳에서만 나타난 현상이 아니었다. 그것은 이미 일반적인 현상이 되어가고 있었다. 그리고 그렇듯 배꼽 이야 기가 일반화의 기미를 엿보이기 시작하자 사람들은 이제 그걸 신호로 아무 흉허물 없이 터놓고 지껄이거나 신문, 잡지 같은 데서 진지하게 논의의 대상을 삼기도 하였다. 배꼽에 관한 논의가 그렇듯 갑자기 시중 일반에까지 성행하기 시작한 것이다.

기묘한 현상이었다. 그러나 허원은 자신이 처음 배꼽을 잃어버렸을 때처럼 이번 일에도 끝끝내 영문을 모르고 지낼 수는 없었다. 그는 어째서 이런 기묘하고도 갑작스런 현상이 나타나고 있는지 이유를 규명해내고자 했다. 그는 먼저 눈에 띄는 일에서부터, 배꼽에 대한 논의가 발단하고 진전되어가는 경위를 세밀하게 관찰했다. 그러다 보니 전에는 미처 주의가 미치지 못했던 희한한 일들이 많았다. 한두 가지 예를 들면 우선 이런 일들이 있었다. 신문에는 종종 이해 들어 시작된 불경기 때문에 심지어 대중목욕탕 손님까지 줄고 있다는 기사가 보도되고 있었다. 바캉스 철이 되었으나 해수욕장은 작년에 이어 피서객이 절반쯤으로 줄어들고 있다는 기사도 있었다. 그런데 허원의 생각으로는 그게 전혀 신문의 판단 착오 같았다. 그것은 절대로 불경기 탓만이 아니었다. 불경기가 한 가지 이유는 될 수 있었다. 불경기 때문에 이발소의 손님이 줄고 다른 유흥 접객업소도 손님이 준다는 소리는 전부터도 다 알려진 이야기였다. 하지만 대중목욕탕과 해수욕장에 관한 한, 불경기가 손님이 줄어드는 이유의 전부가 될 순 없었다. 만약에 불경기가 그 이유의 전부라면 대중목욕탕이나 해수욕장의 손님 감소율은 이발소나 다른 유흥업소의 그것과 엇비슷이 맞아떨어져야 했다. 한데도 대중목욕탕이나 해수욕장의 형편은 다른 곳에 비교할 수가 없을 정도라는 소문이었다. 왜 그런가. 이유는 간단했다. 대중탕이나 해수욕장은 옷을 벗는 곳이기 때문이었다. 대중탕 손님이 줄어드는 대신 독탕만은 예외적으로 늘 초만원을 이룬다는(그것도 시중 소문이었다) 현상이나, 해수욕장에서는 연인들의 경우 억척스런 유행성 노출증에도 불구하고 비키니 대신 언제부턴지 구닥다리 원피스 수영복이 더욱 매기(買氣)가 좋다는 사실이 그것을 보다 잘 증명해주었다.

  사람들 가운데는 허원의 경우처럼 뜻하지 않게 자신의 배꼽을 잃어버린 사람들이 생겨나기 시작했고, 그 수가 갈수록 늘어가고 있음이 틀림없었다. 눈치를 알아차리고 나니 이젠 주변 인물들 가운데서도 의심스러운 사람이 많았다. 집에서나 바깥에서나 쉽사리 벗은 배를 구경할 수 없었다. 골목 어귀에다 쪽나무 걸상을 내놓고 앉아 있는 복덕방 영감장이들까지 이젠 함부로 배를 내놓는 일이 없었다. 허원의 하숙 동료 한 녀석은 항상 머리에 번질번질 기름을 바르고 여름에도 흰 와이셔츠에 검은 넥타이를 매야 출근이 허락된다는 어떤 당당한 무역 회사 경리 사원이었는데, 그는 퇴근 시간 30분이 지나면 어김없이 대문을 들어와선 뒹굴뒹굴 집 안에서 주간지의 나체 사진이나 과월호 여성 잡지의 생활 수기 같은 걸 읽는 것으로 취미를 삼고 지냈다. 술 타작이나 계집질 같은 것과는 아예 담을 쌓고 지내는 친구였다. 한데 이 작자 역시 근자 들어선 집 안에서 배를 내놓는 일이 한 번도 없었다. 칙칙하고 기장이 긴 속셔츠로 항상 배를 가리고 있었다. 처음에는 항상 옷차림이 단정해야 하는 회사에서의 참을성 탓인가 했다. 그런데 유심히 주의해 보니, 이 작자 또한 대중목욕탕 대신 한사코 독탕만을 드나

들었다. 알조였다. 대개가 다 그런 식이었다.

하고 보면 이즘 와서 갑자기 그 배꼽에 대한 논의가 성행하게 된 소이도 다 그렇고 그런 것이었다. 사람들은 이제 완전히 공개적이었다. 공개적으로 배꼽의 이야기에 열들을 올리고 있었다. 잡지나 신문 같은 데다 배꼽을 주제로 한 글을 써내기도 했고, 방송국의 공개 토론석상에서 자신의 철학과 소견을 거침없이 피력하는 사람도 있었다. 모두가 배꼽을 잃어버린 사람들이었다. 그리고 그 배꼽에 대한 논의가 점점 더 광범위하게 번져가는 것은 그만큼 배꼽을 잃은 사람의 수효가 늘어가고 있다는 증거였다. 정말이지 이 기이한 배꼽 논의에 끼어든 사람들은 그들의 목소리가 어떻게 천연스럽고 그들의 표정이 어떻게 늠름하든, 사실은 모두가 배꼽을 잃어버린 비운의 인물들인 것이었다. 그들은 모두가 배꼽을 잃어버렸으면서도 그러한 사실을 혼자만의 철저한 비밀로 숨기고 있음이 분명했다. 하여튼 이들의 수효가 하루하루 더 늘어가고 그에 따라 배꼽에 대한 일반의 논의가 점점 더 성행해가는 현상은, 드디어 이 배꼽 한 가지의 논의만을 위해서 주간 신문사 하나가 창설되기에 이른 것만 보아도 그 정도를 알 수 있었다.

『주간 배꼽』이라는 타블로이드판 주간지가 배꼽에 대한 시민들의 관심과 논의가 폭증해가는 데 힘입어 이를 감당하고자 서둘러 창간호를 내놓았다.

— 금번 우리의『주간 배꼽』지 창간은, 시민 제위께서 이미 그러한 요구와 소망이 점증하고 있었으리라 믿는바, 그러한 시민 일반의 광범한 관심에 부응하여 우리 배꼽에 대한 저간의 관심과 논의

를 보다 심도 깊고 다양하게 천착하고, 또한 이를 집중적으로 종합 분석 비판함으로써 우리 정신문화 창달에 확고한 기여를 이룩하려는 데에 그 본뜻이 있다 할 것이다. 왜냐하면 그것은 곧 우리 인간 정신에 대한 가장 적절한 확인 행위이며, 우리 희망과 꿈의 현상적 심볼라이즈이기 때문이며…… 그래서 우리들은 가장 신선하고 튼튼하고 멋있고, 그리하여 거기에서 우리의 희망과 꿈을 보고, 우리들이 지금까지 성취해온 제반 문화 가치에 대해 새로운 자긍심을 느끼기 위해……

『주간 배꼽』지를 발간하게 된 데 대한 창간의 변이었다.

『주간 배꼽』이라는 전문 주간지의 창간으로 배꼽 논의는 이제 더욱 활발해졌다. 혹자는 이 배꼽 하나에서 인간의 유래와 정신의 근원을 설명하려 했고, 혹자들은 또 하느님의 천지 창조설과 관련하여 아담·이브의 배꼽 논쟁을 벌이기도 했다.

— 아담과 이브는 어머니의 태를 받고 태어남이 아니라 하느님으로부터 손수 피조된 최초의 인간들이므로 탯자국이 있었을 리 없다. 그들은 배꼽을 가지고 있지 않았을 것이다.

— 아담과 이브가 비록 하느님에 의해 직접 피조되었기 때문에 배꼽을 가지지 않았으리라는 것은 하느님의 권능을 오손케 하는 위험한 망언이다. 그것은 전혀 틀린 소리다. 하느님은 전지전능하시며 그 권능은 무한하고 완전하시다. 하느님은 아담과 이브에게 그들의 후손들이 지니게 될 배꼽의 모형을 본보이기 위해 그 형상을 미리 점지하여주셨을 것이다. 아담과 이브에게도 분명히 배꼽이 있었을 것이다.

대개의 논쟁이 처음에는 그런 식으로 아주 소박하고 단순한 계기에서 출발했다. 그러다가 사람들은 차츰 엉뚱한 추단을 감행하며 논의를 비약시켜나갔다.

―우리는 아담과 이브의 배꼽으로부터 아마 다음과 같은 가설을 상정해볼 수 있을 것이다. 그것은 즉 르네상스 이전의 중세기경에나 있었음 직한 일로서, 가령 그 시대의 한 가톨릭 교황이 철두철미하게 아담과 이브의 배꼽을 부인했다 하자. 그것은 하느님의 전지전능성에서보다 그 흔적을 빠뜨린 실수를 감안하더라도 배꼽이 없는 아담과 이브에게서 하느님의 인간 창조와 그분의 권능을 더욱 실감 있게 가시적으로 증거해 보일 수 있으리라 여겼을 수도 있을 것이기 때문이다. 그런데 그렇게 되면 문제는 그 교황이 아니라 그 시대의 화가들에게로 실제적인 책임이 안겨진다는 사실이다. 다 알다시피 이 시대의 화가들은 대개 예수님상을 비롯해 성화를 즐겨 그렸다. 그러니 그들은 물론 에덴동산의 아담과 이브를 그리려 했을 수도 있었을 것이다. 하지만 그들은 망설일 수밖에 없었을 것이다. 벌거벗은 아담과 이브에게 귀여운 배꼽을 그려 넣을 수가 없었을 것이기 때문이다. 이것도 물론 가정이어야 하지만 만약에 배꼽을 그려 넣었다간 그 당장 교황으로부터 파문을 당하고 말 것이기 때문이다. 그렇다면 그들은 어떤 식으로 아담과 이브를 그릴 것인가. 그들이 그린 에덴동산의 아담과 이브는 어떤 식일 것인가. 그것은 우리들의 상상을 절한다.

―그것은 전혀 논의의 여지가 없는 이야기다. 대답은 분명하다. 그들은 배꼽이 없는 아담과 이브를 그렸을 것이다. 왜냐하면 아담

과 이브가 배꼽을 지니지 않았다는 것은 그 시대의 진리였을 것이고 성화가들 역시 그와 같은 자기 시대의 진리를 신봉했을 터이기 때문이다. 그들은 처음부터 교황의 파문을 두려워할 필요가 없었을 것이다.

─ 논의의 여지가 없다는 주장이야말로 정말로 일고의 여지가 없는 잠꼬대다. 그런 식으로 문제의 핵심을 외면하려 든다면 어차피 하나의 가정에서 출발한 우리의 논의는 처음부터 무의미하고 무가치한 것이 될 수밖에 없기 때문이다. 뿐만 아니라 한 시기의 시대정신이라는 것도 그렇게 간단한 것이 아니다. 진정한 시대정신이란 '보여주어서 보이는' 것이 아니라 '발견하여 발견된' 것이어야 하기 때문이다. 이것도 물론 가정이어야 하지만, 그때의 화가들이란 '보여주어서 보이는' 것을 진리로 신봉하는 것이 아니라 '발견하여 발견된' 자신들의 진리에 봉사하는 사람들이어야 하기 때문이다. 그래 결론적으로 그들의 아담과 이브에게는 배꼽이 있어야 한다는 생각이다. 그래야 오늘 이 같은 우리의 논의도 비로소 소중한 의미와 성과를 거둘 수 있을 것이다. 이 점에서 우리는 좀더 논의를 계속할 필요를 느낀다.

─ 알 수 없는 말이다. 아담과 이브의 배꼽이 있어야 하는 것이 어째서 그 시대의 진정한 시대정신일 수 있다는 것인가. 그것이 해명될 때까지는 우리의 논의가 계속되어야 한다는 의견에 동의한다……

논쟁은 그런 식으로 추상화되면서 끝없이 치열하게 계속되어나갔다. 하니까 배꼽을 중심으로 한 논의가 그토록 깊어지는 것은 이를테면 그만큼 일찍부터 배꼽을 잃어버린 사람들이 많았다는 사실과, 그동안 그 사람들이 허원의 경우처럼 자신의 잃어버린 배꼽에 대해 그만큼 오래고 깊은 사념을 쌓아오고 있었다는 증거가 되기도 했다.

그런데 그런 논의가 진전되어가는 과정을 지켜보던 허원은 그 논쟁 가운데서 또 하나 희한한 사실을 발견했다. 사람들이 그 배꼽 논쟁에서 사용하고 있는 화법이 한결같이 가정법 일색이라는 점이었다. 만약 우리들에게 이런 추론이 가능하다면……, 가령 이런 가설을 상정해볼 수 있다면……, 이것도 물론 가정이어야 하지만……, 어차피 우리 논의는 하나의 가정에서 출발하고 있지만……, 모두가 그런 식이었다. 그런 식으로 사람들은 자신의 비밀을 별로 위태롭게 드러냄이 없이, 그리고 같은 어법으로 응대해오는 남의 말을 별 저항감 없이 자연스럽게 토론을 잘 진전시켜나가고 있었다. 직설법을 쓰는 사람은 아무도 없었다. 게다가 사람들은 그걸 오히려 퍽 당연하고 다행스러운 일로 여기고 있는 것 같았다.

그러한 가정법이 적절하게 사용되면서 비교적 솔직하게 문제를 다루고 나선 것은 역시 사계의 전문지인 『주간 배꼽』이었다. 어느 날 『주간 배꼽』지는 그 주일의 신문에서 순전히 가정법 일색으로 된, 그러나 지금까지 진전되어온 어떤 배꼽 논쟁보다도 훨씬 더 현실적이고 진취적이라고까지 할 수 있는 세 개 문항의 공개 설문을 게재하여 뜻있는 사람들의 응답을 구하고 나섰다.

세 개 문항의 공개 설문은 이런 것이었다.

설문 1) 귀하는 가령 귀하에게서 배꼽이 사라져버릴 수 있는 이변이 가능하다고 보는가. 그것은 가령 어떤 이유에서, 어떤 식으로 가능하다고 생각하는가.

설문 2) 귀하는 가령 귀하의 배꼽이 사라져버리고 없을 경우 그러한 사실을 어떻게 이해하며, 배꼽을 잃어버린 인간으로서 자신을 어떤 식으로 극복해나가려 할 것인가.

설문 3) 귀하는 아마 틀림없이 그 배꼽을 다시 찾아 지니게 되기를 바랄는지 모른다. 만약 그렇다면 귀하는 정말로 언젠가는 그 배꼽을 다시 찾아 갖게 될 것이라고 믿을 수 있겠는가. 그 방법은 무엇인가.

3

그러자 이 가정법하의 공개 설문을 계기로 지금까지의 배꼽 논쟁은 열도를 한 단계 더하게 되었다. 그만큼 많은 사람들이 단시일간에 『주간 배꼽』사로 응답을 보낸 탓이었다. 다음 주 신문은 그렇게 수집된 응답지를 요령 있게 정리해 싣고 있었다. 그런데 당연한 결과인지 모르지만, 설문에 응해온 사람들의 생각은 몇 가지 재미있는 대조를 보여주고 있었다.

첫번째 설문에 대해 사람들은 대개 배꼽이 사라져버릴 수 있는 이변이 가능하다고 대답하고 있었다. 하지만 사람들은 그러한 이변이 어떤 이유에서 어떤 식으로 일어날 것인지에 대해서는 거의 아무런 대답을 하지 않았다. 배꼽이 사라져버리는 사실은 믿을 수 있으되 그러한 이변의 원인이나 경위는 이해하지 못하고 있음이 분명했다.

두번째 설문에 대해서도 사람들은 거의 비슷한 태도를 보였다. 자신에게서 배꼽이 사라져버리는 경우 사람들은 그것을 다만 이변이라고 생각할 뿐이며, 이 이변이라는 말이야말로 우리가 그러한 사실을 어떻게 이해할 수 있을까라는 물음에 대한 가장 적절한 답변이 될 것이라는 의견들이었다. 그것은 다만 이변일 뿐이다. 우리는 그런 이변을 믿을 뿐 설명하고 이해할 수는 없다…… 그것은 제1항 중 무응답으로 나타난 부분의 연장이었다. 이변의 근원과 경위를 알지 못하는 한 그러한 이변의 의미도 이해할 수 없을 것이 당연했다. 한데 그 이변을 각자 자신과 관련하여 어떻게 극복하려 할 것인가에 이르러서는 전혀 반응이 달라지고 있었다. 그것은 대략 두 가지 경향으로 나누어볼 수 있었는데, 하나는 그것이 우리 의지나 이해력의 한계를 넘은 사건인 이상 그러한 이변을 극복할 힘은 우리 한계 바깥 일이며, 우리는 다만 그 이변에 순응할 수 있을 뿐, 똑같은 이변을 당한 사람들끼리 서로 배꼽 없는 상대방을 용서하며 그것에 익숙해질 수만 있다면, 우리는 그 같은 이변에도 불구하고 별반 놀라거나 불편스러워할 일이 없으리라는 체념스런 순응파였고, 다른 하나는 그런 이변을 인간 정신의 어떤 몰락의 전조처럼 절망하면서, 그러나 우리는 언젠가는 그 이변을 이기고 잃어버린 배꼽을 다시 찾아 가질 수 있으리라는 희망을 통해 어느 정도 자기 극복이 가능하리라는 희망적 절망파였다.

따라서 그처럼 상이한 두 부류의 반응은 설문 3에 이르자 더욱 더 첨예한 대립을 나타냈다. 제3항의 질문에 대해 전자들은 대개 이렇게 대답했다. 우리는 아마 우리 배꼽을 다시 찾아 갖게 되기를 희망할 수 있을 것이다. 그러나 우리는 희망을 가지지 않을 수도 있을 것이다. 우리는 우리 배꼽을 다시 찾아 갖게 될 수도 있고 그러지 못하게 될 수도 있다고 생각한다. 잃어버린 배꼽은 그것이 우리에게서 사라질 때와 마찬가지로 전혀 우연한 이변으로 다시 돌아와 있을 수도 있기 때문이다. 그러나 우리는 그 이변을 믿을 수는 없다. 그리고 배꼽을 다시 찾아 갖게 되는 경우가 생긴다 하더라도 그것은 아마 우리의 의지나 노력에 의해서가 아니라 순전한 이변을 통해서일 것이다…… 그러나 후자들은 전혀 의견이 달랐다. 그들은 배꼽이 사라지는 것은 인간 능력 한계 바깥의 일이지만, 그것을 다시 찾는 일은 인간의 일이어야 한다고 말했다. 우리는 희망을 지녀야 할 것이며, 그 같은 희망은 우리의 영웅적인 노력과 혼신의 용기로써 실현해낼 수 있을 것이라 굳게 믿어야 할 것이다. 그 방법은 전혀 그 용기를 통해서이다. 우리는 용기를 가져야 한다. 용기가 중요하다……

설문의 결과는 어쨌거나 기왕의 배꼽 논쟁에 다시 새 불씨를 제공한 셈이었다. 논쟁은 훨씬 더 가열되어갔다.

허원도 이젠 입을 다물고만 있을 수가 없었다. 그는 스스로 논쟁에 참가하기 시작했다. 잡지나 신문 같은 데에다 기왕에 쌓아온 배꼽에 관한 자기 소견을 침착하게 피력해나갔다. 방송국 좌담회 같은 데에서도 서슴지 않고 자기 주견을 내세웠다. 배꼽에 관한 그 허원의 궁구와 지식은 누구보다도 깊은 편이었다. 뿐만 아니라 그에게는 만인의 심중을 투시하는 예지와 투철한 논리가 있었다. 그는 일찍부터 배꼽을 잃어버린 덕으로 하여 그쪽에서 이미 배꼽계의 권위자가 되었다. 그가 참가한 배꼽 논쟁은 한층 더 활기를 띠기 시작했다. 논쟁은 한 가지 한 가지씩 쟁점을 척결해나갔다.

 가령 기왕부터 전개되어온 아담과 이브의 배꼽에 대한 논의는 이런 식으로 결론이 지어져갔다.

 ―아담과 이브의 배꼽이 있어야 하는 것이 그 시대의 진정한 시대정신일 수 있다는 것은 간단하다. 왜냐하면 사람들은 그들의 최초 조상이 배꼽을 가지고 있지 않은 것을 보면 매우 절망스러워할 것이기 때문이다. 그들은 자신들의 탯자국을 통해 그의 조상들과 한없이 연결되고 종당엔 그들의 창조주이시며 섭리자이신 하느님과도 만나 영혼의 교감을 행할 수 있다고 믿어왔을진대, 아담과 이브에게 그 탯자국이 없는 것을 보게 되면 그들은 우선 거기에서 인간의 단절상을 보고 공포와 절망감에 빠져들 것이기 때문이다. 하여 아담과 이브에게 배꼽이 있어야 한다는 것은 그것이 우리 무력한 인간의 영혼을 위로해주고 또한 그들이 그것을 원하고 있다는 점에서 진정한 시대정신일 수 있는 것이다. 게다가 교황이 아담과 이브의 배꼽을 부인함으로써 증거하고자 한 하느님의 권능은 전지전능하신 하느님의 영광을 위해서가 아니라 교황으로서의 자신의 권좌를 절대 신성불가침의 것으로 만들기 위해서일 수 있다는 점에서 더욱 그렇다. 한 시대의 진정한 시대정신은 절대 권력자 한 사람을 위해서 그에 의해 내보여지는 것이 아니라, 만인을

위해 그들의 요구와 노력에 따라 발견되어져야 하는 것이다.

　다시 강조하거니와 아담과 이브는 배꼽을 가지고 있어야 한다…… 그러나 우리의 논의는 기왕에 그러한 교황의 독단을 가정한 데에서 출발했고, 그러한 교황을 가지고 있었던 시대의 화가들에 관한 것이었다. 그러면 그 화가들은 어떤 식으로 아담과 이브를 그렸을 것인가. 그것을 알아보는 것은 실상 상상을 절할 만큼 어려운 일은 아니다. 그들은 배꼽이 없는 아담과 이브를 그렸을 것이다. 그들은 물론 자기 시대의 요구를 알고 있었을 것이고, 그래서 배꼽이 있는 최초의 인간을 그리고 싶기는 했을 것이다. 하지만 그들은 용서받을 수가 없었을 것이다. 파문이 두려웠을 것이다. 요컨대 그들은 용기가 없었을 것이다. 파문의 두려움에도 불구하고 에덴동산의 배꼽을 고집하여 그들의 진정한 시대정신을 구현할 만한 용기가 없었을 것이다. 어차피 가정에서 출발한 논의이므로 한 번 더 이러한 가정이 허락된다면 우리는 그러한 증거를 발견할 가능성도 배제할 수가 없을 것이다. 그것은 좀더 기다리고 확인을 해봐야 할 일이지만, 우리는 아담의 배꼽을 전혀 구경할 수 없는 어떤 교황의 성화 시대를 가지고 있다는 주장을 들을 수도 있을 것이다. 그러한 시대의 아담과 이브는 아마도 팔뚝이나 감람나무 이파리 같은 것으로 어색하지 않게 자신의 배꼽노리를 감추고 있을 수도 있을 것이다. 그렇다면 그것은 배꼽을 그릴 수도 없고 안 그릴 수도 없는 그 시대 화가들의 암울하고 난감한 처지를 말해줄 순 있지만, 동시에 그들의 비굴성과 용기 없음에 대한 증거가 될 수도 있을 것이다.

하지만 화가들이 끝끝내 그처럼 비굴하기만 했을 것인가. 끝끝내 용기가 없었을 것인가. 결코 그렇지는 않았을 것이다. 화가들은 그러면서도 끈질기게 기다렸을 것이다. 마음속에 간직한 자신의 진실을 위해 싸우고 기다렸을 것이다. 그러다가 혹자는 허무하게 죽어가고 혹자는 끝내 그 진실을 지닌 채로 살아남아 새로운 시대를 맞이하였을 것이다.

그 새로운 시대란 물론 그들이 간직해온 진실을 맘껏 구가할 수 있는 때를, 그 금기의 배꼽을 마음대로 그리게 되는 때를 말함이다. 그리고 언젠가부터 그들은 그렇게 하였음이 분명하다. 오늘 우리는 아담과 이브의 배꼽을 볼 수 있는 그림들을 얼마든지 찾을 수 있지 않은가. 더욱이 그것이 그들의 용기를 통해 실현되었다는 점 또한 더없이 명백하다. 교황들은 이를테면 그것이 하느님으로부터 위임된 자신의 권능을 위해 더한층 효과적인 길로 여겨지는 경우라 하더라도 전통적 금기를 함부로 깨부수려 하지는 않았을 것이기 때문이다. 화가들은 그러한 교황의 권위 앞에 오직 자신들의 용기로써만 그 잃어버린 에덴동산의 배꼽을 되찾아낼 수가 있었을 것이다.

요컨대 오늘 우리에겐 그런 용기가 필요하다. 불굴의 용기만이 가장 소중한 진실의 수호신이다!

더 이상 이론이 있을 수 없었다. 허원이 끼어들어 척척 정리되어나가는 그런 식의 논리는 만인을 공감시켰다. 허원의 생각으로는 이제 온전히 배꼽을 지니고 있는 사람들이 거의 없는 것 같았다. 모두가 배꼽을 잃어버린 사람들이었다. 허원의 주장은 그런 말 못할 비밀을 가슴속에 숨기고 있는 사람들을 묘하게 위로해주었다. 그들의 은밀스런 희원에 불씨를 놓았고, 어쩌면 감쪽같이 잃어버린 배꼽을 되찾게 될지도 모른다는 희망을 심어주었다. 용기를 가져라. 용기를 잃지 말라. 용기라는 말은 만인의 귀에 복음이 되고 있었다. 허원은 물론 그러한 사실을 똑똑히 알고 있었다. 그는 더욱더 논쟁의 한가운데로 깊이 뛰어들어갔다. 그의 활약은 실로 눈부신 바가 있었다. 그의 논리는 날이 갈수록 치열하고 예리해져갔다.

 그러자 이윽고 그 가정법하의 배꼽 논의들은 한 가지 분명한 의미의 흐름을 나타내기 시작했다. 그것은 모든 논의가 비록 가정의 화법을 빌리고는 있었지만, 한결같이 그 잃어버린 배꼽을 되찾고 싶은 소망에서 발원하여 그것을 위한 노력에 바쳐지고 있다는 사실이었다. 무성한 배꼽 논쟁은 그것이 어떤 형식을 취하든 결국은 그 잃어버린 배꼽을 되찾으려는 소망과 노력의 표현이었다. 허원의 경우도 물론 마찬가지였다. 잃어버린 배꼽에 대해 그의 사념이 그렇듯 깊어지고 논리가 치열해지게 된 것은 따지고 보면 결국 그것을 되찾아 갖고 싶은 자신의 소망 때문이었다.

 개중에는 물론 의견을 달리하는 사람도 있었다. 그들은 우리가 배꼽을 잃어버리는 일은 하나의 우연한 이변에 속하며, 그것을 되찾는 일도 우리 능력 바깥에 속할 터이므로 섣부른 희망을 지닐 수가 없음은 물론, 다행히 그런 이변을 당한 사람들끼리서 서로를 용서할 수만 있다면, 굳이 그것을 되찾아 가지려 애를 쓸 필요도 없다고 생각하는 사람들이었다. 그들은 이렇게 말했다.

― 그건 다 쓸데없는 노릇이다. 되지도 않을 일을 들어 새로운 분란을 일삼기보다는 우리끼리 그런 인간들이 어떻게 배꼽이 없이도 별 불편이나 탈이 없이 살아갈 수 있을 것인지를 생각하는 편이 나을 것이다. 그리고 아마 배꼽이 없어도 우리 현실 생활은 그리 대단한 불편을 겪지도 않을 것이다. 만약 이 같은 희망적 가정이 사실로 실현되기만 한다면, 그렇다면 우리가 도대체 무엇 때문에 이 외설스럽기까지 한 배꼽 논의를 더 이상 계속할 필요가 있을 것인가. 배꼽이 사라지는 변이 생기더라도 우리 앞엔 여전히 평범한 일상의 생활이라는 게 남아 있게 마련이다. 언젠지도 모르게 갑자기 사라져버리는 배꼽을 위해, 또는 그러한 가상의 현실을 위해 이렇듯 헛된 토론을 일삼을 것이 아니라, 우리는 차라리 그러한 이변에 자신들을 순응시켜 그 일상의 생활이라도 지켜나가는 편이 나을 것이다.

 그러면서 이들은 심지어 그 중세기 어느 시대의 화가들이 그들의 용기로써 잃어버린 에덴의 배꼽을 되찾았으리라는 가설에 대해서도 도대체 귀를 기울이려 하지 않았다. 이들에 의하면 그들은 여전히 교황의 파문을 두려워하고 겁을 먹으며 계속 배꼽 없는 아담을 그리고 있었을 거라는 게 더 온당하고 순리적인 역사 이해의 테두리라는 주장이었다.

 ― 그들에게 과연 그럴 만한 용기가 있었을까. 그 용기가 무엇인가. 그들의 용기가 어떻게 교황을 꺾을 수 있었을 거란 말인가. 그들의 그림에서 조상의 배꼽을 다시 그릴 수 있게 된 것은 아마도 전혀 우연처럼 보이는 어떤 다른 힘에 의해서였을 것이다. 범상한

인간들이 도달할 수 없는 어떤 힘, 어쩌면 그 교황만이 알고 있고 교황만이 혼자 누릴 수 있는 어떤 비범한 힘에 의해, 우리들 범상한 인간들에게는 무슨 이변처럼 보이는 큰 힘과 방법을 통해서 말이다. 우리는 그것을 어떤 누구의 무엇이라기보다 이변이라고밖에 말할 수 없을 것이다……

 그러나 그들의 주장에서 보인 것처럼 이 부류의 인간들은 대체로 이변에 대해 순응력이 빨랐고 그에 대한 관심도 적은 편이었다. 오래지 않아 이들은 그만 주장조차도 더 계속해나가려 하지 않았다. 그들은 이미 잃어버린 배꼽이나 배꼽 논의에서 관심이 떠나버리고 없었다. 이제 남은 것은 그 배꼽을 어떻게든 다시 찾아 지닐 수 있으리라 믿으며 그것을 열렬히 희망하는 사람들의 주장뿐이었다.

 이들의 태도에도 다소간의 차이는 있었다. 어떤 사람들은 인간의 탯줄과 그 탯줄의 흔적인 배꼽에 대해 광범한 지식을 동원하여 지극히 현학적인 논리로 그 가치를 재확인하면서 나름대로 견고한 배꼽의 형이상학을 창조해냈다. 그들은 배꼽과 관련하여 영원한 인간의 향수를 설명했고 또 그를 예찬하였다.

 그러나 또 다른 부류의 사람들은 좀더 적극적이었다. 그동안 알게 모르게 허원의 주장에 경도해온 그 '용기' 신봉자들의 주장은 이제 허원보다도 더 급진적이고 단도직입적이었다. 잃어버린 배꼽을 되찾기 위해서는 뭐니 뭐니 해도 역시 우리 용기가 중요하다. 용기를 가지라. 그리고 모험하라. 자기희생을 각오하라. 용기를 잃지 않는 것만이 이 황당스런 파멸의 전조를 넘어설 수 있는 유일무이한 길이다. 그 불굴의 용기만이 잃어버린 우리 배꼽(이는 물론 우리의 가정이지만)을 되찾을 수 있을 것이다……

 그 용기를 어떤 식으로 얻어 지닐 수 있으며, 그것을 어떻게 잃지 말아야 하는지에 대해서는 별로 친절한 조언이 없었다. 어떤 식으로 어떤 모험을 감행하며 나아가 자기희생을 치러야 하는지에 대해서도 마찬가지였다. 자기희생을 각오할 만큼 모험스런 용기로 어떻게 잃어버린 배꼽을 되찾을 수 있는지, 구체적인 방안은 아직 말해진 일이 없었다. 하지만 그들은 철두철미 그들의 용기를 신봉했고 용기 있는 행동을 주장했다. 그래 이들은 때로 전자들의 소극적 태도를 못마땅해하며 극심한 비난을 퍼붓기도 했다.

 ― 도대체 무슨 짓거리들인가. 우리는 이미 우리 배꼽을 잃어버린 상황을 상정하고 있지 않은가. 그런데 저들은 그 잃어버린 배꼽을 되찾을 생각은 하지 않고 영혼의 고향이니 인간의 향수니 하는 말재간이나 일삼고 앉아서 무얼 어쩌자는 것인가. 잃어버린 배꼽을 찬미나 하고 앉았으면 그것이 저절로 되돌아오기라도 한단 말인가……

 허원은 그러나 그 두 가지 태도 중 어느 한쪽만을 떼어 고집할 생각이 없었다. 어느 편이냐 하면 그는 후자의 주장을 좀더 현실적인 것으로 수긍하는 편이었다. 뿐더러 그는 그렇게 함으로써 자신의 용기에 대한 어떤 알리바이를 남기고 싶은 욕구를 외면하려 하지도 않았다. 그러나 그는 보다 넓은 식견과 너그러운 이해력의 소유자였다. 그는 양자를 다 같이 긍정했다. 따지고 보면 양자가 다 같이 하나의 목적을 위해 고심하고 있었다. 전자의 태도는 외견상 소극적인 것처럼 보일 수는 있어도, 그런 식으로 배꼽에 대한 원초적 갈망을 환기시킴으로써 보다 많은 사람들에게 그걸 되찾고 싶은 충동을 유발한다는 점에서 값있는 몫이 될 수 있었고, 후자의 주장 또한 전자에 의해 계발 보전되어오는 요구를 구체적 행동으로 이끌어가는 또 다른 중요한 몫이 되고 있었다. 모두가 자기 방법대로 잃어버린 배꼽을 되찾고자 나름대로 합당한 몫을 열심히 감당해가고 있는 것이다. 허원은 차라리 비장한 심경으로 사계의 일인자답게 그 두 주장을 동등하게 받아들이고 그것을 효과적으로 조화시켜나갔다. 나아가 그 같은 자신의 노력이 끝내 헛되지 않고 잃어버린 배꼽을 되찾고자 희원하는 모든 사람들과 함께 가슴 벅찬 승리의 감격을 맞으리라 굳은 결의를 다져나갔다. 허원은 그 같은 자신의 노력이야말로 이 이변의 시대에 태어난 한 인간의 당연하고도 엄숙한 숙명이라 생각했다.

4

그 무렵 어느 날이었다. 하루는 허원에게 매우 유쾌하지 않은 일이 생겼다. 다름 아니라 그 몇 주일 전부터 『주간 배꼽』지에서는 한 가지 새로운 기획을 광고한 일이 있었다. 내용인즉, 지금까지 배꼽 일반에 대해 심심한 관심을 기울여온 배꼽계 인사 1백여 명에게 '보고 싶은 배꼽'의 소유자 3인씩을 추천해주십사는 설문을 발송하여 그 답지들을 종합, '보고 싶은 배꼽 베스트 3'을 선정하고 이를 『주간 배꼽』에 차례로 소개하겠다는 거였다. 거기엔 물론 우리 시대에서 가장 멋있고 싱싱한 배꼽을 찾아내어, 전체 시민의 이름으로 그를 찬미함으로써 우리가 지금까지 성취해온 제반 배꼽 문화 가치에 대해 새로운 인식과 자긍심을 발양시키기 위함이라는 엄숙한 취지가 뒤따르고 있었다. 말하자면 '새 배꼽 찾기 운동'이 벌어진 셈이었다.

허원에게도 물론 '보고 싶은 배꼽'을 선정해달라는 설문지가 발송되어 왔다. 하지만 허원은 응답을 보내지 않았다. 그는 벌써부터 기분이 적잖이 찜찜했기 때문이다. 모든 사람이 배꼽을 잃어가고 있는 이 마당에 남들에게서나마 멋진 배꼽을 찾아보고자 하는 그 기획의 속뜻을 전혀 이해 못하는 것은 아니었다. 그러나 과연 그러한 배꼽이 아직도 세상에 남아 있겠는가. 이미 아무도 배꼽을 지니고 있는 사람이 없는 건 아닐까. 그렇다면 과연 누가 그 '보고 싶은 배꼽'의 소유자로 선정될 수 있을 것이란 말인가. 신문사에서는 그런 비관적 가능성을 모르고 이런 일을 벌이고 나선 것인가. 아니면 모든 걸 알면서도 이 역시 하나의 가정법하의 행위로 일을 시작한 건 아닐까.

그는 아무래도 설문에 응할 수가 없었다. 응답을 보내지 않은 채 지레 초조한 기분으로 일의 추이를 지켜보고 있었다. 한데 다시 그러던 어느 날 그 주간지의 기자 한 사람이 예고도 없이 별안간 허원을 찾아왔다. 그리고 그는 허원에게 정말 기상천외의 소식을 전했다.

"기뻐하십시오. 허원 선생님께서 이번 '보고 싶은 배꼽 베스트 3' 가운데 한 분으로 선정되셨습니다. 선생님의 순위는 비록 3위지만 다른 두 분들과는 불과 몇 표도 차이가 나지 않았습니다."

응답을 보내지 않은 허원의 추천권은 신문사 안에서 적당히 대행했고, 1, 2, 3위의 득표 수치는 각각 86, 84, 83이었다고 했다.

허원은 정말로 난감스러웠다. 웃을 수도 울 수도 없는 일이었다. '베스트 3'으로 선정된 세 사람은 모두가 배꼽 논쟁에서 역할이 두드러졌던 사람들이었다. 허원을 앞선 다른 두 사람은 H씨와 L씨였다. 적어도 허원의 판단으로는 그 두 사람 역시 배꼽을 잃어버렸음에 틀림없는 사람들이었다. 사람들은 멋있는 배꼽을 찾아낸 것이 아니라, 배꼽에 대해 해박한 지식과 진지한 탐구의 자세를 과시한 인사들을 골라내놓고 있었다. 하기야 그 아무도 자신이 배꼽을 지니지 못했노라는 고백을 말한 일이 없었으므로 사람들은 아마 그만한 인사들이라면 아직까지 진짜 멋있는 배꼽을 지녔을지도 모른다는 추측에서 이들에게 표를 모아준 것인지도 몰랐다. 그렇다면 그것은 허원의 활약이 아직 세간에선 그를 앞선 다른 두 사람을 미치지 못하고 있다는 증거가 되기도 했다.

― 거참, 기왕 그럴 양이면 순위라도 1위나 되었으면 좋았을걸.

그는 자신도 모르게 슬그머니 부아부터 치솟았다. 물론 그를 앞선 두 사람에 대한 질투 때문이었다. 그러나 그런 질투심 따윈 문제도 아니었다. 진짜 문젯거리는 정작 이제부터였다. 도대체 내 배꼽을 어떻게 소개한단 말인가. 무엇이 어떻게 소개되어야 한단 말인가. 생각만 해도 앞으로의 일이 난감하기만 했다.

그나마 우선 한두 가지 마음이 조금 놓이는 대목이 있긴 했다.

"이미 광고된 일이기는 합니다만 그럼 선생님께선 선생님 자신의 배꼽을 소개해주십시오. 원고지 다섯 장 정도의 글과 배꼽을 찍은 사진 두 가지만 준비해주시면 됩니다. 선생님의 순서는 세번째니까 H선생과 L선생 두 분의 소개가 나갈 때까지, 그러니까 다음다음 주까지 두 가지를 준비해주시면 되겠습니다."

기자는 허원에게 배꼽을 소개하는 글과 사진을 미리 주문했다. 그러니까 그는 다행히 자신이 직접 배꼽 사진을 찍으러 허원의 배꼽노리에 카메라를 들이대진 않은 것이었다. 게다가 기자는 허원에게 또 한 가지 뜻밖의 고마운 선택권까지 배려해주었다.

"그리고 참, 선생님께서 배꼽을 사진으로 직접 찍어 보이기 뭣하시면 사진 대신 어느 정도 사실적인 배꼽의 모습을 데생해주셔도 무방합니다. H와 L씨의 간곡한 주문 때문이기도 하지만, 부위가 워낙 은밀하고 외설스러운 곳이 돼놔서 우리 신문사에서도 그만 융통성은 양해해드리기로 했으니까요. H와 L선생 들께는 이미 그쪽으로 양해가 되었구요. 하지만 저희 신문사로선 선생님께선 가능하시면 데생보다 생생한 사진을 주시면 고맙겠지만요."

별반 기대를 걸지 않는 듯한 당부를 덧붙이면서 기자는 제법 의미 있는 미소까지 지어 보였다. 신문사에서도 이미 이쪽 형편을 예견하고 있음이 분명했다. 사진이나 데생 가운데서 하나를 택할 수 있도록 한 것은 위인들도 그에게 진짜 배꼽을 기대하지 않고 있다는 증거였다. 그러니 그건 일테면 그와 신문사 간의 일종의 공모극인 셈이었다. 허원으로선 그게 다소간이나마 마음의 위안이 되지 않을 수 없었다. 게다가 신문사에서 그런 배려를 하게 된 것이 그에 앞선 표를 얻은 H씨와 L씨의 간곡한 요청 때문이었다지 않은가. 위인들도 짐작대로 이미 배꼽을 잃었음은 물론이려니와, 그로선 그 1, 2위자의 대응 방식과 처신을 지켜보며 두어 주일 시일을 기다릴 여유도 남아 있었다.

하지만 그 기자 녀석이 신문사로 돌아간 뒤 허원은 다시 앞일이 막막해지기 시작했다. 아무리 서로 묵인한 공모극이라곤 하지만 정작 있지도 않은 배꼽을 예노라 지어 그려 내놓기엔 차마 용기가 나지 않았다. 게다가 이번 허원의 개인 몫으로 안겨온 일은 가정어법이 될 수도 없었다. 있지도 않은 배꼽을 지어 말하는 것은 가정의 화법이 아닌 거짓말이었다. 그렇다고 그것을 '내가 가지고 싶은 배꼽'쯤으로 바꿔 대답을 할 수도 물론 없었다. 그것은 결론절이 없는 조건절만의 가정문이, 그래서 소망을 표시하는 그런 가정문이 될 수밖에 없었다.

─빌어먹을. 도대체 이 일을 어떻게 감당해 넘어간단 말인가.

그는 갈수록 원망스런 생각이 들었다. 맨 처음 이런 일을 벌이고 나선 『주간 배꼽』지가 원망스러웠고, 있지도 않은 자신의 배꼽에 그 많은 표를 던져준 설문 응답자들이 원망스러웠고, 그리고 마지막으로 자기 자신이 원망스러웠다. 자신의 순위가 3위에 머물러버린 사연 같은 건 이제 염두에도 없었다. 서운하기는커녕 거기 아예 이름도 끼어들지 말았다면 얼마나 다행이었을까 싶기만 했다.

그렇다고 허원은 이제 와서 그 일에서 눈을 돌리고 나설 수도 또한 없었다. 『주간 배꼽』지가 이런 행사를 벌이고 나선 건 어쩌다 누구에게서 진짜 배꼽을 찾아내게 된다면 그보다 다행스런 일이 없겠지만, 설사 그런 행운을 만나지 못한다 하더라도 이 일에 관심이 깊은 여러 인사들의 지혜를 빌려 나름대로 이상적인 가상의 배꼽상을 계발하여 그동안 자기 근원의 표상을 잃은 허망감과 무력감에 젖어온 시민 일반에게 다시 위안과 희망과 용기를 심어줄 수 있다는 점에서 충분히 생산적인 공모극인 셈이었다. 그런 일에서 섣불리 눈을 돌리고 돌아설 수는 없었다. 그렇듯 이미 엎질러진 물 처지에 어떻게 일을 피해볼 방법도 없었다. 잘못 그랬다간 스스로 배꼽 없음을 드러내버리기나 할 터였다.

 밋밋한 자신의 빈 배꼽노리를 어루만지며 허원은 고심고심 궁리를 거듭하고만 있었다. 하지만 별달리 뾰족한 생각이 떠오를 리 없었다. 하다 보니 이젠 불가피 며칠 시간을 두고 그 H씨와 L씨의 대응과 기사를 기다려보는 수밖에 다른 도리가 없었다. H씨는 과연 어떤 식으로 제 배꼽을 내놓을 것인가. H씨 역시 그 노릇이 사진으론 불가능할 터이었다. 그렇다면 그는 그림을 지어 그릴 것인가. 그걸 어떤 모양으로? 그리고 위인은 그걸 뭐라 설명할 것인가. 아니 H씨가 정말 자신의 배꼽이라는 걸 순순히 내보이고 나서기나 할 것인가. 그림이고 뭐고 금명간 그는 아예 '보고 싶은 배꼽 1위'의 영광을 사양해버리고 나서는 건 아닌가. 그는 이제 새삼 자신의 순위가 1, 2위가 못 된 것을 천만다행으로 여기며 그렇듯 궁금하고 초조한 심경 속에 하릴없이 다음 주 신문을 기다렸다. 두문불출 일주일이 어서 지나가기만을 고대했다.

 이윽고 일주일이 지나가고 다음 호 『주간 배꼽』이 시중에 나돌기 시작했다. 허원은 부리나케 신문을 한 장 사들여왔다. 신문은 미리 예고한 대로 '보고 싶은 배꼽 베스트 3' 선정 경위와 설문의 응답을 종합하고, '보고 싶은 배꼽 1위'로 선정된 H씨의 그것을 자세히 소개하고 있었다. H씨는 신문사의 주문에 기꺼이 응하고 있었다. 큼지막한 배꼽 그림과 당당한 자술 소개문이 실려 있었다. 허원은 호기심에 차서 그림과 글을 단숨에 훑어 내려갔다. 배꼽의 그림은 정말 멋있고 훌륭했다. 과연 '보고 싶은 배꼽'의 첫번째 영광을 누리고 남을 만했다. 허원은 그 배꼽의 그림이 어찌나 신선한 실감을 자아내게 했던지 어쩌면 이 친구는 아직도 진짜 자기의 배꼽을 가지고 있을지 모른다는 느낌이 들 지경이었다. 게다가 그 배꼽에 대한 H씨의 자술 소개문은 더욱 일품이었다.

그러나 허원은 그 훌륭한 배꼽의 그림과 H씨 자신의 소개문을 읽는 동안 차츰 이상한 반발이 일기 시작했다. H씨가 진짜 배꼽을 지니지 않았다는 것은 거의 분명한 사실 같았다. 진짜 배꼽을 지닌 사람이라면 통념상 자기 배꼽에 그렇듯 깊은 관심을 기울였을 리 없었고, 자기 배꼽에 대해 그처럼 휘황한 언어로 멋있게 글을 써낼 수도 없었다. 허원 자신의 경험으론 분명 그럴 것 같았다. 무엇보다 H씨가 사진 대신 그의 배꼽을 그림으로 보여준 것은 그의 비밀을 점쳐낼 수 있는 충분한 근거가 될 수 있었다. 한데도 H씨는 의연했다. 추호의 망설임도 없이 늠름하게 자기 배꼽을 자랑하고 있었다. 물론 그 나름의 이유는 있으리라 여겨졌다. 그리고 허원 자신도 그 점에 대해서는 충분한 이해를 가지고 있었다. 그 역시 잃어버린 배꼽을 찾으려는 노력의 한 방편일 수 있었다. 배꼽을 지니지 않았으면서도 만인 앞에 그걸 말해야 하는 것은 슬프지만 용기에 속해야 할 일이었다. 그것은 사람들이 앞으로 찾아 지녀야 할 미래의 배꼽에 대한 용기 있는 봉사요 가상한 기여였다. 그의 용기는 칭송을 받을 수도 있는 것이었고, 또 그래야 마땅했다. 그러나 허원은 아무래도 기분이 언짢았다. 그를 선뜻 용인하기가 싫었다. 그의 순위가 3위에 머물러버린 것을 알고 났을 때처럼 H씨에 대해 이상한 질투가 뻗치는 자신을 부인할 수 없었다. 그러나 허원이 H씨에 대해 그런 반발을 느낀 것은, 그리고 그를 용납하기 싫은 것은 반드시 질시 때문만은 아니었다. H씨의 그림과 글을 보고 나자 허원은 문득 지금까지 그처럼 활발히 전개되어 온 모든 배꼽 논의가, 그에 대한 신뢰가 갑자기 무너지고 만 것 같은 허망한 느낌이 들었다. 그런 식으로 과연 잃어버린 배꼽을 다시 찾을 수 있을 것인가. 그리고 그 H씨의 슬픈 용기는, 그의 용기 있는 거짓말은 그의 믿음대로 잃어버린 배꼽에 대한 우리의 희망을 부추겨줄 힘이 될 수 있는가. 그것이 가장 좋은 방법인가. 오히려 그 반대가 아닐까……

허원은 그러나 확신이 서지 않았다. 그는 좀더 기다려보기로 했다. 아직도 허원의 앞에는 L씨의 차례가 남아 있었다. 그는 찜찜하기 그지없는 기분을 꾹꾹 눌러 참으며 다음번 L씨의 대응을 기다렸다. 그리고 자신도 그 일주일 동안 자기 차례에 대비한 어느 정도의 준비를 갖춰나가기 시작했다. 이젠 그 역시 차례가 닥쳐오면 어떤 식으로든지 그 배꼽 그림을 그리고 글을 쓰는 수밖에 다른 도리가 없으리라는 것을 알고 있었기 때문이다. 그리고 기왕 일을 함께 치르려면 그 H씨나 L씨 들보다도 더 멋있는 배꼽을 준비하고 싶었기 때문이다.

그는 그렇듯 제법 새로운 각오로 자신의 배꼽을 열심히 생각했다. 그러면서 좋이 그 일주일을 기다렸다. 그리고 그 일주일이 거의 다 지날 무렵쯤엔 그의 머릿속에 썩 멋있는 배꼽 하나가 모습을 드러내기 시작했다…… 한마디로 그건 마치 고요한 저녁 호수면 위에 피어난 한 송이 연꽃 같은 형자였다. 뿐만 아니라 그의 가슴 속엔 이미 그 연꽃을 통해 능히 우리 인간과 우주의 진리를 꿰어 설파할 수 있는 말들이 수없이 마련되어 있었다. 남은 문제가 있다면 그것은 허원이 그 연꽃처럼 우아하고 격조 높은 배꼽을 빌려 어떻게 더 많은 세상의 진실을 말할 수 있을 것인가 하는 것뿐이었다. 나아가 이제부터 어떻게 그 배꼽을 자기 것인 양 스스로 익숙해질 수 있을까 하는 것뿐이었다. 사실로 허원은 그 일주일 동안 그 배꼽 일에 얼마나 깊이 골몰했던지, 나중에는 그렇게 모습을 지어 떠오른 배꼽이 진짜 자신의 배퉁이 어디에 자리를 잡고 들어앉아 있는 것처럼 여겨질 지경이었다.

어쨌든 허원은 그 일주일을 그렇듯 썩 보람 있게 기다린 셈이었다. 그리고 이윽고 그 L씨의 배꼽이 두번째로 소개되기로 한 신문이 나왔다. 허원은 또 한 번 부리나케 신문을 구해 들였음이 물론이었다. 그런데 이번에는 그가 신문을 펴 들자마자 금세 얼굴이 하얗게 질리기 시작했다.

—이게 도대체……!

허원은 순간 정신이 아찔해지면서 눈을 꾹 감아버렸다.

—이게 도대체 어찌 된 일인가.

신문에는 예상대로 전번 주일과 똑같은 면에 L씨의 배꼽이 소개되어 있었다. 물론 L씨가 신문사의 주문을 거절하지 않은 탓이었다. 아니, 알고 보니 L씨는 신문사의 주문을 사양할 이유가 추호도 없었다. 그는 H씨처럼 자기 배꼽을 그림으로 그려 보여주지 않았다. 그는 그걸 직접 사진으로 보여주고 있었다. 카메라 앞에서 셔츠 자락을 걷어올린 채 껄껄 웃고 있는 L씨의 당당한 복부 한가운데엔 심연처럼 검고 깊은 배꼽의 모습이 뚜렷이 도사리고 있었다.

 허원은 잠시 눈을 질끈 감았다가 착각이 아닌지 다시 찬찬히 기사를 들여다보았다. 그러나 L씨의 배꼽은 분명한 사진이었다. 그리고 그 사진 속의 배꼽은 분명히 L씨 자신의 것이었다. H씨의 그림처럼 선명하고 요염한 데는 없었지만, 사진이기 때문에 그것은 단순한 대로 당당했고 깊고 어두운 대로 실감이 있었다. 사진 아래 실은 L씨 자신의 소개문이 좀 성의를 다하지 않은 듯싶었지만, 그것도 진짜 배꼽을 가진 사람의 여유일시 분명했다.

 허원은 완전히 절망이었다. 그도 물론 무리가 아니었다. L씨는 진짜 배꼽을 가지고 있었다. 아니 어쩌면 앞서의 H씨도 정말 배꼽을 잃어버린 것이 아닐는지 몰랐다. 그렇듯 분명한 L씨의 배꼽 사진을 보자 허원은 문득 그런 생각까지 들었다. 진짜 배꼽을 지녔으면서도 H씨는 그걸 바로 내보이기 쑥스러워 그림으로 사진을 대신했는지 모를 일이었다. 자신의 배꼽에 관한 이야기가 허원의 경우처럼 추상적으로 흐르지 않고 매우 구체적이었던 점에서도 그럴 가능성이 충분했다. 정말이지 허원은 자신의 배꼽을 생각하면서 그걸 아무리 구체적으로 떠올려보려 해도 기억이 오래서 영 그럴 수가 없었다. 게다가 H씨가 정말 자기 배꼽을 지니고 있지 않다면 그 표정이나 언사가 그토록 당당할 수가 있을 것인가. 그런 식으로 한번 생각이 흐르기 시작하자 허원에겐 모든 게 자꾸 그렇게만 보였다. 하지만 H씨는 이제 어쨌든 큰 상관이 없었다. 문제는 L씨가 아직 진짜 배꼽을 지니고 있다는 사실이었다. 그리고 허원 자신은 분명히 배꼽을 가지고 있지 않다는 사실이었다. 그러면서도 그 배꼽을 가진 L씨와 그것을 지니지 못한 자신이 함께 그것을 논의해왔다는 사실이었다.

― 그렇다면 도대체 나는 뭔가.

이제 생각해보면, 세상 사람들은 L씨 한 사람뿐 아니라 모두가 다 진짜 배꼽을 가지고 있을 수도 있었다. 배꼽을 잃어버린 사람은 허원 자신 한 사람뿐일 수도 있었다. 배꼽에 대한 논의는 모두가 말 그대로 진짜 가정에 끝나는 일일 수도 있었다.

― 그렇다면 정말로 나는 무엇인가. 나는 지금까지 무슨 도깨비놀음을 해온 것인가.

그는 H씨의 의심스런 배꼽 그림을 보고 그 H씨로 인해 배꼽에 대한 그간의 논의가 모두 헛되어 보였던 것과는 정반대의 이유로, 이번엔 자기 자신으로 인해 그 무성한 배꼽 논의에 대한 모든 신뢰가 한꺼번에 무너져가고 있었다. 그는 무엇엔가 완전히 농락을 당한 느낌이었다. 스스로 뛰어든 연극에 스스로 속고 만 느낌이었다. 다시 한 번 세상이 온통 원망스러웠다. 『주간 배꼽』이 원망스러웠다. 그러나 무엇보다도 자기 자신이 견딜 수 없도록 원망스러웠다. 잃어버린 배꼽을 찾으려는 그간의 자신의 노력, 그 치열한 논리와 모험적인 용기, 그 모든 것이 한결같이 슬프고 허무했다.

5

 허원은 이날 오후 다시 그를 찾아온 『주간 배꼽』지의 기자를 만났다. 그는 이제 마음이 정해져 있었다. 그것도 용기라고 할 수 있을까. 그는 지면을 사양할 작정이었다. 더 이상 허무한 연극을 계속할 수는 없었다. 적어도 지니고 있지도 않은 자기 배꼽에 대해 글을 쓰고 그것을 그려 내밀 용기가 나지 않았다. 그럴 필요도 없었다.
 "아무래도 전 자격이 없는 사람 같습니다. 제 배꼽을 위해 귀한 지면을 할애해주신 건 고맙지만 전 역시 사양하겠습니다. 자신이 없으니까요."
 그는 벌써 두 주일 전에 다짐 받아둔 기자의 주문을 정중하게 거절했다. 차마 배꼽이 없어서라고는 말할 수가 없었다. 이런저런 다른 구실을 늘어놓았다. 그러나 기자가 쉽사리 물러설 리는 없었다.
 "자신이 없으시다니요? 선생님께서 그러시면 정말 저희들은 무슨 낭패를 당하라구요."
 무슨 큰일 날 소리냐는 듯 기자는 펄쩍 뛰었다. 하지만 허원 역시 이미 그 정도는 각오가 되어 있었다. 그는 그런 경우를 대비해 충분히 생각을 정리해놓고 있었다.
 "하지만 전 역시 자신이 없는걸요. 무엇보다도 전 이런 방법으로는 우리가 언젠가 불시에 잃어버리게 될지도 모르는 배꼽을 위해 아무런 기여도 보탤 자신이 없다는 겁니다. 아니 이건 공연히 귀사의 기획 의도를 폄하하는 소리가 되겠군요. 좀더 솔직하게 말씀드리자면 그것은 즉 제 배꼽이 그런 기여를 이룩할 만큼 자신 있는 물건이 못 된다는 말씀입니다."

"물론입니다. 자신을 가지고 말씀하신 분은 아무도 없습니다. 하지만 그만한 용기는 가지셔야죠. 지금까지 선생님께서 그래오셨던 것처럼 말씀입니다. 지금까진 죽 그래오지 않으셨습니까. 그리고 저희들은 그래서 선생님께서 공연히 맨배꼽 내놓으시기를 쑥스러워하실까 봐 그림으로 그걸 대신할 수 있으시도록 융통성을 드리지 않았습니까. 그런데 어째 선생님께선 이제 와서 굳이 자신이 없다고만 하십니까."

기자는 어떻게든지 허원을 설득해내고 말 기세였다. 집요하게 그의 말끝을 물고 늘어졌다. 허원 또한 그에게 물러설 수가 없었다.

"용기를 내라구요? 하긴 그것도 용기라고 할 수는 있겠지요. 하지만 지금까지 우리가 진행시켜온 이야기는 모두가 일종의 가정법 안에서의 일이었습니다. 그런데 이번만은 사정이 다릅니다. 제 자신의 배꼽 이야기나 그걸 보여주는 일은 가정법상의 이야기가 아닙니다. 그것은 사실이어야 합니다. 용기를 가져볼 만큼 전 제 배꼽에 대해 자신이 없습니다. 너무 보잘것이 없어서요. 양해하십시오. 전 역시 사양할 수밖에 없으니까요. 그만 용기도 없느냐 비난을 하셔도 할 수 없습니다. 저는 그렇듯 용기가 없는 사람이 되어도 할 수 없으니까요. 그리고 이것은 이제 저 자신도 어쩔 수 없는 확고한 결심이니까요."

그는 자신도 차마 저열한 느낌을 지울 수 없는 구구한 변명 끝에 마지막으로 한 번 더 분명하게 못 박아 말했다.

하지만 그도 아직 허사였다. 기자는 여전히 물러설 기색이 없었다. 허원의 말에 그는 새삼 무슨 생각이 떠오르는지 빙그레 미소를 짓고 있었다. 그리고는 갑자기 다시 추궁해왔다.

"하니까 선생님께서는 결국 선생님 자신의 배꼽에 대해 자신을 가지실 수 없기 때문에 사양을 하시겠다는 것입니까. 그런 뜻입니까?"

"그렇습니다. 전 제 배꼽에 전혀 자신이 없습니다."

그러자 위인은 다시 한 번 뜻있는 미소를 머금었다.

"그렇다면 조금도 걱정하실 필요가 없으리라 생각되는데요."

그는 자신이 가지고 온 신문을 새삼 허원 앞으로 펼쳐놓았다.

"L선생의 배꼽 사진을 자세히 보신 일이 있으십니까?"

그는 신문의 사진을 가리켰다. 그것은 물론 허원도 낮참에 이미 구경한 지면이었다. 한데 이자는 그게 도대체 어쨌다는 것인가—허원은 무심스레 고개를 끄덕여주는 수밖에 없었다. 그러나 기자는 그 허원을 신용하지 않았다.

"하지만 자세히 살펴보시진 않으셨을 테지요. 자 이번엔 좀더 찬찬히 살펴보십시오. 아마 그런 식으로라면 선생님께서도 한사코 사양만 하실 일이 아니실 테니까요."

위인이 다시 허원 앞으로 신문을 더 바싹 들이댔다. 허원은 내키지 않았지만 잠시나마 어쩔 수 없이 그가 내미는 L씨의 배꼽을 다시 들여다보는 척하였다. 하지만 이미 관심이 떨어진 일이라 그런지 아무것도 이상한 점을 발견할 수가 없었다. 그는 이내 신문에서 눈을 떼며 기자를 쳐다보았다. 하니까 이번엔 위인이 느닷없이 선언하듯 내뱉었다.

"그러시겠지요. 자세히 보지 않으면 알아낼 수가 없지요. 하지만 그건 진짜 배꼽이 아니라 배꼽의 그림을 그려 붙이고 찍은 사진입니다."

하고 보니 허원은 다시 정신이 번쩍 들 수밖에 없었다. 위인의 말이 떨어지기 무섭게 그의 시선이 반사적으로 다시 그 사진 위를 훑고 있었다.

―그려 붙인 배꼽? L씨의 사진이 그려 붙인 배꼽이라니? 도대체 그럴 리가……! 참으로 충격적인 일이 아닐 수 없었다.

"신문 사진에서는 좀 알아보기가 힘들지도 모르겠습니다. 하지만 진짜 사진 원고에선 쉽게 알아볼 수 있었지요. 이건 물론 L선생 자신이 매우 정성을 들여 정밀하게 만들어준 사진이었구요. 하지만 주의해 보시면 신문에서도 분명히 그런 흔적을 찾아낼 수 있으실 겁니다."

신문 지면 사진에서 눈을 떼지 못하고 있는 허원에게 기자가 친절하게 설명을 덧붙였다.

"보십시오. 속이 새까맣게 어두운 푼수로는 여간 깊은 배꼽이 아니지 않겠습니까. 그런데 그 깊은 배꼽 근처에는 전혀 그늘이 없어요. 어두운 부분과 그렇지 않은 부분이 너무 선명하게 갈라지고 있지 않습니까. 전혀 평면적이지요. 조금도 입체감이 없지 않습니까. 평면 위에 그린 그림이지요…… 그뿐만이 아니에요. 배꼽 주위로 번져난 피부의 결을 자세히 살펴보십시오. 뱃가죽에 가로로 지어진 주름결이 하나도 나타나 있지 않지 않았습니까. 오히려 살집이 얇은 옆구리나 가슴 쪽, 이를테면 배꼽 근처를 제외한 다른 먼 곳들에 주름살이 더 많이 나타나 있지요. 게다가 더 수상한 점은 그만한 나이가 되신 분들 배꼽이라면 반드시 아래쪽으로 배꼽 털을 한두 오라기쯤 거느리게 마련인데 이분은 전혀 민둥 배꼽이 아닙니까."

듣고 보니 아닌 게 아니라 모두가 그런 것 같았다. 허원은 공연히 자신이 당황스러워 위인의 설명이 끝나고 나서도 한동안 그 사진에서 눈을 떼지 못하고 있었다. 어떻게 이해해야 할지 정신이 얼떨떨했다. 그리고 걷잡을 수 없이 노여움이 치밀어 올랐다. 그야 물론 굳이 누구에게랄 건 없었다. 그저 속에서 혼자 노기가 끓어올라 견딜 수가 없을 지경이었다. 하지만 그는 끝끝내 그 신문지 사진에서 눈길을 떼지 않은 채 자신의 노기를 참아냈다. 생각해보면 그건 이미 자신과는 아무 상관도 없는 일이었다. L씨의 배꼽이 진짜든 가짜든 그는 이미 마음이 정해져 있는 터였다. L씨가 어쨌든 허원 자신이 배꼽을 잃어버린 것은 변함없는 사실이었다. 그리고 그는 이제 그 무성한 가정법 언어 속에 더 이상의 연극으로 자신을 속이고 스스로 농락을 당하지 않기로 결심하고 있었다. 그렇다고 그가 어느 누구의 말처럼 또 한 번의 이변으로 자신의 배꼽이 우연히 되돌아와주기만을 기다리고자 한 것은 물론 아니었다. 잃어버린 배꼽은 어느 경우에도 자신의 노력과 용기가 따라야 다시 찾아질 수 있을 터였다. 방법도 정직한 것으로 바뀌고 달라져야 했다. 하지만 그는 거기에도 아직 큰 희망을 가지고 있지 못한 편이었다.
 그가 이윽고 노여움기를 거두고 멀거니 얼굴을 들어 기자를 바라보았다. 한데 그는 아직도 굳어진 표정이 말끔 다 풀리질 못한 모양이었다. 그 허원의 방심스런 눈길 앞에 이번엔 기자 쪽이 왠지 터무니없이 당황해 하였다.
 "아, 아닙니다. 그렇다고 전 L선생이 진짜 배꼽을 가지지 않은 사람이라고 말하진 않았습니다. 그려 붙인 배꼽 속엔 L선생의 진짜 배꼽이 들어 있었겠지요. L선생은 다만 그 진짜 배꼽을 좀더 멋있어 보이도록 그림을 덧그려 붙였을 테니까요. 저희 신문사에서도 그 정도 융통성은 미리 양해해드렸으니 말씀입니다."
 당황결에 그러는지 기자는 느닷없이 그 L씨의 배꼽을 위해 횡설수설 변명을 늘어놓았다. 하지만 그의 말은 물론 아무 뜻이 없이 그저 지껄여댄 소리만은 아니었다. 위인은 얼떨결인 듯 그 지껄임 속에 적잖이 중요한 암시를 담고 있었다.
 "그러니까 허 선생님께서도 정 배꼽을 내보이시기 쑥스러우시면 L선생처럼 슬쩍 하나 멋있는 걸 그려 붙이거나, 그것도 뭣하시면 먼젓번의 H선생처럼 그냥 적당히 그림으로 대신할 수도 있으시지 않겠느냐 이 말씀입니다."
 그는 말을 끝내고 나서 비로소 한차례 싱긋 웃어 보이기까지 했다. 뭐 망설일 필요가 있겠느냐는 뜻일시 분명했다. 그는 한마디로 허원을 구슬려대고 있었다. 하지만 위인의 그런 우회적 언표나 태도 속엔 또 다른 토설 투의 공격적 밀의가 담겨 있었다. 그는 분명 모든 것을 알고 있었다. 모든 사정을 환히 다 알고 있으면서도 그것을 금기처럼 입 밖에 내어 말하지 않고 있었다. 그리고 그런 점에서는 허원에 대해서도 썩 지극한 신뢰감 같은 걸 지니고 있는 듯했다. 그는 분명 이렇게 말하고 싶은 것이었다.
 ─ 우리는 서로 우리들 배꼽에 대한 모든 비밀을 알고 있지 않소. 하지만 우리는 그 비밀을 다 털어놓고 말하지 않는 편이 좋겠지요. 말하지 않아도 서로가 다들 아는 일이니까요. H씨도 L씨도 그리고 당신도 나도 그건 모두가 마찬가질 테니까요. 그런데 왜 당신 혼자 미련스럽게 고집을 피우려는 거요? 자, 어서. 당신이 이미 배꼽을 잃어버린 줄은 알고 있으니 걱정 말고 어서 그 그림이나 그리시지 않겠소……
 위인의 말을 새겨 뒤집으면 바로 그런 뜻이었다. 그런 녀석을 이젠 더 이상 어찌할 수가 없었다. 그런 위인을 더 길게 상대하고 앉았다간 이쪽 허점만 자꾸 더 확인시켜줄 뿐이었다. 허원은 그만 위인부터 집에서 돌려보내버리고 싶었다.
 허원은 마침내 고개를 끄덕여 보이고 말았다. 그리고 기자는 그제서야 겨우 한숨이 놓인다는 표정이었다.
 "고맙습니다."
 ─ 진즉 그럴 일이지. 결국은 그렇게 될 일을 가지고……
 그러나 기자는 정작 그렇게 소리 내어 말을 하지는 않았다. 허원의 결단이 정말로 고마운 듯 모처럼 얼굴색만 활짝 밝아졌다.
 "내일까지…… 원고를 준비해보도록 하지요."
 허원은 그러는 기자를 한 번 더 안심시켰다.

배꼽을 주제로 한 변주곡 141

6

 이튿날 아침. 허원은 아직 그 『주간 배꼽』지로 보낼 원고를 준비해놓고 있지 않았다. 아니, 원고 같은 건 이미 염두에도 남아 있지 않았다. 그는 방금 달리는 열차 속에 한가하게 몸을 싣고 있었다. 아침잠이 깨어나자 바로 조그만 손가방 하나를 챙겨 들고 역으로 달려 나온 참이었다. 『주간 배꼽』이나 그 기자 녀석의 입장이 여간 난처해지지 않으리라는 생각이 들었지만, 그러나 그건 이쪽에선 어쩔 수 없는 일이었다. 소동이 지나갈 때까지 어디 시골구석에라도 잠시 틀어박혀 지낼 작정이었다.
 그는 차체의 진동에 따라 몸을 흔들리면서 한동안 묵연히 눈을 감고 앉아 있었다. 그러자 며칠 동안 잠을 설쳐 그런지 오래잖아 슬그머니 졸음기가 오기 시작했다. 그리고 그는 어느새 곤한 잠 속으로 빠져들어가고 있었다.
 허원이 다시 잠에서 깨어났을 때는 기차가 어느 시골 읍 정거장으로 들어서고 있었다. 시계를 보니 벌써 두 시간 이상이나 낮잠을 자고 난 뒤였다. 그러나 차 속의 낮잠은 길게 잘수록 더 곤해지게 마련인가 보았다. 그의 심신은 아직도 그 기분 좋은 잠기운에 젖어 있었다. 그는 다시 눈을 감아버렸다.
 그러나 그는 이내 또 눈을 뜨고 말았다. 문득 소변기가 느껴졌기 때문이었다. 그는 담배를 한 대 꺼내어 불을 붙여 문 다음 천천히 자리에서 일어났다. 화장실부터 다녀와서 다시 모자란 잠을 즐길 생각이었다. 그는 남은 잠기가 달아나지 않도록 조심조심 동작을 아껴가며 화장실을 찾아갔다. 화장실엘 들어서고 나서도 역시 잠기를 다치지 않도록 거동을 조심했다. 눈을 감은 채 바지를 더듬어 내렸다. 보는 사람도 없겠다, 그는 눈을 감고 있었으므로 오줌이 튀지 않도록 바지를 충분히 밀어 내렸다. 윗도리는 기장 긴 속셔츠까지 높이 걷어올렸다. 그리고서 그는 기분 좋게 오줌을 깔겨대기 시작했다.

한데 그때였다. 허원에게 느닷없는 이변이 일어났다. 덜커덩— 산모퉁이를 돌아가던 기차가 웬일인지 큰 진동을 한번 일으켰고, 그 바람에 허원은 정신이 번쩍 들며 힘차게 내쏘던 오줌 줄기가 멈칫하고 끊겨버렸다. 순간적으로 그의 몸이 크게 앞으로 꺾어졌다.

그때 이변이 발견되었다. 몸을 꺾었다 일어나면서 무심결에 배통이를 스친 허원의 시선 끝에 문득 이상한 물건이 붙잡혀온 것이었다. 배꼽이었다. 개구리처럼 밋밋해 있던 그의 복부 한복판에 그의 배꼽이 얌전하게 되돌아와 있었다. 허원은 정신을 가다듬고 다시 한 번 그 배꼽을 확인해보았다. 그러나 그것은 틀림없는 사실이었다. 또 한 번의 뜻하지 않은 이변이었다. 그것을 찾으려고 그리 애를 쓸 때는 기미도 보이지 않던 배꼽이 마치도 거짓말처럼 또는 우연처럼 그렇게 문득 되돌아와 있었다.

그러나 허원은 이제 그걸 보고도 기뻐할 줄을 몰랐다. 도대체 기뻐할 수가 없었다. 아닌 게 아니라 무슨 오랜 잠에서나 깨어난 것처럼 기분이 그저 얼떨떨할 뿐이었다. 그리고 꼭 무엇엔가 자신이 한참 속아온 것 같은 허망하고 어이없는 기분뿐이었다. 그는 그렇듯 황당하고 착잡한 심사 속에 한동안 화장실을 나올 생각도 못한 채, 아니 흘러내린 바지조차 추슬러 올릴 줄을 모른 채 멍청스레 창밖만 내다보고 서 있었다.

— 그게 무엇인가. 이놈의 배꼽이 바람이 나서 나를 속인 것인가. 아니면 이토록 멍청스러워진 내 자신 탓인가. 그렇지도 않다면 이따위 속임수를 좋아하는 어느 몹쓸 놈들 장난인가.

맹렬한 속도로 내닫는 기차 화장실 속에서 허원은 곰곰 그것을 생각하고 있었다. 시선을 여전히 창밖으로 내보낸 채. 그리고 어딘지 겁을 먹은 듯한 조심스런 손길로는 불시에 되돌아온 자신의 배꼽을 슬금슬금 어루만져보며.

(『신동아』 1972년 9월호)

가면의 꿈

지연은 불을 끈 침실에서 남편 명식을 기다리고 있었다.

밤 11시.

정원을 가득 채운 가을 달빛이 그녀의 방 창문 커튼으로 희미하게 젖어 들고 있었다. 외등을 꺼놓은 집 안은 달빛 때문에 여름날의 대낮처럼 고요하다.

명식은 2층 6조 다다미방 한 칸을 서재 겸 평상시의 거실로 사용했다. 그러다가 이따금 밤이 깊으면 조심조심 발소리를 죽이며, 2층 나무 계단을 걸어 내려오곤 했다.

그러나 지금 명식은 2층에 없다. 그는 외출 중이다. 지연은 외출에서 돌아올 명식을 기다리고 있는 것이다. 일찌감치 잠옷을 갈아입고, 얼마간 기대에 부푼 가슴을 달래며 침대 근처를 맴돌거나 창문 곁으로 다가가 묵연스레 달빛에 젖은 정원을 내다보곤 하고 있었다.

명식은 좀처럼 돌아올 기미가 안 보인다. 그러나 지연은 신경을 곤두세우거나 조급해하지 않는다. 그럴 필요가 없었다. 명식에 대한 그녀의 신뢰는 내세울 만큼한 것이 아니면서도 마음이 늘 그렇게 편했다.

명식의 외출은 특별한 의미가 있었다. 밤 외출을 하고 돌아오는 날이면 거의 언제나 명식이 2층 나무 계단을 내려왔다. 그리고는 한껏 은밀스럽게 불 꺼진 지연의 잠자리를 찾아들었다. 게다가 오늘은 여간 오랜만의 밤 외출이 아니었다.

뜻밖의 일이었다. 저녁을 먹을 때부터 명식은 기색이 달랐다. 밤 외출의 유혹을 느낄 때면 언제나 그랬듯이 명식은 공연히 거동이 소심스러워지고 있었다. 말소리가 낮아지고, 저녁을 끝내고 나선 유리창가에 기대서서 초조감이 완연한 눈길로 지연의 눈치를 살피곤 했다. 어찌 보면 좀 멍청스러워 보이기까지 한 명식의 눈길에는 그러나 어딘지 간절한 심사가 담겨 있었다. 밤 외출에의 유혹을 느끼고 있는 게 분명했다. 지연은 속으로 웃음을 참고 있었다. 문득 그가 어린애 같은 생각이 들었다. 주변머리 없는 양반 같으니라고. 또 기회를 만들어줘야겠군.

"밥 먹은 게 좋지 않나 봐요."

두통이 이는 척 명식을 혼자 놓아둔 채 침실에 들어박혀버렸다. 아니나 다를까, 명식은 그러자 곧 외등을 끄고는 2층으로 올라갔다. 잠시 뒤에 그가 다시 2층 나무 계단을 내려오는 발소리가 들려왔다. 현관문 열리는 소리. 불 꺼진 정원을 그림자처럼 소리 없이 걸어 나가고 있겠지.

그러나 지연은 명식이 집을 나가는 것을 내다보지 않았다. 이젠 순이 년도 대문까지 걸어 나가는 명식을 뒤따르지 않았다.
— 아저씨가 밤 외출을 하실 때는 외등을 켜지 말고 모르는 척해 드려라.
— 돌아오실 때도 마찬가지야. 아저씬 밤늦게 불이 켜지는 걸 싫어하시니까. 넌 그냥 대문만 풀어드리고 들어가 자는 거야. 똑똑히 기억해두지 않으면 야단맞을 줄 알구. 아저씨가 돌아오실 땐 외등뿐만 아니라 집 안에 불이 하나도 없어야 한단 말이다.
그렇게 순이 년을 일러두고 있었다. 그것은 지연 자신에게도 해당되는 말이었다. 그녀는 명식을 내다보지 못했다.
그러나 그녀는 알고 있었다.
콧수염을 달았을 거야.
조금 전의 소심스럽던 거동과는 딴판으로 갑자기 활기에 차서 불 꺼진 정원 길을 그림자처럼 재빠르게 걸어 나가고 있을 명식의 모습이 보지 않아도 선했다. 그는 더부룩한 가발과 콧수염으로 변장을 하고 있었고, 달빛이 그의 어깨 위로 뽀얗게 흘러내리고 있었다.
그것은 명식이 대문을 나가고 나서 채 2분도 지나지 않은 사이에 좀더 분명한 사실로 드러났다. 명식이 대문을 나가고 나자 지연은 방금 명식이 발소리를 죽이며 조심스럽게 걸어 내려온 2층 나무 계단을, 이번에는 그녀 자신이 역시 발소리가 너무 크지 않게 조심조심 걸어 올라갔다. 그녀는 명식의 서재 겸 거실로 들어서자 곧바로 한쪽 테이블 곁으로 다가갔다. 거기에는 명식이 한

가면의 꿈 147

번도 지연에게 열어 보인 일이 없는, 그러나 지연에게는 이미 아무것도 비밀이 될 수 없는 서랍이 하나 있었다. 지연은 익숙하게 서랍을 열어젖혔다. 예상대로였다. 서랍 안에는 몇 벌의 가발과 콧수염과 테가 다른 안경들이 난잡스럽게 쑤셔 박혀 있었다. 색깔과 모양이 다른 모자 종류도 몇 개가 함께 뒹굴고 있었다. 모두가 명식의 밤 외출 때 사용되는 변장 용구들이었다. 더부룩한 장발 머리털 한 벌과 서양 젊은이들에게나 어울릴 적갈색 콧수염이 눈에 뜨이지 않았다.

정말 오랜만의 밤 외출이군.

지연은 자기도 모르게 빙긋 미소가 번져 나왔다.

벌써 11시 반이 가까워지고 있었다. 명식은 아직도 돌아오는 기척이 없었다. 지연은 다시 한차례 유리창가로 다가가 달빛에 젖은 채 교교하게 잠들어 있는 정원을 내려다보다가 이내 또 침대로 되돌아가서 이번에는 몸을 벌렁 눕혀버린다. 금세 명식의 밤 얼굴이 떠오른다. 제법 멋있게 손질된 장발 머리에 콧수염을 의젓하게 달고 있는 명식의 얼굴은 이상스럽게 측은한 안정감을 얻고 있다. 그것은 지연이 명식의 기벽을 처음 발견한 날 딱 한 번밖에 본 일이 없는, 그러나 그녀로서도 이젠 퍽이나 익숙한 남편의 얼굴이다.

생각해보면 어이가 없는 일이었다. 남편 명식은 어렸을 적부터 소문난 '천재'였다. 그가 다닌 옛날 학교나 집안 사람들 사이에는 두루 그렇게 알려져 있었다. 그는 초등학교 5학년 때 검정시험을 거쳐 거뜬히 일류 중학에 합격했을 만큼 머리가 총명했고, 중학교 2학년 때는 전국의 꼬마 문사들이 모인 경복궁 백일장에서「우리들의 손」이라는 시를 써서 장원을 차지한 것은 물론 심사 위원 일동을 깜짝 놀라게 했을 만큼 신통한 문재를 발휘했다고 하였다. 고등학교를 거쳐 S법대를 수석으로 합격했을 때는 고등고시쯤 따 놓은 당상이라 여겼고, 그는 과연 주위 사람들의 기대에 어긋남이 없이 대학 3학년 재학 중에 최연소 합격자라는 영광까지 덤으로 누리면서 법관에의 관문을 돌파해 보였다. 그러니까 중매가 들어왔을 때, 지연은 부모들의 성화 등쌀에 차근차근 그를 재어볼 겨를조차 없었다. 그런 결혼을 지연은 후회한 일도 없었다. 한 쌍의 비둘기 같은 신혼 생활은 소꿉장난처럼 정답고 오밀조밀했다. 군법무관 복무 3년을 끝내고 나자 그는 곧 현직을 택해 나섰고, 젊은 판사로서 그의 법관 생활은 신념과 활기에 충만했다. 적어도 지연에게는 그렇게 보였다.

그런데 그 명식에게 뜻밖의 기벽 한 가지가 숨겨져오고 있었다. 어느 날이었다. 하루는 지연이 명식의 2층 방엘 올라갔다가 어이없는 광경을 목도하게 되었다. 명식은 그날따라 이상스럽게 피곤해져서 조금은 신경질이 돋은 얼굴로 대문을 들어섰고, 저녁을 끝내자 그는 곧 2층 자기 방으로 올라가버렸다. 잠시 뒤 지연도 커피를 끓여 들고 2층으로 명식을 따라 올라갔다. 명식은 창문 옆 걸상에 기대앉아 어둑어둑 어둠이 내리는 정원을 내다보며 조용한 휴식에 잠겨 있었다. 그런데 지연의 기척에 무심히 뒤를 돌아보던 명식의 얼굴을 보자 그녀는 하마터면 들고 있던 찻잔을 떨어뜨릴 뻔했다. 창가에 앉아 있던 명식의 얼굴이 전혀 딴판으로 바뀌어 있었다. 손질이 되었다곤 하지만 더부룩한 장발 머리에 콧수염까지 수북한 그 얼굴은 명식이 아닌 전혀 다른 남자였다. 지연이 놀라는 것을 보자 명식은 그제서야 자신의 변장이 생각난 듯 슬그머니 가발을 벗어버렸다.

"장난으로 한번 그래본 거야."

콧수염을 떼어내면서 그는 퍽이나 낭패스런 표정으로 멋쩍게 웃고 있었다.

"당신, 어린애들처럼 별스런 장난을 하시는군요. 사람 놀라게스리."

그러나 명식의 변장은 그의 말처럼 그저 단순한 장난이 아닌 것 같았다. 다음 날 아침 명식이 출근을 하고 나서 지연은 이상하게 자꾸 마음이 쐬어 다시 그의 2층 방으로 올라갔다. 그리고 그녀는 그때 명식의 테이블 서랍 한 곳에서 언제부터 모아들이기 시작한 것인지 알 수 없는 몇 벌의 가발과 콧수염들을 찾아냈다. 안경과 모자들도 있었다. 모두가 변장 도구들이었다.

벽시계가 자정 5분 전을 가리키고 있다. 명식은 아직도 돌아오는 기척이 없다. 지연은 다시 침대에서 몸을 일으킨다. 그리고 멍한 얼굴로 어둠 속을 응시하고 앉아 다시 바깥 기척을 지키기 시작한다.

……이웃에서부터 소문이 나기 시작했다. 명식이 전혀 딴 얼굴 모습으로 대문을 나서는 걸 보았노라고도 했고, 어떤 낯모를 사내가 지연이네 대문 앞에서 머뭇머뭇 서성거리고 있는 걸 보았는데, 나중에는 그가 아주 당당한 모습으로 대문 안으로 사라져 들어가

는 걸 보고 적잖이 수상쩍은 생각이 들었노라고도 했다. 명식이 변장을 하고 해괴한 바깥나들이를 하고 있는 게 틀림없었다. 지연은 차츰 명식의 거동에 신경을 곤두세우기 시작했다.

그는 과연 밤 외출이 늘고 있었다. 비로소 관심이 가기 시작한 일이었지만, 사무실에서 돌아오는 그의 얼굴은 딱할 정도로 피곤해져 있곤 했다. 대문을 들어서는 그의 표정은 날개 꺾인 새처럼 늘 힘이 없었고 죄지은 아이처럼 의기소침해져 있었다. 말수도 훨씬 적어진 듯했고 영문 모를 신경질 같은 것이 돋아 있을 적도 있었다. 피곤한 귀가의 연속이었다.

그런데도 명식은 저녁이 끝나면 늘 밤 외출을 서둘렀다. 언제 어떻게 대문을 나간지도 모르게 혼자 살짝 집을 빠져나가곤 했다. 2층 서재쯤에서 피로를 풀고 있으려니 싶다 보면 어느새 정원의 외등이 꺼져 있곤 했다. 밤 외출을 나갈 때는 반드시 외등을 끄고 나서 현관을 나서는 버릇 역시 짐작이 가는 데가 있는 일이었다.

그의 변장은 그런 밤 외출 때만도 아닌 듯했다. 외출이 없는 날도 그는 저녁을 끝내자마자 곧장 2층으로 올라가 혼자 서재 속에 깊이 파묻혀버리기 일쑤였다. 혼자 좀 조용히 쉬고 싶다는 게 그 때마다의 그의 핑계였다.

그러나 지연은 알고 있었다. 명식이 그렇게 서재 안에 파묻혀 있을 때에도 그가 가발을 쓰고 콧수염을 붙이고, 어쩌면 그의 얼굴을 가장 잘 감춰줄 수 있는 안경까지 걸쳤을 모습이 자주 상상되곤 했다. 그런 식으로 변장을 하고 그는 자기 가면 뒤에서 정말로 조용한 휴식을 얻고 있는 것인지도 모른다는 생각이 들기 시작했다. 사실 지연이 명식의 변장한 얼굴을 본 것은 앞서 말한 대로 그의 기벽을 발견한 그 첫날 한 번뿐이었다. 그런데 그 첫번이 중요했다. 지연은 그 첫번의 얼굴을 잊을 수가 없었다. 무엇이 그토록 피곤했던 것일까? 그것은 어차피 알 수가 없었다. 그러나 그날의 명식은, 가면이 된 그 명식의 얼굴은 속속들이 스며든 피로를 한 오라기 한 오라기씩 조심스럽게 씻어내면서 조용한 휴식에 젖어 있는 모습이 분명했다. 뿐만 아니라, 지연은 시일이 지날수록 더욱더 피곤해져서 대문을 들어서는 명식의 얼굴 모습과, 그 얼굴을 가면 뒤에 감춘 채 조용히 창밖을 내다보고 있던 그날의 모습이 겹쳐 이상스러울 만큼 절실한 남편의 휴식과 위안을 느낄 수 있었다. 그리고 그것은 바로 그녀 자신의 휴식과 위안이기도 했다.

명식의 변장에서 지연은 자신도 알 수 없는 어떤 깊은 동정과 스스로의 감동 같은 것을 경험하고 있었다. 지연은 명식을 방해하지 않았다. 해괴한 느낌은 어느새 말끔히 가셔 나갔다. 오히려 그의 변장을 돕고 나섰다. 명식이 2층 서재로 들어박히는 것을 절대 아는 체하지 않았다. 밤 외출의 유혹을 느끼는 눈치가 보이면 외등을 끄고 자신이 침실로 숨어 들어가버림으로써 은밀스럽게 기회를 만들어주기도 했다. 그러면 명식은 영락없이 혼자 대문을 빠져나갔고, 그 가면의 외출에서 그는 퇴근 때의 피곤기와 짜증스런 신경질을 말끔히 씻고 돌아왔다. 물론 지연은 밤 외출에서 돌아오는 명식을 불편하지 않게 하는 데도 배려를 소홀히 하지 않았으므로 대문을 들어서는 그의 표정을 바로 만날 수는 없었지만, 그런 날 밤이면 거의 빠짐없이 어둠 속으로 2층 나무 계단을 내려와 비로소 그녀를 발견한 듯 한껏 다감해지고 한껏 활력에 찬 잠자리를 갖게 되는 것으로 보아 그것은 충분히 짐작할 수 있는 일이었다.

그래저래 명식의 밤 외출은 날이 갈수록 잦아갔다. 2층 서재로 숨어 들어가 그의 가면 뒤에서 이상스런 휴식에 젖는 것도 마찬가지였다. 그렇게 하여 그는 사무실에서 묻어온 피곤기를 가면 위에서 말끔히 씻어낸 다음 지연을 찾아 밤늦은 2층 계단을 내려오곤 했다. 그는 분명 그 가면 뒤에서라야 비로소 휴식을 얻을 수 있는 듯했다. 그것은 어쩌면 자기 변신의 연극기 같은 것에서 오는, 가면 뒤에서 세상을 바라보고 자신을 새삼스럽게 느끼는 시간이 되고 있는지도 모를 일이었다.

그것은 어쨌든, 이제 지연이 명식을 속속들이 다 만나는 것은 그가 그 밤 외출에서 이상스런 방법으로 피로를 씻고 새 힘을 얻어 돌아오는 날뿐이었다.

그리고 지연에게도 이윽고 한 가지 괴상한 변화가 생기기 시작했다. 명식을 만나고 싶은 밤의 소망은 반드시 그의 가면을 연상시켜주곤 했다. 지연은 명식의 가면을 사랑하기 시작했다. 그녀는 명식의 가면을 만나고 싶어 하고 있었다. 그녀에게는 명식의 가면이 어느새 그렇게 익숙하게 느껴지기 시작했고, 어찌 된 일인지 그녀는 그 명식의 동기까지를 포함하여 그러는 자신을 스스로 수긍해가고 있었다. 명식에게도 혹시 그런 기미가 엿보였기 때문일까. 지연은 이제 오히려 명식의 맨얼굴 쪽에서 어떤 불편스런 가면이 느껴지고 있을 지경이었다. 그녀에게는 명식이 맨얼굴로 대문을 들어설 때의 표정이야말로 영락없이 가면을 쓰고 있는 것처럼 뻣뻣하고 변화 없고 그리고 모종 뻔뻔스런 피곤기 같은 것이 온통 그를 가리고 있는 듯한 느낌이 들곤 했다.
 그러나 지연은 그토록 익숙해진 명식의 가면을 아직도 똑똑히 본 일이 없었다.
 그 첫날 한 번밖엔 명식이 자기 가면 뒤에서 편안히 쉬고 있는 모습을, 그것이 진짜 자신의 얼굴이나 되는 양 익숙해져버린 가면으로 의기양양 밤 외출에서 돌아오곤 할 명식을 다시 본 일이 없었다.
 지연은 보지 않아도 그것을 알고 있었다. 그리고 이미 그 명식의 얼굴을 자신 속에 깊이 지녀버리고 있었다. 문득문득 그것을 만나고 싶은 밤이 많았다. 이날도 지연은 그런 명식을 기다리고 있었다.

 대문간에서 무슨 기척이 있었던 것 같았다. 지연은 자기도 모르게 소스라치며 어둠 속으로 벽시계를 쳐다본다. 자정 너머 12시 10분. 대문 쪽에서 다시 기척이 들려온다. 이번에는 좀더 세차게 대문을 두드린다.
 분명 명식이 돌아온 모양이다.
 지연은 서서히 가슴속이 더워져오는 것을 느끼며 가만히 숨을 죽인 채 바깥 소리에 귀를 기울인다. 그리고 그녀는 대문이 열리고 명식이 정원을 지나 들어오는 것을 보지 않았다. 소리만 듣고 있었다.
 명식은 절대로 초인종 단추를 누르지 않는다. 가만가만 대문만

두들긴다. 처음에는 아주 들릴락 말락 한 작은 소리로, 그러나 집 안에서 반응이 없으면 조금씩 큰 소리로. 기척을 알아차린 순이 년이 재빨리 정원을 건너갔다 돌아오고, 그러면 그는 느릿느릿 대문을 들어서서 자신이 문단속을 끝낸 다음 그림자처럼 소리 없이 집 안으로 스며들곤 한다.

이날 밤도 마찬가지였다.

술이 꽤 심했던 모양이다.

2층으로 올라가는 명식의 발소리를 들으며 지연은 이불자락을 뒤집어썼다. 서서히 더워져오던 가슴속의 열기가 아랫도리로 먼저 번져가고 있었다. 기분 좋은 마비 같은 것이 지나갔다.

정말이지 이날 저녁 명식의 밤 외출은 여간 오랜만의 일이 아니었다. 명식은 자신의 가면에 점점 더 익숙해져가고 있었다. 아니, 지연 자신이 그 명식의 가면에 익숙해져가고 있었다는 말이 더 정확할는지 모르겠다. 어쨌든 마찬가지였다. 그리고 그것은 틀림없는 사실 같았다. 변장하지 않는 명식의 얼굴이 어떻게 변해가고 있는가를 보면 금세 그것을 알 수 있었다.

날마다 겹쳐 쌓인 피로감 같은 것이 이젠 변장하지 않은 명식의 맨얼굴을 완전히 뒤덮어버려, 그것을 묘하게 뻔뻔스럽고 그리고 어떤 스스럼이나 망설임 같은 것도 엿볼 수 없는 당당한 것으로 만들어가고 있었다. 지연은 그런 때의 명식에게서 오히려 더 짙은 가면기를 느꼈다. 명식은 새로운 가면을 만들고 있었다. 대신 자신의 진짜 가면과는 거의 스스럼이 없을 만큼 친숙해져가고 있었다. 무엇보다도 지연 자신이 그렇게 믿고 있었다. 지연은 명식이

2층 서재에 틀어박혀 그 비밀스런 휴식을 얻고 있을 때나 밤 외출을 즐기고 있을 때의 그의 얼굴, 아마 틀림없이 가발을 쓰고 콧수염을 달고 있을 그 명식의 얼굴을 더 많이 떠올리곤 했으니까.
 그런데 언제부턴가 지연은 그 명식의 변장한 얼굴에서 또다시 어떤 불안기를 느끼기 시작했다. 그것은 그 가발과 콧수염이 어찌된 일인지 더 이상 명식에게 휴식을 보장하지 못하게 된 것 같았기 때문이다. 당연한 노릇인지 모르지만, 명식은 자신의 가면 뒤에서도 다시 피로를 느끼기 시작한 기미였다. 그는 그 가면 뒤의 휴식이 끝나고 난 다음에도 피로의 기색이 가시지 않고 오히려 그것이 더 깊어져 있을 적이 생기곤 했다.
 사무실에서 돌아와 대문으로 들어설 때마다 역력히 읽을 수 있었던 그 옛날의 측은스런 피곤기와 황량스러움이 이번에는 거꾸로 그의 가면 뒤의 휴식 끝에서 발견되곤 하였다. 그는 휴식의 시간을 통해 한껏 다감하고 은밀스러워지면서도 무엇인지 늘 불안해하고 때로는 자신도 모르게 맥없는 한숨을 토해내곤 하였다.
 밤 외출도 차츰 횟수가 줄어들어갔다. 그럴수록 명식의 맨얼굴은 점점 더 당당하고 뻔뻔스러워져갔는데, 그는 그 가면과 같은 뻔뻔스런 피곤기를 얼굴 위에 가득 뒤집어쓰고 대문을 들어섰다가도, 저녁이 끝난 뒤의 그 밤 외출의 유혹만은 여전히 떨쳐버리지 못하는 기미였다. 하지만 그는 이제 그것을 조심스럽게 견디어내고 마는 때가 많았다. 지연 쪽에서 은근히 기회를 만들어주어도 그는 미적미적 망설이고만 있을 때가 많았다. 그러다 정작 밤 외출이 이루어지는 것은 어쩌다 한번씩뿐이었고, 대개는 2층 서재로

나 파묻혀 들어가 잦아진 듯 기척을 감추어버리기 예사였다. 불 꺼진 2층 계단을 밟으며 지연을 찾아 내려오는 일도 그만큼 뜸해 지고 있었다. 어쩌다 밤 외출이 있는 날 밤도 명식은 옛날처럼 당 당하지가 못했다. 그런 밤 명식의 행동은 이상스럽게 자학적이었 고, 지연에게 터무니없이 자주 미안해하는가 하면, 어떤 때는 갑 자기 자신의 감정에 휩쓸려 눈물을 찔끔거리고 들 때까지 있었다.
 하다 보니 그 명식의 변장이나 밤 외출은 이제 지연에게까지 어 떤 적막감 같은 것으로 다가왔다. 까닭도 알 수 없으면서 무턱대 고 명식이 측은했다. 그녀는 서서히 슬퍼지기 시작했다. 그러나 그 슬픔을 버리고 싶지가 않았다. 그 측은하고 슬픈 명식을, 그녀 자신도 측은한 슬픔 속에 그를 사랑하고 싶었다.
 그러던 명식이 이날 모처럼 밤 외출을 나갔다 온 것이다.
 한데 어찌 된 일인지 이날따라 그는 또 계단을 내려오는 소리가 없었다. 다른 날 같으면 어찌 되었든 이때쯤은 이미 그녀의 방으로 스며들어와 있을 때였다. 한데도 그는 아직 아무런 기척이 없다.
 지연은 조심스럽게 잠옷 깃을 여미었다.
 두근거림 비슷한 아랫도리의 기분 좋은 마비감이 깨어나지 않도 록 조심스런 동작으로 잠자리의 자세를 보기 좋게 고쳐 누웠다. 그리고서 다시 한참을 기다렸다. 역시 기척이 없다. 이상한 일이 었다.
 오늘 밤에도 또?
 지연은 갑자기 초조해지기 시작했다. 문득 어떤 별난 밤의 일이 떠올랐다. 그날도 명식은 썩 오랜만의 밤 외출에서 돌아와 소리

없이 2층으로 올라간 다음이었다. 지연은 물론 그녀의 침대 속에서 명식을 기다리고 있었다. 아무리 기다려도 그가 계단을 내려오는 기척이 없었다. 지연은 불쑥 상서롭지 못한 예감이 들었다. 술이 너무 지나쳤나 싶기도 했고, 그런 일이 워낙 처음이라 다른 심상찮은 변고가 생기지 않았나 싶기도 했다. 그녀는 기다리다 못해 결국 자신이 먼저 침대를 내려서고 말았다. 전에 없던 노릇이라 여간 쑥스럽지가 않았지만, 어쨌든 그녀는 명식을 살피고 와야 한다고 생각했다. 마루에서 잠깐 발길을 망설이던 그녀는 가만가만 2층 계단을 올라섰다.

그런데 지연이 명식의 방문 앞까지 다가갔을 때 방 안의 반응은 그녀가 예상했던 것과는 너무 딴판이었다.

"좀 들어오지그래."

기다리고 있기나 했던 듯 문을 열기도 전에 명식의 소리가 먼저 흘러나왔다. 술이 취해 있기는커녕 너무도 말짱하고 조용한 목소리였다. 지연은 쑥스러움도 잊고 끌리듯 문을 열고 방 안으로 들어섰다.

명식은 불을 켜지 않은 채 창문 근처의 어둠 속에 조용히 파묻혀 있었다.

"앉지 않구."

어둠 속이라 모습은 잘 보이지 않은 채 목소리만 들려왔다.

"오늘 밤은 여기서 좀 이렇게 지내다 가."

어떤 분명한 뜻이 담긴 말이었다. 지연은 감히 명식의 곁으로는 갈 수가 없었다. 공연히 그가 두려웠다. 변장을 하고 있을 그의 얼굴을 만나기가 두려웠다. 그녀는 명식과 멀찌감치 떨어져 등 없는 둥글의자 위로 몸을 주저앉혔다.

그러고 앉아서도 지연은 명식의 어떤 분명한 얼굴을 보고 있었다. 명식은 아직 변장을 풀지 않고 있었다. 그는 목소리가 너무 잔잔했다. 어딘지 한숨기 같은 것이 묻어 있는 음성이었다.

지연은 명식의 그 음성으로 그가 지금 그녀는 보지도 않고 창밖으로 시선을 내보낸 채, 지연으로서는 도저히 알 수도 없고 설명할 수도 없는 어떤 깊은 갈망에 젖고 있다는 것을 어슴푸레 느낄 수 있었다.

— 이렇게 불을 끄고 앉아 있으니 밤이 좋군. 대낮은 얼굴이 너무 따가워⋯⋯ 누구나 결국은 그렇게 되는 거지만, 사실 사람들이 얼굴 가득히 그 엄청난 대낮의 햇빛을 스스럼없이 견디어낼 수 있도록 잘 단련이 되어 있는 건 다행한 일이지.

— 하지만 그건 다행스럽다고만은 할 수가 없다면⋯⋯ 그런 식으로 사람들은 제각기 자신의 가면을 튼튼하게 단련시켜가고 있거든. 눈물을 흘릴 수가 없어⋯⋯

— 가면이 우는 걸 보았을까. 물론 그런 일은 있을 수가 없지. 가면의 눈물은 속으로만 흐르게 마련이거든⋯⋯

명식은 역시 취기가 좀 숨어 있었던 모양이었다. 그는 어둠 속에서 혼잣말처럼 띄엄띄엄 중얼거리고 있었는데, 앞뒤가 닿는 소리만 추려보면 대강 그런 식이었다. 지연이 보아온 대로였다. 대낮을 다니는 맨얼굴에서 가면을 느끼는 대신, 가발과 콧수염으로 변장하고 있는 당장의 자신에 대해서는 전혀 이질감을 느끼지 않고 있는 기미였다. 그리고, 그래서 명식은 그런 변장 속에서 비로소 자신의 고뇌를 가장 정직하게 안을 수 있는 듯한 낌새였다.
　지연은 아무 말도 하지 않았다. 조용히 입을 다물고 앉아 어둠에 싸인 명식의 희미한 모습만 더듬고 있었다. 그러다가 방을 나오고 말았다. 처음 말대로 명식은 물론 지연이 아래층으로 내려와 버린 다음에도 그날 밤만은 끝내 그 2층의 나무 계단을 밟지 않았다. 그런 밤이 있었다. 하지만 그런 밤은 딱 그날 한 번뿐이었다. 밤 외출이 있고 나면 그럭저럭 다시 그 2층의 나무 계단을 내려오곤 하던 명식이었다.

　웬일일까.
　명식은 아직도 전혀 기척이 없다. 지연은 또 한 번 자리를 고쳐 누웠다. 그래도 견딜 수 있을 만큼 자세가 편하지 않았다. 그녀는 마침내 침대에서 몸을 일으켜버렸다.
　웬일일까. 또 한 번 2층엘 올라가봐?
　여전히 잠잠하기만 한 2층 쪽에선 이제 더 이상 명식이 그 나무 계단을 밟고 내려와주기를 기대할 수가 없었다. 그것은 지연 자신에게도 이미 의미가 없는 일처럼 여겨지기 시작했다. 가을의 밤공기가 방 안까지 싸늘하게 스며들어 있었다. 얇은 잠옷 한 겹으로 감싼 그녀의 몸은 재빨리 식어갔다.
　지연은 다만 명식의 동정이 궁금할 뿐이었다. 그의 방을 올라가 보고 싶었다. 어둠 속에 가라앉아 있는 그의 어렴풋한 모습 앞에 다시 한 번 묵묵히 앉아 있고 싶었다. 그럴 수만 있다면 지연 자신도 뒤죽박죽으로 구겨진 마음을 가라앉힐 수 있을 것 같았다. 조금이라도 위안을 얻고 편한 잠을 잘 수 있을 것 같았다.

그녀는 갑자기 견딜 수 없도록 명식의 얼굴이 보고 싶었다. 부연 어둠 속으로 슬프도록 사랑스런 명식의 얼굴이 떠올랐다. 어느 날 밤엔가 꼭 한 번밖에 본 일이 없는 그 더부룩한 가발과 콧수염을 달고 있는 얼굴이었다. 지연이 근자 마음속에 지녀온 그의 얼굴이었다. 어느 날 그녀가 명식의 2층 방으로 올라가 그를 바라보고 앉아 있었을 때도 어둠 속에 떠오른 얼굴은 그 첫 번의 장발과 콧수염의 윤곽이었다.

지연은 언제부턴지 감았던 눈을 다시 떴다. 그리곤 천천히 유리창 쪽으로 다가갔다. 커튼을 들추고 뽀얗게 달빛이 내린 정원을 내다보았다.

어떻게 한다…… 꿀물?

그러나 지연은 또다시 2층으로 그를 찾아갈 수는 없다고 생각한다. 전번에도 보았지만, 명식은 아무리 술이 취해도 취기에 눌린 일이 없었다. 언제나 거동이 말짱했다. 눈이 흐린 일도 없었다. 꿀물은 구실이 될 수 없었다. 그렇다고 덮어놓고 계단을 올라 다니는 일에는 전혀 습관이 되어 있지 않은 그녀였다.

지연은 망연스런 기분으로 달빛에 젖은 정원을 내다보며 망설이고만 있었다.

그때였다.

드르륵 어디선가 창문 열리는 소리가 들려왔다. 지연은 정신이 번쩍 들었다.

명식 역시도 2층 창유리에 붙어 서서 정원을 내다보고 있었던 것일까.

소리가 난 것은 분명 2층 쪽인 것 같았다.

그렇군. 오늘은 달빛이 있으니까.

그녀는 달빛을 받아 뚜렷하게 모습을 드러낼 명식 앞에선 몇 순간도 앉아 견딜 자신이 없었다. 2층엘 올라가지 않은 건 역시 잘한 일 같았다. 동시에 그녀에겐 한 가지 기묘한 호기심이 일기 시작했다.

그녀는 귀청을 엷게 하여 좀더 2층 쪽을 살폈다. 창문을 닫는 소리가 없었다. 집 안은 다시 괴괴한 적막 속에 파묻혀 있었다. 그러자 지연은 천천히 스웨터를 찾아내어 잠옷 위에 걸친 다음 방문을 열었다. 조심조심 발소리를 죽이며 마루를 지나 현관 쪽으로 다가갔다. 소리가 나지 않게 현관문을 조금만 열고 정원으로 나섰다.

바깥은 밤공기가 훨씬 싸늘했다. 지연은 공연히 목구멍 안에서 쿡쿡 소리를 내며 솟아오르려는 웃음기를 눌러 참으며 벽 쪽으로 몸을 바싹 붙여 댄 채 명식의 방 창문 아래까지 다가갔다. 그리고는 버릇처럼 두 팔로 젖가슴을 싸안으며 고개를 비틀어 2층 창문을 올려다보았다.

예상대로였다. 명식의 방 창문이 시커멓게 열려 있었다. 열린 창문으로 명식의 상체가 유령처럼 하얗게 드러나 있었다. 그는 아직도 웃저고리밖엔 와이셔츠도 벗지 않은 채였다. 얼굴을 조금 높이 쳐들고 있었기 때문에 아래서는 확실치가 않았지만, 그는 가발과 콧수염을 떼지 않고 있는 게 분명했다.

그는 그런 모습으로 마치 어린아이가 얼굴에 눈송이를 맞고 있는 것처럼 또는 어느 별자리라도 찾고 있듯이 달빛이 하얗게 쏟아져 내리는 하늘을 아득히 올려다보고 있었다. 보다도 어쩌면 그 하얀 달빛을 향해 훌쩍 몸을 날려 하늘로 사라져 올라가버릴 듯 발돋움이라도 하고 있듯이. 아래쪽에서 그를 지켜보는 지연의 낌새 따위는 전혀 눈치조차 채지 못한 채 그는 언제까지나 그렇듯 온 얼굴로 그 달빛을 하얗게 견디고 있었다.

지연은 그런 명식의 모습에 취해 한동안 넋을 잃은 채 꼼짝도 못하고 있었다.

그러다 어느 순간 그녀는 웬일인지 문득 눈앞이 뿌옇게 젖어옴을 느꼈다. 그리고 동시에 2층의 명식 쪽도 필경 지금쯤은 그 달빛이 너무 따가워 눈길이 젖고 있으리라 생각했다.

가면이 울고 있다! 가면이 눈물을 흘리고 있다?

언젠가 명식은 가면이 우는 것을 보았느냐고 물은 일이 있었다. 그는 그때 지금과는 정반대의 경우를 두고 한 말임에 틀림없었다. 그리고 그는 그때 가면의 눈물은 속으로만 흐르게 마련이기 때문에 눈물지어 울 수가 없다고도 했었다. 그의 말대로라면 명식은 지금 가면을 쓰고 있지 않은 쪽이었다.

그러나 지연은 지금 그 명식이, 명식의 가면이 울고 있다는 것이 가장 맘에 드는 마음속 형용이었다. 명식의 가면이 울고 있었다. 그것은 아마 지연 자신이 점점 더 견딜 수 없도록 눈물이 솟아났기 때문이었는지 모른다. 그녀는 그렇게 까닭 없이 자꾸만 눈물이 솟아올랐다. 몸이 떨리도록 무서운 외로움 같은 것이 그녀를 짓눌러오고 있었지만, 지연은 그토록 갑자기 자신이 외로워지는 것도 알아차리지 못했다. 뜨거운 눈물이 쉴 새 없이 볼을 타고 흘러내렸다.

  그녀는 마침내 더 이상 참을 수가 없었다. 그녀는 거기서 몸을 획 돌이켰다. 그리곤 아직도 창가에서 움직일 줄 모르는 그 가면의 하얀 울음을 남겨둔 채 쫓겨 들 듯 집 안으로 숨어 들어가버렸다.

  잠이 깊었을 리도 없는데, 이날 밤 지연이 그 가면의 추락음을 듣지 못한 것은 이상한 일이었다.
  다음 날 아침, 지연의 방 유리창 아래쪽 정원에는 언제부터인지 명식의 몸뚱이가 싸늘하게 식어 누워 있었다. 그는 아직도 하얀 와이셔츠 바람인 채 머리와 얼굴에선 그 길다란 가발과 콧수염을 떼지 않고 있었다.
  달빛이 쏟아져 내리는 하늘로 치솟아 오르려다 거꾸로 추락을 하고 만 것일까. 가면은 정원석에 찍혀 두개골이 조금 상해 있었다. 핏자국도 남기지 않았을 만큼 조그만 상처뿐이었다. 비교적 손질이 잘되어 있는 가발 머리털도 상처를 감추듯 흐트러진 데가 별로 없었다. 지연이 그 명식의 얼굴에서 무엇인가를 열심히 찾아보았지만 그 자신의 말대로 거기에는 눈물 자국 같은 것도 없었다.
  새벽녘 달빛에 씻긴 그의 하얀 얼굴은 다만 아직 아침을 잊어버리고 있는 사람처럼 가면 속에서 꿈꾸듯 조용히 잠들어 있었다.

(『독서신문』 1972년 10월호)

현장 사정

어차피 정색스런 노랜 부를 수 없을 바에야……
나는 다시 한 번 목소리를 죽여 곡조를 익혀나갔다.
그으대애가 주신 선물 뱃속에 아안고오서어
한 달인지 두 달인지 분간을 모옷하겠네에
저 머얼리 고아워언에 종소리 처량하안데에
아서어라 큰일 날라 쌍두웅이 낳을라……
아직도 마지막 몇 소절이 영 신통칠 않다. 아서라 큰일 날라 쌍둥이 낳을라…… 요 대목이 좀더 익살스러웠으면 좋겠다.
"앗서라 큰일 날라……"
역시 신통칠 않다.
"앗서라…… 앗서어라……"
"지 형, 오늘 무슨 좋은 일이 있나 보군요."
"네……?"

송 판사의 굵직한 목소리에 나는 후닥닥 정신이 되돌아왔다. 책상 위에 널린 서류철을 정리하면서 송 판사가 나를 건너다보고 있었다.

"저물도록 노랠 흥얼거리고 있으니 말요."

"아 네. 오늘 모임이 한 곳 있어서요."

나는 버릇처럼 목을 찔끔 움츠러뜨리며 쑥스럽게 웃어 보였다.

"대단한 자린가 보군요. 미리부터 노래 연습까지 해가구."

"술을 마시게 될 테니까요. 술판엘 가면 꼭 노래 때문에 망신이거든요."

"거참……"

송 판사는 더 이상 흥미가 없는 눈치였다. 그는 주섬주섬 서류들을 정리하여 채권 장수의 것처럼 낡아빠진 가죽 가방에다 챙겨 넣고 나서 훌쩍 자리에서 일어서버렸다. 못다 본 서류들은 아마 집으로 가져가서 보아올 참인 모양이었다.

"나가시겠습니까?"

"네, 오늘은 좀…… 아마 오 영감도 벌써 나가셨지요?"

그는 옷걸이에서 저고리를 벗겨 입으며 비어 있는 오 판사의 자리를 건너다보았다.

오 판사가 나갈 때 인사를 나누고 나서도 그는 서류에만 정신이 팔려 기억이 없는 모양이었다.

"지금쯤 댁에 들어가셔서 발가락 사이에 낀 가죽 냄새를 씻고 계시겠어요."

"그럼……"

송 판사는 그 채권 장수풍의 가죽 가방을 옆구리에 끼고 판사실을 나갔다.

"앗서어라 큰일 날라아……"

나는 또 금세 노래를 흥얼거리며 전화통으로 달려갔다.

다이얼을 돌리며 벽시계를 쳐다보니 벌써 6시 10분이었다.

이 녀석 지금쯤은 들어와 있겠지.

선화물산 선전부에 근무하고 있는 동훈은 하루 종일 바깥으로만 나돌다가 요맘때가 되어야 겨우 회사로 돌아와 잠시 잠깐 다리를 쉬어 앉아 있곤 했다. 나는 다이얼을 돌려놓고 신호가 가는 소리를 들으면서 또 아서라를 흥얼거리고 있었다.

"네, 선화물산입니다."

전화의 목소리가 마침 동훈이었다.

"동훈이? 나 인호다."

"그래 인호. 나다. 그 약속 때문이지?"

"물론."

"알았어. 그러잖아도 좀 전부터 기다리고 있던 참이야."

술통이 그런 약속을 잊어먹을 리가 있나.

"그럼 지금 어서 나와."

"장소가 어딘데?"

"장손 미화라구, 전화국 뒤에 있는 왜식집이야. 하지만 서울신문 앞에 있는 지하 다방 있지? 프레스 살롱이라던가. 너희 회사에서 가까울 테니까 우선 글로 나와. 둘이 만나가지고 가게."

"좋아. 그럼 내 지금 곧 가지."

"거기서 보자."

수화기를 놓고 나서 나는 곧 방을 나섰다.

현석이 한잔을 사겠노라고 했다.

현석은 동훈과 마찬가지로 내가 서울로 대학 진학을 해 오기 전서부터 K시에서 중학교와 고등학교를 모두 함께 다닌 동기 동창. 셋은 중학교 1학년을 한 반에서 지내게 된 인연으로 남달리 오랜 우의를 지속해오고 있는 사이였다. 하지만 셋은 서로 고향이 같지 않았다.

셋 중에서 K시 토박이는 동훈 하나뿐이었다. 나는 K시에서 2백 리나 떨어진 J읍에서도 아직 한 시간은 넘어 버스를 타고 들어가야 하는 막바지 시골내기였고, 현석은 K시와 J읍의 중간쯤 되는 Y읍이 고향이었다.

그러나 출신지 형편으로 말하면 현석과 나 사이에도 현격한 차이가 있었다. 고등학교 시절의 어떤 여름 방학 때 가보고 안 일이었지만, 현석의 집은 시골이라 해도 벌써 전깃불이 들어오는 Y읍 변두리였고, 농사도 과수원 일이 주가 되어 야채와 약재 재배를 곁들인, 이를테면 당당한 기업농 규모였다. 거기 비하면 나의 고향 집은 논밭을 모두 합해야 겨우 열 마지기가 될까 말까 한 피라미 영세농이었다.

당연한 귀결이었는지 모르지만 대학 진학부터는 각기 길이 달라졌다. 동훈은 은행이나 기업체 취직을 목적으로 상대를 택했고, 경찰 지서를 아직도 주재소라고 말하는 사람들이 허다한 J군의 '천재'(그건 비록 50여 가호 남짓한 우리 마을 사람들만의 생각일시 분명하지만)인 나는 법과대학을, 그리고 고등학교까지는 집에서 하는 농사일에 별로 관심을 두는 것 같지 않아 보이던 현석은 느닷없이 농과대학을 지원했다.

하지만 셋은 대학을 가서도 역시 한 서울에 지내게 되었고, 그래서 하숙과 자취를 번갈아가며 늘 함께 몰려다녔고, 막판에 가서는 군 복무까지도 앞서거니 뒤서거니 거의 같은 기간에 치르고 나왔을 정도였다. 고등고시를 염두에 두고 있던 나는 재학 중에 쉽사리 급제를 따낼 것 같지도 않았거니와, 설사 행운을 안게 된다 해도 군 법무관 3년을 겪어내기보다는 복무 기간을 일찍 끝내고 나서 느긋하게 싸움을 시작하는 편이 나을 성싶어 녀석들이 얼싸덜싸 서둘러대는 판에 그냥 함께 휩쓸려 들어버리고 만 것이었다.

셋 가운데 틈이 질 여가가 없었다.

이날 술자리에 현석이 특히 동훈과 나를 청해준 것도 그런 연유에서였다.

녀석은 근자에 한 가지 그럴듯한 상을 받고 있었다. 그는 학교를 끝내고 나서 '새농촌연구회'라는 농촌 운동 단체에서 일을 하고 있었다. '새농촌연구회'란 한국 농촌의 근대화를 위해 그 방안을 연구하고 지도 보급 실천해나가는 자발적인 민간 기구였다. 『새농촌』이라는 정기 간행물 외에, 새로운 농사법을 소개하는 여러 가지 책자를 발간하는가 하면, 서울 근교에 '농촌 지도소'를 마련하여 전국에서 유능한 청소년을 선발해다 한국 농촌의 발전과 농민의 지위 향상을 위한 강좌를 열기도 했다. 때로는 기구의 간부들이 직접 농촌으로 나가 새로운 영농 방법을 지도해주기도 했다.

현석은 새농촌연구회의 기획부장 겸 농촌 지도소의 교양 담당 강사로 봉직해오고 있었다. 그런 그가 이번에 '새농촌봉사상'을 받게 된 것이다. '새농촌봉사상'이란 물론 '새농촌연구회'가 주관이 되어 농촌 운동 등에 공로가 많은 사람을 골라 연구, 지도, 봉사, 실천의 네 부문으로 나누어 각 분야마다 1년에 한 사람씩 표창해 나가는 시상 제도였다. 현석이 수상한 것은 그러니까 '새농촌봉사상' 중의 지도 부문 상이었다. 며칠 전에 이미 시상식이 있었고, 그날 밤엔 이미 한차례 술자리도 벌어졌다.

그런데 현석은 그런 공식적인 자리 말고 자기가 한 번 더 술자리를 마련하겠댔다. 어차피 연구회 동료들에게도 섭섭하고 하니 가까운 사람들끼리 오붓한 자리를 가져보자는 것이었다.

"연구회 친구들, 아무래도 아직 수상 절차가 다 끝나지 않았다는 눈치들이거든. 하긴 상금이 꽤 많으니까. 일금 10만 원이면 거의 두 달 치 월급이거든. 그걸 너 혼자 닦아 넣고 무사할 듯싶으냐 이거지."

장소와 시각을 알리면서 녀석이 지껄인 소리였다.

"하니까 동훈이 녀석더러도 술값 걱정은 안 해도 좋으니 안심하고 오라고 그래줘. 내 쪽에서도 따로 연락을 하겠지만 말야."

앗서어라 큰일 날라아……

어느새 덕수궁 돌담을 끼고 정동 골목을 빠져나오고 있었다. 아직도 그 미사의 노랜가 뭔가 하는 유행가의 마지막 구절을 흥얼거리고 있었다. 하지만 아무래도 그 마지막 대목이 시원칠 않다. 유독 그 '쌍둥이 낳을라'의 '낳을라'가 시원스럽질 못했다.

나는 갑자기 자신이 없어졌다. 몇 번씩 '낳을라'를 되풀이해봐도 목소리가 번번이 어색하게 비끌려버렸다. 자신을 잃고 나니 박자나 음정도 잘 맞아떨어지질 않았다.

"쌍두웅이 낳을라아······"

역시 실패였다. 목소리가 더욱 어색하게 떨려 나왔다. 그 소리를 자신의 귀로 듣고 나니 저절로 얼굴이 붉어지는 것 같았다.

빌어먹을······ 안되겠구만.

나는 피식 실소를 머금고 말았다. 그러나 내심으론 불안하기 그지없었다.

어떻게 한다. 노래를 바꿔볼까?

그게 좋을 것 같았다. 생각을 하자 나는 곧 다른 노래를 외우기 시작했다.

넝넝너구리의 알붕지자는

람빠가 읎서도 흘러흘러

그것을 보고 있던 새끼 너구리

뱃대지가 째져라고 웃어댄다야.

「너구리 가족」이었다. 그것도 물론 미리부터 충분한 연습을 해 놓은 것이었다. 차례가 오면 요걸 불러야지. 준비를 해가지고 가면 엉뚱하게 다른 녀석이 그 곡조를 먼저 불러치우는 바람에 낭패를 당한 일이 한두 번이 아니었다. 그래 이번에는 아예 열 곡 정도를 미리 연습해둔 터였다.

정든 님이이 오신다기에 빨개벗고 잤더니이이

옘병할 놈은 아니 오오고 계줌머리만 걸렸네에에······

이건 「밀양 아리랑」의 번안이었다.

음정의 변화가 쉬워 그런지 뒤엣것 둘은 별반 막히는 데가 없었다. 박자도 제법 발걸음 속도에 척척 맞아떨어졌다.

두 곡은 그런대로 괜찮군.

어느새 국회 의사당 앞 지하도를 건너고 있었다. 지하도를 건너면서도 계속 발걸음에 맞춰가며 노래를 흥얼거리고 있었다. 그리고 조금은 기분이 가벼워져서 약속한 다방 문을 들어섰다.

동훈은 아직 나와 있지 않았다. 나는 우선 구석 쪽으로 가서 자리를 잡고 앉았다.

앗서어라 큰일 날라……

두 개는 자신이 붙어 그런지 자리를 앉고 나니 다시 또 먼젓번 소리가 흘러나왔다. 아무래도 마저 자신을 얻고 싶어진 모양이었다.

하지만 역시 뜻대로 되어지지가 않았다. 스피커에서 울려 나오는 다방 음악 소리 때문에 연습이 더욱 엉망이었다.

바라건대 오늘 밤만은 제발 노래판이 벌어지지 말아줬으면.

문제는 노래판만 벌어지지 않으면 그만이었다. 하지만 그런 이변을 바랄 수는 없었다.

"혼자 뭘 흥얼흥얼하고 있어?"

어느새 다방을 들어왔는지 동훈이 내 자리 앞까지 바싹 다가서 있었다.

그 바람에 나는 다시 정신이 들었다.

"아, 나 지금……"

"노랠 부르고 있는 것 같더구먼. 뭐 기분 좋은 일 있어?"

맞은편 자리로 풀썩 몸을 주저앉히며 동훈이 나를 보고 싱긋 웃었다.

"술을 먹게 될 테니까. 하지만 노랜 무슨……"

그를 바라보며 나 역시 쑥스러운 미소를 지었다. 동훈은 더 이상 나를 쑥스럽게 하지 않았다. 차를 시키고 나자 그는 오늘 벌어질 술자리 쪽으로 화제를 돌렸다.

"그래, 오늘 모일 사람은 누구누구야?"

"글쎄, 현석이 그 녀석 연구회 친구들 몇 사람하고 우리 둘뿐인 모양이더구만."

"연구회 친구들?"

동훈은 뭔지 좀 마음이 내키지 않은 표정이었다.

"그 친구들 일전에 시상식 날 한잔들 했지 않아? 뭘 또 끼어 붙겠다는 거지."

"그러게 한 직장 동료라는 거 아냐."

"웃기는 친구들이로군. 내 말은 않고 있었지만 그 상이라는 것도 말야, 저희들이 만들어놓고 다시 저희들끼리 나눠먹는 수작 아냐? 뭐라더라, 그 실천상인가 뭐 하나만 진짜 농사짓는 사람이 받아갔지, 연구니 봉사니 하는 건 다 저희끼리가 아냐. 그 상금을 가지고 또……"

하고 보니 동훈은 기분이 여간 언짢지 않은 모양이었다.

"그런 소린 왜. 공연히 현석이 놈에게 미안하잖아."

"그 녀석도 그렇지. 지도상이 뭐야. 제깟 놈이 누굴 어떻게 지도했다는 거야."

"그만둬. 술꾼이 술 얻어마시게 됐으면 그만이지 공연히 시답지 않은 소릴 떠들고 있어."

"하긴 그렇군."

동훈은 그제서야 입을 다물었다. 그리고는 정말 기분이 갑자기 좋아지기라도 한 것처럼 빙긋빙긋 능청스런 웃음을 짓고 있었다. 그러자 나는 자리를 일어서면서 녀석을 재촉했다.

"자 그럼 이제 시간도 되었구 슬슬 일어서보지."

왜식집 '미화'에는 현석이 들이 먼저 와서 자리를 잡고 앉아 있었다.

그런데 아직도 자신이 없는 노랫가락을 동훈 몰래 웅얼거리며 술집 문을 들어선 나는 그 순간 기분이 풀썩 주저앉고 말았다.

먼저 온 현석은 일행이 모두 다섯 사람이었다. 일착으로 내게 손을 내민 사람은 이전에 현석과 함께 '새농촌봉사상'의 연구 부문 상을 받은 친구였고, 다른 네 사람은 나와 한두 번씩 지면이 있는 현석의 연구회 동료 직원 둘과 연구회의 강 회장 그리고 현석 자신이었다. 다섯 사람은 언제나처럼 일제 때의 국민복 비슷한 단추 많은 회색 제복을 입고 있었다. 도대체 술집엘 온 사람들 같지 않게 거동들도 정중했다.

한데 문제는 그보다도 강 회장이었다. 강 회장도 물론 나하고는 이미 인사가 오간 사이였다. 현석을 사무실로 찾아갔을 때, 녀석은 굳이 나에게 강 회장과의 인사를 권해온 적이 있었다.

뜻을 같이한 사람들끼리니까……

인사를 나눠두면 여러모로 해로울 게 없으리라는 은근한 언질이었다. 나 역시 강 회장과의 인사를 마다하거나 피할 이유가 없었다. 현석이 곧 나를 회장실로 안내해 들어갔다.
— 이 친구가 전에 제가 말씀드린 지인흡니다.
— 아, 그렇습니까, 이거 참 귀한 손님을 맞게 되었군요. 반갑습니다.
현석의 소개에 힘차게 손을 벌리고 일어서는 강 회장은 뚱뚱하다곤 할 수 없지만 살집이 아직 단단하게 다져지지 않은 느낌을 주는 좀 곱상스런 인상의 중년 사내였다. 그는 정말로 나를 만난 것이 반갑기 그지없는 듯 사정없이 내 손을 흔들어댔다.
— 그러잖아도 미스터 고에게서 자주 얘길 듣고 있던 참이지요. 지금 지방 법원에 계시다구요.
— 네. 이제 겨우 판사실 수습입니다.
나는 강 회장의 얼굴이나 몸집에 비해 그가 입고 있는 다섯 개의 제복 단추가 어딘지 어울리지 않은 곳이 있다고 생각하면서, 그러나 공손하게 대답했다.
— 그 덕분에 이 친구 절간 고사리만 죽였지요.
현석이 끼어드는 바람에 강 회장은 그제서야 나에게 자리를 권하고는 다시 현석을 향해 물었다.
— 절간 고사릴 죽이다니요?
— 학교를 졸업하고 7년 만에 겨우 턱걸일 했거든요.
다음번에는 현석을 앞질러 내가 대답을 대신했다.
— 여덟 번이나 낙방을 했습니다. 그러다가 겨우 작년에야……

순전히 운수였지요. 하니까 그동안 절간을 쫓아다니면서 고사리나 물께나 씹었겠다는 소리지요.
 ─아, 고생이 많으셨겠습니다. 그렇게 애써 얻은 보람을 우리들 일에까지 나눠주실 각오시라니…… 다시 한 번 치하와 감사의 말씀을 드려야겠습니다.
 ─뭐 각오랄 것까지야…… 그저 나고 자란 데가 그런 곳이다 보니 관심이 가진 것뿐이지요.
 ─원 겸손의 말씀을. 전 이 미스터 고에게서 이미 들어 알고 있습니다. 지 형은 합격 전에도 K시에서 Y부인회의 법률 상담역을 맡아보신 일이 있으시다구요.
 ─그땐 이 친구, 변호사들의 시큰둥한 눈초리가 제일 거북했더랍니다. 정말 그랬을 거예요.
 현석이 또 거들고 나섰다. 나는 잠시 할 말이 없었다. 면구스러운 듯 가만히 입을 다물고 있었다. 그러나 강 회장은 좀더 진지해지고 있었다.
 ─어쨌든 다행입니다. 정말 우리 일엔 지 형 같은 분들의 도움이 아쉽거든요. 농촌 운동이라는 게 어디 농사짓는 법 한 가지 가지고 되는 일입니까. 이건 사실 농사짓는 법에 앞서 문화 운동이 되어야 하는 겁니다. 이게 제 신념이기도 합니다만 농사짓는 사람들을 위해선 교양도 높여줘야 하고 신념도 심어줘야 하고…… 힘 닿는 데까진 농민들의 권익을 옹호해준다든가, 그들의 사회적 지위를 향상시켜준다든가, 이런 게 다 절실한 과제가 되고 있어요. 그러자면 지 형과 같은 법조인의 도움도 필요하고, 진정한 농민의

편이 되어 그들의 기구와 애환을 대변해줄 유수한 농촌 소설가도 나와줘야겠다는 말입니다. 그런 의미에서 전 정말로 지 형에 대한 기대가 큽니다.

강 회장은 사뭇 연설조였다. 거기 비하면 나의 대꾸는 너무도 무기력하고 초라한 것이 되지 않을 수 없었다.

— 글쎄요. 제게 무슨 힘이 있어야지요. 생각 같아선 한 몇 년 이 길로 일을 익히고 나서 옷을 벗은 다음에 제 나름으로 힘을 보태볼까 합니다만…… 지금이야 그저 관심뿐이지 무슨……

그러나 강 회장은 충분히 만족스러운 표정이었다.

— 장하십니다. 지금이야 물론 그러시겠지요. 서두를 필요는 없어요. 하지만 언젠가는…… 우리들 일에 커다란 도움을 주시리라 믿습니다. 이건 저 개인으로서도 정말 인간적으로 따로 드려두고 싶은 말씀입니다마요.

회장실을 나오자 나는 기분이 이상스럽게 떨떠름했다. 고향 마을에 예배당이 섰을 때였다. 마을엔 전부터 자주 상서롭지 않은 소문을 달고 다니던 과수댁 한 사람이 있었는데, 어찌 된 일인지 이 여자는 예배당이 서고 나자 제일 먼저 찬송가집을 끼고 다니는 '하느님의 종'이 되었고, 미구에는 또 집사라는 직책까지 맡은 바가 되었다. 여인은 마을 사람을 만나기만 하면 그곳이 골목 안 담벼락 밑이든지 아낙네들이 모이는 우물가 빨래터든지 아무 곳에서나 마구잡이로 '회개'를 권면했다. 심지어는 남의 집 부엌까지 구석구석 '병든 마귀'들을 찾아다니면서 '우리 예수님'의 권능과 이적을 자랑했다.

강 회장을 만나고 나니 나는 어쩐지 그 여자 집사에게서 한차례 실없는 곤욕을 당하고 난 것 같은 망연스런 기분이었다. 그뿐이면 또 모르겠는데 곁에서 현석이,

— 어때, 우리 회장님 썩 괜찮은 양반이지?

하고 나서는 바람에 사정이 좀더 난처해지고 말았다.

— 왜?

내가 되물으니까 현석은 터무니없이 혼자 의기양양해져서 지껄여대었다.

— 우리 회장님 사람 하난 참 잘 주물러준단 말야. 어때, 영감님도 한번 당하고 나니까 등골이 노골노골해진 표정인걸?

— 글쎄, 어디서 배운 걸까. 그렇게 솜씨가 좋다면 배운 데가 있을 텐데?

막연히 지껄여준 말에 현석이 또 느닷없는 소릴 했다.

— 그야 부친께서 국회의원이셨다니까 게서 배웠겠지.

— 아버지가 국회의원?

— 제헌의원이셨대나.

— 그런데 왜 대를 잇지 않구?

— 농촌 운동 한다고 국회의원 되지 말라는 법은 없잖아.

— 그렇긴 하겠지.

— 그러잖아도 그 양반 이런 말씀 하신 적이 있거든. 농민 운동이 제대로 되자면 아무래도 누구 한 사람쯤 농촌 관계 인사가 의사당을 들어가야 할 거라고 말야.

나는 공연히 뭔가 귀중한 것을 빼앗기고 있는 듯 기분이 허전해

지고 있었다.

그 강 회장이 나보다 먼저 '미화'엘 나와 있었다. 그리고는 나를 보자 대뜸,

"아, 지 형이시군요. 와주셔서 감사합니다. 이렇게 늘 우리 일에 관심을 가져주셔서 정말……"

숨이 막히도록 정중한 영접을 해주는 것이었다. 아니 그렇다고 내가 뭐 강 회장의 어디가 참을 수 없을 만큼 못마땅하다든가 하는 것은 물론 아니었다. 그가 어떤 사람이든, 그리고 무엇을 생각하고 있는 사람이든, 농촌 일에 관심을 가지고 거기에 열을 쏟고 있는 것은 고마운 일이었다. 결과를 살 수 있다면 그만인 것이었다. '우리들 일'이라느니 '도움을 주시라'느니 버릇처럼 되어 있는 말투가 결코 맘에 드는 것은 아니었지만, 그렇다고 그 때문에 강 회장을 경원하는 것도 온당한 처사는 될 수 없었다. 중뿔나게 그를 못마땅해할 이유는 없는 것이다. 또 그래서도 안 될 일이었다. 한데도 나는 끝내 이 인물에게는 호감이 가질 않았다. 저쪽에서 눈치를 챌 수는 없었겠지만, 그 앞에선 나도 모르게 기분이 언짢아져버리곤 했다. 될 수만 있으면 그와의 대면을 삼가해오던 참이었다.

저자가 주책없이 여긴 또 왜 끼어들었누.

그러나 이젠 어쩔 수 없었다. 이미 술상이 들어오고 한복 차림의 아가씨들이 사이사이로 자리를 잡아 앉아버린 뒤였다. 동훈은 한동안 공연히 왔다 싶은 얼굴이더니 연구회 사람들과 인사를 나누고 나서야 생기가 약간 돌고 있었다. 구석 쪽, 나와 현석의 사이

(사실은 그 중간에도 여자가 끼어 앉아 있었지만)로 자리를 잡고 앉아서 술잔을 얌전히 내려다보고 있었다. 커다란 유리컵에는 충분히 냉각된 맥주가 가득가득 부어지고 있었다. 술잔이 채워지는 것을 보면서 맨 상좌를 차지하고 있던 강 회장이 목청을 가다듬고 나섰다.

"에…… 오늘 이렇게 귀한 손님들을 모시고 우리 연구회의 핵심 멤버의 한 사람인 고현석 형의 새농촌봉사상 수상 축하의 자리를 갖게 됨에 이르러 연구회 대표로서 다시 한 번 뜨거운 감사와 축하의 말씀을 드리는 바입니다. 회고하건대 그동안 우리 연구회가 한국 농촌 사회에 대해 힘 기울여온 갖가지 기여와, 또한 그에 따른 다대한 성과에 대해서는 감히 자긍을 금치 못하는 바이거니와, 오늘의 주인공 되시는 고 형으로 말하면 그러한 우리 연구회의 업적을 이룩해내는 데 빼어난 창의와 노력을 다해온 미더운 일꾼인 것입니다. 우리는 우리 연구회 봉직자 가운데서 이러한 헌신적인 일꾼을 찾아낼 수 있었다는 데에 배전의 보람을 가져 마땅할 줄 압니다. 게다가 오늘은 모두가 한 가족 같은 분들이 모인 자리입니다. 고 형의 수상을 맘껏 축하하면서 모쪼록 즐겁게들 취해주시기 바랍니다…… 자, 그럼 고 형의 수상을 축하하는 박수로 술을 시작할까요."

'미스터 고' 대신 모처럼 '고 형'으로 호칭이 바뀐 강 회장의 축하 인사는 용케도 마지막 술잔이 채워지는 것과 때가 잘 맞아떨어졌다. 구석 자리에 앉은 현석 쪽을 향해 일제히 박수가 터져 나왔다.

"감사합니다. 감사합니다."

현석이 엉거주춤한 자세로 답례를 보냈다. 그러자 일제히 술잔이 쳐들려지고 이어 각자의 입술로 운반되었다.
"우린 꼭 강 회장의 술을 먹고 있는 것 같군."
술잔을 입에서 떼내고 나서 동훈이 가만히 등 뒤로 속삭였다.
"누구 술이든 상관없지 뭐. 취하면 그만 아냐."
나는 간단히 대꾸해주고 웃었다.
"게다가 맥주니까. 난 사실 막걸리가 나올까 봐 걱정을 했거든."
"여긴 농촌 운동 하는 사람들이야. 주제넘게 쌀술 먹을 수 있어?"
"보리술이 제격이라 이거지?"
"술이나 마셔."
"자, 지 형 한잔 받으시오."
갑자기 강 회장으로부터 술잔이 건네져 왔다. 바야흐로 술자리가 무르익기 시작하고 있었다. 그러나 나는 아직 기분이 풀리질 않았다. 기분이 풀리긴커녕 점점 긴장기만 더해갔다. 아니 물론 강 회장 때문은 아니었다. 미구에 닥쳐올 노래 순서 때문이었다. 바라건대 제발 노래판이 벌어지지 말았으면. 그러나 술자리에선 예외가 없었다. 술이 웬만큼 들어가면 반드시 노래가 시작되게 마련이었다. 그 바람에 나는 언제나 내가 부를 노래를 생각하느라 안절부절 술맛도 모를 만큼 초조해지거나 긴장이 되어버리기 일쑤였다. 게다가 오늘은 여느 술자리하고도 분위기가 달랐다. 연구회 사람들의 답답한 제복 때문에 그런지, 또는 강 회장의 모두(冒頭) 연설 때문인지 분위기가 여간 아니게 엄숙했다. 설마 노래가 아주 없을 수는 없겠지만, 그것이 여느 술좌석하곤 좀 다른 식으로 어우러질 것만 같았다. 갑자기 노래 연습을 잘못해 온 것 같았다. 이런 자리에서 넝넝너구리 어쩌고 나섰다간 망신이나 당하기 꼭 알맞았다. 하물며 아서라 큰일 날라 쌍둥이가 어쩌고 하는 소린 더욱 가당치 않을 분위기였다.

그렇다면 어떻게 한다?

애국가나 군가를 부를 수도 없었다.

「고향의 봄」쯤이면 될까?

그렇다, 「고향의 봄」이 적당할 것 같았다. 나의 살던 고향은 꽃피는 산골……

나는 연거푸 술잔을 돌리면서도 속으로는 그 「고향의 봄」을 외워 보기 시작했다. 「고향의 봄」이라면 웬만큼은 불러낼 것도 같았다.

누님은 8·15해방 직후 나이를 열여덟이나 먹은 처녀로 소학교를 졸업했다. 그 누님은 학교를 다니면서도 날마다 산으로 푸나무를 베러 다녔다. 이른 봄이면 논거름풀을, 여름 가을엔 땔나무를 하러 다녔다. 커다란 광주리를 이고 다니면서 깊지 않은 산비탈에서 푸나무를 해 날랐다. 그 누님이 「고향의 봄」을 무척도 잘 불렀다.

나의 살던 고향은 꽃피는 산골

복숭아꽃 살구꽃 아기 진달래……

그리고 그 무렵 누님은 「고향의 봄」과 함께 「오빠 생각」도 무척 잘 불렀다.

뜸북뜸북 뜸북새 논에서 울고

뻐꾹뻐꾹 뻐꾹새 숲에서 울제

우리 오빠 말 타고 서울 가시며……

산길을 가면서도, 길섶이나 바윗돌 위에 쉬어 앉아서도, 누님은 언제나 그 「고향의 봄」과 「오빠 생각」을 불렀다. 어떤 때는 커다란 광주리를 동댕이친 채 발을 뻗고 앉아서 한나절 내내 그 노래만 부르고 있은 적도 있었다.

서울 가신 오빠는 소식도 없고
나뭇잎만 우수수 떨어집니다……

정말로 고향을 잃어버린 사람처럼, 또는 오빠가 없으면서도 누군가를 멀리 떠나보내고 살고 있는 사람처럼, 누님은 그렇게 자주 자주 같은 노래를 불렀다. 초등학교도 입학하기 전 나는 그 누님을 따라다니면서 얼마나 많은 「고향의 봄」과 「오빠 생각」을 들었던가. 그리고 얼마나 오랫동안 그 누님과 누님의 노래를 잊을 수 없었던가.

울긋불긋 꽃대궐 차리인 동네
그 속에서 놀던 때가 그립습니다……

됐다 싶었다. 나는 제법 자신이 생겼다. 겨우 술맛도 좀 돌아오는 것 같았다.

나는 시원한 맥주로 입술을 적셔대며 행여 실수라도 저지를세라 되풀이 그 「고향의 봄」과 「오빠 생각」을 외고 있었다.

"지 형, 왜 그렇게 가만히 앉아 계시기만 합니까. 이야기도 좀 하시잖구."

자기들끼리 한창 이야기에 열중해 있던 강 회장이 기어코 또 나를 간섭해왔다.

"아이, 이 선생님 무슨 걱정이 있으시나 봐요. 아까부터 통 말씀도 않고 앉아 계시기만 하지요?"

옆자리 아가씨가 여간 심심하지 않았던 모양이었다. 이때다 싶은 듯 강 회장을 거들고 나섰다.

"이년아, 그러니까 네가 좀 재미있게 해드려. 손도 잡아드리구, 하하."

강 회장은 눈을 부릅떠 보이고 나서 다시 나에게 술잔을 건넸다.

"자. 좀 취해보십시오. 그렇게 얌전하시지만 말구."

그러는데 또 곁에서,

"그래, 좀 취해봐."

현석까지 겹치기로 잔을 건네왔다. 그러나 나는 술이 취해오지가 않았다. 이제나저제나 금세 노래판이 벌어질 것만 같아 정신이 더욱 말짱해지고 있었다. 아무래도 노래가 시작되어 차례를 겪어낸 다음이라야 제대로 술을 취할 수 있을 것 같았다.

그 속에서 놀던 때가 그립습니다……

가끔은 남몰래 심호흡까지 하면서, 되풀이 속으로 노래를 외워보곤 했다. 그것은 차라리 지루할 만큼 오래고 안타까운 기다림이었다.

그러자 결국은 노래가 시작되었다. 그것도 하필 나 때문이었다.

"아이, 이 선생님 참말 재미없으셔…… 도대체 뭘 그렇게 골똘히 생각하고 계셔요?"

아가씨가 느닷없이 옆구리를 치는 바람에 좌중의 시선이 일시에 내 쪽으로 쏠렸다.

"요년아, 그러니까 네가 좀 즐겁게 해드리랬잖아. 손이라도 잡아드리구."

강 회장이 짐짓 큰소리로 핀잔을 주었다.

"손은 이렇게 벌써부터 잡아드리고 있잖아요. 자요, 보세요."

그러고 보니 언제부턴가 아가씨가 내 왼쪽 손을 꺼잡고 있었다. 그녀가 그 손을 상 위로 불쑥 쳐들어 보였다.

"이러는데도 통 이 선생님 반응이 없으시지 않아요. 어떡하죠?"

그러자 강 회장이 결연스런 어조로 아가씨에게 명령했다.

"그럼 노랠 불러!"

노래는 그렇게 해서 시작되었다. 한데 여자는 눈치 없게도 유행가를 불렀다. 빨간 알알이 어쩌고 하는 「석류의 계절」이라는 신식 유행가였다. 나는 새삼스럽게 다시 긴장하기 시작했다. 앞으로 어떤 식의 노래판이 벌어질 것인가 불길한 예감이 들기 시작했다.

여자의 노래를 받은 것은 현석이었다. 여자는 강 회장에게 차례를 주었으나, 술자리의 주인공인 현석이 먼저라야 한다고 강 회장이 굳이 순서를 양보했다. 현석은 한두 번 사양을 하다가 결국은 응낙을 했다. 나는 초조하게 현석의 노래를 기다렸다. 녀석의 노래 솜씨는 전부터도 평판이 나 있는 터였다. 목소리가 제법 매끈한 건 둘째 치고 어디서 배운 것인지 유행가라는 유행가는 모조리 주워 꿰고 있어서 술만 취하면 한 시간이고 두 시간이고 줄노래를 이어대는 실력이었다. 특히나 옛날 유행가가 능했다. 그의 유행가를 듣고 있노라면 공연한 심술이 다 돋을 지경이었다.

사실 나는 그의 유행가를 별로 좋아하는 편은 아니었다. 언젠가 군대를 갔다 나와 임시방편으로 친구들의 하숙이나 자취방을 찾아다니며 하루하루 기식살이를 하고 지낼 때였다. 한번은 어찌하다 밤늦게 현석을 찾아갔다가, 녀석이 예고 없이 집을 옮겨버린 바람에 큰 낭패를 겪은 일이 있었다. 통금 시간은 가까워오고 잠자리는 막막하고. 처연한 심사로 골목을 돌아 나오는데 어떤 사내 녀석이 청승맞게 큰 소리로 노래를 부르고 지나갔다.

— 밤거리의 뒷골목을 누비고 다녀도……
— 거리의 자식이라 욕하지 말라.

사내는 곤죽이 되도록 술이 취해서 나를 스쳐 지나갔다. 사내를 비키고 나니 나는 더욱 기분이 처연해졌다. 얼치기 도회지 녀석들에게 나는 내 가난까지 빼앗기고 만 느낌이었다.

현석이 옛날 유행가를 거침없이 불러대는 것을 듣고 있노라면 공연히 그때 일이 생각나곤 했다.

그야 어쨌든 상관없는 일이었다. 문제는 녀석이 어떤 노래로 출발을 삼아주느냐였다.

제발 쉬운 노래나 되었으면.

쉬운 노래라니 다른 게 아니었다. 내가 준비하고 있는「고향의 봄」이라든가「오빠 생각」이 어울릴 만한 분위기를 만들어주는 것이면 되었다. 그러나 현석은 완전히 내 기대를 꺾고 나섰다. 그가 마침내 노래를 시작했다.

구름도 울고 넘는 저 산 아래
그 옛날 내가 살던 고향이 있었건만.

오래지는 않았지만 술자리에서 자주 불려지는 유행가였다. 나는 그만 풀이 죽어버렸다.

　지금은 어느 누가 살고 있는지

　지금은 어느 누가 살고 있는지……

　구성진 목소리로 노래를 끝내고 난 현석이 내 참담스런 심경을 헤아릴 리는 물론 없었다. 그는 여자들의 순서도 건너뛰어버린 채 좀 전에 양보받은 노래 순서를 강 회장에게 되돌려주었다. 강 회장도 이번에는 사양을 하지 않았다. 그는 서슴지 않고 노래를 시작했다. 한데 강 회장은 더욱 뜻밖이었다.

　찔레꽃 붉게 피는 남쪽 나라 내 고향……

　옛날 유행가였다. 강 회장의 노래가 뜻밖이라고 한 것은 술자리가 시작되면서 내가 예상했던 식으로「고향의 봄」따위를 불러주지 않았다는 것만이 아니다. 그의 노랫가락은 멋이 들 대로 들어 있었다. 성량도 풍부했고 음정도 정확했다. 그리고 무엇보다 그는 노래를 부르는 데에 조금도 고통을 느끼지 않는 느낌이었다. 그는 정말로 남쪽 어디에 고향을 두고 온 사람처럼 눈을 지그시 감은 채 구성진 목소리를 뽑아대고 있었는데, 그것은 적당히 차례를 메워 넘기려는 모습이 아니었다. 정말로 그 노래가 좋아서, 그것을 즐기기 위해 노래를 부르고 있는 모습이 역력했다.

　언덕 위의 초가삼간 그립습니다—

　몇몇 사람은 그의 노래에 맞춰 젓가락을 두드리고 나섰다. 그러나 나는 꼼짝을 못하고 굳어 앉아 있었다. 머릿속에서는 허겁지겁 옛날 유행가 목록의 기억을 더듬고 있었다. 이젠「고향의 봄」이나 「오빠 생각」은 어림도 없는 판국이었다. 그렇다고 느닷없이 넝넝너구리 어쩌고 나설 수도 없는 분위기였다. 분위기에 걸맞은 다른 유행가를 생각해야 할 형편이었다. 어쩌면 강 회장은 이번에 바로 나를 지적해올지도 몰랐다. 노래를 부르면서 이따금 눈을 떠서 나를 바라보는 품이 어쩐지 그럴 것만 같았다. 나는 몸이 오그라들 지경으로 맘이 조급해지고 있었다. 공연히 오줌까지 마렵기 시작했다. 노래를 듣다 말고 자리를 일어설 수는 없었다. 나는 시험 시간이 끝나가는데 답안이 떠오를 듯 말 듯한 수험생처럼 안타까운 심경으로 기억을 더듬어나갔다.

마침내 익숙한 노래가 하나 떠올랐다.

울려고 내가 왔던가……

「선창」이라는 옛 유행가였다. 그러나 그것이 생각났을 때는 이미 때가 늦어 있었다.

자주고름 입에 물고 눈물 젖어

이별가를 불러주던 못 믿을 사람아.

강 회장의 노래가 이미 끝나가고 있었다. 그리고 강 회장은 노래를 끝내자마자,

"어디 이번에는 우리 지 형 노랠 한번 들어봅시다."

영락없이 나를 지목해버리는 것이었다.

"아니……"

나는 갑자기 어찌할 바를 몰랐다. 도저히 그냥은 노래를 시작할 수가 없었다. 이런 식으로 노래를 시작했다간 첫 음이 터무니없이 높게 잡히거나 아니면 목소리가 형편없이 떨려 나와 망신이나 당하기 십상이었다.

새삼스런 얘기가 되겠지만, 이상스럽게도 나는 술자리에서 노래를 꺼내기가 늘 주저스러웠다. 술자리에서뿐만이 아니었다. 무슨 행사 같은 델 참석했다가 애국가를 부르거나 할 때도 마찬가지였다. 노래를 부르다 보면 유독 내 목소리만 주위에서 높게 두드러져버리곤 했다. 그러면 나는 모래를 씹은 듯 소름을 돋으며 갑자기 한 옥타브쯤 목소리를 낮춰버리곤 했다. 그리고는 목구멍 속에서 가만가만 노래를 따라갔다. 그러나 그때는 이미 입술만 달싹거리고 있을 뿐 아예 밖으로는 소리가 되어 나오질 않았다. 군대에서 군가 같은 걸 합창할 때도 마찬가지였다. 언제나 첫마디가 잘 잡히지 않았다. 첫마디가 잡히지 않으면 중간 소리들도 우왕좌왕 도대체 노래가 되질 않았다. 그리고 그 첫머리를 잘 잡으려고 하면 할수록 목구멍이 긴장되어 더욱 엉뚱한 소리를 터뜨려놓기 일쑤였다. 그것은 마치 내 난상 대화 때의 버릇과도 같은 사정이었다. 나는 평소 사람들이 모인 데서는 말을 많이 하지 못했다. 마찬가지로 첫마디를 꺼내기가 몹시 망설여졌다. 두 사람이 마주 앉아 있을 때는 그럴 리가 없었지만, 사람 수가 셋만 넘으면 늘 난처한 일이 생기곤 했다. 이야기를 꺼냈는데도 상대방이 주의를 보내오지 않고 저희끼리 계속 떠들어대는 바람에 말이 막혀버리는 수가 많았다. 기껏 서두를 꺼내놓고도 중간에 갑자기 다른 친구가 말을 앞질러버리는 통에 무안을 당하고 마는 수도 있었다. 아무리 대단치 않은 것이라도 이야기는 언제나 큰 목청으로 시작하고 계속해서 큰소리로 떠들어대야만 했다. 그러나 나는 그럴 수가 없었다. 입을 다물고 가만히 듣고 있는 편이 나았다. 그러다가도 정 하고 싶은 얘기가 생길 때 나는 그 이야기의 서두를 위해 얼마나 혼자 망설이게 되는지. 입을 다물고 앉아 있다가 갑자기 악을 쓰고 나설 수도 없었고, 그렇다고 잘못 이야기를 꺼냈다간 형편없이 묵살을 당해버릴 것 같기도 했고……

 노래를 시작하려고 할 때도 그런 식이었다. 더욱이나 술자리에서의 노래는 그게 더 심했다. 이쪽에서 노래를 시작했는데 저쪽에서 다른 노래를 부르고, 그러다가 결국은 이쪽 노래가 저쪽 소리에 묻혀버리고 말 때의 그 멋쩍고 쑥스러움. 술자리에서의 노래는 처음부터 충분히 각오를 하고, 절대로 꺾이지 않을 뱃심을 가지고 시작해야만 했다. 도입부가 무리하게 높거나 낮아지지 않도록, 그리고 목소리가 너무 떨려(그것은 이제 내 고질이 되어버리고 있지만) 나오지 않도록 미리부터 맘을 다져둬야 했다. 그렇게 미리 대비를 해놓고 있다가도 다른 녀석이 먼저 그 곡조를 불러치우는 바람에 낭패를 보는 일도 한두 번이 아니지만. 그러지 않으려면 아예 누가 무슨 노래를 하든 어떤 흥겨운 합창(제창보다는 합창이라고 말하는 편이 더 익숙하니까)이 어우러지든 얌전히 입을 다물고 앉아 있어야 했다. 그리고 나는 대개 그런 식이었다. 노래를 부르지 않으니까 젓가락을 칠 수도 없었다. 어색한 대로 네 손발 꽉 묶고 앉아 계집들과 실없는 수작이나 벌이면서 노래가 끝나기를 기다리고 있는 게 보통이었다. 하지만 끝끝내 노래를 불러야 할 자리에선 그럴 수도 없는 노릇이었다.

 이날 저녁 처지가 바로 그런 것이었다.

 어쨌든 나는 강 회장의 지명을 받고 나서 곧 노래를 부를 수가 없었다. 좀더 다짐을 해보고 나서야 했다.
 "아가씨가 내 대신 좀 불러주지."
 안되긴 했지만, 나는 구원을 얻어볼 양으로 옆자리의 아가씨에게 구원을 청했다.
 "아이, 이 재미없는 양반! 절더러 노랠 대신 불러달라구요?"
 예상했던 대로 아가씨는 펄쩍 뛰는 시늉을 했다.
 "그래. 난 자네 노래 듣고 나서 좀 있다 부를 테니까 말야. 아가씨들은 아직 한 사람밖에 노랠 부르지 않았지 않아."
 "하지만 제가 왜 선생님 대신 노래를 불러요?"
 "자넨 오늘 저녁 내 사람 아닌가."
 그때였다. 강 회장이 느닷없이 두 사람의 실랑이 사이로 끼어들었다.
 "가만. 아직 지 형이 노랠 준비하지 못하신 모양인데, 그렇다고 아가씨가 대신 할 건 없구…… 내 지 형의 노래를 기대하는 의미에서 한마디 더 부를 테니 그동안 목을 잘 다듬어두슈"
 하고 나서는 금세 또 노래를 시작해버리는 것이었다.
 오느을도 걷는다마는 정처 없는 이 바알기일.
 「나그네 설움」이라는 역시 옛날 유행가였다.
 좌중은 이제 누가 노래를 부르건 상관이 없었다. 잔뜩 홍이 올라 함께 어우러지고 있었다. 모두들 손바닥으로 상을 치며 박자를 맞춰주고 있었다. 그러나 나는 물론 좌중과 호흡을 섞어 들 수가 없었다. 강 회장의 노래가 끝나기 전에 준비를 끝내둬야 할 형편이었다.

울려고 내가 왔던가.

내겐 역시 그것이 좋겠다. 내력이 있는 노래였다.

제일 먼저 그 곡조가 떠오른 것도 아마 그 때문이었을 것이다.

누님은 소학교를 졸업하고 이번에는 내가 초등학교를 다니고 있었다. 그 시절 나는 일거리가 뜸한 겨울이 되면 억세게도 연을 날렸다. 초겨울부터 이듬해 봄까지 나는 학교만 다녀오면 보리 싹이 파랗게 돋아난 동네 텃밭으로 나가 무한정 연을 날리며 지냈다. 학교에서 돌아왔을 때나, 연을 날리다 집으로 들어갔을 때나 점심이 없었기 때문이었다. 점심이 없었기 때문에 학교에서 돌아오는 길로 바로 연을 메고 집을 나와버리게 되곤 했다. 나이 서른여섯에 혼자몸이 되어 가난하게 늙어가고 있던 어머니와 누님은 오히려 그러는 나를 다행스러워하는 눈치였다. 그래서 나는 언제나 남의 텃밭 양지바른 돌담 아래서 배고픔을 참으며 해가 지도록 연만 날렸다. 그 무렵 내가 언제나 연을 날리고 있는 돌담 너머 집에는 마침 동네에서 하나뿐인 유성기(그땐 축음기나 레코드란 말을 몰랐다)가 있었는데, 그 집에선 언제나 그 유성기의 노랫소리가 담을 넘어 들려왔다.

비 내리는 부둣가에……

보리밭 양지쪽에서 연을 날리며 담을 넘어오는 유성기 소리를 듣고 배운 것이 바로 그 「선창」이라는 노래였다. 「농부가」라든가 「방아타령」이라든가 그런 좀 어려운 노래가 담을 넘어올 때도 있었지만, 유성기를 사들인 그 멋쟁이 청년은 유독 그 '울려고 내가 왔던가」를 즐겨 들었고, 그 노래가 시작되기만 하면 청년도 목소리를 돋워 함께 합창을 하곤 하던 것이었다.

　울려고 내가 왔던가……

　와놓고 나서 뭐가 그렇게 후회스러운 것인지, 그 소리는 날마다 날마다 담을 넘어왔다. 어느 때부턴가는 나까지도 함께 노래를 따라 부를 수 있게끔 되어 있었다. 그리고 나는 「고향의 봄」을 배우던 시절과는 반대로 이번에는 내 쪽에서 그 노래를 누님에게 배워주기 시작했다. 아랫방에서 마을 처녀들과 함께 밤을 지내는 누님은 그 아랫방에서 가늘디가는 목소리로 동네 처녀들과 소리를 합해 노래를 따라 불렀다. 그리고는 나의 노래 솜씨를 놀라워하면서 다른 노래도 배워다 주기를 간청했다. 나는 슬그머니 재미가 들었다. 이젠 노래를 배우기 위해서도 연을 날려야 했다. 나는 더욱더 열심히 연을 날렸다. 그리고 밤이 되면 새로운 노래를 배워주러 누님의 방으로 내려가 등잔불 아래 수를 놓으면서 목소리를 합해 주는 동네 처녀들과 함께 노래를 불렀다. 갑자기 곡목이 기억나지는 않지만, 아마 그 시절 그렇게 해서 내가 누님들에게 배워준 노래는 「선창」 말고도 열 가지는 넘었을 터였다.

　그런 사연이 있는 노래였다.

　그으대와 두울이서어 꽃씨를 심던 그날도

　지이금은 어디로 갔나아아……

　나는 속으로 부산하게 곡조를 확인해나갔다.

　강 회장의 노래 때문에 곡조가 맞는지 어떤지 확실치 않았지만, 그럭저럭 윤곽만은 잡혀왔다. 그런데 바로 거기서부터가 말썽이었다. 그다음은 갑자기 가사가 생각나질 않았다.

　꽃씨를 심던 그날도 지금은 어디로 갔나아—

　나는 다시 한 번 처음부터 곡조를 더듬어나갔다. 곡조를 타고 가사가 흘러나와줄까 해서였다. 그러나 이번에도 마찬가지였다. '아아……'에서 그만이었다. 아아…… 아아…… 나는 다시 등골에서 땀이 솟기 시작했다. 강 회장의 노랫소리 때문에 곡조마저 차근차근 더듬어나가지질 않았다. 마음이 급하다 보니 모든 게 뒤죽박죽이었다. 이제 와서 다른 노래를 생각해낸다는 것은 엄두를 낼 수도 없는 일이었다. 아아…… 아아……, 그런 중에도 다행스러운 것은 강 회장이 그 느릿느릿한 곡조를 흥에 겨운 듯 더욱 느릿느릿하게 그리고 2절까지 몽땅 불러 넘겨준 점이었다고나 할지.

　그러나 강 회장의 두번째 노래가 끝나고 나서도 나는 끝내 그 아아 다음이 떠올라오질 않았다.

　"자, 그럼 이번에는 진짜 지 형 차례요……"

　노래를 마치고 난 강 회장이 여유만만 나를 재촉하고 들었다. 그러나 나는 도리가 없었다. 가사도 확실하지 않은 노래를 섣불리 시작할 순 없었다.

　"용서해주십시오. 워낙 노래가 서툴러서……"

　하지만 그런 소리가 먹혀들 리 없었다. 젓가락질과 함께 강 회장의 노래를 합창(이 역시 제창이 되겠지만)으로 끝내고 난 좌중은 계속해서 상바닥을 두드리며 나를 재촉해대고 있었다. 그러나 나는 역시 어쩔 수가 없었다. 어쩌자는 심산도 없이 그저 난처한 웃음(말이 그렇지 아마 이때 나의 얼굴은 보기 딱할 정도로 질려 있을 것이다)만 짓고 앉아 있었다.

바로 그때였다. 또 한 번 뜻밖의 일이 일어났다. 강 회장이 다시 노래를 시작해버린 것이었다. 그는 이제 더 이상 나에겐 기대를 할 수가 없었던 모양이었다. 그는 마치 나를 지명한 것이 미안해지기라도 한 듯, 그래서 조금이라도 나의 입장을 난처하지 않게 분위기를 이끌어줘야겠다는 듯, 제풀에 다시 노래를 시작해버린 것이었다. 현석 따위는 저만큼 물러서 있어야 할 만큼 익숙하고 풍부한 노래 솜씨였다.

하지만 강 회장의 노래가 뜻밖이라고 한 것은 또 한 번 그의 노래가 시작된 것이나 익숙한 노래 솜씨를 두고 한 말이 아니다. 공교롭게도 그가 새로 시작한 노래는 금방 내가 그렇게도 애를 먹고 있던 「선창」이라는 곡조 바로 그것이었다. 나는 완전히 기가 꺾이고 말았다. 나는 마치 뒤통수를 얻어맞고 혼을 빼앗긴 사람처럼 멍청한 눈길로 좌중을 둘러보고 있었다. 공연히 가슴속만 후끈 달아오르고 있었다. 그러나 이젠 아무도 나를 아랑곳하지 않았다. 노래는 어느새 구성진 합창으로 변해버렸고 좌중은 거침없이 강 회장의 곡조를 이어나갔다.

지금은 어디로 갔나아아

찬비만 내리누나아.

찬비만 내리누나. 찬비만 내리누나. 아아 바로 그것이었다. 나는 정신을 가다듬기 위해 잠시 눈을 감고 있었다. 노랫소리는 좀처럼 기세가 꺾이지 않았다. 계속되는 강 회장의 선창에 따라 작자들은 또 다른 노래를 연이어나가고 있었다.

이 강산 낙화유수 흐르는 봄에……

이번에는 「낙화유수」였다. 나는 계속해서 뒤통수를 얻어맞고 있는 꼴이었다. 그런 걸 기억해내지 못하다니. 진작 생각이 났더라면 「낙화유수」 역시 웬만큼은 자신이 있는 노래였다. 그 시절 누님 방으로 모인 동네 처녀들이 어디선가 스스로 배워온 노래가 바로 그 「낙화유수」 한 곡뿐인 듯했다. 그래 그런지 그녀들은 유독히 「낙화유수」를 즐겨 불렀다. 노래를 끝내고 안방으로 돌아와 눕고 나면 누님의 방에서는 언제나 마지막으로 그 「낙화유수」의 합창 소리가 들려오곤 했다. 언젠가 또 한 번 시험에 실패를 하고 나서 나는 실의에 젖어 그 누님을 찾은 일이 있었다. 누님은 도회지로 중학교 선생을 나간 매형과 떨어져서 다섯 아이를 기르며 시댁 마을에서 밭을 갈며 살고 있었다. 내가 그 누님을 찾아 만난 것은 한여름 뙤약볕이 내리쬐는 콩밭 귀퉁이에서였다.

"너라도 어서 성공을 해야지. 너라도 어서 성공을 해야지."

검고 거친 손을 부끄러워하지도 않고 내 손을 꼭 붙들고 눈물을 글썽거리는 누님에게 내가,

"누님은 지내시기가 좀 어떠세요"

했더니,

"내야 뭐 낙화유수지."

앞니가 둘이나 빠져나간 입을 벌려 힘없이 웃어 보이던 누님이었다. 그때 그 누님의 말이 나의 가슴속으로 그렇게 깊이 젖어 들 수가 없었다.

세월은 흘러가고 청춘도 가고

한 많은 인생살이 고개를 넘자.

합창 소리가 온 집을 진동시키고 있었다. 조금만 먼저 생각이 났더라도 난처한 입장을 면할 수 있었을 노래였다. 하지만 이미 때가 늦어버린 다음이었다.

언제나 그런 식이었다. 아니 때가 늦은 것은 그「낙화유수」뿐만도 아니었다. 합창은 아직 훨씬 더 계속되고 있었는데, 새로운 노래가 시작될 때마다 나는 번번이 똑같은 낭패감에 머리통을 깨부수고 싶어질 지경이었다. 합창은 강 회장의 선도로「목포의 눈물」과「유정천리」와「꿈에 본 내 고향」으로 해서 템포가 점점 빨라지더니「물레방아 도는 내력」「앵두나무 처녀」를 거쳐 막판에는「노들강변」같은 민요조로 옮겨가고 있었다. 강 회장의 노래는 정말 억세고 끈질겼다. 유행가에는 평판이 나 있는 현석도 강 회장 앞에는 어림없을 정도였다. 그는 한 곡이 끝나면 금세 또 다른 곡을 시작해서 무한정 합창을 이끌어나갔다. 그것도 거개의 노래들이 세월에 폭삭 삭아 든 낡은 유행가들이었다. 연구회 사람들도 한결같이 그 낡은 유행가를 좋아하고 있는 듯 누구 하나 솜씨를 나무랄 자가 없었다. 그리고 그 유행가들은 어떤 식으로든 나에게도 조금씩은 인연이 있었고, 그래서 어느 만큼은 혼자서도 흉내를 내볼 수 있을 법한 것들이었다.

그러나 나는 이제 단념하고 있었다. 인사치레로 한 곡조쯤 시부렁대주자던 생각도 멀찌감치 달아나버리고 말았다. 오히려 느닷없는 심통이 치솟아 오르고 있었다. 전부터 내가 현석의 유행가를 잘 신용하고 싶지 않아 하던 것 같은 그런 심술스런 기분이었다.

그리고 강 회장 들의 합창이 오래 계속되어나가면 나갈수록 나는 어떤 심한 낭패감과 함께 복수심과도 같은 묘한 심술기가 점점 더 해가고 있었다.

어느 날 밤 술집 골목길을 지나가고 있을 때였다. 그날 밤 나는 낭자한 유행가가 흘러나오는 술집 창문 아래를 걷고 있다가 밤 과외를 끝내고 돌아오는 초등학교 꼬마들 몇 놈을 마주쳤다.

보슬비 오는 명동의 거리 가로등 불빛 아래…… 녀석들은 창문을 흘러넘쳐오는 유행가 소리에 저희도 함께 합창을 하며 지나가고 있었다.

저 녀석들 유행가를 들으면 어렸을 때 과외 공부하고 돌아오던 술집 골목을 생각하겠군.

나는 문득 그런 생각을 하며 혼자 키득거리고 있었다.

뿐인가. 녀석들이 나중에 술집을 드나들게 되었을 땐 그때의 유행가를 흉내 내며 옛날 술집 골목 추억에 젖겠지.

시골 유행가라고 하면 어딘지 어폐가 있는 말일지 모른다. 도회지에선 유행가가 전축과 방송국과 술집들에서만 억척스럽게 불리어진다. 하지만 시골에선 푸나무꾼 숨어들어간 녹음 짙은 산골에서, 아낙네들이 김을 매는 콩밭 이랑 사이나 눈 내리는 겨울밤 동네 총각들의 사랑방 구석 들에서 그것이 간절하게 불리어졌다. 시골의 유행가는 보다 천천히 그리고 오래오래 불리어지면서 가난과 한탄과 설움이, 때로는 작은 즐거움이나 꿈이 깃들기 시작했다. 생활의 내력과 추억이 어려 들었다. 세월의 때가 묻어 들었다. 그리하여 하나의 유행가는 거기에서 서서히 다시 태어났다. 그리고 사람들은 그렇게 세월의 때가 앉은 유행가를 가지고 거꾸로 그 노래를 보내준 도회지로 나갔다. 어떤 유행가가 누구에게 불리어질 노래냐, 가사가 어떤 것이냐 하는 것은 문제가 되지 않았다. 도회지 사람들의 사랑 타령이든 가난뱅이의 신세 한탄이든 가사 같은 건 아예 문제 바깥이었다. 한동안 세월이 흐르고 나면 어느 때 어떤 식으로 그런 노래가 불리어지고 있었느냐보다, 그것을 부르던 시절의 생활이나 추억이 더욱 간절해지는 것이 시골 사람들의 유행가였다. 시골에서 유행가를 익힌 사람들은 술집이나 트랜지스터 라디오나 전축에서 그것을 배운 사람들보다는 훨씬 간절한 것이 있을 듯싶었다.

그날 밤 나는 술집 골목을 빠져나가면서 그런 생각을 하고 있었다.

그리고 나는 편견일는지도 모를 그런 생각을 아직도 바꾸고 싶지가 않았다.

강 회장 들은 여전히 노래를 계속하고 있었다. 그러나 나는 이제 절대로 노래를 부를 수가 없었다. 물론 젓가락 장단을 치고 나설 생각도 없었다. 누군가가 강 회장 들에게 자신들의 노래를 빼앗기고 있는 것 같은 느낌뿐이었다. 강 회장 들이 누구들에겐가서 그들의 노래를 빼앗고 있는 것 같은 느낌뿐이었다. 그것은 아마 강 회장 들의 유행가가 너무도 신 나게 그리고 너무도 오랫동안 늠름하게 계속되고 있는 때문이었는지도 모른다.

"자, 이제 술을 좀 듭시다."

강 회장은 이윽고 목이 칼칼해지기 시작한 모양이었다. 그는 간신히 직성이 좀 풀린 듯한 표정으로 일단 노래를 중단시켰다. 그리고는 곧 술잔을 집어 들었다. 그러자 그것을 신호로 다른 사람들도 일제히 젓가락을 놓으며 술잔을 집어 올렸다. 순식간에 모든 술잔이 비워졌다. 그러나 강 회장은 술잔을 비우고 나자마자 또,

"그리고 참, 아까 독창을 하지 않은 분들이 있었지요?"

골고루 기회를 나눠 가져야 도리라는 듯 새삼스럽게 좌중을 둘러보았다.

"그래요. 이제부턴 합창으로 하지 말고 한 사람씩 부르기로 해요. 옆방에도 너무 시끄럽구요."

노래가 계속되는 동안 마담이 한두 번 질린 얼굴을 하고 나타난 일이 있었다. 강 회장의 옆자리 아가씨가 마담의 주문을 염두에 두고 있었던 모양이었다.

"그래라. 그럼 이제부터 한 사람씩 부르기로 하지."

강 회장은 선선히 아가씨의 주문에 응낙했다. 그리고는 누구부터 노래를 시킬까 새삼 좌중을 훑어보았다.

그때였다. 나의 옆자리 아가씨가 느닷없이 내 왼손을 상 위로 끌어올리며 외쳐댔다.

"어머, 이 선생님 좀 봐. 선생님 왜 이러세요. 손바닥이 온통 땀으로 목욕을 하고 있잖아요?"

"이년아. 땀이 났으면 좀 닦아드리지 않구 웬 수다야 수다는."

나는 공연히 가슴이 섬뜩해져서 큰소리로 아가씨를 나무랐다. 그 바람에 강 회장까지 아직 노래 순서를 정하지 못한 채 이쪽을 건너다보고 있었다. 아가씨가 서둘러 물수건을 집어다 땀을 닦아

냈다. 그런데 그게 또 뜻하지 않은 말썽을 빚고 말았다.

"어머! 그런데 선생님 이게 뭐예요. 이게 모두 흉터 아니에요?"

손가락 하나하나를 훑어내듯 하고 있던 아가씨가 갑자기 또 수선을 떨고 들었다. 그녀는 내 왼쪽 집게손가락을 등불 아래로 높이 쳐들어대었다.

"이게 또 수선이야. 너 흉터도 본 일 없어?"

나는 좀처럼 맘이 편해질 수 없었다. 손가락을 뽑아내며 퉁명스럽게 아가씨를 나무랐다. 그러나 아가씨는 처음부터 꾸어다 놓은 보릿자루처럼 멍청하게 앉아만 있는 내가 여간 만만해 보이지 않았던 모양이었다.

"이 선생님 참 이상도 하셔. 아까부터 노래도 하시지 않고 걸핏하면 야단만 치시구. 겁이 나서 옆에 앉아 있을 수가 없겠네요."

되려 무안을 주고 나서는 마치 심술 난 어린애라도 달래듯,

"그러지 마시고 다시 좀 보여주세요. 정말 그게 흉터예요? 어디 좀 내놔봐요. 죽은 사람 소원도 들어준다는데……"

짓궂게 치근대고 들었다. 공연히 불퉁거리는 나를 그런 식으로 골려줄 심산인 모양이었다.

"그래라. 핥아먹든지 빨아먹든지 네 하고 싶은 대로 해라."

나는 더 이상 실랑이를 벌이고 싶지 않아 아가씨에게 아주 왼손을 내맡겨버렸다. 뭘 가지고 그러나 싶어 궁금한 눈길들이 일제히 그 손가락 위로 쏠려왔다.

"도대체 어떻게 이런 징그런 흉터가 생기게 되었어요?"

갈수록 태산으로 아가씨가 이젠 흉터의 내력까지 캐묻고 들었다.

"그래 넌 그게 어떻게 해서 생긴 것 같으냐?"

나는 귀찮은 듯 되묻고 나서 아가씨로부터 숫제 시선을 외면해버렸다.

네까짓 게 알아낼 턱이 없지. 망할 년.

문득 고향 마을의 지게터가 떠올랐다. 앞서도 말했듯이 나는 초등학교를 졸업한 다음 K시로 나가 중학교를 다녔다. 고등학교도 물론 K시에서 다녔다. 그런데 나는 고등학교를 다닐 때까지도 방학이 되면 고향으로 가서 지게를 짊어졌다. 산을 타고 올라가 풀을 베어 날랐고 땔나무를 거두어 내렸다. 그러는 나를 동네 사람들은 속이 찬 아이라 칭찬을 하기도 했고, 아직 어린 녀석이 살림맛부터 들인다고 못마땅해하기도 했다. 칭찬을 듣고 싶어 일부러 그러는 척하는 게 아니냐고 이죽거림을 당할 때도 있었다.

그러나 그런 건 상관없는 일이었다. 나는 계속해서 지게를 짊어졌다. 내가 좋으니까 그랬다. 나무 한 단 풀 한 짐이 만들어낼 소득을 생각해본 일은 없었다. 칭송을 받거나 욕을 먹을 일이 염두에 두어진 적도 없었다. 어릴 적부터 몸에 밴 일이었고, 동네 친구들과 함께 들길을 지나고 산속을 헤매는 것이 싫지 않았을 뿐이었다. 그리고 그러는 나를 어머니나 누님이 만족해했기 때문이었다. 무성한 풀더미를 찾아낸 것이 낚시터의 월척만큼이나 즐거웠다. 낫질을 하다가 잠시 바윗돌 위에 주저앉아 산바람을 쏘이던 휴식을 잊을 수가 없었다. 어깨가 무너지도록 나무를 잔뜩 한 짐 져 내려놓고 지게터의 잔디 위에 드러누워 낫질이 늦고 있는 녀석들을 기다리고 있노라면 포식처럼 기분이 느긋했다. 해가 떨어진 다음까지도 아직 산을 내려오지 않고 있는 녀석들의 그 게으르고 천연덕스런 노랫가락 소리. 녀석들을 기다리면서 아무것도 조급할 것이 없는 지게터의 화답 소리. 그 청승맞고 여유로운 지게터의 노랫가락들.

　운다고 옛사랑이 오리오마는
　눈물로 달래보는 구슬픈 이 밤……
　나는 문득 노래가 부르고 싶어졌다. 하지만 아직도 노래는 시작되지 못하고 있었다.
　"시멘트 바닥에다 손바닥을 박박 문질러놓은 것 같아요. 이것 좀 보세요. 이게 어떻게 생긴 흉터 같아요?"
　아가씨가 내 손가락을 강 회장의 코앞까지 끌어다 대 보이고 있었다. 강 회장 역시 쉬 짐작이 가지 않는 모양이었다.
　"글쎄, 그 참 지독하군. 꼭 지렁이가 덩어리를 만들고 있는 것 같은데, 그래 어째서 이런 흉터가 생겼누. 어디 유리창 같은 데다 손을 몹시 다친 겐가?"
　다른 사람들도 강 회장의 말에 한마디씩 지혜를 보탰다.
　"이건 한 개의 흉터가 아니로군요. 흉터 여러 개가 이리 이어지고 저리 이어져서 마치 지렁이처럼 엉켜 붙어 있지 않아요."
　"손가락이 으깨지면 살이 갈라져서 이런 흉터가 남을 거예요."
　"아닌 것 같은데요. 하나하나의 흉터는 매우 예리한 상처의 흔적 같은걸요."
　입을 다물고 있는 것은 동훈뿐이었다. 그는 몹시 술이 취한 듯 무겁게 눈을 감은 채 벽 쪽에다 가만히 등을 기대고 앉아 있었다.

아무도 상처의 내력을 알아낸 사람이 없었다.
"어디 인줘봐요. 오른손 손가락에도 같은 흉터가 있나 보게요."
아가씨가 오른손을 낚아 갔다. 오른손 손가락에는 물론 그런 흉터가 있을 리 없었다.
그러나 아가씨는 그것이 무엇을 의미하는지 짐작을 할 수가 없을 게 당연했다.
"아이 말씀 좀 해보세요. 그게 무슨 자랑거리라구 입을 꾹 다물고 계셔요? 어떻게 생긴 흉터예요?"
아가씨는 기어코 그것을 알아내고 말겠다는 기세였다.
"자랑거리가 못 되니까 말을 하지 않고 있지 않나. 그걸 꼬치꼬치 캐묻고 늘어지는 자네가 정말 이상하구만그래……"
아가씨와의 이야기가 길어지자 강 회장 들은 김이 빠진 모양이었다. 저희끼리 또 노래를 시작하고 있었다. 노래라도 부르고 싶어졌다. 그러나 강 회장 들은 아예 나를 제쳐놓고 있었다. 나를 빼놓은 채 한 사람 한 사람 저희끼리 돌림 노래를 이어나갔다. 갈매기 바다 위에로 시작되는 「해조곡」인가 하는 노래가 불리어졌고, 현인의 「고향 만리」도 불리어졌다. 아가씨들도 각기 한차례씩 노래를 불렀다. 끝끝내 대답을 듣지 못한 내 옆자리 아가씨는 「비 내리는 호남선」을 불렀고, 술에 취해 정신을 흐리고 앉았던 동훈은 연분홍 치마가 봄바람에 어쩌고 하면서 투덜대듯 자기 차례를 시부렁거려 넘겼다. 역시 처음처럼 옛날 유행가들뿐이었다. 나에게는 좀처럼 관심이 돌려지질 않았다. 손가락의 흉터마저 더 이상은 흥밋거리가 되지 못했다. 이제 새삼스럽게 스스로 목청을 돋우고 나설 수는 없었다.

그러나 그때.

"야, 인호 새끼. 이제 네가 한 곡조 불러."

느닷없이 동훈이 나를 노려보며 소리를 버럭 질렀다. 그 바람에 좌중의 시선이 일시에 나에게로 쏠려왔다. 나는 다시 긴장이 되고 말았다. 금방까지 노래를 한 곡조 부르고 싶던 생각이 바람처럼 싹 가셔버렸다.

"불러! 오랜만에 네 노래 한번 들어보자. 아무래도 네 솜씨가 나와야 속이 후련해질 것 같다."

녀석은 덤벼들듯이 재촉을 해왔다. 술이 취했어도 녀석이 아주 정신을 잃고 있진 않았던 모양이었다.

녀석이 아직도 내 노래를 기억하고 있다니.

동훈의 주문은 그저 억지가 아니었다. 녀석은 나의 노래를 기억하고 있었다. 옛날에는 내 솜씨가 특별히 좋았던 때가 있었다는 말은 아니다. 대학교를 입학하고 나서 막걸리에 취해 들면 우리는 곧잘 유행가 타작을 해대곤 했다. 동훈이 녀석은 그 무렵 이상스럽게 나의 노래를 좋아했었다.

"가만, 이제부턴 인호 너 혼자 불러라. 역시 유행가는 인호 네 놈이 불러야 제맛이다. 네놈의 그 청승맞은 노랫소리를 듣고 있으면 난 괜히 눈물이 나올 것 같단 말야. 자 불러."

유행가에는 귀신이 다 된 현석의 솜씨를 제쳐놓고 동훈은 그런 식으로 일부러 나의 노래를 주문하곤 했었다. 그러나 나는 언제부턴가 그 유행가를 부를 수 없게 되었다. 언제부터라고는 말할 수 없지만, 하여튼 조금씩 나는 유행가를 부르지 못하게 되어갔다. 이날 밤처럼 노래를 시작하기가 주저스러워지고, 그러다가 간신히 서두를 꺼내다 보면 엉뚱하게 음정이 불안해지거나 목소리가 형편없이 떨려 나와 차라리 입을 다물고 앉아 있는 것만 못한 꼴이 되곤 했다. 그러자 나에게는 술자리가 턱없이 부담스러워지기 시작했고, 일단 노래판이 시작되면 쑥스럽고 난처한 표정으로 다른 사람들의 노래를 힘겹게 견뎌내야 하곤 했다. 언제부턴가는 친구들도 그러는 나를 으레 그러는 녀석이거니 내버려두고 저희끼리 노래를 불렀고, 나의 노래를 잊어버렸거나 처음 술자리를 갖게 된 사람들은 나를 아예 노래 같은 것하곤 담을 쌓고 지내는 음치쯤으로 여겨버렸다.

그러나 동훈과 나에게는 한 가지 잊을 수 없는 기억이 있었다. 군영 시절이었다. 동훈과 나는 엇비슷한 훈련 기간을 끝내고 나자 전후방으로 따로따로 갈라져 각기 다른 사단으로 근무 부대가 정해졌다. 그렇게 한 1년쯤 복무를 치르고 난 다음 내 소속 부대는 전방의 어떤 사단과 임무 교대가 시작되었다. 그런데 장비 인수차 양쪽 장병들의 선발대가 서로 오가던 중 동훈과 나는 뜻밖에도 우연스런 상봉을 갖게 되었다. 강원도 홍천의 어느 산골 막사에서였다. 그날 밤 동훈과 나는 부대를 빠져나가 오랜만에 넋을 놓고 술을 마셨다. 술이 취하자 나는 정말 오랜만에 나의 그 유행가들을 목이 쉬도록 불러젖혔다. 그날 밤 동훈도 나의 유행가에 눈물을 흘리며 목소리를 합해왔었다.

잊을 수 없는 밤이었다. 그 후로는 그처럼 시원스럽게 유행가를 불러본 기억이 없었다. 제대를 하고 나서 서울 거리에서 다시 녀석을 만났을 때도 나는 유행가를 부르진 않았다. 입대 전서부터 시작된 나의 소심증, 이날 밤처럼 공연히 긴장해서 땀을 흘리며 남의 노랫소리에 형편없이 기가 꺾여버리곤 하는 그 반갑지 않은 증세가 다시 도지기 시작했기 때문이었다. 술집에서도 노래를 부르지 못했다. 동훈 역시 그러는 나를 졸라대는 일이 좀처럼 없었다. 그는 말없이 앉아 있는 나를 앞에 두고서 흥얼흥얼 혼자 노래를 읊조리다가 시큰둥하게 자리를 일어서버리곤 했다. 어쩌다 동행한 친구나 술집 아가씨들이 나를 졸라대기라도 하면 오히려 그가 방패가 되어주는 일까지 있었다.

이제는 녀석까지도 나의 노래를 신용하지 않게 되어버린 것 같았다. 하지만 그는 아직도 옛날의 내 유행가, 특히 그 강원도 산골에서 밤을 새우던 간절한 기억을 잊지 않고 있었던 모양인가.

"자 한 곡조 해봐. 아까 벌써 네 십팔번들이 지나갔지만 불러버린 노래라도 다시 한 번…… 거 있잖아. 울려고 내가 왔던가 하는 것도 있구, 이 강산 낙화유수도 있구. 아무거나 말여."

그는 계속 다그쳐대면서 나를 노려보았다. 그러자 강 회장도 이젠 관심이 기우는 모양이었다.

"그러고 보니 지 형은 진짜 노래 솜씨가 있으신 모양이구만. 그래 꼭 솜씨가 있는 양반들이 저렇게 빼는 법이라니까."

"저자 노래야말로 진짜지요."

동훈이 맞장구를 쳤다. 그러자 강 회장은 냉큼 다시 젓가락을 두드리기 시작했다.

"자 한 곡조 들어봅시다."

강 회장을 따라 다른 친구들도 일제히 젓가락 장단을 맞추고 나섰다. 나는 더 이상 지체할 수가 없었다. 젓가락 장단은 노래가 나올 때까지 무한정 계속될 참이었다. 이번에는 실상 기회를 벼르고 있던 참이기도 했다.

운다고 옛사랑이 오리이오오마아느은……

나는 엉겁결인 듯 노래를 시작해버렸다. 그러나 첫마디를 꺼내자마자 금세 후회를 하고 말았다. 한순간에 갑자기 사정이 달라질 리 없었다. 또는 젓가락 장단 소리가 너무 극성스러운 탓이었을까. 처음부터 실패였다. 첫 소리가 너무 낮고 김이 빠져 있었다. 거기에 생각이 미치자 나는 곧 목소리부터 되살려내야 할 것 같았다. 운다아고…… '아고'에서부터 느닷없이 음정을 한 옥타브씩이나 높여버렸다. 그게 더 잘못이었다. 다음부터는 목소리가 흉하게 떨리기 시작했다. 오리오마아는— 마아는 소리가 갈피를 못 잡고 우왕좌왕했다. 그러나 노래를 중단할 수는 없었다.

눈무울로오 달래보느은 구스을픈 이이 바암.

눈을 딱 감고 곡조를 이어나갔다. 그 꼴이 도대체 얼마나 민망해 보였던 것일까. 둘째 구절의 중간부터는 느닷없이 강 회장의 목소리가 끼어들고 있었다. 다른 친구들도 콧소리와 젓가락질로 나를 부축하고 있었다. 하지만 그건 나를 오히려 더 엉망진창으로 만들어갔다. 강 회장의 커다란 목소리에 끌려 나의 음성이 또 한 번 곤두박질치듯 갈팡질팡 방황했다.

고요오히 창을 여얼고오 별빛을 보오니

그 누가 불러어주우나 휘파아라암 소오리이—

강 회장과 나의 합창은 간신히 끝을 맺었다. 완전히 희극이었다. 나는 얼굴이 화끈 달아가지고 구원이라도 청하듯 힐끗 동훈 쪽을 건너다보았다. 녀석은 터무니없이 화가 난 얼굴이었다. 그것도 나를 보지 않고 일부러 반대쪽으로 얼굴을 돌리고 있었다. 강 회장까지도 별로 할 말이 없는 모양이었다. 노래를 끝내고 나자 나의 위기를 모면하게 해준 강 회장은 제법 은인다운 미소를 머금은 채 여유만만 나를 건너다보고 있었다. 좌중은 잠시 엉뚱스런 침묵이 흐르고 있었다. 나에겐 그것이 비통스러울 만큼 엄숙한 순간이었다.

"우리 음치 선생님 노랠 하시면서 왜 금방 우시려고 그랬어요? 저 회장 선생님 아니었으면 정말 울음을 터뜨릴 뻔하셨어요."

침묵을 깨고 나선 것은 역시 입술이 얇은 나의 아가씨였다. 좌중은 비로소 왁자한 웃음바다가 되었다. 나는 웃을 수가 없었다. 웃음이 되어 나오질 않았다. 그보다도 이상스럽게 목구멍 근육이 긴장을 해오고 있었다. 그리고 그 긴장한 목구멍으로부터 어떤 뜨거운 기운이 푹푹 치솟아 올라오고 있었다. 등줄기로 신경이 잘잘거리고 흘러내렸다. 나는 더 이상 견딜 수가 없었다. 그 순간이었다.

넝넝너구리의 알붕지자는—

첫마디를 벼를 사이도 없이 불쑥 소리를 뱉어내기 시작했다. 이번에는 용하게 목소리가 떨려 나오지 않았다. 좌중은 나의 그 갑작스런 노랫소리에 어리둥절한 표정들이었다. 엉거주춤한 눈초리로 나를 쳐다보고만 있었다. 그러나 나는 아랑곳하지 않았다.

람빠가 읍서도 흘러흘러어

그것을 보고 있던 새끼 너구리⋯⋯
 계속해서 노래를 불러나갔다.
 굳어졌던 얼굴에선 웃음기까지 번져 나갔다. 나는 아직도 멍해 있는 좌중을 둘러보며 마지막 구절을 힘 있게 불러젖혔다.
 뱃대지가 째져라고 웃어댄다야—
 무슨 생각이 들었던지 마지막에 가선 동훈이 녀석까지 젓가락을 신나게 두드려대고 있었다.
 노래를 끝내고 나서도 나는 아직 의기양양 한 번 더 좌중을 둘러보았다. 어쨌든 이번에는 속이 좀 후련해진 것 같았다. 동훈이 녀석이 나와 눈을 마주치고는 히죽이 한번 웃음을 웃어 보였다. 그러나 그는 이내 입맛이 씁쓸해진 듯 제 장단 젓가락을 내던져버렸다.
 그리고는 아무 반응이 없었다. 특별한 반응은 없었지만, 좌중은 나의 노래에 흥이 폭삭 깨지고 만 모습들이었다. 갑자기 찬물을 얻어맞은 듯 멀뚱멀뚱 앉아 있기들만 했다. 어째서 그렇게 되었는지 알 수 없었다. 하지만 나는 이유 같은 건 생각하고 싶지 않았다. 어쩌면 처음부터 그런 결과를 예상하면서 갑작스레 노래를 시작했던 것 같기도 했다. 잠깐 동안이긴 했지만 또 한 번 싸한 침묵이 방 안을 채우고 있었다. 아무도 말이 없었다. 동훈처럼 쓴웃음을 웃어 보이는 사람도 없었다.
 이윽고 강 회장이 시계를 들여다보았다. 그러나 그의 얼굴에도 역시 아무 표정이 드러나 있지 않았다. 아니 그는 마치 내 노래를 처음부터 듣고 있지 않았던 것 같은 멀쩡한 표정이었다. 또는 내가 그 마지막 노래를 시작했을 때 이미 이날 밤 술자리를 끝낼 작정이라도 서 있었던 듯 정연한 얼굴이었다. 손목시계에서 눈을 떼면서 그가 이윽고 말했다.
"자, 그럼 지 형의 노래까지 들었으니 오늘은 이만들 일어서볼까요."

일행을 헤어지고 나서도 나는 한동안 더 동훈과 함께 길거리를 걷고 있었다. 현석까지도 차를 타버린 다음이었다. 시원한 바람이 얼굴을 스쳐 갔다. 밤거리는 벌써 사람의 발걸음이 뜸해져 있었다. 둘은 길을 함께 가면서도 아무 말이 없었다. 아무 말도 하기 싫었다. 기분이 이상스럽게 떨떠름하고 꺼림칙했다. 어찌 된 셈인지 그건 동훈 녀석도 똑같은 기분인 모양이었다.
"아깐 몹시 취했던가 봐."
어디서 차를 탈 것인지도 정하지 않고 무작정 길을 걸어가던 녀석이 역시 떨떠름한 어조로 중얼거렸다. 그러나 나는 아직도 말을 하기가 싫었다. 묵묵히 앞만 보고 걷고 있으니까 녀석이 흘긋 나를 쳐다보더니 혼잣말처럼 한 번 더 중얼거렸다.
"아깐 괜히 노랠 부르라 했지. 내가 분명히 취했어."
역시 녀석도 같은 생각을 하고 있었음에 틀림없었다. 어슴푸레나마 녀석의 마음이 가슴에 닿아왔다. 이번에는 입을 다물고 있을 수가 없었다.
"글쎄?"
애매한 소리를 하고는 녀석을 돌아다보았다.
"역시 노래를 부르지 않는 건데 그랬어."

"글쎄 난 모르겠어. 하지만 아깐 그놈의 손가락 흉터가 나타난 바람에 그만……"

"알고 있어."

둘은 거기서 다시 말이 끊어지고 말았다. 한동안 또 묵묵히 발길들만 옮겨놓고 있었다.

"그 흉터라는 거 말야. 그게 어떻게 해서 생긴 거지?"

결국은 동훈이 또 먼저 입을 열었다. 나는 그러는 녀석이 갑자기 우스워졌다. 그런 것 때문에 녀석이 그처럼 터무니없이 무거운 표정을 하고 있었던가?

"이 흉터 말야?"

나는 어둠 속에서 왼쪽 집게손가락을 녀석의 코앞으로 들이대며 반문했다.

"아직 모르고 있었던가?"

"얘기 들은 일이 없었으니까."

"내가 말한 일은 없었겠지. 하지만 아는 사람은 금세 알아보지. 왼쪽 집게손가락 위에 이런 흉터를 가진 사람은 얼마든지 많으니까."

"왼쪽 집게손가락?"

"그럼. 이런 흉터는 왼쪽 집게손가락뿐이지. 어쩌다 조금씩은 엄지나 중지까지 번져간 사람도 있지만 말야."

"그게 무슨 뜻이지?"

"낫질은 오른손으로 하거든. 왼손으론 보릿대나 풀포기를 걸어쥐면서 말야."

"……"

동훈은 거기서부터 다시 입을 다물어버렸다. 한동안 또 혼자 생각에 잠기고 있는 모양이었다. 그러나 그는 끝내 빙그레 웃고 있었다.

"하지만 낫질을 왼손으로 하는 사람도 있잖아. 왼손잡이 말야."

그는 느닷없이 또 궁금한 표정을 지어 보였다. 그러나 녀석은 이미 알고 있었다. 농담을 하고 있는 게 분명했다.

"하니까 그런 사람에겐 흉터가 오른손 집게손가락 위에 생기겠지 뭐."

나는 공연히 퉁명스런 목소리로 대꾸하고 나선 슬그머니 혼자 실소를 머금고 말았다.

밤늦은 버스들이 띄엄띄엄 마지막 손님을 기다리고 있었다.

(『문학사상』 1972년 11월호)

엑스트라

　순영이…… 순영인 이 세상에서 가장 아름다운 손을 가진 여자일 것입니다. 조그맣고 예쁜 순영이의 손, 하얗고 갸름하고 수줍은 순영이의 손, 그리고 무엇보다 여인네의 마음씨를 가장 잘 읽어낼 수 있는 착하디착한 순영이의 손, 그 순영이의 손에는 아마 천사들까지도 질투를 느끼지 않을 수 없을 것입니다. 그리고 아마 단 한 번이라도 그 순영이의 손에 닿아본 사람이면 그가 어떤 괴로움이나 슬픔을 지녔더라도 금세 모든 것을 위로받고 행복해질 수 있으며, 또 그가 어떻게 깊은 소망의 샘을 파놓은 사람이라 하더라도 다만 순영이의 그 한 번만의 손길로 그의 소망의 샘은 가득 채워질 수 있을 것입니다.
　아아, 순영…… 순영이.
　지금 나는 그처럼 착하고 아름다운 순영이의 손길로 위로받아야 할 슬픔이 있습니다. 괴로움이 있습니다. 그리고 바닥이 보이지 않는 절망스런 소망의 샘이 있습니다. 나를 위로하여주십시오. 괴로움을 잊고 씻게 하여주십시오. 부끄럽고 절망스런 나의 소망의 샘을 채워주십시오. 한 번만…… 단 한 번만이라도 제게 순영이의 손을 닿게 하여주십시오……

　그 순영이의 손이 눈앞에서 지금 뽀얗게 어른거리고 있다. 여전히 조그맣고 예쁜 손이다. 하얗고 갸름하고 수줍은 손이다. 하지만 이제 순영에게서 조그맣고 예쁜 것은, 그리고 수줍고 착한 것은 그 손 하나뿐일지 모른다. 얼굴은 물론 그때보다 훨씬 예뻐지고 세련되었다. 이름까지도 이젠 그 옛날의 시골스런 '순영이'에서 땟국이 좍 빠진 '나지연' 양으로 훌쩍 둔갑해 있는 터이다. 하지만 그런 것은 아직 순영이로 신용할 수가 없다.
　—그 여자 옛날부터 죽 윤 감독을 따라다녔지. 사무원 겸 개인 비서로 말야. 윤 감독이 언젠가는 꼭 멋진 주인공을 시켜주겠다고 했겠지.
　—하지만 그 여자도 늘 그 팔자가 그 팔자겠던걸. 벌써 그렇게 윤 감독을 받들어온 게 얼마야? 한데도 윤 감독은 그 여자에게 주연커녕 아직 변변한 단역 하나도 제대로 시켜본 일이 없지 않아.
　—그야 감독을 모시는 요령이 글러먹어 그렇겠지. 워낙 세상을 모르는 척하는 그 여자의 새침스런 표정을 좀 봐. 어디 여배우 하겠다는 욕심 하나로 호락호락 그렇게 될 것 같아.
　—하지만 결국은 그렇게 될걸 뭘. 그게 어디 오뉴월 송아지처럼 맨주둥이 하나만 가지고 되는 일이던가 말여. 아마 윤 감독 쪽도

때가 오면 언젠가는 한번 배역을 줘볼 만도 하다고 생각한 모양이
거든. 그러니까 여태도 그 여잘 쫓아버리지 않고 있는 게 아니냐
이거야. 때를 기다리는 거야, 때를.
 ─하긴 그렇겠지. 그러고 보면 결국 나지연 양이 일약 히로인이
될 날도 그닥 먼 일만은 아닌 것 같구만.
 순영을 두고 동료들이 지껄인 말들이다. 선망에서 나온 소린지
아니면 은근한 비아냥거림인진 알 수가 없다. 하지만 나는 그런
말 속에서 이미 그간의 순영을, 그리고 그녀의 변모를 읽을 수 있
을 것 같았다.
 손톱 색깔이 조금 이상해지긴 했지만, 어쨌든 그래도 아직 믿을
수 있는 것은 그 손 하나뿐인 것 같다. 손이란 참으로 이상스런 것
이다. 적어도 나에게는 지금까지 늘 그래왔다. 그 시절 내가 순영
에게 쓴 편지에서 열심히 그녀의 손만을 치켜세우고 있었던 것부
터가 그랬다. 그때나 지금이나 순영에게서 꼭 그 손 하나가 아름
다운 것은 물론 아니다. 그녀는 커다란 눈도 이쁘고 새하얀 귀도
이쁘고 두 가지 다 리즈 테일러를 닮은 코도 입도 모두 다 예쁘다.
그리고 그것들이 적당한 조화를 이루고 있는 얼굴 가운데서 이마
가 얼마간 고집스럽게 내민 편이긴 하지만, 그것도 별로 뭐 나무
랄 것은 절대 아니다. 그녀의 신장이나 가슴의 볼륨 따위를 포함
해 몸 전체의 균형도 나무랄 데가 없었다. 사실을 말하자면 나는
아마 순영의 손이 아니라 그녀의 눈과 입술을, 그녀의 코와 이마
를, 그리고 그녀의 부푼 가슴과 날렵한 허리와 매끈한 다리를, 그
모든 것들이 보기 좋게 잘 조화를 이룬 순영의 전체를 갖고 싶어

했음에 틀림없다. 한데도 나는 오직 그녀의 손만을 말하고 오로지 그것만을 닿아보고 싶은 것처럼 지껄여대고 있었다. 그때도 그랬고 지금도 그러고 있는 셈이다. 글쎄, 어째서 나는 그 순영에게서 하필 그녀의 손 하나에만 그토록 정신이 팔려 있었던가 말이다. 여인의 손이란 참으로 이상스런 것이다……

한데 그러고 있는 내 눈길을 의식했음인지 순영은 문득 그 손을 거두어버린다. 다방엔 아직도 윤 감독이 나타나지 않고 있었다.

순영과 내가 한 시간 이상이나 서로 데면데면한 표정을 하고 앉아 있으려니 윤 감독은 그제서야 황망스런 얼굴로 〈스타〉 다방 출입구를 들어섰다.

"아, 자네로군."

윤 감독은 두 사람이 앉아 있는 구석 자리로 다가오자, 늦었노라는 사과 말 대신 간단히 그렇게 아는 체를 건네고는 맞은편 자리로 거대한 몸집을 털썩 주저앉는다.

"안녕하십니까. 전 벌써 여러 번 윤 감독님의 은혜를 입은 일이 있으니까요."

나로서는 한두 시간 윤 감독을 기다리고 앉아 있는 일쯤 문제가 되지 않았다. 도대체가 내 일이란 게 늘 그렇게 무작정 시간을 기다리는 노릇이 아니던가. 한 시간도 좋고, 하루도 좋고, 일주일도 좋다면서 말이다. 개 발에 편자라고 그런 주제에 사과 말은 들어 뭐하나. 윤 감독이 아는 체를 해준 것만도 그중 반갑고 고마운 일이다.

"글쎄 그랬던가?"

윤 감독은 다시 말대꾸를 보내면서 잠시 나의 행색을 살핀다. 하더니 이윽고,

"그래 이 시나리오를 쓴 게 이 군…… 이 군 자네란 말인가?"

들고 온 원고 뭉치를 탁자 위로 밀어놓으며 거두절미 본론을 끌어낸다. 배우 노릇을 하다가 감독들이 시원찮다고 자신이 직접 메가폰을 잡겠노라 선언하고 나선 윤 감독, 그러나 그는 그것으로도 만족하지 못해 이번에는 다시 제작자들이 한결같이 너무 골빈당들이라며 스스로 영화를 제작하러 나선 인물이었다. 윤 감독은 말하자면 배우 겸 감독 겸 제작자의 삼역을 한 몸에 겸하고 있는 정력적인 영화인이요 야심만만한 사업가였다. 그리고 그가 간여한 일들에서 평판을 얻고 못 얻고는 차치하고, 윤 감독은 어떤 일을 대하거나 그만큼 성미가 일도양단 식이었다. 하지만 그 윤 감독의 어조는 다소 나를 의심쩍어하는 눈치가 분명했다. 나는 공연히 가슴이 두근거렸다.

"그렇습니다. 이건 분명히 제가 쓴 겁니다."

맹세라도 하듯 결연스럽게 대답하고는 다시 그의 입을 주시했다.

"그래? 하지만 그건 어쨌든 상관이 없는 일이지. 시나리오만 좋으면 그만이니까."

"그럼 시나리오는 조금이라도 재미가 있었습니까?"

서울이 무섭다니 촌놈 과천에서부터 긴다던가. 나는 갑자기 소심해질 대로 소심해지며 초조한 목소리로 물었다. 하지만 윤 감독의 대답은 그리 확실치가 못하다.

"글쎄, 잘하면 재미가 있을 것도 같아. 한데 어떻게 이런 걸 이야기로 꾸밀 생각이 났지?"

"글쎄요. 엑스트라 이야긴 제가 직접 몸을 담고 경험해오는 일이 아닙니까."

"하긴 그렇군. 하니까 이 이야긴 대강 이 군 자신이 직접 경험한 일들이란 말이지?"

"그렇지요. 대개 그렇다고 할 수 있지요."

"이 나지연 양과의 이야기도 말인가?"

시나리오를 쓰게 된 사연을 연거푸 물어오던 윤 감독이 드디어는 곁에 앉은 순영의 일까지 들추어냈다. 아무래도 속에 뭔가 풀리지 않는 게 있는 모양이었다. 나는 그게 무엇인지를 알 수가 없다. 시나리오에 대해서인가, 그 시나리오에 취급된 나와 순영과의 관계에 대해서인가. 순영에 대한 이야기 역시 내 실제 경험이 아니냐고 물으면서 비로소 조금 장난스런 미소기를 띠는 윤 감독을 보면, 그가 지금 궁금해하고 있는 게 후자 쪽일는지도 모른다. 하지만 그게 어느 쪽이든 나로선 별로 주저할 게 없는 일. 눈알을 뽑는대도 모든 게 사실 그대로이니까. 그리고 나는 그 사실을 사실대로 말하고 그 사실들 앞에 정직하기만 하면 그만인 거다.

"물론입니다. 쑥스럽긴 합니다만 그건 시나리오에 나오는 대로 제 중학교 시절의 일이었지요."

나는 영문을 몰라 어리둥절해 있는 순영을 한번 힐끗 스쳐보고 나서 자신 있게 대답했다. 하지만 순영은 아직도 뭐가 뭔지 짐작이 닿지 않는다는 표정이다. 당연한 일이다. 시나리오를 한 편 윤 감독에게 가져다 읽게 해달라고 그녀에게 부탁을 한 것은 그저께 의 일이었다. 순영은 처음 윤 감독 앞에 무슨 망신이라도 당할까 봐 주저했지만 뒤이은 내 간곡한 설득 끝에 결국 그 부탁을 들어주 었다. 그리고 오늘은 이 〈스타〉 다방으로 나오라는 윤 감독의 전 갈을 가지고 와서 나를 직접 이곳으로 안내해 온 것이다. 하지만 그녀가 내 시나리오를 읽어보았을 리는 없었다. 그러지 않아도 나 로 하여 무슨 망신을 당할까 봐 잔뜩 몸을 사리고 다니는 그녀가 윤 감독에게 섣불리 무슨 이야길 물어봤을 리도 없었다. 더군다나 그 시나리오 가운데에 우리의 그 잘나빠진 옛날 이야기가 섞이리 라고는 상상도 못했을 것이다.

"하하. 그게 만약 사실이라면 이건 여러 가지로 재미있는걸."

윤 감독은 갑자기 신이 나는 어조였다.

"그러니까 자넨 중학교 때 벌써 이웃집에 사는 이 나지연 양에 게 잔뜩 마음이 끌려 있었다, 한데도 자신은 감히 어찌해볼 엄두 가 나지 않아 엉뚱하게 백영하라는 같은 반 친구를 내세워 그쪽하 구 일을 성사시키는 데에 열을 올리고 다녔다 이거지?"

"모두가 시나리오에 있는 대롭니다."

순영, 순영이…… 순영인 이 세상에서 가장 아름다운 손을 가 진 여자일 것입니다 — 나는 다시 시나리오의 한 토막을 생각하고 있었다. 하지만 어디 그뿐인가. 백영하를 내세워 그의 이름으로 그녀에게 편지를 쓰고, 그 편지를 영하 놈 대신 그녀에게 가져다 바친 것도 바로 나 자신이었다. 그런데 그 후 영하 놈과 순영인 어 떻게 되었던가.

― 백영하 학생은 바보예요. 왜 남에게 이런 편지 심부름을 시키나요?

그때 편지를 낚아채듯 해가면서 당돌하게 쏘아붙이던 순영이의 말이 아직도 귓가에 쟁쟁했다.

"모두가 정말 시나리오대로라면 그럼 나지연 양은 아직도 그때의 편지가 이 군 자신의 것이라는 걸 모르고 있다는 말이 될까?"

윤 감독은 여전히 장난스런 눈초리로 이번엔 짐짓 순영이 쪽을 건너다본다. 하지만 순영은 아직도 좀 어리둥절한 표정으로 말없이 얼굴만 붉히고 있다. 내가 대답을 대신 할 수밖에 없었다.

"그럴 수밖에요. 그 후로 곧 이 나지연 씨와 백 군은 함께 서울 학교로 진학을 해 가버렸고, 그런 다음에 제가 다시 나지연 씨를 만난 것은 바로 감독님의 사무실에서가 처음 일이니까요."

"좋아요, 어쨌든 이 시나리오의 이야기가 이 군 자신의 이야기인 것이 확실하다면……"

윤 감독은 비로소 만족스런 얼굴이 되었다. 그리고는 간단히 이야기를 정리한다.

"나도 이 이야기에는 끌리는 데가 많아요. 하니까 시나리오를 좀더 자세히 검토해보고 의문 나는 곳이 있으면 이 나 양을 통해 다시 연락을 하지."

"아까…… 그 말 사실이에요?"

길거리에는 부슬부슬 봄비가 내리고 있었다. 윤 감독과 헤어진 다음 나는 다방을 나와 우산도 없이 비 오는 거리를 걷고 있었다.

왠일인지 순영이 윤 감독을 따라가지 않고 내 곁을 걷고 있었다.

"무얼요?"

"아까 그 편지를 쓴 것이 백영하 씨가 아니라 그쪽이었다는 것 말예요."

"……"

"정말이에요?"

"이제사 그런 건 왜……"

"……"

비가 오는 날은 기분이 참 빌어먹게 울적하다. 기다리고 모여서 있을 곳이 없다. 비가 오면, 그 공터는 폐허가 된다. 3백 원이나 5백 원, 기껏 재수가 좋아야 기천 원의 벌이를 기다리는 장소로 다방 구석은 너무 호사스럽다. 찻값 50원을 낼 수 있어도 사정은 대략 마찬가지다. 엑스트라란 직업이 아니다. 그 생활 자체가 인생의 엑스트라에 합당할 패거리들은 애초부터 다방이 제격이 아니다. 하지만 일금 50원으로 그 다방 구석 자리를 하나 얻어 살 수 있다 해도 백 리 사방 서울 바닥 안에 이들에게 차 한 잔 파는 즐거움을 사줄 다방은 아무래도 없는 것이다. 게다가 이렇게 비가 오는 날엔—

"왜 그런 이야기를 썼어요?"

순영이 아직도 뒤따라오고 있었다.

"글쎄……"

눈썹 위로 빗물이 방울져 흐른다. 나는 그 비 오는 날의 처량한 느낌이 아물아물 되살아나고 있었다. ……부슬부슬 비가 내리고 있었다. 그날따라 우리는 운이 좋게 한 몫에 스무 명이 함께 팔려 나와 있었다. 초라한 복장에 얼굴에는 숯 검댕이를 칠한 꼴들이었다. 그런 몰골로 우리는 길거리를 가로막고 비를 맞으며 촬영에 임해 있었다. 빗물이 꾀죄죄한 복장을 더욱 꾀죄죄하게 적셔댔고, 숯 검댕이를 씻어 내린 빗물이 쉴 새 없이 눈두덩으로 흘러들었다. 우리는 공판장으로 가는 죄수처럼 트럭으로 실려 와, 카메라 앞에 섰다기보다는 구경꾼들 앞에 서서 그렇듯 눈물진 웃음을 팔고 있었다. 우리들은 웃어도 구경꾼들은 우리가 웃는 줄을 몰랐다.

― 하지만 이젠 됐어! 이젠 됐단 말야.

이상한 음모가 가슴속에서 서물서물 꿈틀거리고 올라왔다.

"글쎄…… 왜 그런 짓을 했는지…… 잘 생각이 나지 않는걸요."

나는 정체가 확실치 않은 그 어슴푸레한 음모를 목구멍 아래로 꿀꺽 삼켜버리며 딴청을 부렸다. 공터는 역시 아무도 남아 있지 않았다. 어둠이 깔리기 시작한 공터는 폐허처럼 소리 없이 봄비가 내리고 있었다.

그렇습니다. 전 제가 좋아하는 여자아이에게 남의 이름으로 편지를 써서 그 편지를 제 자신의 손으로 그 여자아이에게 전해주고, 그것으로 혼자 두근거리는 가슴을 달래곤 했어요. 그리고 뜻밖에도 그 손이 고운 소녀와 남의 불에 콩 볶아 먹다 주둥이를 데고 말 친구 녀석이 함께 제 곁을 떠나가버렸을 때 저는 한동안 그 허망스러움 때문에 하루하루가 암울스럽기만 한 멋없는 세월을 살았지요. ……하지만 학교를 졸업하곤 용케 새 출발을 했어요. 시골 고향으로 내려가 면사무소에 취직을 했지요. 그리고 전 거기서 뜻밖에 제 재능을 재발견하게 되었어요. 부끄럽습니다만 그곳 사람들이 제 글재주가 썩 좋다는 것이었습니다. 면장님이 공식 행사에서 행할 연설문을 쓰기 시작했거든요. 면장님은 언제나 제 글솜씨에 크게 만족해하셨습니다. 그 후 저는 면장님의 공식 행사 연설문뿐만 아니라 혼인 주례사 따위의 사사로운 연설문까지도 혼자 도맡아 써 올리게 되었어요. 제 글솜씨가 그만큼 면장님의 아낌을 받은 거지요. 하다 보니 제겐 또다시 기회가 왔습니다. 그해에는 마침 국회의원 선거철이 되었는데, 면장님한텐 오매불망 저희 선거구 출신 국회의원님을 향한 충정을 바칠 기회가 온 거예요. 그리고 면장님은 저에게서 그 기회를 잘 활용할 길을 찾으신 것이지요. 의원님이 저희 면 유세를 하실 때의 연설문은 현지 사정과 인심 등 속을 참작하여 특히 좋은 글을 만들어보라고 저에게 부탁하신 것입니다. 저는 성의를 다해 열심히 썼지요. 그리고 그 글은 의원 후보님께서도 매우 흡족해하셨구요. 저는 그로부터 그 의원 후보님을 따라다니며 그의 선거 연설문을 도맡아 쓰게 되었으니까요. 그리고 선거가 끝나고 그가 당당한 재선 의원이 되었을 때는 영광스럽게도 『청운만리』라는 그 의원님의 자서전까지 집필하게 되었구요. 한데 그 자서전 또한 의원님이나 저를 위해 대단한 성공작이었지 뭡니까. 더 긴말 필요 없이 그 자서전 일이 끝나고 나자 의원님은 제 글솜씨를 그냥 썩혀두기 아깝다며 또 다른 동료 국회의원님께 저를 소개를 해주셨으니까요. 이후 제가 본격적인 자서전 대필업을 시작하게 된 연유지요.

그런데 이 자서전이라는 게 참 묘한 것이었어요. 사람들은 왠지 다들 그 자서전이라는 걸 하나쯤 가지고 싶어 하더군요. 정치하는 사람들, 사회사업을 하는 사람들, 장사하는 사람들 누구나 다 마찬가지였어요. 그리고 이 자서전이란 게 그럭저럭 세상을 다 살아보고 난 사람이 자기 한평생을 되돌아보며 회한과 고뇌 속에 자신의 생을 음미하고 관조하는 식이 아니라, 자기 삶이나 의지와는 거의 상관이 없는 것이었어요. 그래 이런 자서전은 당자가 살아온 인고(忍苦) 어린 생의 내용과는 아무 상관도 없는 순전한 글재간―, 그것도 그가 고용한 대필자의 글솜씨에 의해 그 값이 결정되는 것이었지요. 하여튼 저는 그런 인사들이 많은 덕분에 자서전 대필업에 여간 성업을 이루지 않았고요. 제가 써낸 자서전만 해도 아마 족히 열 권은 넘을 테니까요. ……그러다 보니 어찌 제게도 다른 욕심이 생기지 않았겠습니까. 제 입으로 말씀드리기는 뭣합니다만, 부드러우면서도 제법 힘이 있는 제 문장력은 이미 수많은 자서전 출판인들의 좋은 평판을 얻고 있는 터에, 그런 필력을 지닌 제가 어찌 하필이면 그까짓 남의 자서전 따위나 써주고 살랴 싶어지더군요. 생각해보면 제 지난날은 그런대로 또 기구한 일면이 있어 보이기도 하구요. 그 시절 제가 좋아한 여학생까지 남의 이름으로 편지를 써 보낸 일에서부터, 남의 연설문을 써주고 지낸 면소 시절하며, 나중엔 남의 자서전까지 수도 없이 대신 써주고 지내온 제 젊은 날들이 말씀입니다…… 전 전업을 결심했지요. 이제부턴 본격적인 저 자신의 보람 있는 글을 써보리라구요. 그런데 좀 본격적으로 글을 쓰자 하니 생활이 또 문제가 되더군요. 그래 전 다시 생각하지 않을 수 없었지요. 생활도 되고 글도 쓰고 할 수 있는 길이 뭔가— 다시 그런 길을 궁구하기 시작했지요. 그리고 오랜 생각 끝에 결정을 본 것이 시나리오였어요…… 생각을 정하고 나서 저는 허겁지겁 수없이 많은 글을 써댔지요. 시나리오를 말씀입니다. 그리고 그렇게 씌어진 시나리오를 가지고 이곳저곳 수없이 많은 영화사를 찾아다니고 감독님들을 만났어요. 한데 이건 정말 뜻밖이었어요. 감독님들 말씀인즉 제 글은 하나도 쓸 만한 것이 없다는 것이었어요. 하지만 전 실망하지 않았습니다. 더욱더 부지런히 정력적으로 시나리오를 썼지요. 그래도 결과는 늘 마찬가지였습니다. 이젠 그 짓도 더 이상 계속할 수 없을 만큼 가계 형편까지 아예 거덜이 난 꼴이구요. 무엇보다 우선 입에 풀칠부터 해야겠더라구요. 하지만 이제 무슨 방법이 있어야지요. 자서전 대필을 다시 시작하려 해도 이미 고객이 다 떨어져 나간 뒤였으니까요. 다시 줄을 대볼 방법이 없었어요…… 그래 생각다 못해 임시 궁여지책으로 찾아 나선 것이 그 대기소였지 뭡니까. 우리 엑스트라들이 하루 종일 일거리 소식을 기다리며 떨고 서 있는 그 담벼락 밑 공터 근방 출연 대기소 말입니다. 시나리오를 써 들고 영화판 동녤 드나드는 동안 그래도 제법 눈여겨보아둔 곳이 바로 그곳이었거든요…… 하지만, 전 사실 거기까지 오고 나서도 뭐 다른 생각은 없었어요. 거기서라도 열심히 기다리고, 또 하루하루 얻어 맡은 일을 고맙게 잘 감내해나갔다고 할까요. 그러지 않으면 전 그나마 아주 생활이란 걸 잃어버리고 말 지경이었으니까요. 아, 그런데—, 그런데 말씀입니다…… 그러던 어느 날 전 전혀 예상찮게 감독님의 사무실에서 이 나지연 씨를 만나게 되지 않았겠습니까. 말할 것도 없이 제겐 굉장한 충격이었지요. 아시겠습니까. 바로 이것이로구나! 이것을 쓰자! 그 순간 제 머릿속에선 천둥처럼 금세 결단이 이루어지고 있었거든요. 다른 데서 주워 모은 허망한 이야기가 아니라 바로 제 자신의 생생한 이야기를 시나리오로 쓰자는 것이었지요. 돌이켜보면 제가 시나리오에 처음 손을 대게 된 것도 남의 몫의 삶을 대필하는 일이 싫어 내 몫의 글을 한번 써보려는 것이었는데, 그게 오히려 제 삶을 한낱 엑스트라의 신세로 전락시키고 만 마당에 전혀 우연히나마 이 나지연 씨를 만나 이번에야말로 진짜 내 시나리오로 내 몫의 삶을 한번 제대로 살아보자는 결의였던 셈이지요.

제가 이 시나리오를 쓰게 된 연유이자 그간의 경웝니다. 그렇게 저렇게 살아온 제 삶과 제 시나리오의 실제 내용이란 말씀입니다. 그것을 감독님께 한번 읽게 해달라고 염치 불구 이 나지연 씨에게 부탁을 드렸던 겁니다……

다음 날 윤 감독은 다시 나를 〈스타〉 다방으로 불렀다. 그리고 뭐가 아직 미진한지 나의 그 시나리오를 들춰대면서, 어렵지 않은 일이라면 한 번 더, 내가 그 시나리오를 쓰기까지의 경위를 자세히 되풀이 일러달랬다. 나는 거절할 이유가 없었다. 왠지 이날도 순영이 함께 따라 나와 곁에 지켜 앉아 있는 게 좀 쑥스럽긴 했지만, 그러나 그쯤은 그리 문제가 될 게 없었다. 아니 순영으로 말하면, 그녀 역시 그 후의 내 이야기는 아는 것이 전혀 없는 처지였다. 나는 오히려 불의의 사고로 인해 오랜 세월 멀리 헤어져 지내온 연인들이 처지는 그새 서로 많이 달라져 있더래도 인간적인 신뢰감만은 변하지 않았음을 기뻐하며 지난날의 이야기를 즐겁게 나누듯이 내 지난 일들을 허물없이 모두 털어놓았다. 그리고 이야기를 끝내고 나서도 나는 윤 감독 대신 순영의 반응이 궁금한 듯 먼저 그녀의 표정부터 살폈다.

그러나 순영은 역시 표정이 없었다. 공연히 못 있을 자리에 나와 앉아 있는 듯, 또는 도대체 자신이 지금 무엇 때문에 그런 곳에 나와 앉아 이 보잘것없는 인간으로부터 그 시답잖은 넋두리를 듣고 앉아 있어야 하는지 까닭을 알 수 없다는 듯 질책기가 완연한 눈초리로 이따끔씩 이쪽을 곁눈질해볼 뿐이었다.

"알겠어. 이야기는 역시 맘에 드는군. 특히 이 군이 이번에야말로 자기 몫을 살겠노라 작정하고 나선 시나리오 일이 결과적으론 자네의 예술과 생활을 다 같이 진짜 엑스트라로 전락시키고 말았다는 대목 같은 곳이 말일세."

먼저 반응을 보이고 나선 것은 역시 윤 감독이었다. 그는 내 이야기에 새삼 감동을 받은 듯한 얼굴이었다. 윤 감독은 그런 식으로 지금까지 생활이라는 걸 지켜온 나라는 녀석이 몹시도 동정스럽다는 듯 한참 동안이나 연민기 어린 표정으로 나를 바라보고 있었다. 그러나 그 윤 감독이 내게 그런 동정을 보이기 위해 나를 부른 건 아니었다.

"한데 말일세……"

그는 갑자기 다시 표정을 바꾸며 뭔가 난감한 어조가 되었다.

"자네 이야기만으로는 역시 영화가 될 수 없어. 그건 결국 이 시나리오도 마찬가지란 뜻이지만 말야."

윤 감독의 그 한마디는 나로서는 정말 감당하기 힘든 말이었다. 나는 느닷없이 가슴이 두근거리기 시작했다. 그렇다면 이번에도 역시 딱지를 맞는 건가?

"뭔고 하니 말야. 자네 이야기에는 아무래도 클라이맥스라고 할 만한 곳이 없어. 클라이맥스가 없다는 건 드라마가 될 수 없다는 뜻이기도 하지. 그야 영화를 예술 작품으로만 생각한다면 지금까지의 이야기에서도 충분히 그 나름의 드라마를 읽을 수는 있겠지. 하지만 그 모든 드라마를 한데로 묶어 결말을 지어줄 만한 마디가 없다는 거야. 그 이야기를 해석하지 않고도 실감으로 느낄 수 있는 감동적인 클라이맥스가 있어야 하는데 그게 아직 부족하다 이걸세."

"……"

"좀더 연구를 해보게. 나도 생각을 해보겠지만 말야. 그것만 만들어지면 이건 썩 훌륭한 작품이 될 수 있을 것 같으니까."

바깥 거리는 오늘도 실비에 젖어 있었다. 금년 농사에는 해충이 많겠다. 지난 겨울에도 유독히 비가 많더니 철도 없이 장마가 지는가 보다. 나는 역시 비닐우산 하나 없이 공터를 찾아가고 있었다.

공터에는 물론 아무도 남아 있지 않았다. 텅 빈 공터는 어제처럼 황량스럽게 봄비에 젖고 있었다. 눈썹 위로 빗물이 흘러내렸다. 순간 나는 그 빗물이 마치 검댕이를 씻어 내린 구정물 같은 느낌이다. 나는 소매로 이마를 훔치면서 공터를 다시 한 바퀴 휘둘러보았다. 어느 담벼락 뒤에선가 그 검댕이를 칠한 얼굴들이 비에 젖어 킬킬거리고 있는 것 같다. 구경꾼들의 웅성거림이 먼 데에서부터 나를 둘러싸 오는 것 같다.

― 제기랄 끄트머리가 어떻게 되어야 한다는 거야!

나는 망연한 심경으로 발길을 되돌렸다. 비가 온다고 찾아들어 갈 변변한 구멍 하나 마련해놓지 못한 떼거리들이었다. 50원이 아프지만, 한데도 그 50원을 조금도 달갑게 여겨주지 않는 곳이지만, 이런 땐 그래도 다방뿐이었다. 후줄근하게 퍼져 앉아 꽁초들이나 찾고 있겠지. 나는 주머니에서 백조를 한 대 꺼내 물었다.

― 한데 말야. 이건 어쩔 수가 없는 일 아닌가 말야. 글쎄, 그걸 내가 어디서 주워 모아온 이야기여야 말이지. 클라이맥스가 있어야겠다? 나는 이제 이런 식으로 그냥 살아갈 수 있는 것뿐인걸. 도대체 나더러 어떻게 하라는 거야. 나더러 어떤 식으로 클라이맥스를 살아보라는 거지? 글쎄, 그렇게만 해줘 봐, 그렇게만. 내게 그렇게만 해줘 보라구. 내가 정말 실제로 멋있는 클라이맥스를 살아보도록 말야. 그럼 시키지 않아도 난 내 시나리오를 훌륭하게 완성시켜줄 테니까……

녀석들은 영락없이 그 50원짜리 자리들을 하나씩 사놓고 진을 치고 앉아 있었다. 물론 커피가 마시고 싶은 친구들은 아니었다. 개중에는 아직도 그 아픈 50원의 커피가 식어빠진 채 탁자 위에 버려져 있는 곳도 있었다. 모두들 검댕이를 얼굴에 치덕치덕 찍어 바르고, 그리고 그 얼굴에 지저분한 빗물이 젖어 내리고 있는 몰골들이었다. 아니, 오늘은 물론 진짜 숯 검댕이를 얼굴에 찍어 바른 사람은 없었다. 하지만 이들의 얼굴은 숯 검댕이를 찍어 바르나 안 바르나 언제나 마찬가지다. 검댕이를 찍어 바른 얼굴에 빗물이 지저분하게 흐르고, 그 검댕이 뒤에서 길을 막는 구경꾼들의 눈초리를 참아내는, 웃으나 우나 언제나 마찬가지인 그 몰골들…… 그 창연한 봄날의 빗줄기.

나는 한 동료 곁으로 다가가 털썩 몸을 주저앉혔다. 그리고 그 아프디아픈 50원짜리 커피를 시킨다.

"꽤 열심이군. 시나리오를 써다 줬다면서?"

곁엣동료가 부러운 듯 한마디하고는 넌지시 내 표정을 살핀다. 나는 전혀 대꾸를 하고 싶은 생각이 없다.

"어떻게 뭐가 좀 될 것 같은 모양이지. 그렇게 열심히 쫓아다니는 걸 보니."

"……"

"잘해보라구…… 하지만."

"하지만?"

"어려울 거라는 거지 뭐. 시나리오가 욕심난다구 자네한테 그걸 돈을 주구 사겠나, 주연 배우를 시켜주겠나?"

"글쎄……"

"흠, 그러고 보니 기대가 여간 아닌 모양이구만."

"기대를 하지 않으면……"

"마찬가지지. 공연히 열을 낸 쪽만 손핼 보게 마련일 테니까. 그래 시나리오가 좋고, 거기 자네가 기대를 갖는다면 도대체 뭐가 어떻게 되어갈 거라는 건가?"

"그건 나도 몰라. 그저 해보는 것뿐야."

"해보는 것뿐? 그렇진 않을 텐데?"

"그뿐이야."

"하여튼 열심히 해보게. 그렇게 열을 낼 때는 자네 나름대로 생각이 있을 테니까."

"없어."

"거짓말 말어."

거짓말이 아니다. 나는 자리를 일어서고 말았다. 찻잔에서 토막토막 실김이 꺼져가고 있었다. 거짓말이 아니다. 나는 또다시 서물거려오는 어떤 은밀스런 음모기를 꾹꾹 참아 누르면서 다방을 나왔다. 바깥엔 여전히 비가 내리고 있었다.

―내 참! 아닌 게 아니라 내가 지금 왜 이렇게 열을 내고 있다지? 왜 열을 낸다지?

그러자 나는 문득 한 가지 이상한 느낌이 들었다. 열을 내서 이상한 건 나 자신이 아니라 윤 감독 쪽이라는 생각이 떠오른 때문이었다.

윤 감독―, 그자가 어쩌 용케 그런 이야기에 흥미를 갖는 거지? 게다가 제법 열을 내어 덤비는 거지? 게다가 아직도 이야기의 끝이 나지 않았다고? 위인이 이 이야기에서 기대하는 것이 무어길래? 내 이야기를 어떻게 끌고 가고 싶길래? 하지만 위인이 그만 관심이라도 보여올 땐 놓쳐서는 안 되겠지. 암, 놓쳐서는 안 되구말구.

"어떻게 뒷이야기를 좀 생각해보았어요? 정말로 멋있는 클라이맥스를 말이에요."

내 시나리오에 열을 내고 있는 것은 알고 보니 나와 윤 감독뿐만이 아니었다. 다음 날 윤 감독은 순영을 통해 다시 나를 〈스타〉 다방으로 불렀다. 순영은 윤 감독을 기다리면서 먼저 나에게 물어왔다. 어제까지의 쑥스럽고 데면데면하던 그녀의 태도하고는 영 딴판이었다. 순영 역시 내 시나리오에 은근히 관심을 보내오기 시작한 것이다. 무슨 까닭인가. 나는 천천히, 그리고 이제는 그리 아프지가 않은 50원짜리 커피를 입으로 가져가며 순영에게 대답했다.

"난 어제 이 다방을 나가 그 공터로 갔다가 곧바로 집으로 돌아갔고, 집에선 그냥 아무 다른 일 없이 잠을 자고 나서 아침에 다시 공터 집합소로 나왔을 뿐인걸요."

"?"

순영이 어리둥절한 눈길로 그러는 나를 쳐다보았다. 그녀는 역시 손 하나가 아름다운 여자는 아니다.

"내 시나리오 말이오. 그건 내가 직접 겪어온 내 이야기일 뿐이었어요. 지어 만든 이야기가 아니었단 말이오. 그런데 어제 윤 감독을 만나고 나서부터 지금까지 내겐 멋진 일이 아무것도 일어나지 않았지요. 이야기가 이루어질 만한 일이 없었단 말요."

"농담일 테죠. 농담이 아니람 알아들을 수가 없어요."

"알아듣지 못할 소린 그만두죠. 그보다 순영 씨가 어째서 갑자기 그 시나리오에 관심을 갖게 됐는지가 궁금하군요."

"우선은 그쪽에서 그걸 쓰신 거라니까요. 그리고……"
"그리고?"
"이번 시나리오가 완성되면 어쩜 저도 한몫 낄 것 같은 희망이 생겼거든요."
"순영 씨도 한몫을?"
나는 이상하게 또 한 번 가슴이 철렁 내려앉았다.
"네, 윤 감독님이 말씀하시더군요. 그쪽에서 쓰신 이번 작품, 애초부터 저 자신이 모델의 한 사람이 되어 있고 또 그동안 많이 기다리기도 했으니까 이번 기회에 한번 역량을 발휘해보라구요."
"거 잘됐군."
가슴이 오그라드는 것 같은 괴이한 초조감이 온몸을 휩싸기 시작했다. 나는 자신 없는 눈초리로 순영을 쳐다보며 힘없이 웃고 있었다. 그리곤,
— 잘됐어요. 잘되었구말구. 하지만……
자신도 알 수 없는 망연한 생각만 되씹고 앉아 있었다.
그러나 사실은 그러고 있을 시간도 그리 오래가지 못했다. 금세 출입구 쪽에서 윤 감독이 나타났다. 윤 감독이 나타나는 것을 보자 나는 왠지 이젠 숫제 될 대로 되라는 심사가 되고 있었다.
"어때? 뒷이야기는 좀 생각해봤나?"
자리를 잡고 앉자마자 윤 감독은 단도직입적이었다. 순영과 약속이나 한 듯 첫마디부터 똑같은 질문이었다. 그 목소리와 표정에선 지금까지 볼 수 없었던 짙은 열기가 느껴졌다. 나도 이제는 침착을 되찾고 있었다.

"네, 생각을 해봤어요."

나는 순영에 대해서와는 다른 식으로 대꾸했다.

"그래 얘길 해봐요. 어떻게 끝을 몰아갔으면 좋겠어?"

윤 감독은 새삼 눈빛을 빛내며 다그쳐 들었다. 그러나 나는 미리 준비해둔 대답이 있을 리 없다.

"글쎄요…… 생각은 해봤지만 적당한 결말이 떠오르질 않더군요."

생각을 해봤다는 건 사실이었다. 어제 윤 감독과 헤어지고 나서 나는 오로지 그 생각에만 골몰했던 셈이었다. 다방에서도 그랬고 집으로 돌아가면서도 그랬고 잠을 자면서도 그랬고. 하지만 역시 신통한 생각이 떠오르지 않았던 것 또한 사실이었다.

"고민이로구만."

윤 감독은 금세 실망스런 얼굴이 되고 만다. 그리곤 혼잣말처럼 차근차근 시나리오의 이야기를 되씹는다.

"어렸을 때는 자기가 좋아한 소녀 아이에게 남의 이름으로 편지를 써서 그것을 자기 손으로 가져다 바치곤 한다. 그 소녀 아이가 정말로 편지의 사내아이와 얼려 떠나버린 후 주인공은 고향으로 내려가 면사무소 직원이 된다. 거기서부터 그는 상사의 연설문을 대필하고 그 지역 국회의원의 선거 연설문을 쓰고, 그것이 인연이 되어 서울로 올라와서는 여러 분야 여러 계층 사람들의 자서전을 대필한다. 그런 식으로 남의 그늘에서 남의 이름으로만 살아온 주인공이 드디어는 자기 이름의 시나리오에 손을 대게 된다. 허나 그 일은 뜻대로 되지 않고 오히려 그런 결심 덕분에 이번에야말로 안팎으로 진짜 인생의 엑스트라 처지가 되고 만다…… 헌데 거기서 주인공은 우연히 옛날 남의 이름으로 편지를 써 보냈던 여자를 만나고, 거기서 다시 마음이 움직여 이번에는 자신의 이야기로 시나리오를 한 편 완성하여 그 옛날 여인을 통해 그녀가 봉직하고 있는 영화사 감독에게 작품을 가져간다. 그리고 그 시나리오의 주제와 시추에이션이 감독의 마음에 들게 되어 그 감독 역시 작품 제작을 결심하나, 다만 한 가지 그 시나리오는 아직도 만족할 만한 클라이맥스가 마련되어 있지 않다. 그래서 감독과 주인공은 함께 그 클라이맥스를 모색하지만 좀처럼 신통한 생각이 떠오르질 않는다…… 줄거리는 대략 이렇게 된 셈이지……? 헌데 바로 여기서가 문제란 말야, 여기서가. 정말로 뭐 좀 좋은 생각이 없을까?"

윤 감독은 말을 끝내고 나서 난감스런 표정으로 나를 건너다본다.

"하니까 시나리오는 제가 끝을 맺는 데서도 아직 훨씬 더 계속될 모양이군요?"

나는 지금 이 순간도 바로 그 시나리오의 다음 부분을 스스로 이어가고 있는 듯한 착각 속에 윤 감독을 바라보았다.

"그렇지. 그럴 수밖에. 자네 이야기가 흥미로운 건 자네와 여기 앉아 있는 미스 나가 이렇게 만나고 또 여기 있는 우리 세 사람의 처지 모두를 포함해서였으니 말이지. 자네도 처음부터 그런 식이었지만, 말하자면 이번 시나리오는 하나의 시나리오 속에 또 하나의 시나리오가 포함되는 이중 노출과 같은 구성이 된다 이거지. 그런 뜻으로 보면 지금 우리가 이렇게 여기서 이야기를 주고받는 것도 어떤 뜻으론 그 시나리오를 완성시켜나가고 있는 거라고 할 수 있는 거구."
 "하긴 저 역시 기왕부터 그런 느낌이 들고 있기는 했어요. 전 윤 감독님과는 좀 다른 뜻에서였지만 말씀입니다."
 "어떻든 좀더 연구를 해봐야겠어. 물론 자네도 힘을 합해줘야겠지. 이건 애초에 자네 작품이었으니까."
 "물론입니다."

 물론! 물론 해봐야지— 다방을 나와 공터로 돌아오면서 나는 다시 한 번 마음을 다지고 있었다. 어떻게든 내 힘으로 끝을 내고 말리라. 윤 감독도 깜짝 놀랄 만큼 참으로 근사한 클라이맥스를—
 하지만 사정은 여전히 마찬가지였다. 영락없이 봄장마로 날씨는 오늘도 실비를 뿌리고 있었다. 끝을 내고 말겠다는 생각뿐 머릿속은 여전히 멍멍한 상태였다. 공터 옆 커피집을 지나 집으로 돌아와서도 사정은 역시 마찬가지였다.
 ─빌어먹을! 한데 이야기가 어지간히 탐이 나긴 한 모양이지. 윤 감독, 그 작자가 저렇게 열을 내는 걸 보면.
 나는 마음이 자꾸 조급해지고 있었다. 윤 감독이 어째서 그토록 열을 내고 덤비는지 이제 그런 건 길게 염두에 둘 여유도 없었다. 시나리오를 완성하고 나면 내 처지가 어떻게 달라질 거라든지, 그 시나리오와 관련하여 이젠 내 쪽에서도 제법 요구다운 요구를 내놓을 수도 있을 거라든지 하는 따위 현실적 계산에 쫓겨서는 물론 아니었다. 그저 어떻게든 이야기부터 그럴듯한 결말을 지어놓고 싶었다. 그러고 나면 그동안 깊은 낭패감에 젖어온 내 젊은 삶에도 뭔지 밝은 실마리가 잡힐 것 같은 막연한 기대감 때문이었다.

그러나 사정은 다음 날도 역시 마찬가지였다. 다음 날도 나는 그 〈스타〉 다방의 구석 자리에 윤 감독과 얼굴을 마주하고 앉아 있었다.

"이거 참 낭팬걸. 어떻게 빨리 결말을 지어야겠는데 말야."

윤 감독 역시 하룻밤 사이에 뾰족한 방도가 떠올랐을 리 없었다. 하지만 그는 생각이 풀리지 않는 만큼 시나리오의 결말에 대해 더욱 열을 내는 눈치였다. 그가 얼마나 열을 내고 있는지는 이 날도 그림자처럼 그를 뒤따라 붙어 나온 옆좌석 순영의 초조한 얼굴에서도 넉넉히 짐작할 수 있었다. 하여 그 윤 감독 앞에 나는 적당히 이어갈 말이 뭣한 김에 그만 한마디 뚱딴지같은 소리를 하고 말았다.

"감독님께서도 이번 일엔 여간 열을 내시지 않는군요."

그런데 그게 왠지 윤 감독의 불편한 심사를 생각보다 심하게 건드린 모양이었다. 그가 갑자기 더 열이 오른 듯 나를 힐책하고 나섰다.

"그래 이 사람아, 열이 오르지 않게 되었나. 이 작품엔 벌써 배역까지 다 마련이 되어 있단 말야. 요컨대 난 그만큼 이 작품에 관심을 기울이고 있어. 그런데 이게 뭐야."

마치 일이 잘 안되어나가는 것이 나의 허물이나 되는 것 같은 어조였다. 나는 다시 기가 죽을 수밖에 없었다. 윤 감독의 말이 나를 힐난하고 있어서만이 아니었다. 이 작품엔 이미 배역까지 결정되어 있노라는 소리에 금세 또 가슴이 내려앉고 만 것이었다. 동시에 내 두 어깨에서는 한꺼번에 힘이 죽 빠져나가는 것 같은 느낌까지 들었다. 하지만 윤 감독은 나의 그런 표정엔 아랑곳이 없었다.

"옛 친구를 위해선 자네도 기뻐해줘야 할 일이지만, 이 작품의 여주인공 역은 여기 앉아 있는 나 양을 생각하고 있단 말야. 시시하게 그냥 흥행이나 노리고 시작한 일이 아니야."

그리고 나서 윤 감독은 이번에야말로 정말 뜻밖의 사실을 털어놓았다.

"이 작품에 대해 내가 얼마나 기대를 갖고 있느냐 하는 건, 이번 남자 주인공 역을 직접 내가 맡기로 결심한 것 하나만 보아도 짐작이 갈 거야, 아마."

"윤 감독님께서 직접요?"

나는 얼이 빠진 목소리로 간신히 한마디를 되묻고 나서 멀거니 그의 입술만 쳐다보고 있었다. 윤 감독이 직접 주연을 맡고 나서겠다는 사실이 어째서 나를 그토록 힘 풀리게 하는가. 그건 나도 알 수 없었다. 그저 막연히 맥이 풀릴 따름이었다. 하지만 윤 감독은 점점 신이 나기 시작했다.

"그렇다니까. 난 원래 배우를 한 감독이야. 한데도 한 번도 배우로선 이렇다 할 성가(聲價)를 거둬보지 못했거든. 왜 그랬는 줄 아나? 난 항상 악역의 주인공이었기 때문이야. 관객 심리란 참 단순하고 순진하지 뭐야. 악역을 맡고 나선 배우에겐 연기력이 아무리 좋아도 호감을 가져주지 않는단 말야. 관객들의 사랑을 얻지 못한 배우가 연기력 하나만으로 성가를 얻기란 보통 힘이 드는 일이 아니야. 내가 실패한 이유가 바로 그거였어. 한데 이번 작품의 주인공은 그런 점에서 아주 그만이야. 그럭저럭 이야기만 끌어나가도 충분히 관객들의 동정을 살 수 있는 처지거든. 이번 기회에 내가 다시 나서기로 한 이유는 바로 그 점 때문이야. 자신이 있으니까."

열을 내는 이유가 분명해진 셈이었다. 가엾고 딱한 녀석 역을 맡아야 배우는 성가를 얻는다. 더욱이 우리 관객들에게는. 그렇겠다, 우습지만 그렇겠다. 하지만 나는 자꾸만 더 심사가 허전해지고 있었다. 어떤 불한당에게 내 삶의 알맹이를 통째로 몽땅 빼앗기고 있는 듯한 허전스러움이, 끝없는 무력감이 가슴을 가득 채워 왔다.

"그렇군요. 잘해보십시오."

나는 마치 윤 감독을 격려하듯, 그러나 엉겁결에 뱀 꼬리라도 잘못 붙잡은 기분으로 어정쩡하게 중얼거렸다. 그리곤 어쩔 수 없이 입가에 묘하게 일그러진 웃음기를 띠고 있었다. 그럴 수밖엔 다른 도리가 없었다.

"잘해내야지 물론. 하지만 이놈의 이야기가 결말이 나야지. 결말이 말야."

윤 감독은 갑자기 다시 낭패스런 표정이 되었다. 나는 여전히 맥없이 웃고만 있었다. 그토록 오랫동안 고심하던 이야기의 클라이맥스가 이미 머릿속에 떠올라 있었기 때문이다.

그렇다. 나에게는 이미 이야기에 분명한 결말이 나 있었다. 윤 감독이 직접 주역을 맡겠노라고 말했을 때, 그리고 그런 말을 들으면서 양어깨에서 기운이 죽 빠져나가고 자신의 심장을 어떤 불한당에게 통째로 빼앗기고 있는 듯한 무참한 느낌이 들기 시작했을 때 내겐 이미 이야기의 분명한 결말이 떠올라 있었다. 목구멍 아래에서 꿈틀대고 있던 그 막연한 음모가 조심스럽게 윤곽을 드러내준 것이었다.

하긴 그럴 리가? 사실은 그럴 리가 없었다. 그 막연하던 음모의 정체가 그런 것일 리는 결단코 없었다. 하지만 어쩐 일인지 윤 감독의 말을 듣는 순간 나에게선 그 음모의 정체가 불쑥 그런 식으로 윤곽을 짓기 시작했고, 거기에서 바로 내 이야기는 결말이 맺어진 것이었다.

"이야기의 결말은 너무 염려하실 필요가 없을 것 같군요."

개똥에 미끄러져 쇠똥에 코 박는 꼴이었다. 한동안 침묵을 지키다가 나는 드디어 결심하고 나섰다. 나는 윤 감독의 표정을 살피면서 천천히 입을 열었다.

"염려하지 말라니? 자네에게 무슨 생각이 떠오르기라도 했단 말인가?"

시들해 있던 윤 감독이 다시 생기를 얻었다.

"마음에 드실지 모르지만 이런 식이면 어떨까 싶군요."

"어떻게 말인가?"

윤 감독이 걸상에서 벌떡 상체를 일으켰다. 생각을 얼핏 털어놓지 않으면 한 대 먹여오기라도 할 것 같은 기세다.

"가령 말입니다. 가령……"

나는 이제 서둘 필요가 없었다. 마음을 정하고 나니 오히려 기분이 차분했다.

"가령 이 이야기의 주인공이 말입니다. 이 주인공이 자기 이야기를 시나리오로 쓸 때에 한 가지 기대가 있었다고 가정해보자는 겁니다."

"어떤 기대 말인가?"

윤 감독은 여전히 조급하다.

"이를테면 주인공은 엑스트라라는 시답잖은 자신의 처지에 몰려 이 시나리오를 완성하면 이번에야말로 한번 그 이야기의 주인공 노릇을 해보고 싶다는 엉터리 기대 같은 걸 말입니다. 배꼽이 째질 일로 생각되시겠지만 실제로 우리 엑스트라들에게는 그런 터무니없는 소망 같은 것이 은밀하게 숨겨져 있는 수도 있으니까요. 해서 주인공은 그러한 기대 때문에 자신의 이야기를 시나리오로 만드는 데 굉장히 열을 내고 정성을 쏟았다는 식으로……"

"그런 가정 위에서라면 이야기가 어떻게 되어간다는 건가?"

"그렇게 되었는데, 그 시나리오를 다 쓰고 보니, 그 주인공 역은 물론 지금 우리 이야기대로 시나리오를 써다 바친 감독에게 빼앗긴다…… 이건 물론 백번 당연한 귀결이지만 말입니다. 하지만 마지막 결말은 이렇습니다. 주인공이 그렇게 기대했던 주역을 감독에게 빼앗긴 대신 그는 여전히 자신의 이야기 가운데에서 한 엑스트라로 동원이 됩니다. 그래서 어느 비가 내린 날 그는 자신의 이야기를 찍는 촬영장으로 동료들과 함께 동원이 되어 나갑니다. 그리고 거기서 그는 자기 이야기를 찍는 그 촬영 현장에서 다른 엑스트라들 사이에 끼어 검댕이를 시커멓게 칠한 얼굴로 그 화려한 주역들의 연기를 구경하고 있습니다……"

말을 끝내고 나서도 나는 까닭 모를 웃음기가 자꾸 입가로 번져

나왔다.

"……"

윤 감독은 대꾸가 없었다. 한두 번 무겁게 고개를 끄덕일 뿐 말은 한마디도 없었다. 그러나 그 윤 감독 역시 그 이야기의 잔인스런 결말에 썩 구미가 당기고 있었던 건 분명했다. 그가 이윽고 한쪽 곁에 밀쳐둔 원고 뭉치를 슬그머니 내 쪽으로 밀어놓았다.

"그럼…… 일단 그런 식으로 이야기를 끝내주겠나."

말을 하면서도 윤 감독은 평소의 그답지 않게 나를 정면으로 바라보지 않았다. 공연히 천장을 향해 짐짓 심란스런 표정을 짓고 있었다. 나는 말없이 원고 뭉치를 끌어당겼다. 이젠 더 이상 말이 필요 없었다. 그만 슬그머니 자리를 일어섰다.

"그럼……"

자리를 물러설 의향이었다. 그제서야 윤 감독은 혼자 상념에서 깨어난 듯 문득 나를 쳐다보았다.

"갈 텐가?"

"네…… 돌아가서 이야기를 마무리 지어야지요."

"그래…… 그럼."

나는 몸을 돌이켜 자리를 물러 나왔다. 그리고 허정허정 출입구 쪽으로 몇 발짝 발길을 옮겨 가고 있었다. 그런데 그때,

"이 군."

윤 감독이 다시 나를 불러 세웠다. 나는 거의 반사적으로 돌아섰다. 윤 감독의 목소리가 왠지 잔뜩 가라앉아 있는 것 같았다. 그는 터무니없이 엄숙한 표정이었다.

"잠깐 한마디만."

그는 되돌아선 내게 천천히 말하면서 이번에는 자신이 나를 향해 자리를 일어섰다.

"어어…… 다름이 아니라 이야기를 끝낼 때 한 가지 주문을 하고 싶은데 말야."

"어떤 주문을 말씀입니까?"

나는 흔연스럽게 되물었다. 윤 감독은 왠지 한동안 다시 망설이고 있었다. 조심스럽게 내 표정만 살피고 있었다. 하더니 이윽고 결심이 선 듯 입을 열어왔다.

"이야기 가운데서 감독이란 사람이 주인공의 기대를 꺾고 주연 역을 가로맡고 나설 때 말일세, 그 감독이 주인공에게 이런 위로 말을 하는 걸로 해주면 어떨까 싶구먼."

"위로라뇨?"

"글쎄, 그게 위로가 될진 모르지만. 변명이라고 해도 상관없겠지. 뭔고 하니 말야, 영화란 원래 현실 그 자체는 아니다, 영화의 현실과 실제의 현실은 각각 다른 별개의 진실을 안으면서 따로따로 존재한다, 영화의 현실이 실제 우리 현실을 그대로 옮겨 보이는 건 아니다, 따라서 아무리 실제 현실을 근거로 영화의 현실이 창조된다 해도 그 두 개는 어디까지나 서로 다른 진실을 담고 있게 마련이다……"

"……"

"그렇게 되면 다시 이런 말이 되는 거지. 시나리오를 쓴 작품의 주인공은 자신의 현실과 그 현실의 진실을 말한 것뿐, 또 하나 다른 차원의 현실 마당인 영화 작품을 위해서는, 그리고 그 작품 현실의 진실을 위해서는 그의 말이 매우 적당치 못할 수도 있다, 그런 말일세."

"좋겠군요. 그렇게 되면 주인공은 오로지 그 자신의 현실에 봉사할 수 있을 뿐이라는 구실로 영화에서 제외당하고, 그리고 그 자신의 현실에서는 그가 쓴 시나리오로 인해 자신의 옛 여자 친구가 그의 감독과 밀접하게 접근케 하여 그 두 사람에게 친절한 봉사를 바치게 되는…… 말하자면 영화와 현실에서 다 같이 철저한 실패를 경험하게 되는 셈이니까요."

나는 더 이상 참을 수 없어 노골적으로 쏘아붙였다.

"……"

이번에는 윤 감독 쪽에서 다시 대꾸가 없었다.

"그래서 그렇게 철저하게 실패한 주인공일수록 그의 역을 맡은 감독은 관객의 사랑과 성원을 얻어 배우로서 큰 성공을 거둘 테고 말입니다."

"……"

윤 감독은 여전히 대꾸가 없었다. 그는 그저 멍청하니 그러고 서서 나를 바라다볼 뿐이었다. 이젠 나 역시 입을 다물 수밖에 없었다. 말을 할수록 나는 더욱 온몸이 흘러내릴 듯한 심한 무력감에 젖고 있었다. 나는 두 어깻죽지를 축 늘어뜨린 채 말없이 한동안 그렇게 어정쩡하게 서 있기만 했다. 하니까 윤 감독도 무작정 언제까지 그러고 서 있을 순 없다고 생각한 모양이었다.

이윽고 그의 얼굴에 결연스런 빛이 감돌기 시작했다. 그리고 느닿없이 불쑥 내게 오른손을 내밀며 악수를 청해왔다. 나는 얼떨결에 그의 손을 맞잡을 수밖에 없었다.
 그러자 윤 감독은 내 맞잡은 손을 힘차게 쥐어흔들며 쑥스러운 웃음을 전혀 쑥스럽지 않은 듯 허허 웃어대며, 그러나 부러지도록 분명하게 말했다.
 "그럼 이 사람, 그렇게 좀 써주게. 알겠나? 지금 자네가 말한 대로 그렇게 말야. 자 그럼 이제 가보게."

뒷이야기

「어떤 슬픈 엑스트라의 반생기(半生記)」라는 제목의 내 시나리오가 완성된 지도 벌써 두 달이 넘는다. 한데도 이후 윤 감독은 통 별다른 기미를 보이지 않고 있다. 처음 약속대로 영화를 찍으려질 않는다는 말이다.
 알 수 없는 일이다. 나는 그가 원하는 대로 이야기의 결말을 매듭지어다 주었고, 윤 감독 역시 그 시나리오의 결말을 보고는,
 ─ 됐어, 이만하면! 자네 아주 그만이야.
 여간 만족스럽지 않다는 듯 나를 크게 치켜세워주기까지 했었다. 그런데 그뿐 그는 이날까지 아직 이렇다 할 움직임을 보이지 않고 있는 것이다.
 ─ 좀더 기다려봐야겠어. 시나리오는 그런대로 좋은데 말야, 어디 매사가 그렇게 맘먹은 대로 되어나가 줘야 말이지. 일이 시작되려면 아무래도 시일이 좀 걸릴 것 같아.
 사정 돌아가는 기미라도 좀 알아볼라치면 윤 감독은 늘 그런 식

으로 얼렁뚱땅 대답을 눙쳐 넘어가곤 하였다. 하고 보면 그가 일을 끌고 있는 게 내 시나리오에 허물이 있어서는 아닌 것 같았다.
　하지만 곰곰 생각해보면 그게 뭐 그리 이상해할 일이 아닐 것 같기도 하다. 내 느낌에 그 시나리오는 아마 끝내 영화가 될 수 없을 것 같아 보이니 말이다. 요즘에서야 뒤늦게 깨달은 일이지만, 그 엉터리 멜로드라마 같은 이야기가 정말 영화를 찍기에 적합하다곤 이제 나 자신도 믿을 수가 없는 터이니까. 아는 사람은 이미 다 알고 있었을 터이지만, 그건 애시당초 영화거리가 될 수 없는 이야기였다. 그리고 윤 감독이 그걸 몰랐을 리 없었다. 더욱이 이제는 그 이야기의 여주인공이 되리라던 순영, 그 나지연 양마저 한동안 사무실엘 나오지 않고 있는 상황이다. 일은 무엇보다 그걸로 분명해진 것이다.
　다만 아직도 한 가지 의문이 있다면, 그렇다면 윤 감독은 무엇 때문에 내게 그런 부질없는 짓을 시켰는가 하는 점일 것이다. 공연히 내 이야기에 관심을 갖는 척하고, 그게 맘에 들어 자신이 직접 주연까지 맡겠노라 내게 계속 시나리오를 매듭짓게 했는가…… 하지만 이제 와선 그도 하등 궁금해할 일이 못 된다. 나는 이번에야 말로 진짜 어김없는 엑스트라였으니까.
　왜 스스로 그런 소리를 하는가― 거기까지는 여기서 굳이 밝힐 필요도 없으려니와 나 또한 그러고 싶지 않다. 그런 건 지금까지 이 시시한 이야기를 주의 깊게 들어주신 고마운 분들의 상상에 맡기고 이쯤 내 이야기를 끝내는 게 도리일 듯싶으니 말이다. 한마디만 더 덧붙이자면 윤 감독은 아직도 내가 은혜를 입고 있고, 또 어떤 식으로든 좀더 은혜를 입어야 할 처지니까. 그리고 그의 말을 빌린다면, 내 옛 친구 순영이—아직도 그 시나리오에 대한 기대를 버리지 않고 있을, 아니 이젠 어쩌면 전날보다도 그걸 더 확신하고 있을—나지연 양의 찬란한 꿈은 아무도 방해할 권리가 없을 테니까.

(『여성동아』 1973년 1월호)

대흥부동산공사

임진강 얼음판에 팽이 치는 아해들아
삼각산 가는 길에 흰 눈이 쌓였고나

밤이 꽤 깊었는데도 안방에서는 아직 아버지의 술 취한 소리가 흘러나오고 있었다. 반쯤 혀가 굳은 소리로 아까부터 계속 그 한 가지 노래만을 흥얼거리고 계셨다. 일생을 통해 아버지가 알고 있는 유일한 유행가였다. 그것도 1년에 한두 차례 약주나 몹시 취해 드실 때라야 겨우 몇 구절을 흥얼거리다 말곤 하시는 노래였다. 가사나 곡조가 옳게 불려질 리 없었다. 흰 눈이 '쌓였느냐'를 한사코 '쌓였고나'로 고쳐 부르시는 아버지였다. 곡조도 그게 유행가라기보다는 차라리 시조 가락을 읊조리고 있다는 편이 나을 정도였다. 도대체 집안 식구들 가운데는 아버지가 정말 그 「남아의 일생」이라나 뭐라나 하는 유행가를 엉터리 가사나마 끝까지 외고 있는지 어쩐지조차 아는 사람이 없었다. 아버지는 언제나 처음 두 구절만을 소리 내어 부르시고는 뒤로 갈수록 그렇게 흐지부지 입속에서 소리를 흐려버렸기 때문이었다.
 그런데 문제는 아버지가 이 노래를 부르실 때는 반드시 곡절이 있게 마련이라는 사실이었다. 자주 있는 일은 아니었지만, 아버지는 기분이 몹시 언짢아지실 때면 술을 드셨다. 그리고는 오직 하나밖에 없는 그 유행가를 흥얼흥얼 불러대시기 예사였다. 그러니까 아버지는 가사나 곡조가 반드시 언짢지만은 않은 그 임진강 얼음판을 엉뚱하게도 당신의 심사가 가장 편치 못한 때의 위로거리로 삼고 계신 셈이었다. 도대체가 다른 유행가는 아는 것이 없으신 탓이겠지만, 어쨌든 그 아버지의「남아의 일생」가락에는 모종의 불길스런 곡절이 숨어 있게 마련이었다.
 오늘 밤도 물론 마찬가지였다.
 "저놈의 영감, 필경은 밖에서 무슨 일을 당한 게야."
 하니까 그건 어머니도 벌써 짐작을 하고 계신 모양이었다. 아까부터 눕지도 않고 줄곧 그 아버지 쪽에만 신경을 쏟고 계셨다.
 "늘그막에 버릇하곤 참…… 글쎄 말을 해야 옆엣사람이라도 답답하지 않지."
 방을 쫓겨난 화풀이는커녕 근심스런 말씀만 되풀이하고 계셨다.
 알 수 없는 노릇이었다. 퇴근을 하고 돌아와 막 방문을 들어서고 나니, 어머니가 전에 없이 걱정스런 얼굴로 마루를 건너오셨다. 그리곤 아버지가 술을 잡숫고 들어오셨다는 귀띔이었다. 집으로 들어와서도 아버지는 계속 술을 가져오래서 벌써 몇 시간째 술상 앞에 취해 계시다는 것이었다. 그러고 보니 안방에서는 예의 그 임진강 얼음판까지 띄엄띄엄 창문을 흘러나오고 있었다. 아버지가 ×당 ×동 지부 사무실을 나다니기 시작하면서부터 하루도 빠짐 없이 꼬박꼬박 출근을 계속하고 계신 요즘까지 근 반년 동안엔 한 번도 들을 수가 없던 노랫소리였다. 술기를 하고 돌아오신 것도 그 이후로는 처음 있는 일이었다. 수상하기 짝이 없는 술기요 노랫가락이었다. 하지만 아버지는 도대체 그 곡절을 말해주지 않으신다는 것이었다. 아까부터 계속 혼자 임진강 얼음판만 되풀이 홍얼거리고 계시댔다. 어머니는 답답해 어쩔 줄을 모르다가 내가 돌아온 기척을 아시곤 부리나케 구원을 청하러 방을 건너오신 것이었다. 그러나 아버지는 어머니와 내가 함께 다시 안방으로 건너갔을 때도 역시 마찬가지였다.

"이노옴, 네가 뭘 안다고 간섭이냐. 넌 모른다. 넌 절대로 이 애비 속을 모른단 말이다."

무슨 일이 있었느냐고 한껏 조심스럽게 사연을 여쭈었으나, 아버지는 대뜸 역정부터 내시었다.

"넌 몰라도 되는 일이니 네 방으로 건너가 네 일이나 봐라. 혼자 있고 싶으니 네 에미란 사람도 함께."

이번에는 숫제 어머니까지도 곁에서 내쫓으려 드셨다. 그리고는 까닭 모를 한숨을 내쉬면서 술잔만 비우고 계셨다. 어찌할 수가 없었다. 나는 그만 다시 아버지 곁을 물러 나오고 말았다. 어머니도 속이 잔뜩 상해 있는 데다, 굳이 방을 나가 있으라는 아버지의 성화 등쌀에 곧장 나를 따라 마루를 건너오시고 말았다. 그러자 아버지의 방에서는 다시 그 임진강 얼음판이 홍얼홍얼 흘러나오기 시작했다. 노랫가락 사이로는 간간 아버지가 혼자 중얼거리시는 소리가 들려 나오기도 했다.

― 흠…… 이놈들이…… 이놈들이 날…… 내가 사람을 잘못 알았지. 하지만 두고들 봐라. 내가 누구라구…… 내가 어떤 놈이라구.

변고가 생긴 건 분명한 모양이었다. 그것도 집에서까지 술자리를 한없이 길게 잡고 계신 걸 보면 보통 변고가 아닌 것 같았다. 게다가 전에는 아무리 기분이 언짢아져 계시더라도 어머니까지 내쫓은 적은 없던 일이었다.

임진강 얼음판에 팽이를 치는 아해들아아…… 앞쪽 두 구절에서만 되풀이되풀이 엉망으로 맴돌고 있는 아버지의 노랫소리는 아직도 언제 끝이 날지 알 수 없었다. 갈수록 감정이 깊어지는지 노랫소리는 사뭇 비장기까지 띠어가고 있었다.

"탈이다, 탈이야. 원 영감쟁이가 늙어갈수록 철부지 어린애 꼴이 되어가니. 한동안 좀 진중하다 싶더니 이젠 웬 청승까지 늘어가지고……"

어머니가 또 한차례 안방 쪽을 흘기셨다. 기다리다 못해 어머니는 이제 숫제 내 방 한쪽으로 잠자리를 잡고 계셨다. 나는 공연히 기분이 무거워져 가만히 입을 다물고 있었다. 노인들 일이 딱하기만 했다. 아버지도 그랬고 어머니도 그랬다. 사연을 알 수 없으니 당장엔 무얼 어떻게 해볼 재간도 없었다. 이놈들 저놈들 하면서 화를 내고 계시는 걸 보면 필경은 당 사무실쯤에 무슨 일이 생긴 모양인데, 아침까지 아무 일 없이 평소처럼 겨드랑이에 가죽 가방을 소중히 끼어 들고 기분 좋은 얼굴로 대문을 나서시던 아버지고 보니 그쪽으론 꼭 집어 짐작이 닿는 데가 없었다. 아버지가 그만 노랫소리를 그쳐주기나 바랄 수밖에 없었다. 하다 보니 그렁저렁 시간은 어느새 자정을 지나고 있었다.

궁금증이 풀린 것은 결국 이튿날 아침이 되어서였다. 날이 밝고 나서 식구들이 기동을 시작하자 아버지는 간밤의 일이 무척도 쑥스러우신 모양이었다. 혹은 아직도 전날의 언짢은 기분이 풀리지 않았는지 내내 풀이 죽어 한마디도 말씀이 없으셨다. 아침상을 받고 앉아서도 영 숟가락을 드시지 못했다. 공연히 자리가 거북하신 듯 일찍 상을 물려내 버리셨다.

한데 아버지의 거동은 그다음부터가 더욱 부자연스러웠다. 아침마다 아버지는 상만 물리고 나면 누구보다 먼저 출근을 서두르셨다. 나가도 좋고 안 나가도 좋은 그 당 사무실을 아버지는 하루도 빼지 않고 그렇게 신바람이 나서 이른 출근을 계속하고 계셨다. 얌전한 월급쟁이인 나보다도 먼저 대문을 나서곤 하시던 아버지였다. 그런데 이날 아침엔 영 사정이 달랐다. 상을 물리고 나서도 아버지는 통 출근을 서두르시는 기색이 없었다. 공연히 화장실만 두 차례나 드나들면서 시간을 허비하고 계셨다. 그리고 나서도 아직 남은 시간이 거북한지 이번에는 새삼스럽게 칫솔을 물고는 세면실로 들어가셨다.

"아버지, 오늘은 사무실 늦으시겠습니다."

눈 딱 감고 한마디 여쭸더니 아버지는 대뜸,

"나 오늘부터 사무실 나가는 것 그만두게 됐다."

퉁명스럽게 내뱉으시곤, 입안에 차오르는 치약 거품을 핑계 삼아 세면실 안으로 황급히 몸을 숨겨버리셨다.
— 역시 그랬었구나.

나는 비로소 사정을 알 수 있을 것 같았다. 슬그머니 웃음이 나왔다. 아버지가 그토록 풀이 죽어 언짢아하고 계신 심중을 짐작할 수 있을 것 같았다. 이제부터 사무실 나가는 거 '그만두기로 했다'고 말하지도 못하고 '그만두게 됐다'고 말씀하시는 아버지였다. 벌써 그만큼 자신을 잃고 계신 어른이었다. 하지만 나는 일단 안심이 되었다. 간밤보다는 훨씬 가벼운 마음으로 회사를 나갈 수 있었다.

그러나 나는 물론 아버지의 일을 그쯤 해서 그만 웃어넘겨버릴 수는 없었다. 회사를 나가서도 영 마음이 개운칠 않았다. 아무래도 마음이 놓이지 않아 집으로 전화를 걸어보니, 아버지는 아직도 집을 나가지 않고 함구무언, 계속해서 옆엣사람 조바심만 돋우고 계시다는 것이었다. 나는 어머니에게, 아버지가 당분간 사무실을 나가지 않게 되어서 그러신다는 귀띔과 함께, 며칠만 지나면 모두 잊어버릴 일이니 걱정하실 게 없다고 안심을 시켜드렸다. 하고 나도 역시 속이 개운해지질 않았다.

알고 보면 사실 좀 큰일이 아니었다. 생각 나름대로 하자면 그냥 웃어버리고 말 수도 있는 일이긴 했다. 아버지가 굳이 사무실을 나다녀야 하실 만큼 생활이 탁탁지 않은 것도 아니었고, 그렇다고 이제 와서 뭐 아버지가 대단한 정객이 되시리라는 기대를 가진 것도 아니었다. 게다가 아버지는 이미 회갑을 지내신 어른이었다. 교육자 생활 40여 년에 정년퇴직을 했다는 자랑스런 경력도 간직하고 계셨다. 경위야 어쨌든 그까짓 동 당지부장 자리 하나쯤 물러나게 되었대서 그토록 풀이 죽어 비감에 젖을 일은 눈곱만큼도 없는 아버지였다.

하지만 막상 당사자인 아버지로 보면 그게 아니었다. 아버지는 생각이 좀 다른 어른이었다. 아버지 일에는 웃음이 터져 나오더라도 참아드려야 할 데가 있었다. 진작부터 나는 그 점을 알고 있었다. 어머니 말씀마따나 아버지는 막말로 갈수록 '어린애'가 되어가고 계셨기 때문이다.

40여 년을 오로지 한곳에 몸을 담아오던 교육계를 떠나고 나시자 아버지는 몸과 마음이 갑자기 눈에 띄게 노약해지시기 시작했다. 아버지는 이태 전 서울 변두리의 한 초등학교에서 퇴직 정년을 맞으셨고, 그 마지막 6년간을 봉직해오시던 초등학교의 교장직을 물러나게 되자 이 어른은 한동안 불평이 대단하셨다.

"난 아직도 일을 할 수가 있어. 헌데 벌써 일자릴 그만두라니 이건 숫제 그만 죽으라는 소리 한가지다……"

정년퇴직제를 원망하며 비감에 젖으시기도 했고,

"제도가 잘못이다. 제도를 고쳐야 된다. 퇴직 정년을 높이든지 아니면 아주 그놈의 법을 없애버리든지…… 글쎄, 사람의 능력이란 원래가 가지가진데 그걸 꼭 그 사람의 나이에 따라 일률적으로 제한해버리는 법이 온당한 법이겠느냐 말이다. 이건 비단 나 한사람의 문제가 아니다. 공연한 사람들 산송장 사태를 내고 있는 게 어찌 나 한 사람만의 문제일 수 있느냐 말이다."

애꿎은 나를 대놓고 울분을 터뜨리실 때도 있었다. 한마디로 아버지는 자신의 정년퇴직을 못된 제도에 밀려 일방적으로 억울하게 쫓겨난 거라고 생각하고 계셨다. 그러면서 아버지는 무료하게 남아도는 시간을 그지없이 거북해하시며 하루하루 불평스런 나날을 보내고 계셨다. 옆엣사람이 딱할 지경이었다.

하지만 아버지가 그처럼 불평을 계속하고 계시던 동안은 그래도 아직 다행스런 편이었다. 그럭저럭 건강은 좋은 편이었고, 불평의 생리라는 것이 원래 그런 것이지만, 아직은 그런대로 꺼지지 않은 정열 같은 것이 엿보이시기도 했다. 그런데 아버지는 오래지 않아 스스로 지쳐버리고 마셨다. 해도해도 들어주는 사람 없는 불평이고 보니 금세 지쳐나실 것도 당연한 노릇이었다. 아버지는 마침내 불평을 그쳐버리셨다.

그런데 불평을 그치고 나신 아버지에게선 이번에야말로 정말 난처한 변화가 시작되고 있었다. 한나절씩 방 안에만 들어앉아 발톱 손질을 하거나 콧구멍만 후비고 계셨다. 미닫이를 열어젖히곤 따뜻한 햇볕을 등에 받으며 몇 시간씩 신문을 읽고 계실 때도 있었다. 그것도 하필이면 며칠씩 날짜가 지난 묵은 신문을 꺼내다가 홍얼홍얼 소리를 내어 읽고 계실 때가 많았다. 하루는 느닷없이 나를 안방으로 불러들여서는,

"넌 장가들지 않을 테냐? 혼기가 벌써 넘었는데 부모 생각도 좀 해야지 않느냐."

한동안 잊어버리고 계시던 내 결혼 문제를 다시 꺼내신 일이 있

었다. 하실 일이 없으니 하루 종일 곰곰 별별 생각을 다 짜내시는 모양이었다. 어머니를 통해 전에도 몇 차례 요량을 물어오신 적이 있는 일이었다. 하지만 당사자를 대면해놓고 직접 그런 말을 하신 것은 아버지로선 이때가 처음이었다. 학교 일로 바빠 계실 동안은 깊은 관심을 가질 수도 없으셨던 듯, 당분간 결혼 같은 건 생각이 없노라는 나의 반응에 아버지는,

"맘먹은 일이 있다면 사내자식이 제 할 일부터 하는 게 당연하지. 결혼 같은 건 언제라도 늦지 않은 일이니 내버려두오."

쉽사리 단념하시며 오히려 어머니의 성화를 꺼주시더라 했다. 그런 후로 내 결혼 문제에 대한 말은 어머니 앞에서일망정 다신 입 밖에도 꺼내지 않으시더라는 아버지였다. 그 아버지가 이번엔 당신 자신이 그 일을 느닷없이 거론하고 나서신 것이었다. 그것도 한번 말씀을 떼신 뒤로는 모처럼 일다운 일거리를 찾아내기라도 하신 듯 매일같이 성화가 대단하셨다.

"어린애도 아닌 처지에…… 글쎄 그게 보챈다고 되는 일이우?"

이번엔 오히려 어머니 쪽에서 핀잔을 하고 나서시는 판이었다. 그러나 아버지는 좀처럼 단념을 하지 못하셨다.

"이젠 나도 이 꼴이 되었고, 나이 예순 길에 올라서 아직도 부엌 문턱을 면치 못하고 있는 네 에미 꼴은 또 무에냐. 그러는 게 아니다. 사람 일이……"

나중에는 숫제 협박 반 애원 반으로 나오셨다. 결혼에는 한사코 관심을 두려 하지 않는 자식 놈이 여간 아니 원망스러우신 눈치였다. 당신 쪽이 조급하고 초조해서 견딜 수 없어 하셨다.

그러다 보니 홀연 아버지의 모습이 이상하게 달라져 있었다. 여유 없고 왜소하고 주책없는 노인의 형색이 완연해진 아버지가 거기 계셨다. 호기다운 호기를 부려본 일이 없었을 아버지였지만 이젠 퇴직 직후의 그 불평기마저 깡그리 사라져버리고 없었다. 무기력하고 초라한 모습…… 뒤늦게 늘기 시작한 깐깐한 잔소리엔 어떤 궁색기마저 완연했다.

아버지의 그런 변화는 당신의 회갑 잔치를 고비로 한층 더 깊어져갔다. 아버지의 회갑 잔치는 우리 집 살림 턱으로는 상당히 성대하게 차려드린 편이었다. 될수록 지출 규모는 생각지 말기로 하고 '관' 자 붙은 요릿집 한 곳을 빌려서 당신의 뜻대로 손님을 실컷 청하도록 해드렸다. 재직하고 계시던 옛날 학교 교직원 일동은 물론 동네 안에서도 동장 통장 파출소장에, 심지어는 개업의 한 사람까지도 유지란 유지는 빠짐없이 청해다가 성황을 이루어드렸다. 기생도 다섯 명이나 부른 번듯한 잔치였다. 아버지는 물론 크게 만족해하셨고, 그 바람에 술이 취해서 반드시 기분이 언짢아졌을 때만 부르시던 일생 동안의 철칙을 깨고 옆사람들의 부축을 받아가며 임진강 얼음판을 모처럼 흥에 겨워 불러내셨을 정도였다. 기생들하고 어울려선 춤까지 추셨다.

그런데 그 회갑연이 마치 아버지에게는 생전에 남아 있던 마지막 행사처럼 여겨지셨던 것인가. 그리고 그 행사가 제법 성대하게 끝나고 나니 그만큼 아버지에게서는 더 이상 남은 일이 없는 것처럼 마음이 허전해지고 마신 것이었을까. 회갑연이 지나고 나자 아버지는 다시 또 쓸쓸해지시기 시작했다. 전보다도 더 풀이 죽어 궁상스런 모습이 되어가고 계셨다. 나의 결혼에 대해서도 끝내 혼자 낙망을 하고 마신 것인지 더 이상 나를 졸라대지 않으셨다. 언제나 방 안에 들어앉아 묵은 신문을 읽거나 한나절씩 걸리는 발톱 손질로 하루하루를 소일해가고 계셨다. 어머니는 그 아버지가 전보다도 더 매사에 사사건건 투정만 늘어가신다고 불평이 잦으셨다.

그 비슷한 무렵이었다. 어느 날 나는 회사에서 돌아오는 골목 어귀를 들어서다가 뜻밖의 광경을 목도하게 되었다.

골목 어귀에는 전부터 꾀죄죄한 노인들 몇 사람이 걸상 한두 개와 영업장소를 표시한 광목 포장 아래 손바닥만 한 돗자리 하나를 깔아놓고 앉아 있는 노천 복덕방이 차려져 있었다. 누가 주인이고 누가 곁다린지도 알 수 없는 노인들이 몇 사람 항상 그곳에 모여 앉아 해를 보내고 있었다. 장기를 두거나 소주를 마시거나 노인들은 항상 거기 그 모습이었다. 어떤 때는 시국 이야기 같은 걸 나누고 있을 때도 있었고, 또 어떤 때는 제법 손님이라도 기다리듯 무료한 표정으로 오가는 사람들을 멀뚱멀뚱 쳐다보고 있을 때도 있었다. 손님이 찾아오는 건 거의 본 일이 없었지만, 노인들이 어쩌다 셋방이라도 한 칸 소개하고 나면 몇 푼 안 되는 구전을 받아 소주에 오징어 추렴을 즐긴다는 소문은 동네에 알려진 일이었다.

그날도 대략 마찬가지였다. 노인들은 거기 그런 모습으로 똑같이 모여 앉아 있었다. 그리고 노인들은 그날도 마침 셋방 한 칸쯤 소개를 끝낸 모양인지 둘레둘레 모여 앉아 소주잔들을 기울이고 있었다. 여름이어서 그런지 안주는 오징어 대신 노란 참외들을 깎고 있었다. 한데 나는 그날 그 노인들 가운데서 뜻밖에 아버지를 보게 된 것이었다. 청에 못 이긴 듯 한 손에다 소주잔을 들고 다른 한 손엔 참외 한 조각을 쥐고서 아버지가 그 노인들 사이에 끼어 앉아 있었다.

아버지가 드디어 복덕방 나들이를 시작하신 것이었다. 알고 보니 아버지는 어느새 단장도 하나 마련해 가지고 계셨고, 며칠 뒤에는 또 어디서 찾아냈는지 옛날에 쓰시던 여름 중절모자까지 꺼내다가 정성껏 손질을 해 쓰시고 나서는 것이었다. 아주 본격적인 복덕방 나들이였다. 그때부터 아버지는 아침이 끝나고 해가 좀 높아지면 예의 그 중절모에다 지팡이를 앞세우고 하루도 빠짐없이 노천 복덕방을 찾아 나가신다는 것이었다. 나는 자연 회사에서 돌아오는 길에서 노인들 사이에 끼어 앉아 계신 아버지를 자주 만나게 되었다. 어떤 땐 소주를 마시고 계신 아버지를 만나기도 했고, 어떤 땐 참외 따위의 여름 과일들을 잡숫고 계시는 걸 볼 때도 있었다. 그러다가도 아버지는 나만 보면 갑자기 얼굴색이 달라지시며,

"음, 너 이제 오느냐. 먼저 들어가거라. 나도 이제 곧 들어가도록 하마."

위엄 있는 몇 마디를 건네고는 슬그머니 나를 외면해버리시곤 하였다. 나는 그런 아버지를 뵙기가 무척도 민망스러웠다. 한두 번은 나들이를 그만두시라고 말씀을 여쭈어보기도 했다. 늙은 주책이니 노망기니 어머니의 성화는 더 말할 것도 없었다. 하지만 아버지는 끝내 귀를 기울이려 하지 않으셨다.

"모르는 소리…… 사람은 다 제 사는 재미가 있는 법이야. 내겐 외려 고마운 사람들이지."

기어코 고집을 세우시며 복덕방 나들이를 계속하셨다. 결국엔 어머니나 내 쪽에서 양보를 하는 수밖에 없었다. 어떻게 생각하면 아버지에겐 그게 또 다행일지도 모른다는 생각이 들기도 했다. 나는 차라리 그 아버지를 이해해드리기로 작정을 하고 나섰다. 전에는 미처 생각이 못 미쳤던 일이지만, 소주를 자주 얻어잡숫고 계시는 걸 보고는 한 주일에 돈 천 원씩 용돈도 챙겨드렸다. 그러자 아버지는 효자라도 보게 되었다는 듯 은근히 기뻐하셨다. 용돈을 드리는 날은 공연히 들떠서 복덕방을 나가서도 전에 없이 큰소리를 치시곤 하는 눈치였다. 버릇이 되어 그런지 나중에는 나 역시 그런 아버지가 차라리 다행이라 여겨졌다. 노인들과 함께 얼려 소주를 마시거나 남의 장기판 곁에 앉아 정신없이 열을 내고 계시는 걸 보면 저절로 미소가 지어지기까지 했다.

한데 알고 보니 거기에도 실상은 문제가 있었다. 아버지는 거기서도 이내 파탄을 만나고 마신 것이었다. 아버지는 내가 그간 챙겨드린 몇천 원의 용돈과 당신의 자존심으로 하여 당신도 모르게 다른 노인들의 반감을 사고 계셨던 것 같았다. 일이 벌어지고 난 뒤에 다른 노인들을 달래러 갔다가 들은 이야기였지만, 아버지는 사실 옆엣사람이 기분 나쁠 만큼 너무 자주 술을 샀고 술을 사고 나면 또 너무 큰소리를 치며 혼자서 기고만장해하셨다는 것이었다. 그리고 시국 이야기만 나오면 아버지는 세상일을 혼자서 다 알고 있다는 듯 화제를 도맡아버렸고, 심지어는 복덕방 노인들도 요즘 쓰지 않는 중절모를 혼자 쓰고 나와서는 그걸 또 듣기 싫도록 자랑해대곤 하셨다는 것이었다. 그러면서 노인들은 실인즉 내가 날마다 퇴근길에 그 앞을 지나오면서 아버지에게 인사를 여쭈고 가는 것도 마땅치가 않았다고 했다. 거기 앉아 있는 노인들 중에 자식 없는 사람이 하나도 없지만, 유독 아버지만이 날마다 아들을 면대했고, 내가 그러고 가면 아버지는 괜히 기분이 우쭐해져서 나의 사람됨과 장래성에 관해 자랑을 사양치 않으셨기 때문이랬다. 거기다 아버지는 걸핏하면 삐지기를 잘해서 당신의 말에 맞장구를 쳐주지 않으면 당신 돈으로 사놓은 술까지 땅바닥에 쏟아붓고 마는 수가 있어서 '삐죽이 영감'이라는 별명을 얻고 계시다는 소리는 진작에 어머니를 통해 들은 적이 있는 터였다. 그러다 보니 일은 결국 그렇게 될 수밖에 없었던 것 같기도 했다.

일의 경위는 대략 이런 것이었다. 하루는 회사가 끝나고 집으로 돌아오느라 골목길을 들어서는데 복덕방이 있는 쪽에서 웬 고함 소리가 왁자하게 들려 나왔다.

"그래, 난 못 배워서 무식하니까 복덕방질 하는 데서 이렇게 빌붙어 먹고 산다! 그런데 넌 뭘 얼마나 많이 배웠다고 남의 판에 끼어들어 감 놔라 배 놔라. 응, 이 삐죽이 영감태기야! 그래 그렇게 배운 것이 많은 주제에 이 무식쟁이들 판엔 왜 끼어드느냐 말이다."

삐죽이 영감태기 어쩌고 하는 소리가 들리는 걸 보니 나는 아버지가 말썽판에 끼어들고 있다는 걸 금세 알 수 있었다. 과연 아버지의 고함 소리가 곧 뒤따라 들려왔다.

"이놈! 장기 훈수는 뺨을 맞더라도 못 참는다는 게다. 그래 그 장기 훈수 몇 마디 했다구 판을 뒤집어? 그게 못 배운 소치가 아니고 뭐냐. 그게 억울하거든 지금이라도 예의범절을 좀 배워오란 말이다!"

 걸음을 서둘러 쫓아가보니 짐작대로 아버지와 노인 한 분이 장기말이 흐트러진 돗자리 위에서 한창 자라기 시작한 수평아리들처럼 우스운 모습으로 잔뜩 서로를 노려보고 서 있었다. 그러나 옆엣노인들은 손에 든 소주잔이라도 엎질러질세라 애써 두 사람을 뜯어말리려 하지도 않았다. 노인들은 미처 골목 어귀에 내가 나타난 것조차 눈치를 채지 못한 모양이었다. 여전히 언성들을 높이고 있었다.

 "이 삐죽이 자식이! 그래도 제가 잘했다고 꼭 우기고 나서는 꼴 좀 보라니. 오라 네가 이 소주 몇 잔 샀다구? 그래 이 더러운 소주 몇 잔 사면 남의 장길 좌지우지해도 좋다더냐. 어디서 그런 주둥일 함부로……"

 "그래 난 삐죽이다! 그럼 넌 뭐냐. 어째서 내 산 술이 더럽다는 거냐! 더러우면 마시지 말 일 아니냐. 마시면서 잔소린 웬 잔소리냐. 자 이렇게 삐죽이 곤졸 보여줄 게니 이 당장부터 마시지 말란 말이다!"

 "이놈에 자식이!"

 그 순간이었다. 상대편 노인이 번개같이 덤벼들어 아버지의 멱살을 틀어쥐었다. 아버지가 그쪽 차지인 듯싶은 술잔을 냉큼 집어 엎질러버린 바람에 정말 울화통이 터진 것이었다.

 "이놈 봐라! 이놈이…… 내가 누군 줄 알구……? 이놈! 당장 이 손 놓지 못할까. 네놈이 정 내가 누군 줄 모르느냐?"

 아버지는 잔뜩 목이 조여 잡힌 채 가까스로 소리만 질러대고 계셨다. 그러나 그 소리가 상대편 노인의 기세를 꺾을 수는 없었다. 이때쯤 해선 나도 벌써 싸움판으로 끼어들어 두 노인을 떼어내려 애를 쓰고 있었으나, 그것도 생각처럼은 쉽지가 않았다. 상대편 노인은 점점 더 드세게 아버지의 목줄기를 죄고 들었다.

"오냐 안다! 내가 뻬죽이 자식 네놈을 왜 모르느냐. 아니까 이런다! 자, 알았으니 어쩔 테냐 말이다!"

싸움이 끝난 것은 그러나 결국 나의 완력에 의해서였다. 하지만 아버지로선 그것으로 싸움이 모두 끝난 것이 될 수가 없는 일이었다. 다음 날부터 당장 아버지는 복덕방 나들이를 중단해버리셨다. 그럴 수밖에 없는 일이었다.

파탄이었다. 아버지의 문제는 그것으로 다시 집안으로 되돌아오고 만 것이었다.

회사를 퇴근하고 나자, 나는 아무래도 그 아버지의 일을 그냥 모른 체하고 넘어갈 수가 없었다. 그 길로 곧 아버지의 옛날 사무실인 ×당 동 지부를 찾아갔다. 사무실엔 마침 아버지를 따라 집에까지 놀러 온 일이 있는 젊은 청년 하나가 혼자 방을 지키고 있었다. 아버지는 집에서도 가끔 신바람이 나서 사무실 이야기를 자랑스럽게 털어놓으신 일이 많았다. 어떤 땐 사무실 친구들을 집까지 끌어들여 와 저녁상을 내라 술상을 내라 법석을 떠시던 일도 있었다.

"이 유 선생이 진짜 내 사람이지. 사무실 일도 왼통 이 유 선생에게 맡기고 있다니까. 끝끝내 나를 지켜줄 사람이야."

그중에서도 특히 믿음직해하시며 자랑을 아끼지 않으시던 젊은

이가 바로 그 친구였다. 나는 마침 잘되었다 싶었다. 청년도 내가 나타나는 것을 보자 대뜸 짐작이 간 모양이었다. 자세한 걸 묻기도 전에 먼저 자초지종을 털어놓았다.

"어르신네께서 속을 상해 하실 것도 당연하지요. 어제 지부장이 다른 분으로 바뀌었으니까요."

한마디로 아버지는 전날로 해서 ×당 동 지부장 자리를 다른 젊은 친구에게 빼앗기고 마신 것이었다. 거기다 그는 워낙이 그 지부장 자리라는 것이 상급 당부의 임명 케이스인 데다 당 방침이 모든 동 단위 지부장급들을 '젊은 세대'로 교체하려는 쪽이어서 그건 전혀 부득이한 일이었다 하였다.

"지부장 자리가 선거 케이스만 되었더라도 제가 어르신네를 그렇게 만만히 물러서게 하진 않았을 겝니다만…… 상급 당부의 방침이 그러고 보니 전들 도리가 있었어야지요."

사정을 설명하고 나서 청년은 괜히 자기 허물로 일이 그렇게 되기나 한 듯 송구스러워했다. 나는 거꾸로 그러는 청년을 위로해주고 나서 사무실을 다시 나올 수밖에 없었다.

사정을 알고 나니 걱정이 더했다. 길을 걸어 집으로 돌아오면서 나는 어젯밤과는 또 다른 걱정에 싸여 들고 있었다.

일이 참 난처하게 되어 있었다. 아버지는 다시 집 안으로 들어앉을 수밖에 없게 되신 꼴이었다. 지부장 자리를 내놓게 되었다면 아버지로선 그게 바로 실직 한가지였다. 평당원으로 그냥 사무실을 나다니지 않으실 건 뻔했다. 사무실 사정이 그럴 수도 없을 터였다. 아버지가 사무실을 '그만두기로 했다'고 말하지 못하고 '그만두게 됐다'고 하신 심정도 이해할 만했다.
 꼭 여섯 달 만이었다. 아버지가 의기양양 사무실을 나다니시던 일이 눈에 선했다. 아버지가 ×당과 인연을 맺게 된 것은 좀 이상한 경로로 해서였다. 더위가 기울기 시작한 지난해 어느 늦여름날이었다. 그러니까 그때는 아버지가 복덕방 노인과 다툰 일이 있고 나서 두문불출 한동안 집 안에만 들어앉아 계실 때였다. 복덕방 노인들과 어떻게 다시 화해를 시켜드리려고도 해봤지만 아버지는 막무가내로 그렇게 집에만 들어앉아 계셨다. 한동안 뜸하던 갖가지 궁기가 되살아나시던 판이었다. 어머니와 나는 이러지도 저러지도 못하고 난처해 있는 참인데 하루는 뜻밖에 ×당 ×지구 지구당 간부 두 사람이 아버지를 찾아왔다.
 이들이 아버지를 찾아온 것은, 아버지는 경력도 있고 또 당장은 하는 일도 없으시고 하니, 가을철에 있을 ○○투표 때 동네 안에서라도 ×당을 위해 활약을 좀 해주십사는 것이었다. ×동에는 ×당 조직이 미약할 뿐 아니라 조직을 맡아줄 듬직한 인물이 없어 고민하던 참이니 그렇게만 해주시면 당장이라도 ×동 지부를 아버지에게 맡겨드리겠다며, 두 사람은 번갈아 간청을 해왔다. 아버지는 물론 주저하셨다. 며칠 좀 생각을 해보시겠다며 일단 두 사람을 돌려보냈다. 나도 물론 처음에는 뭐라고 말씀을 드려야 할지 그 일에 대해선 자신이 없었다. 그러나 하루 이틀 지나는 동안에 생각이 정해졌다. 아버지는 역시 어디든지 출입하실 곳이 있는 것이 좋을 것 같았다. 나는 아버지에게 승낙을 권유했다. 아버지도 내심으론 은근히 의향이 계셨던 모양이었다. 아버지는 나의 권유를 쉽게 받아들이셨다. 반대는 어머니뿐이었다. 그러나 어머니는 문제가 아니었다. 며칠 후에 아버지는 결국 당신이 직접 ×당 구 당 사무실을 찾아가 ×동 지부장 취임을 승낙하고 돌아오셨다.

아버지는 그 후 당신의 결정을 후회하시는 일이 한 번도 없었다. 나 역시도 그 아버지에게 지부장 취임 승낙을 권유해드린 일이 무척도 잘한 일처럼 생각되었다.

아버지는 다음 날부터 당장 출근을 시작하셨다. 20년 이상이나 사용해오시다 퇴직 후에 골방 속에 내던져두셨던 헌 가죽 가방을 찾아내어 정성껏 손질을 하신 다음, 그것을 겨드랑이 아래 소중하게 끼어 들고는 나보다도 먼저 대문을 나서곤 하셨다. 사규가 엄격한 회사의 모범 사원 같은 출근이었다. 그리고 저녁이 되면 역시 또 격무에 쫓겨 특근까지 끝내고 돌아오는 모범 사원처럼 느지막이 대문을 들어서시곤 했다. 그러면서도 아버지는 피곤해하시거나 짜증을 내시는 일이 거의 없었다. 투표가 끝난 다음부터는 귀가 시간이 좀 당겨졌지만, 어쨌든 아버지는 그렇게 늘 의기양양해 있었고, 당신의 일에 대해 커다란 긍지와 자부심을 가지고 지내셨다. 투표가 끝나고 나서도 그런 아버지의 출근이 계속되고 있었음은 물론이었다.

아버지의 생활 일반이 모두 달라졌을 것은 말할 것도 없었다. 투표 날 참관인석에 의젓하게 앉아 계시던 그 흡족하고 긍지에 찬 아버지의 얼굴, 집에서의 당신의 얼굴도 늘 그날의 그런 표정이었다. 그런 얼굴로 아버지는 걸핏하면 사무실 일과 그곳 사람들의 이야기를 자랑스럽게 꺼내셨고, 어떤 때는 바로 그 이야기의 주인공들을 집에까지 데려와서 어머니를 불시에 괴롭게 하기도 하셨다. 궁기 같은 건 흔적도 없이 사라져버린 대신, 젊은 시절의 호기가 되살아나서 제법 어머니를 호령하고 나서기도 하셨다. 아버지로선 퇴직 후에 맞은 새로운 황금기 같은 6개월 동안의 일이었다.

— 한데 그 아버지가 이제 또 집으로 들어앉게 되시다니⋯⋯

생각을 좇다 보니 어느새 집 앞까지 닿아 있었다. 대문을 들어서자 나는 곧장 내 방으로 들어가 옷을 갈아입고 다시 안방으로 건너갔다. 퇴근 인사도 드릴 겸 아버지의 눈치를 살피기 위해서였다.

아버지는 아직도 마찬가지였다. 아무래도 심기가 풀리지 않은 눈치였다. 불도 켜지 않은 채 묵묵히 무거운 표정으로 어둠을 지키고 앉아 계셨다. 부엌일 때문이긴 하겠지만, 아직 불도 켜지지 않고 있는 걸로 보아 어머니도 당신 곁엔 빗감을 못하고 계신 모양이었다. 내 귀가 인사에도 아무 대꾸가 없으신 당신의 분위기가 간밤보다도 한층 더 심각했다. 한데도 나는 터무니없이 웃음이 터지려 했다. 그러나 아버지 앞에선 웃음을 참아드리는 수밖에 없었다. 나는 다시 조심스런 거동으로 형광등 스위치를 찾아 몸을 일으켰다. 우선 불이라도 켜드리기 위해서였다. 그런데 그때였다.

"그만둬라!"

갑자기 아버지가 역정을 터뜨리셨다.

"그리고 넌 좀 네 방으로 가 있거라. 혼자 있고 싶으니⋯⋯"

나는 더 이상 참을 수가 없었다. 불을 밝히고 나서 짐짓 다시 아버지 앞으로 가까이 다가앉았다. 그리곤 불쑥 아픈 소리를 들이밀어버렸다.

"아버지께서도 참…… 그까짓 일을 가지고 뭘 그렇게 속을 상해 하구 계십니까."

내친김에 이어 안 할 소리까지 지껄였다.

"그것도 뭐 그러려구 해서 그런 게 아니라 상급 당부 방침이 그렇게 정해져서 할 수 없이 그리된 모양이던데요 뭘."

그러자 느닷없이 다시 아버지가 언성을 높이셨다.

"너 오늘 사무실에 갔었구나!"

어차피 이젠 어름어름 뒷걸음질을 칠 수가 없었다.

"예, 갔습니다. 그리고 아버님의 그 젊은 친구도 만났구요."

"그 녀석은 왜 만나냐? 누가 널보구 그런 망나니 후리배들을 찾아다니라구 했어?"

아버지의 역정은 왠지 점점 더 심해져가고 있었다.

"전 아버지의 아들이니까요. 아버지의 일이 궁금하지 않을 수가 있습니까. 그리고 아버지께선 그 친굴 몹시 아끼지 않으셨습니까."

"아끼다니? 내가 그런 비렁뱅이 배신자 따월 언제 아껴? 왜 내가 그런 걸 아껴?"

내가 바로 그 몹쓸 배신자라도 되듯 아버지는 숫제 나에게 화풀이를 퍼붓고 계셨다. 사정을 대략 짐작할 만했다.

"하지만 그 친군 아버님 걱정을 하던데요."

"내 걱정? 홍 주제넘게스리. 내 걱정 말고 제 앞길 걱정이나 하라구 그래라. 그런 배신을 하구 제놈은 언제까지 온전할 줄 알구 그 개수작이야 개수작이. 믿는 도끼에 발등 찍힌다구, 앞장서서 일을 꾸민 놈이 바로 그놈이었단 말이다. 그리고서도 이제 와선 또 뭐가 어쩌구 어째?"

　아버지는 숨결까지 심하게 씨근덕거리고 계셨다. 나는 그만 입을 다물었다. 아버지도 이젠 숨이 차서 더 이상 저주를 퍼부을 기력이 없으신 모양이었다. 숨을 가라앉히느라고 한동안 가만히 말을 참고 계셨다. 방 안엔 다시 무거운 침묵이 도사리기 시작했다.
　아버지의 숨소리가 서서히 가라앉고 난 다음이었다. 이윽고 아버지가 다시 입을 열었다. 이번에는 어느새 풀이 잔뜩 죽은 목소리였다. 그리고 그것은 묘하게도 듣기 거북한 은근스러움이 어린 목소리였다.
　"한데 이번 일 네가 좀 어떻게 알아볼 데가 없겠느냐?"

　아버지는 언제까지나 계속 두문불출이었다. 아무리 기분을 맞춰 바람이라도 좀 쏘이러 나다니시라 해도 아버지는 막무가내였다. 한번은 노인당으로 시조나 하러 다니시라고 한 곳 소개를 해드렸더니 꼭 하루를 나갔다 오셔서는 그만이었다. 모두가 나이만 많이 먹은 궁상스런 노인들뿐이어서 함께 어울리기가 싫으시다는 것이었다. 아버지는 그렇게 방 안에만 들어앉아서 다시 옛날의 궁색기들을 한 가지 한 가지 되살려내고 계셨다. 게다가 이번에는 당신의 그런 증세들이 다른 어느 때보다 악성이 될 수밖에 없었다. 무한정 발톱 손질을 하시거나 콧구멍을 후비고 묵은 신문을 소리 내어 읽고 하시는 버릇 외에, 내 동창 친구라도 놀러 오는 일이 있으면 공연히 안방까지 불러들여선 시국이 어떠니 인생이 어떠니, 텔레비전 같은 데서나 얻어들었음 직한 토막 상식으로 무한정 긴 설교를 늘어놓는 습벽까지 늘고 계셨다. 그러다 밤이 되면 텔레비전을 온통 혼자 차지하고 앉아서는 한사코 연속극만 고집하시는 어머니를 무시하고 무슨 토론이니 무슨무슨 교양 강좌니 하는 답답한 프로들에다 채널을 고정시켜버리곤 하셨다.

"늙은이들이라두 사람은 항상 배우고 익혀야 해. 연속극이 다 뭔가. 그러단 시대에 뒤떨어진 무식쟁이가 된단 말여."

아버지의 주장이었다. 또는 만년 건강이 걱정이시라면서, 느닷없이 한밤에 마루로 뛰쳐나가선 아무래도 장난으로밖에 보이지 않는 맨손 체조에 한참씩 열을 쏟고 계실 적도 있었다. 역시 아버지다운 궁기의 일종이었다.

아버지는 그런 식으로 하루가 달라져 보일 만큼 부쩍부쩍 늙어가고 계셨다. 누가 아버지를 저토록 갑자기 늙어버리게 하고 있는가, 가끔은 나까지도 원망스런 느낌이 들어올 정도였다.

하지만 아버지는 바깥출입만은 한사코 결사반대였다. 그것은 마치 어떻게 좀 알아볼 데가 없겠느냐고 은근히 물어오시던 말씀이 나로부터 어떤 효험도 얻어내지 못하고 만 데 대한 당신의 불만의 표시거나 시위처럼 보이기도 했다. 그러나 나로서도 이젠 어쩌는 수가 없었다. 행여나행여나 내 눈치만 엿보시는 것 같은 아버지의 딱한 정경을 보다 못해 나로서도 그사이 알아볼 만한 일은 웬만큼 다 알아보고 난 터였다. 회갑연 때의 안면을 핑계 삼아 동장 어른도 만나보고 파출소장도 찾아갔다. 혹시 아버지가 심심풀이로 나다니실 만한 단체 사무실이나 모임 같은 것이 없나 해서였다. 동네 환경미화추진위원회라든가 파월장병가족돕기운동 같은 모임쯤은 있을 법도 했다. 재수가 좋으면 뜻밖에 변변한 사회단체도 소개를 받을 수도 있었다. 시장 거리를 찾아가 친목 단체 같은 걸 알아보기도 했다. 그러나 모두가 허사였다. 모두 다 사람이 차 있거나 예상했던 단체나 모임이 존재하지도 않거나 했다. 아버지하고는 너무 인연이 멀어 그만인 것도 있었다. 동장 어른이 고심 끝에 간신히 소개한 곳이 그나마 하룻밤에 흥미를 잃고 만 그 노인당이었다. 나는 그만 맥이 풀리고 말았다. 아버지는 자꾸자꾸 초라하고 자꾸자꾸 외롭고 무기력해져가고 계셨다. 드디어는 어딜 다시 나가보겠다는 생각마저 단념을 하고 마신 것 같았다. 모든 의욕을 잃고 계셨다. 그런 아버지의 분위기가 어머니나 나에게까지 전염이 되어오는 듯했다. 나는 쓸데없이 조바심만 치고 있었다.

그러고 있을 무렵이었다. 하루는 뜻밖의 일이 일어났다.

나는 그즈음도 물론 회사에서 집으로 돌아올 때는 날마다 그 노천 복덕방 앞을 지나가게 되었고, 거기에는 또 여전히 노인들이 몇 사람 화롯불 가에 옹기종기 모여 앉아 장기를 두거나 세정 이야기들을 나누거나 하고 있었다. 그런데 언제부턴가 그 노인들은 소주를 마시는 일이 차츰 드물어지고 있었다. 일거리가 얻어걸리지 않은 탓인지 막판에는 근 한 달 남짓이나 전혀 소주를 마시는 기색이 없었다. 아직은 날씨가 완전히 풀리지 않은 어중간한 봄철이라 소주를 마시지 않는 노인들의 모습은 한결 춥고 초라해 보였다. 어느 날 나는 그 노인들을 지나오다가 문득 아버지에게만은 꼬박꼬박 약주를 대드리고 있는 일이 생각났다. 노인들이 한층 더 딱해 보였다. 별 생각 없이 정종 한 병과 과자 한 봉지를 사 들고 가서 노인들 곁에 놓아드렸다. 노인들은 대체로 성품이 단순하고 소박하게 마련이었다.
"원 이럴 데가…… 이런 고마울 데가……"
아버지와의 일은 까맣게 잊어버린 채 다투어 송구스러운 치하들을 아끼지 않았다. 그러고 돌아와서 아버지와 막 저녁상을 받고 앉아 있던 참이었다. 거기서부터 바로 그 뜻하지 않은 일이 벌어지기 시작했다.
"거 삐죽이 영감쟁이 있나!"
대문 밖에서 아버지를 찾는 소리가 들렸다. 복덕방 노인들 중의 어느 목소리임이 분명했다. 벌써 술기가 거나한 음성이었다.
"그 삐죽이 영감태기 집에 있나 말이다."
다시 대문 두드리는 소리가 났다. 나는 얼핏 방을 나가 대문을 열었다. 바로 아버지와 싸움을 벌인 그 노인이었다.
"흠! 방 안에 있으면서두 대답을 않고 있었구먼."
문이 열리자 노인은 다짜고짜 안방 쪽으로 들이닥치며 방문을 열어젖혔다.
"사람이 그러면 못써! 암 못쓰구말구. 그래 우리가 무슨 웬술 졌다구 이러고 지내야 하냐 말야. 그럴 일이 뭐 있어."
노인이 내 쪽을 향해 눈을 한번 꿈쩍해 보이며 다시 아버지에게 성화를 댔다.
"언젠가 그 일 때문이라면 내 사꽐 하지. 그땐 내가 잘못했어. 그래 오늘 밤엔 내가 그런 뜻으루다가 한잔 사기로 했다 이게야. 벌써 술을 사놓고 있으니 어서 냉큼 납시란 말이다."

아버지는 난처하기 짝이 없는 표정만 짓고 있었다. 노인의 비위살을 당할 수가 없는 모양이었다. 화를 낼 수도 없고 그렇다고 또 한 번 뻐질 수도 없는 처지임이 분명했다.

"이놈의 영감태기 뭘 하고 있어. 어서 나오라니까. 요즘은 뭐 나가는 데도 없는 모양이던데, 그래 그렇게 우릴 괄시만 하기야?"

노인은 이제 마구 방까지 뛰어들어 아버지를 일으키려 하고 있었다.

"내가 언제 괄시를 했어. 날 괄시한 건 임자네들이었지!"

비로소 아버지가 한마디 쑥스럽게 내뱉고 있었다. 아버지는 겨우 각오가 된 모양이었다. 마지못한 듯 노인의 팔에 이끌려 자리를 일어서고 계셨다.

희한한 일이었다. 하지만 희한한 일은 그뿐만이 아니었다. 아버지는 그렇게 밖으로 팔을 끌려 나가시더니 한 식경이 지나고 나서야 술이 얼큰해서 집으로 돌아오셨다.

"빌어먹을 놈의 영감태기 같으니라구. 진작 그렇게 머릴 숙여 올 일이지. 오늘 또 버르장머리 없이 굴기만 하면 혼쭐을 내주려고 했더니……"

적잖이 호기까지 부리고 계셨다. 나는 비로소 깨달아지는 것이 있었다. 아버지는 진짜 그걸 바라고 계셨던 것 같았다. 기다리시면서도 차마 당신 쪽에서 먼저 손을 내밀 용기가 나지 않아 속으로만 끙끙 앓고 계셨음이 분명했다. 그것은 아마 바깥 노인들 쪽에서도 마찬가지였을 터였다. 그게 우연스런 정종 한 병으로 뜻밖에 마디가 풀려진 것이었다.

예기치도 않은 쪽에서 어떤 가능성이 엿보이기 시작한 것이었다. 밤새도록 생각에 생각을 거듭한 끝에 나는 드디어 그럴싸한 계획을 한 가지 짜내었다. 그래놓고는 좀더 아버지의 거동을 살피기로 하고 며칠을 기다렸다.

역시 아버지는 예상대로였다. 슬금슬금 다시 복덕방 나들이를 시작하신 것이었다. 나는 이제 자신이 생겼다. 계획을 천천히 실천에 옮기기 시작했다.

먼저 사정 조사부터 나섰다. 하루는 퇴근길을 잡아서 복덕방 노인을 한 사람 따로 만났다. 영업권을 갖고 있는 진짜 주인 영감이었다. 정종 한 병의 선물 효력이 아직 남아 있었던 데다, 아버지하고도 화해들을 하고 난 참이라, 노인은 나의 말에 고분고분 정직하게 대답해주었다.

"벌이야 그 뭐 벌이랄 게 있겠나. 그저 한 달에 2, 3천 원씩이라도 나오면 소주값이나 하자는 건데…… 요즘은 그나마도 손님이 없어 이 지경 아닌가. 소주 한잔 값도 제대로 안 나와."

나는 복덕방의 수입 규모와 지역 내 영업권의 내용을 알고 싶었던 것이다.

"영업권이라는 것도 일테면 자리값이라는 건데 것두 일거리가 있는 곳이라야 자리값이 있는 거지. 일거리가 이 지경이고 보면 글쎄 누가 거저 물려준대도 나서서 하려는 사람이 있을지……"

노인은 모든 것이 시들하기만 했다. 벌이고 뭐고 그저 심심하니까 말동무라도 삼을 사람을 만나기 위해 나와 앉아 있는 것뿐이라 했다. 이야기가 의외로 쉽게 풀리고 있었다. 좀더 자리도 좋고 넓은 곳으로 옮겨보는 것이 어떠냐는 제안에 노인은 두말없이 찬성을 하고 나섰다. 아버지와 동업이어야 한다는 조건에도 노인은 무조건이었다.

"변변히 엉덩이 붙이고 앉아 있을 데만 마련된다면야, 그까짓 누가 주인이고 누가 곁다리면 어떻누. 그리고 자리를 옮겨서 형편이 펴게만 된다면 누가 주인 노릇을 한들 가끔가다 그까짓 소주 한잔쯤 안 살라구 허허허……"

노인은 오히려 희망에 부풀어 눈빛을 빛내며 웃었다. 나는 노인으로부터 모든 것을 나에게 맡기겠노라 다짐을 받은 다음, 그러나 일이 다 준비되고 나서 내가 먼저 말을 꺼내기 전까지는 절대로 아버지에게 먼저 입을 떼지 말아달라는 당부를 남기고 집으로 돌아왔다.

이번에는 아버지의 차례였다.

"아버님은 요즘 하시는 일도 없으시고 좀 무료하실 테니, 소일거리 삼아 부동산 매매 소개업 같은 거나 시작해보시면 어떻겠습니까?"

저녁상을 물리고 난 자리에서 조심스럽게 아버지의 의향을 떠보았다. 아버지는 예상대로 바깥 노인들처럼은 만만치가 않았다.

"부동산 소개업이라니? 그게 복덕방 일이 아니냐. 나보고 정말 복덕방 영감쟁이가 되라는 게냐?"

대뜸 반발을 하시고 나섰다. 그러나 나는 내친걸음이었다. 더욱이 이번 일이야말로 아버지에겐 진짜 막판 격이었다.

"복덕방 일이래도 그게 어디 다 똑같습니까. 골목 안 노인네분들처럼 하고 계시니까 보기가 흉한 거지요."

"그런 복덕방이 아니면 빌딩 짓고 장사하는 복덕방도 있다는 게냐?"

"그야 빌딩을 지어 들지 말라는 법도 없지요. 왜 그런 데 많지 않습니까. 무슨무슨 부동산 공사라고 번듯한 건물에다가 큼직한 간판을 내걸구…… 그런 덴 영업주가 어엿한 사장님입니다. 전화도 놓구 사원도 두구요. 전혀 아무것도 거북할 게 없지요."

"그래 날더러 그런 사장이 되란 말이냐?"

"못 되실 것도 없는 일이지요. 아버지만 의향이 계시면 제가 한번 힘을 써보겠습니다."

"실없는 소리 그만둬라! 다 소용없다."

아버지는 끝끝내 말씀을 굽히지 않으셨다. 나는 그만 자리를 물러났다. 사실은 더 이상 왈가왈부 논란을 계속할 필요도 없었다. 나는 이미 아버지의 의중을 알고 있었다. 아버지는 정말로 싫으신 것 같지가 않았다. 다만 싫은 척하고 계실 뿐이었다. 그 정도면 그만이었다.

다음 날부터 나는 본격적으로 일을 서둘렀다. 오면서 가면서 보아둔 곳에다 네 평쯤 되는 가게부터 한 칸 얻었다. 집에서 나가는 골목 밖 거리 연변이었다. 회사에다 부탁하여 20만 원쯤 월급을 선불해다 터값 전세금을 치르고 나머지 돈으론 가게 안을 꾸미기 시작했다. 가게 안쪽으로는 평 반쯤 마루를 놓고 남은 두 평 반에는 철제 책상 한 개와 회전의자 한 개 그리고 커다란 중고 소파 두 개를 구해 들였다. 벽과 천장에는 페인트칠을 새로 하고 동양화가 그려진 달력하며 체경 나부랭이로 장식을 했다. 전화기도 헌것으로 한 댈 마련했다. 마지막으로 '대흥부동산공사(大興不動産公司)'라고 쓴 커다란 간판을 처마 위로 올렸다. '공사(公司)'는 중국식이었다. 나는 생각 끝에 일부러 그렇게 뜻이 애매한 중국식 상호를 골랐다. 간판 아래쪽에다는 집 전화번호도 함께 적어놓게 했다. 아버지가 아시든 모르시든 나 혼자 임의로 저질러놓은 일이었다. 대개는 남의 손을 사서 한 일이었지만, 퇴근 후엔 나 자신도 틈틈이 손을 보태가면서였다. 간판을 올리는 것으로 일주일쯤 만에 모든 단장을 끝낸 셈이었다.

골목 안 복덕방 노인들은 처음엔 사정이 깜깜한 듯싶더니 나중에사 대략 눈치를 채고는 한두 번 먼발치로 살피고 돌아갔다. 그러나 노인들은 나와의 약속을 지키느라 아버지에겐 끝내 입을 떼지 않은 것 같았다. 아버지는 처음부터 눈치를 채고서도 전혀 아는 체를 않고 계셨다. 나의 기색을 이리저리 살피고 들면서도 끝까지 무관심을 가장하고 계셨다. 나 역시 그 아버지에겐 일언반구 입을 떼지 않았다. 묵묵히 내 일만 서둘렀다.

그런데 바로 그 마지막 간판을 올리고 가게 단장이 끝난 날 저녁이었다. 느닷없이 아버지가 가게 터엘 나타나셨다. 예상하지 않은 일은 아니었다. 오히려 나는 날마다 그 아버지를 기다리고 있었던 셈이기도 했다. 한데 가게 안으로 들어서신 아버지는 그러고 나서는 여전히 별말씀이 없으셨다. 유심히 가게 안을 둘러보시며 책상을 만져보고 마루도 눌러보고 하실 뿐이었다. 나는 은근히 긴장이 되고 있었다. 아버지의 기색을 살피면서 끈질기게 첫마디를 기다렸다. 그러나 아버지는 아직도 좀처럼 말씀이 없으셨다.

"어떻습니까, 아버님. 이만하면……"

참다못해 결국 내가 먼저 입을 열고 말았다. 그래도 아버지는 역시 마찬가지였다. 그리고 그런 식으로 끝내 한마디도 말씀이 없이 묵묵히 가게 안을 살피고 나신 아버지는 이윽고 다시 발길을 돌이켜버리시려는 기색이었다. 가게 문을 열고 벌써 반쯤이나 몸을 밖으로 내밀고 계셨다. 나는 그만 맥이 다 풀릴 뻔했다. 그러나 바로 그때.

"집에선 어쩌려구 전활 이리로 옮겨 올 참이냐!"

나와는 외면을 하고 계신 아버지에게서 불쑥 그 한마디가 던져져왔다.

— 그러면 그렇지.

제법 긴장을 하고 있던 나는 그제서야 겨우 한숨을 내쉬었다. 글쎄 그렇다니까. 빙그레 웃음까지 솟아 나왔다.

"그 걱정은 마십시오. 허가를 받으면 아마 같은 번호로 양쪽에서 쓸 수 있을 테니까요."

나는 얼른 대꾸를 했다. 아버지는 한번 입을 열고 나니까 다음번엔 좀더 말이 쉬워지신 모양이었다. 이내 또 다른 걱정을 하고 계셨다.

"전화도 전화지만 여기서 이런 일을 벌이고 있으면 골목 안 영감태기들이 얌전히 있어줄지 몰라……"

"것도 염려하지 마십시오. 그분들이 이쪽으로 옮겨 오시면 되니까요. 제가 벌써 다 말씀을 드려놨습니다."

아버지는 고갤 끄덕이셨다. 그러나 아직도 뭔가 미진한 얼굴이었다.

"노인들을 함부로 부릴 수도 없고…… 물심부름이라도 시키려면 사환 애 하나는 있어얄 게 아니냐."

나는 비로소 웃음을 터뜨리고 말았다. 웃으면서 아버지에게 핀잔 조로 말했다.

"그야 일을 해나가시면서 아버지께서 알아서 하셔야죠."

이날 저녁 가게 터 안에서는 모처럼 만에 다시 복덕방 노인들의 술추렴이 벌어졌다. '대흥부동산공사' 개업 턱 술추렴이었다. 그 자리엔 물론 아버지를 포함한 골목 안 노천 복덕방 노인들이 빠짐없이 모두 참석해 있었다. 아버지와 싸움판까지 벌였던 그 개구쟁이 영감은 물론, 그런 자리엔 한사코 빠지기를 서러워한다는 동장 어른까지 함께 합석해 있었다.

조촐한 대로 흥겨운 개업 잔치였다. 아버지는 너무도 기쁘고 자랑스런 나머지 반얼버무림 비슷한 것이었지만, 회갑 잔치 때를 합해 일생 두번째로 그 임진강 얼음판을 흥겨운 가락으로 뽑아내리셨다.

그리고 나서 다음 날 아침부터, 아버지는 집에서 불과 백 미터도 못 되는 그 사무실까지의 거리를 행여나 늦을세라 허겁지겁 서둘러 대문을 나가시곤 하였다.

"아버지, 이제부턴 아버지께서 모든 걸 알아서 처리해나가도록 하십시오. 세무서랑 파출소랑 신고해야 할 일이 많을 겁니다. 그리고 수입금 분배라든지 그 노인네분들하고의 관계도 잘 처리를 하셔야 할 테구요. 보셨겠지만 사장 자리는 하나뿐이거든요."

충고라도 드릴라치면 아버지는 덮어놓고 자신이 만만해지셔서는,

"오냐. 내 다 알아서 처리한다. 다 내게다 맡기고 넌 안심하구 있거라."

언제 다시 찾아내었는지 그 유서 깊은 가죽 가방까지 소중하게 끼어 드시고는 황망스레 대문을 나가시곤 하였다. 나는 날마다 그런 아버지 뒤에서 콧등 뜨거운 웃음을 혼자 참아내야 하였다.

하지만, 이제 나에게도 그 천진스럴 만큼 의기양양하신 아버지, 가게 앞을 오가다 보면 유리창 안으로 그 하나밖에 없는 회전의자를 차지하고 앉아 곰곰이 일거리 궁리를 짜내고 계시는 아버지의 의젓한 모습을 보게 된 것은 그런대로 제법 신기한 즐거움이 아닐 수 없었다.

(『자유공론』 1973년 1월호)

떠도는 말들
언어사회학서설 ①

똑, 똑, 똑……
누군가 창문을 두드리고 있었다. 벌써 한 시간 이상이나 꼼짝도 하지 않고 천장만 쳐다보고 드러누워 있던 지욱은 그러나 얼핏 몸을 일으키려 하지 않았다. 그새 사지가 모두 마비되어버린 듯 생각을 따라주지 않았다. 그는 힘껏 짓눌러놓은 용수철처럼 긴장하고 있었다. 터무니없이 또 한 번 소리가 있기만 기다렸다. 골목길로 통하는 작은 들창문은 언제나 갈색 커튼이 드리워져 있었다. 그러나 이제 그 창문 쪽에서는 다시 아무 기척도 없었다.
그냥 돌아가버린 것일까.
지욱은 그제서야 자리에서 벌떡 일어났다. 커튼을 젖히고 들창문 유리로 골목길을 내다보았다. 아무도 없었다. 아무도 없는 골목길에 언제부턴가 저녁 눈이 내리고 있었다. 초저녁 어스름이 깔리고 있는 좁은 골목의 길바닥이 제법 촉촉이 젖어 있었다. 젖은 길바닥 위로 눈송이들이 가지런히 내려앉았다간 이내 소리 없이 녹아버리곤 했다. 누군가 방금 머리 위로 그 눈발을 맞으며 지나 갔거나 아직도 그 발자국 소리가 착각처럼 귀청을 울려오고 있는 것 같은 괴괴한 골목길— 그러나 사람이 지나간 흔적은 없었다.
 그새 내가 또 누굴 기다리고 있었군.
 지욱은 금방 자신이 빈 소리를 들은 거라고 생각했다. 그러면서 그는 아직 한동안 더 그대로 유리창가에 붙어 서서 무연스레 골목 길을 내다보고 있었다. 그는 자신이 정말로 누군가를 기다리고 있 었던 게 틀림없다고 생각했다. 그러나 그는 그것이 누구인지는 확 실치가 않았다. 남자인지 여자인지, 또는 그것이 사람이 아닌 어 떤 사건이나 소식 같은 것인지도 분명히 가려 생각할 수 없었다. 다만 그는 이 며칠 동안 그렇게 자신도 잘 알 수 없는 어떤 것을 계속해서 기다리며 초조해하고 있었다는 사실만이 분명하게 의식 될 뿐이었다.
 착각을 일으킬 수도 있을 테지.
 그는 혼자 슬그머니 실없는 미소를 지었다.
 그때였다.
 따르릉—
 아랫목 탁상 아래 기가 죽어 틀어박혀 있던 전화통이 요란하게 신호를 울렸다. 이번에는 소리가 길고 분명했으므로 착각의 여지 가 없었다.
 지욱의 얼굴에 일시에 생기가 감돌았다. 그는 신호의 단속(斷 續)을 계속하고 있는 전화통 곁으로 천천히 다가갔다. 그리고는 마치 그 전화통으로 하여 간신히 실마리를 얻어낸 어떤 기대감을 가능한 한 오래 간직하고 싶은 듯, 그리고 그 기대감을 조금씩조금씩 아껴가며 될수록 천천히 즐기리라 작정이라도 한 듯, 한껏 느릿거린 동작으로 수화기를 집어 들었다.

"네, 여보세요."

"여보세요, 아 여보세요."

전화기 속의 목소리는 이제 갓 스무 살을 넘었을까 말까 한 젊은 아가씨의 그것이었다.

"거기 33국의 ×748번 아닙니까?"

아니라면 금방 울음이라도 터뜨릴 것 같은 음성이었다. 지욱은 그만 맥이 빠지고 말았다.

"전화 잘못 걸었소."

금세 목소리가 퉁명스러워졌다. 그러나 아가씨의 다급한 음성은 지욱이 아직 수화기를 내려놓지 못하게 했다.

"아, 그럼 거긴 몇 번이세요?"

"전화 잘못 걸었다는데, 그건 알아 뭘 할 테요."

"사실은요, 제가 찾고 있는 분의 전화번호가 자신이 없거든요. 제가 알고 있는 걸로는 33국의 ×748번 같지만요."

"그럼 실수를 한 모양이니까, 그 번호로 다시 걸어봐요. 여긴 ×758번이오."

사뭇 짜증이 섞인 대꾸였다. 귀찮았다. 그는 아무렇게나 대꾸하고 나서 수화기를 내려놓으려 했다. 그러나 아가씨는 뜻밖에 끈기가 있었다. 조급한 목소리로 또다시 지욱의 동작을 정지시켰다.

"실수라도 마찬가지예요. 그 번호도 전 어차피 자신이 없거든요. 하지만 선생님 댁이 ×758번이라면 혹시 거기가 윤 선생님 댁 아니세요?"

"어디…… 여기 말이오? 그렇소. 내가 바로 윤…… 윤지욱이 오마는……?"

뜻하지 않은 물음에 지욱은 어리둥절했다. 무심결에 불쑥 아가씨의 말을 시인해버리고 있었다. 그것도 자신이 바로 그 '윤 선생'이라는 소리가 입을 뛰쳐나오려는 바람에 '선생'이라는 호칭 대신 윤 자 밑에 얼른 그의 이름 두 자를 덧붙이고 만 것이었다. 더욱 뜻하지 않은 일은 그러자 갑자기 아가씨가 반색을 하고 나선 것이었다.

"어머 그러세요. 맞았어요. 윤지욱 선생님. 윤 선생님 댁 전화가 ×758번이었군요. 그러니까 이게 도대체 어떻게 된 거예요? 처음엔 제가 선생님 댁 번호를 착각하고 있었고, 그 착각에다 한 번 더 실수를 겹치는 바람에 결국은 다시 제 번호를 찾아내게 됐군요. 행운이지 뭐예요!"

이만저만 반가운 기색이 아니었다.

"그런데 댁은?"

알 수 없는 일이었다. 누군가. 전화번호도 확실치 않은 데다, 그 확실하지 않은 전화번호가 또 한 번의 실수를 거듭하는 바람에 결국은 옳은 주인을 만나게 되는 우연도 있을 수 있는가. 누군가.

지욱은 역시 일이 좀 이상스런 것 같았다. 한데 아가씨의 태도가 점점 더 수상쩍었다.

"제가 누구냐구요? 제가 누구라면 좋으시겠어요?"

장난기가 어리고 있는 아가씨의 말은 마치 누구라도 지욱이 바라는 여자가 되어주겠다는 듯한 투였다.

"누구요?"

"아이 그렇게 서두르지 마세요. 전 뭐든지 쫓기는 건 싫어요. 제가 말씀드리고 싶어질 때까진 좀……"

"날 알고 있소?"

"그야 물론이에요."

"내가 누구요?"

"호호호, 참 이상한 걸 다 물으시네요. 윤 선생님 자신의 일을 누구에게 묻고 계신 거예요?"

이젠 장난기가 제법 노골적이었다.

"전화 끊겠소."

퉁명스럽게 내뱉고는 다시 수화기를 내려놓으려 했다. 그러나 아가씨의 다급한 목소리가 좀더 그를 물고 늘어졌다.

"잠깐만요. 저도 이젠 전활 끊으려는 참이니까요. 하지만 이건 다짐을 드려둬야겠어요. 30분 뒤에…… 30분 뒤에 다시 전활 드리겠어요."

"무슨 일로 또?"

"전 아직 이야기가 끝나지 않았으니까요. 그리고 전 어쩌면 윤 선생님을 조금씩 좋아하고 있는지도 모르는 여자거든요. 정말이에요. 믿지 않으실지 모르지만 그것은 선생님께서 윤이라는 성을 가지고 계시기 때문에도 더 그래요. 전 원래부터 윤이라는 성씨를 좋아하는 괴상한 버릇이 있거든요. 윤 선생님— 얼마나 부르기가 좋아요. 하지만 이제 더 이상은 말씀드리지 않겠어요. 전 조금씩만 즐거워지고 싶거든요. 지금 죄다 이야기를 했다간 또 한꺼번에 너무 즐거워져서 기절을 하고 말 거예요."

"그럼 제발 기절을 하지 않도록……"

"하지만 이것만은 정말 꼭 기억해두셔야 해요, 윤 선생님. 30분 뒤에— 30분 뒤에 다시 전화드리겠다는 거 말씀이에요. 그리고 전 윤 선생님의 모든 것, 성함이나 전화번호 같은 건 물론이구, 하고 계시는 일이나 생기신 모습, 취미, 옷차림 하다못해 걸음걸이 하나까지도 모두 다 속속들이……"

수화기를 내려버렸기 때문에 아가씨의 다음 말은 더 이상 이어지지 못했다. 아가씨는 아마 그토록 속속들이 지욱을 잘 알고 있노라고 할 참이었을 게다. 이상한 협박이었다. 그러나 지욱은 더 괘념하지 않기로 했다. 모두가 자신의 어줍잖은 실수 때문에 생긴 일일 터였다. 그는 아랫목으로 내려와 아깟번처럼 다시 천장을 향해 반듯이 몸을 눕혀버렸다.

제기. 알긴 뭘 알아. 요즘 전화들이란 왼통……

그는 혼자 속으로 투덜대고 있었다.

그러나 이번에는 금세 또 전화통이 그를 가만있지 못하게 했다.

따르릉—

또다시 요란스런 신호 소리가 울려왔다. 지욱은 반사적으로 몸을 반쯤 일으키다 말고 원망스러운 듯 잠시 전화통을 노려보고 있었다. 이마엔 엷은 피곤기가 어리고 있었다.

젠장맞을.

그는 다시 한 번 투덜댔다. 그러나 이윽고 미적미적 무릎 밀음으로 전화통까지 다가가 수화기를 집어 들었다.

"여보세요."

아깟번과 같은 기대감이 전혀 깃들이지 않은 목소리였다.

"아, 여보세요. 거기 사모님 좀 바꿔주세요."

이번에는 걸직한 남자의 목소리였다.

"사모님요? 사모님, 누구 말입니까."

"오 과장님 부인 말씀입니다. 거기 오 과장님 댁 아닙니까?"

영락없이 또 혼선이었다. 혼선 아니면 오접(誤接)이었다.

"전화 잘못 걸었소. 이 집엔 오씨 성 가진 사람도 없고 과장 하는 사람도 없소."

"그럼 실례지만 거긴 몇 번이죠?"

"여기가 몇 번이든 그건 댁에서 상관할 것 없소."

퉁명스럽게 쏘아붙이곤 수화기를 내려버렸다.

알 수 없는 일이었다. 요즘 와선 이상하게 잘못 걸려온 전화가 많았다. 혼선도 많았고, 듣다 보면 아무렇게나 번호를 돌린 것이 우연히 선이 닿아 오는 수도 많았다. 방금 걸려온 두 차례의 전화도 이를테면 그 비슷한 것들이었다. 실상 이 몇 주일 동안 지욱이 받은 전화는 거의 모두 그런 것뿐이었다. 제대로 걸려온 전화는 기억에도 없을 정도였다. 이상하게도 요즈음은 또 그렇게 지욱을 찾는 사람도 없었다. 이해할 수가 없었다. 물론 그의 탓은 아니었다.

지욱은 다시 아랫목으로 발을 뻗었다.

하여튼 어떻게 이젠 일이라도 좀 제대로 풀려나가야 할 텐데.

아랫목으로 발을 뻗고 기대앉은 채 이윽고 그는 책상 위에 펼쳐진 원고지 위로 잠시 망연한 시선을 내려뜨렸다. 책상 위에 쓰다 만 피문오(皮文五) 씨의 자서전 원고가 까마득하게 먼지를 뒤집어쓰고 있었다. 이 며칠 동안 한 줄도 더 말을 보태지 못한 채 고스란히 그렇게 빈 시간만 흘려보내고 있었다.

'코미디언— 자신의 말과 웃음이 끝끝내 자기 것이 될 수 없는, 자기의 것이 되어서도 안 되는, 그래서 그 말이나 웃음이 항상 자신과는 따로따로여야 하는 그 슬픈 코미디언의 숙명을 무의식중에나마 나는 나 스스로 짊어지고 나섰던 것이다. 될 수만 있으면 내 개인의 슬픔을 멀리하고 내 아픈 내력이나 삶의 고뇌하고는 말과 웃음이 멀리 떨어져 있어야 그것들이 보다 쉽게 청중의 것이 될 수 있는, 애초부터 나의 말과 웃음은 사랑하기를 단념해버린 채 청중의 말이며 청중의 웃음을 자신 안에서 더욱더 아끼고 사랑해야 하는 그 코미디언의 슬픈 숙명을 말이다. 나의 말은 과연 나의 말이 아니며 나의 웃음은 과연 나의 웃음이 아니다. 나의 말은 청중의 말이며 내 웃음 또한 청중의 웃음이며, 그것들은 이미 나의 말, 내 웃음이 아닌 것이다.'

코미디언 피문오(우리 시대의 코미디언 피문어 씨의 본명이 그렇다는 것은 누구나 다 알고 있는 사실이다) 씨의 자서전은 거기까지 씌어지고 있었다. 자서전 대필은 근래 지욱의 본업이 되다시피 하고 있었다. 그는 방금도 그 피문오 씨의 자서전 대필 작업을 떠맡고 있는 중이었다. 물론 그것은 피문오 씨 자신의 생활 경험이나 생의 궤적과 깊이 상관이 되지 않는 작업이었다. 그럴 필요도 없었다. 윤 선생께서 적당히 알아서 아…… 거 윤 선생께선 다 잘 아시지 않아요— 피문오 씨가 솔직하게 웃으면서 주문했듯이 모든 것이 일방적으로 지욱의 머릿속에서 창작되고 그의 손끝에서 다시 꾸며져나가고 있었다. 코미디언 피문오 씨의 반생은 오로지 지욱에 의해 그 운명이 다시 엮어져나가고 있는 중이었다. 그런데 그 일이 요즘엔 통 진척이 없었다.

 나의 말은 나의 말이 아니며 나의 웃음은 나의 웃음이 아니다. ……나의 말은 청중의 말이며 내 웃음 또한 청중의 웃음이매…… 늘 거기서 생각이 끊어져버렸다. 그래 그게 어쨌단 말인가. 그러니까 앞으로 피문오 씨는 어떻게 되어야 한단 말인가. 피문오 씨의 운명은 도대체 어떻게 되어가야 한단 말인가.

 전화통 때문이었다. 전화통이 한 발짝도 생각을 더 이어나가지 못하게 했다. 생각을 풀어나가 보려고 하면 그때마다 전화벨이 꼭 방해를 하고 나섰다. 수화기를 들어보면 번번이 잘못 걸린 전화이기 일쑤였다. 불쑥 신경질이 치솟아버리곤 했다.

 하지만 이젠 언제까지나 그 전화통 핑계만 대고 있을 수가 없었다. 피문오 씨의 일이 끝나면 또 한 사람이 차례를 기다리고 있었다. 최상윤 씨. 충청북도 어느 벽지에서 야산을 개간하여 3만여 평의 황무지를 젖과 꿀물이 줄줄 흐르는 일급 옥토로 일궈낸 의지의 사나이. 지욱은 다음번 일거리로 그의 자서전 대필을 맡아놓고 있었다. 피문오 씨의 일이 빨리 끝나야 했다. 게다가 최상윤 씨로부터는 일이 언제쯤부터 시작되겠느냐고 벌써 두 차례나 독촉 편지를 받고 있는 터였다.

억지를 좀 써보자.

지욱은 생각을 다부지게 지어먹고 원고지 앞으로 다가앉았다.

그러나 그는 이내 다시 원고지를 내동댕이치곤 방바닥으로 덜렁 드러누워버렸다. 원고지 앞에 참고 앉아 있자니 금세 또 전화벨이 울려올 것 같은 조바심만 더해갔다. 그는 이제 아무리 애를 써봐야 결국은 허사가 되리라는 것을 알고 있었다. 생각할수록 별일이었다. 어떤 때는 그게 좀 뜸해진 듯싶어지다가도 원고지만 대하고 앉으면 영락없이 꼭 신호를 울려왔다. 그리고 그렇게 한번 틈이 열리면 그것은 숨 돌릴 사이도 없이 연거푸 찌르릉거리며 극성을 떨어대곤 했다. 지금도 한동안 잠잠해 있던 전화통이 그 싱거운 아가씨를 신호 삼아 벌써 두번째나 낭패를 보이고 있는 것이다. 지욱은 벌써 제풀에 지쳐 떨어진 꼴이었다. 이번에는 그 아가씨의 전화가 이상하게 뒷입맛까지 개운치 않았다. 여느 때처럼 그냥 웃어넘겨버리긴 했지만 마음 한구석엔 묘하게 아직 그 아가씨의 마지막 목소리가 지워지지 않고 있었다.

30분 뒤에 다시 전화를 걸겠다고? 그는 자기도 모르게 전화통 쪽으로 신경이 쏠려 있었다. 그렇다고 지욱이 그 아가씨의 다짐 때문에 어떤 실없는 기대 같은 걸 남기고 있는 것은 물론 아니었다. 그는 애초 아가씨를 신용하지 않았다. 이름까진 대지 못했지만 전에도 그 비슷한 전화가 몇 번 있었다. 그래서 그는 묻지 않고도 이미 짐작을 하고 있었다. 그녀에 대해선 가령 이런 추리가 가능했다. 그녀는 스스로 강조했듯이 윤씨 성을 가진 사람을 좋아하는 버릇이 있다. 심심하면 전화번호부 같은 데서 윤씨 성 가진 사람을 찾아내어 그 윤씨 성 가진 집 젊은이와 전화통 속에서 말장난을 즐긴다. 그러다 하루는 어떻게 번호를 잘못 돌려 우연히 지욱의 집으로 선이 이어지지만 거기서도 운 좋게 윤씨 성 가진 젊은이를 찾아낸다…… 좀더 점잖은 추리를 하자면, 아가씨는 처음부터 전화번호부에서 지욱의 이름을 찾아내고 그의 번호를 돌렸달 수도 있었다. 그래놓곤 정작 지욱이 전화를 받고 나서자 그녀는 방금 자기가 돌린 전화번호를 한 자쯤 착각한다…… 그리고 그 두 가지 경우 중 하나라면 아가씨는 아마 전자 쪽에 더 가까울 것도 쉽게 짐작할 수 있었다. 그녀는 몇 차례나 ×748번을 외워뒀을 테니까. 착각이었다면 금세 자신의 착각을 발견할 수 있었다. 무엇보다도 그것은 지금이라도 그 ×748번을 돌려 윤씨 성을 가진 청년이 있나 없나를 확인해보면 금세 알 수 있는 일이니까.

　지욱은 그런 모든 사정을 곰곰이 따져가면서 생각해보지 않고도 환히 다 짐작을 하고 있었다. 근래의 전화들이 그에게 그런 반사적인 추리력을 길러준 것이었다. 그는 처음부터 여자의 말엔 주의를 주지 않았다. 더구나 ×748번을 돌려서 윤씨 성 가진 청년의 거주 여부를 확인해보는 따위의 행동 같은 건 아예 염두에도 두지 않았다. 전화가 끊어지는 것으로 모든 것을 잊어버리려고 했다. 한데 아가씨가 이쪽을 속속들이 알고 있노라 맹세하듯 몇 번씩 다짐을 해온 것이나, 30분 후에 반드시 다시 전화를 걸겠노라 협박조로 지껄여댄 말들이 정말 어떤 효험을 발휘한 것인가. 이번 경우에는 아가씨의 일이 터무니없을 만큼 끈질기게 지욱의 주의를 간섭해왔다.

어느새 탁상시계가 6시를 가리키고 있었다. 아까 아가씨의 전화를 받았을 때가 5시 반경이었으니 얼핏 30분이 다 지났을 시간이었다. 지욱은 이제 제법 긴장기까지 느끼고 있었다.

정말 전화를 걸어올까.

그런데 바로 그때였다.

따르르릉 —

기다리고 있기라도 했던 듯 6시가 정확해지자 정말로 전화벨이 울렸다.

젠장 정말이었던 게로군. 도대체 어떤 아가씬가.

지욱은 버릇처럼 투덜대기 시작했으나 몸은 벌써 스적스적 전화통 앞으로 다가가고 있었다.

"여보세요."

"……"

"아, 여보세요!"

그러나 지욱의 터무니없이 퉁명스런 목소리가 맘에 들지 않은지 신호를 보내놓고도 저쪽에선 얼핏 대꾸를 해오지 않았다.

"아 여보세요, 여보세요!"

뭐 또 이런 전화가 있어.

낭패였다. 그는 좀 성급한 듯싶게 수화기를 내려버렸다. 그러나 그는 수화기를 내려놓기 전에 저쪽에서 먼저 전화가 끊기는 기척을 분명히 알아차릴 수 있었다.

빌어먹을—

 그는 사뭇 얼굴 근육까지 굳어지고 있었다. 그러나 바로 또 그 때. 따르릉— 차례를 기다리고 있었다는 듯 수화기를 내려놓자마자 성급하게 다시 전화통에서 신호 소리가 튀어나왔다. 지욱은 이제 투덜댈 겨를도 없었다. 반사적으로 다시 수화기를 집어 들었다.

 "여보세요."

 "여보세요? 아 선생님이시군요, 저예요."

 이번에는 그 아가씨의 목소리가 틀림없었다. 그녀는 이제 지욱이 제법 구면이라도 되는 양 허물이 없는 말투였다. 그러나 지욱의 어조는 퉁명스럽기만 했다.

 "왜 또 전화요?"

 "왜 또 전화질이냐구요. 아이참 선생님두, 아까 제가 약속드리지 않았어요. 30분 후에 다시 전화드리겠다구요."

 아가씨는 지욱의 어조 같은 덴 전혀 아랑곳을 하지 않는 투였다.

 "하지만 전 어쨌든 반가워요. 선생님께서 절 알아보셨는걸요."

 "전화 끊겠소."

 지욱은 공연히 조급해져서 화를 냈다. 그러나 그는 차마 아직 수화기를 내려놓진 못했다.

 "아이참 선생님도…… 그러시면 저 실망이에요. 선생님을 미워할 테예요. 아까부터 공연히 화만 내시구……"

 "……"

 "윤 선생님은 제가 정말 누군지, 어떤 말괄량이 아가씬지 궁금하지도 않으세요?"

"그건 벌써 몇 번씩 물은 걸로 기억하고 있소. 하지만 이젠 굳이 알고 싶지도 않소."

"제 편에선 윤 선생님을 속속들이 다 알고 있는데두요? 그래도 선생님께선 절 알고 싶지 않으시단 말씀이세요?"

"할 수 없는 일이지."

"선생님은 정말 무정한 분이시군요. 하지만 전 그럴 수 없어요. 선생님께 제가 누군지를 알으켜드리고 말겠어요."

"알고 싶지 않다면?"

"그건 거짓말이에요. 선생님은 지금 거짓말을 하고 계신 거예요. 그야 거짓말이 아니라도 상관은 없어요. 전 기어코 선생님께 제가 누군지를 알게 해드리고 말 테니까요."

"자신만만하시군."

"선생님께서 제 방법을 용납해주실 테니까요."

"방법?"

"네. 전 선생님께 저를 알으켜드릴 방법을 생각해놓았거든요. 지금도 그걸 말씀드리려고 전화드린걸요."

"거 한번 들어봅시다."

"어머, 좋아라. 그럼 선생님 이렇게 해요. 지금 곧 옷을 갈아입으시고 댁을 나오세요. 아직도 눈이 오고 있으니까 외투를 입으시는 게 좋을 거예요. 댁을 나오시면 택시를 타고 광화문 쪽으로 오세요. 그러면 댁이 신촌 쪽이시니까 서대문 육교를 지나 문화방송 앞을 지나시게 될 거예요. 그럼 문화방송 앞에서 차를 내리세요. 거기서 건너편 쪽으로 관상대 올라가는 골목이 마주 바라보여요.

그쪽으로 길을 건너오세요. 길을 건너오시면 관상대 올라가는 골목 입구에 가로등이 하나 서 있어요. 그리고 그 가로등 아랜 아가씨 하나가 눈을 맞으며 떨고 서 있을 거예요……"

"가엾겠군."

"하지만 괜찮을 거예요. 그 아가씬 북구의 여인들이 즐겨 쓰는 하얀 털모자를 뒤집어쓰고 털장화에 벙어리장갑을 끼고, 그리고 손가방 속에는 아빠의 서랍에서 훔쳐낸 향기 좋은 담배가 한 갑 숨겨져 있을 테거든요. 선생님께 드리려구 말씀예요. 선생님께 그 담밸 드리고 나서, 그 담배를 피우고 계실 선생님을 행복하게 바라보고 앉아 있을 자신을 상상하면서 그 아가씬 아마 추위도 잊어버릴 수 있을 거예요. 그뿐인가요. 선생님을 만나면 거리엔 어디든지 따뜻한 다방이 있어요."

"……"

"제 방법 어때요? 근사하죠, 선생님. 그리고 용납해주시는 거죠?"

"……"

"나와주시는 거죠? 지금 곧 말이에요."

"……"

"그럼 저 그렇게 알고 전화 끊겠어요?"

전화가 바로 끊겼다.

의심이나 망설임, 그리고 궁색한 사변과 오만스런 무관심은 이런 경우 아무 도움도 될 수 없었다. 그것들은 사태를 오히려 더 혼란스럽고 난처하게 만들 뿐이었다. 그리고 끝내는 자신의 은밀스런 충동과 호기심을 이겨내지도 못한다.

 10여 분 후, 지욱은 결국 광화문으로 나가는 택시 안에 몸을 싣고 있었다. 전화가 끊기는 순간 그는 결국 그렇게 되고 말 자신을 알고 있었다. 아가씨의 말투로 보면 그녀 쪽에서는 정말로 어느 만큼 지욱을 알고 있는 듯싶기도 했다. 그야 당장이라도 그 ×748번으로 전화를 걸어보면, 사정이 좀더 분명해질 수도 있었다. 하지만 지욱은 굳이 그러고 싶진 않았다. 그게 오히려 더 치사스럽게 느껴졌다. 조금은 두렵게 여겨지는 데도 있었다. 어쨌거나 그는 아가씨의 말을 모른 척해버릴 수가 없었다. 마음 한구석에 아쉬움 같은 것이 되어 남아서 그때는 이러기도 저러기도 난처해져서 때늦게 혼자서 허튼 정력만 빼앗기고 있을 자신이 분명했다. 아쉬움을 남길 필요가 없었다. 반신반의― 그런 정도의 심사로 지욱은 집을 나서버린 것이었다. 그러나 지욱은 어쨌든 자신이 우스워지지 않을 수 없었다. 그는 달리는 차창으로 아우성처럼 몰려드는 눈발을 내어다보면서 혼자 생각에 잠기기 시작했다.

 참으로 이상한 현상이었다. 사람들이 말을 아끼기 시작한 것은 퍽 오래전부터의 일이었다. 언제부턴가 사람들은 그들의 말을 극도로 아끼기 시작했다. 술집에 모인 사람들은 말없이 술만 마셨고 찻집에 모인 사람들은 찻잔을 들여다보며 말없이 차만 마셨다. 사무실 같은 데로 친구를 찾아가면 웃는 듯 만 듯 악수를 끝내고 나서는 서로가 담배나 뻐금뻐금 피우고 앉았다 헤어지게 마련이었고, 어쩌다 고향 고을 사람을 만나도 고작 어른들 잘 계시냐는 문안 인사 정도로 이내 발길을 돌려버리곤 했다. 알 수 없는 일이었다. 그렇다고 사람들이 원래부터 그렇게 말을 아끼는 편이었냐 하면 그런 것은 물론 아니었다. 그들은 한때 지극히도 말을 사랑한 사람들이었다. 오히려 그 말을 혹사했다고 해도 좋을 만큼 그들은 말을 사랑했고 그것을 즐겼다. 그 시절, 지상의 모든 가난은 사회 사업가들의 입술 위에 있었고, 조국의 백년대계는 교육자와 청년 운동가들의 입술 위에 있었으며, 모든 시대 정의는 문학도와 역사학도와 종교인들의 입술 위에 있었다. 그리고 만인의 복지와 민주주의는 대체로 사업가나 정치인들의 입술 위에 있었다. 사람들은 그 모든 것의 현주소를 그들의 입술 위로 옮겨놓았을 만큼 말을 사랑하고 그 말들을 즐겼다. 그들의 입술 위에서 그것은 차라리 말의 혹사였고 말의 학대라고까지 할 수 있었다.

그러던 사람들이 언제부턴가 느닷없이 그 말을 거꾸로 아끼기 시작한 것이다. 지욱은 답답해지기 시작했다. 그리고 외로워졌다. 그는 말을 만나기 위해 거리를 나다니곤 했다. 친구들을 찾아다니고, 술집엘 기어들어가고, 다방을 드나들었다. 그러나 언제나 낭패였다. 사람들은 끝끝내 말을 아껴버렸고 그는 혼자 지쳐서 그때마다 하릴없이 집으로 쫓겨 들어와야 했다. 말은 이미 사람들을 떠나버리고 만 것 같았다. 지욱은 결국 제풀에 말을 찾아다니는 일을 단념하고 말았다. 그러나 그는 모든 말을 다 단념하지는 못했다. 그는 기다리기 시작했다. 언젠가는 만나질 말이 있겠지, 어디선간 뜻밖에 만나게 될 말이 있겠지.

전화통에 관심이 기울기 시작한 것은 그 무렵부터였다. 어느 날 그는 문득 그 전화통 앞에 앉아 누군가를 무작정 기다리고 있는 자신을 발견한 것이다. 그런데 그 무렵부턴 전화통도 마찬가지였다. 신호가 울린 일이 없었다. 이틀이고 사흘이고 찾는 사람이 없었다. 지욱은 거기서도 낭패였다. 그래 지욱은 전화를 기다리고만 있을 것이 아니라 그 스스로 전화를 걸어보기로 작정했다. 하지만 막상 그렇게 작정을 하고 나니 이번에는 이쪽에서 마땅한 이야깃거리가 생각나주질 않았다. 전화를 걸어볼 만한 친구도 쉽지 않았다. 어떤 땐 아무 친구나 생각키는 대로 번호부터 돌려보기도 했지만 저쪽에서 수화기를 드는 소리가 나면 영 입이 떨어지지 않았다. 까닭 없이 겁을 먹고 이쪽에서 그냥 수화기를 내려버리거나, 아닙니다, 전활 잘못 걸었군요, 또는, 거기 ××포목점 아닙니까 하는 식으로 되는 대로 엉뚱한 소리를 지껄여 전화를 끊어버리곤 했다. 지욱은 문득 그 자신에게서마저 차츰 말이 떠나가고 있음을 느꼈다.

  그런데 바로 그 무렵부터였다. 또 한 가지 이상한 현상이 일어나기 시작했다. 그토록 침묵만 지켜오던 전화통이 어느 날부턴가 갑자기 신호를 울려오기 시작한 것이다. 그리고 그렇게 한번 침묵을 깨고 난 전화통은 그것을 신호로 하여 귀찮도록 쉬임 없이 지욱을 그 전화통 앞으로 불러댔다. 하지만 그보다도 더 괴이한 일은 그 모든 전화들이 어찌 된 심판인지 거개가 다 혼선 아니면 오접, 착각 아니면 고의에 의한 장난 전화들뿐이라는 사실이었다. 수화기를 들면 번번이, 거기 연탄 가게 아닙니까, 하는 식으로 엉뚱한 소리를 물어오기 일쑤였다. 김 선생님 계십니까, 선생님 좀 바꿔주세요— 또는 다짜고짜로, 조 선생님이시군요, 안녕하세요, 저예요……, 어쩌고 하는 투도 있었다. 어떤 때는 가만히 이쪽 기척만 살피다가 그냥 슬그머니 수화기를 내려놓을 때도 있었다. 하지만 그런 정도는 그래도 참을 만한 편이었다. 한두 마디 건네보다가, 전화 잘못 거셨소 하면, 저쪽에선 되려 미안합니까, 능청을 떨고 나서는 경우도 있었다. 버르장머리 없이 장난질이냐고 야단을 치면 느닷없이, 감사합니까다. 여보세요, 하면 제 편에서 먼저 안녕하십니다. 누구냐고 물으면 나 말이오? 나? 내가 나지 누구겠소, 하하 나란 말요…… 이런 식이었다.

  신경이 곤두서지 않을 수 없었다. 신호가 울릴 때마다 그는 신경질이 뾰죽뾰죽 돋아났다. 숫제 수화기를 내려놓아버릴까 생각한 일도 있었다. 그러나 그것도 낭패였다. 그는 정말로 수화기를 내려놓으려고 한 일이 있었다. 그런데 수화기에 손을 대자마자 웬놈의 말이 신호도 없이 불쑥 튀어나왔다.

  "여보세요. 여보세요."

  어느새 말이 수화기까지 스며들어와서 그곳에서 숨을 죽이고 숨어 있었던 것 같았다. 그러다가 지욱이 수화기를 드는 순간 더 이상 숨을 곳을 잃고 바퀴벌레처럼 허공으로 불쑥 튀어나온 것 같았다. 그는 치가 떨렸다. 도대체 이 말들은 어디서 쏟아져 들어오고 있는가. 사람들은 그토록 말을 아끼고 있는데 이 말들은 모두 누구의 것이란 말인가. 그러나 그는 이내 그것을 깨달을 수 있었다.

  "여보세요. 거기 ××번이지요?"

  바퀴벌레처럼 징그럽게 튀어나온 말이 묻고 있었다.

  "아닙니다. 전화 잘못 거셨소."

전화를 끊고 나니 이내 또 신호가 울려왔다. 지욱은 다시 수화기를 들었다.

"여보세요…… 거기 ××번 아닙니까?"

방금 전의 목소리였다.

"아니라니까요."

잠시 후에 세번째로 똑같은 전화가 걸려왔다. 그러나 이번에는 이쪽 기척을 알아차린 저쪽이 먼저 사과를 해왔다.

"……미안합니다. 선생님, 정말 미안합니다."

그는 애원을 하다시피 말하고 있었다. 목소리가 거의 울먹이고 있었다. 지욱은 이제 그 목소리에게 더 이상 화를 낼 수는 없었다. 그는 이미 사태를 이해하고 있었다. 세번째 연거푼 전화로 인하여 그는 이제 모든 것이 제법 분명해진 느낌이었던 것이다.

수화기를 아주 내려버릴 수는 없었다. 그는 아직도 기다리고 있었다. 그리고 그럴수록 기다림은 오히려 커져가고 있었다……

차가 서대문 육교를 내려서고 있었다. 지욱은 정동 입구 문화방송국 앞에서 차를 내렸다. 차를 내려서서 우선 맞은편 관상대 올라가는 골목길을 건너다보았다. 과연 골목 입구에 가로등이 하나 푸르스름한 형광 불빛을 그리고 서 있었다. 그 불빛 속으로 여름날 부나비 떼처럼 눈송이들이 몰려들고 있었다. 그러나 그뿐 불빛 속에는 아무도 사람이 없었다.

내가 너무 빨랐나? 어쩌면 또 너무 늦었을지도 모르지. 그러나 지욱은 예감이 별로 좋지 않았다. 아니 그런 예감은 사실 집을 나설 때부터도 이미 마음 한구석에 껌껌하게 도사리고 있던 것이었다. 그것이 그 텅 빈 형광 불빛으로 인해 분명한 모습을 드러내 보인 것 같았다.

하지만 길을 건너가보자. 혹은 어디서 눈을 피하고 서 있을지도 모르지.

오버 깃을 펄럭이며 그는 길을 건넜다. 그러나 길을 건너고 나서도 그는 여자를 발견할 수 없었다. 흰 털모자, 벙어리장갑…… 그런 여자는 그림자도 보이지 않았다. 이날따라 길을 지나가는 사람도 드물었다. 텅 빈 골목 어귀에 부지런히 눈이 쌓이고 있을 뿐이었다. 눈은 이제 길을 덮기 시작하고 있었다. 아까부터의 그 기분 나쁜 예감이 가슴속에서 자꾸 더 기승을 부리고 나섰다. 그는 터무니없이 조급해졌다. 오래 서 있을 수는 없다고 생각했다. 그는 마지막으로 발돋움까지 해가며 길목들을 하나하나 살펴보았다. 결과는 마찬가지였다.

미친 짓을 했군.

그는 조급하게 발길을 돌이켰다. 그때였다. 발길이 휘뜩 한 번 미끄러지는가 싶더니 다음 순간 그는 허공을 한 바퀴 빙 돌고 나서 무참하도록 세차게 시멘트 바닥 위로 몸을 구겨 던졌다. 오버 주머니에 손을 쑤셔 넣고 있었으므로 그는 어떻게 중심을 잡아볼 겨를도 없었다. 어디선가 웃음보가 터지는 소리를 들으며 그는 재빨리 몸을 일으켰다. 오버 자락, 팔꿈치, 바짓가랑이 할 것 없이 사람 몰골이 온통 엉망이었다.

"아유, 부끄러워."

"아유, 챙피해."

조무래기 두 놈이 낄낄거리며 한마디씩 안기고 지나갔다. 지욱은 화를 낼 수도 없었다.

"선생, 화를 내세요. 그런 땐 혼자서라도 마구 화를 내셔야 합니다. 화를 내세요, 선생."

근처 국숫집 주인 사내 녀석이 문 앞에서 커다란 배를 들먹이며 웃고 있었다. 말없이 발길만 재촉하고 있던 행인들까지 일부러 그를 기웃거리며 이때라 싶은 듯 제각기 한마디씩 던지고 지나갔다.

"저 양반 발바닥에 땅덩이가 미끄러졌군."

"스케이팅은 그렇게 아무 데서나 하는 게 아니오."

그는 정말 웃을 수도 없었다.

잠시 후 지욱은 집으로 돌아오는 차 속에 다시 몸을 담고 있었다. 외투 자락과 바짓가랑이가 아직 엉망인 채로였다. 그러나 그는 이제 차라리 마음이 편했다.

그럴 테지.

그는 뭔가 미지근하던 것을 확인해버린 듯 후련한 느낌이었다. 그럴 테지. 그 여잔 만나질 리가 없었어. 미련스럽게도 난 어떤 정처 없는 말의 유령을 만나러 나섰던 거야.

그는 모든 것이 한결 분명해지고 있었다.

모든 말들이 길을 헤매고 있었다. 사람들은 이제 말을 하지 않는다. 그들은 너무나 많은 말을 하여 말들의 주소를 바꿔놓음으로써 말들을 혹사했고 말들을 배반했고, 결국에는 그 말들이 기진맥진 지쳐나게 했다. 말들은 그들의 고향을 잃어버렸고 자신들의 고향에 대한 감사와 의리를 잃어버렸다. 그래서 배반당한 말들은 자유였다. 그들이 태어날 때 지은 모든 약속에서 말들은 자유였다. 그러나 말들은 이제 정처가 없었다. 말들은 이곳저곳 떠돌아다니며 그들이 깃들일 곳을 찾았다. 어떤 말들은 전화기 속으로 숨어들어와 은밀히 둥지를 틀려고 했고, 어떤 말들은 뻔뻔스럽게 통화를 가로채고 나서며 다른 말의 소굴을 약탈하려 들기도 했다. 그러나 말들은 아직은 대개 애원을 하고 있었다. 깃들일 곳을 찾아 하염없이 떠돌면서 애원하고 있었다. 세번째나 실수를 거듭하던 그 딱한 말의 사정을 글쎄 그냥 우연한 실수라고만 보아 넘길 수 있을까. 그것은 차라리 애원이었다. 행여나 깃들일 곳이 있을까 기회를 엿보는 말들의 애원이었다. 한 사람에게 거푸 세 번씩이나 매달리고 들기도 하는 그 말들의 끈질김. 그러나 그 말들은 대개 거절만 당할 운명이었다. 거절만 당하다 보니 나중엔 염치가 없어지고 약탈꾼이 되어갔다. 그것은 마치 무리 져 떠돌아다니는 말들의 복수와도 같은 것이었다. 아닌 게 아니라 지욱은 그 말로부터 자신이 복수를 당하고 있는 것 같은 생각이 들 때가 많았다. 전화기에서는 길을 잃고 떠도는 말들이 틈만 나면 그를 끌어내어 괴롭혔다. 그것은 신호를 울리지 않고도 이미 전화기 속으로 스며들어와 숨을 죽이고 있었다. 말은 그 전화기 속에만 있는 것도 아니었다. 그것은 트랜지스터라디오와 신문지 위에도 있었다. 스위치만 넣으면 라디오에서는 정처 없는 말들이 금세 득시글득시글 쏟아져 나왔다. 신문들 위에서도 수많은 말들이 구더기처럼 바글거리고 있었다. 한결같이 고향과 주소가 없는 말들이었다. 이제 방 안에는 어디에나 유령처럼 말이 숨어 있었다. 고향을 잃고 정처 없이 떠도는 말들은 기실 지쳐 죽은 말들의 유령이었다. 지욱은 하루 종일 그 소리 없는 말의 유령들에 둘러싸여 조심조심 숨을 죽이며 살아가고 있는 꼴이었다. 그는 피곤했다. 그리고 두려웠다. 애원하지 않은 말들의 진짜 복수가 시작되지 않을까 두려웠다.

그러나 그는 아직도 전화통에서 수화기를 내려버리지 않고 있었다. 말들은 아직도 복수보다는 애원을 계속하고 있었다. 그는 기다리고 있었다. 말들이 그렇게 길을 잃고 헤매 다니는 것을 보면 볼수록 그의 기다림은 더욱더 깊어져가고 있었다. 고향을 잃어버리지 않은 말, 가엾게 떠돌지 않은 말, 그가 태어난 고향에 대한 감사와 의리를 잃어버리지 않은 말, 그가 태어날 때 지은 약속을 벗어버리지 않은 말, 유령이 아닌 말, 그는 아직도 그런 말을 기다리고 있었다. 그러다 그 아가씨로부터 전화가 온 것이다. 하지만 아가씨의 말이 정말 지욱이 기다리고 있던 말이었을까. 그렇게 믿을 수가 있었을까. 물론 그렇지는 않았다. 지욱은 처음부터 신용하지 않고 있었다. 처음에는 숫제 관심조차 두려고 하지 않았다. 그러나 연거푼 전화에 그는 행여나 하고 일단은 확인을 하고 싶어졌다. 결국엔 그래야 속이 시원해지리라는 걸 알고 있었기 때문이다. 그리고 무엇보다도 아직 그는 기다리고 있었기 때문이다. 그러나 아가씨는 나와 있지 않았다. 아가씨의 말은 정처 없이 떠도는 유령이었다. 그 역시 길을 잃고 깃들일 곳을 찾아 헤매 다니는 가엾은 말의 유령일 뿐이었다. 하지만 이제 어쨌든 그는 확인을 하고 난 셈이었다. 그는 일단 속이 후련했다.

나의 말은 나의 말이 아니며 나의 웃음은 나의 웃음이 아니다. 나의 말은 청중의 말이며, 내 웃음 또한 청중의 웃음이매……

지욱의 방 탁자 위에는 피문오 씨의 자서전 원고가 아직 그대로 널려져 있었다. 지욱이 방으로 들어섰을 때는 전화통이 마침 조심스런 침묵을 지키고 있었다. 인기 없는 트랜지스터라디오는 내던져진 석간신문 아래 덮여 아까부터 꼴도 볼 수 없었다. 지욱은 훨씬 기분이 진정되어 있었다. 이제 어지간한 전화질쯤은 쉬 참아낼 수 있을 것 같았다. 일을 다시 시작할 수 있을 것 같았다. 요즘 와서 자서전 일이 꼭 막혀 나가지지 않는 데도 분명한 까닭이 있었다. 그런 것이 한결 분명해지고 나니 그는 이제 차라리 마음 편한 자신 같은 게 생겼다.

모든 것은 으레 그렇게 되어가는 것을.

그는 천천히 원고지 앞으로 다가앉았다.

나의 말은 나의 말이 아니오, 나의 웃음은……

그러나 그때였다. 따르릉—

영락없이 또 전화통이 울어젖혔다. 지욱은 잠시 그 전화통의 신호 소리를 가만히 기다리고 있었다. 그러다가 그는 거의 아무런 동요의 빛도 없이 천천히 전화통 곁으로 다가갔다.

"여보세요."

"어머, 윤 선생님. 이제 들어오셨군요."

그 아가씨의 목소리였다. 그러나 지욱은 예상한 일이라는 듯 아직도 별 표정이 없었다.

"그런데요?"

"선생님 정말 미안해요. 선생님께선 지금 절 만나러 나갔다 돌아오는 길이시죠. 그렇죠? 그래서 전 지금 이렇게 죽여주십사 사죄 전활 드리는 거예요. 벌써 몇 번짼 줄 아세요? 어찌나 미안한지 전 아까부터 계속 이렇게 전화통에만 매달려 있다구요."

지욱은 아예 대꾸를 하고 싶지 않았다. 가만히 입을 다물고 있었다. 전화기가 혼자 떠들어댔다.

"하지만 너무 나무라진 마세요. 전 너무너무 억울해요. 제 말씀을 들으시면 선생님께서도 절 용서해주실 거예요…… 그러니까 선생님 제 말씀을 좀 들어보세요. 제발 선생님. 지금 제 말 듣고 계시죠?"

"듣고 있소."

"전 정말 선생님을 뵙고 싶었어요. 그래 곧장 집을 뛰쳐나갔죠. 눈 오는 길을 선생님하고 한없이 걸어갈 꿈에 부풀어가지구요. 물론 털모자와 털신을 신고서죠. 약속드린 대로 핸드백 속엔 담배도 감추고 있었다구요. 재수가 없었나 봐요. 아니 제가 너무 서둘렀던 탓이에요. 집 앞 골목길을 뛰쳐나가다가 그만 돌계단에서 곤두박질을 치고 말았지 뭐예요. 듣고 계시죠, 선생님……"

"그래서요."

"제 꼴이 뭐가 됐겠어요. 너무너무 창피하구 너무너무 화가 났어요. 하지만 어쩔 수가 없었어요. 전 집으로 되돌아오고 말았어요. 옷은 흙투성이가 되어 구겨진 데다 화까지 나 있는 제 꼴을 선생님께 보이긴 싫었으니까요. 모처럼 선생님을 뵐 기회를 그런 식으로 억울하게 놓치고 말다니 전 눈물이 다 났어요. 엉엉 울어버리고 싶었어요. 지금도 눈물이 나와요. 재수가 없는 날이지 뭐예요……"

"거참 안됐군."

"하지만 전 울지 않을 테예요. 선생님께서 절 용서해주실 테니까요. 그리고 이담에 더 멋지게 활짝 웃는 모습으로 선생님을 만나 뵐 수 있을 테니까요. 선생님, 그래주시죠, 네?"

"아무렇게나…… 아가씨 말하기 즐거운 대로."

지욱은 그 자신도 한차례 곤두박질을 친 일이 생각나 슬그머니 쓴웃음이 나왔으나 전화기 속의 수선스런 사설에 대해선 어차피 괘념할 일이 없노라는 듯 무관심하게 대답했다. 그러나 이 철없는 유령은 갈수록 신이 나고 있었다.

"아이 좋아라. 그러실 줄 알았어요. 선생님은 정말 제가 생각했던 대로 좋은 분이세요. 대신 요담엔 제가 선생님을 제 차에다 모시고 드라이브를 시켜드릴게요. 제겐 조그맣고 예쁜 차가 하나 있거든요. 색깔은 빨강이에요. 지난봄 아빠가 제 생일 선물로 사주신 거예요. 이담엔 차를 가지고 나갈게요. 오늘도 운전사 녀석이 차고 열쇠를 채우지 않았더라면 선생님께 제 운전 솜씨를 보여드릴 겸 차를 가지고 나가는 건데 그랬어요. 마음이 조급한 탓도 있었지만, 그랬더라면 이런 일은 없었을 텐데 말씀예요."

지욱의 얼굴엔 비로소 엷은 미소가 떠올랐다.

이 아가씬 정말 제 말들을 즐기고 있는 중이로군. 하긴 그렇지. 이 아가씨에게도 이미 자신의 자서전이 마련되어 있을 테니까.

그는 문득 자서전의 의미가 되새겨졌다. 유령들이 온통 제 세상을 만난 듯 깃들이기 쉬운 곳. 그 유령들의 소굴. 자서전. 하지만 이건 너무 고급이야. 자기 자서전 속에서 이 아가씬 너무 화려한 공주가 되고 있어, 자서전을 너무 고급으로 쓰고 있거든.

그는 슬그머니 장난기가 솟았다.

"차를 가지고 나오실 필요는 없어요."

그러나 아가씨는 물론 지욱의 말뜻을 알아들을 수가 없었다.

"그건 어째서예요? 선생님은 제 운전 실력을 못 믿으시겠는가 보죠?"

"그보다도 아가씬 처음부터 차를 가지고 나올 수가 없으니까요. 그리고 난 아마 끝끝내 아가씨를 만날 수가 없을걸요."

"무슨 뜻이죠?"

"그야 나보다도 아가씨 쪽이 더 잘 알고 있는 일일 테지만, 처음부터 우리는 다만 말끼리만 만나고 있는 중이니까요."

"역시 알아들을 수가 없네요."

하긴 그럴지도 모르지. 하지만 굳이 또 긴 설명은 해 무엇하랴.

"모르고 있는지 모르지만 아가씨의 말은 자유니까요. 아가씨의 말은 아가씨하곤 이미 아무 약속도 가지지 않고 있단 말입니다……"

"결국 선생님께선 제 말을 신용할 수 없으시다는 말씀인가요?"

"좋은 증거가 있어요. 아가씨의 말은 지금 조금도 내게 아가씨를 설명하지 못하고 있어요. 아가씬 나에게 없습니다. 단지 아가씨의 말뿐입니다. 지금도 나는 아가씨의 정처 없는 말의 유령을 만나고 있을 뿐이지요."

"알았어요. 이렇게 전화질만 하지 말고 저를 빨리 만나고 싶다는 말씀이시군요. 그렇죠?"

아가씨는 혼자 멋대로 단정했다. 그리고는 다시 뜻밖의 사실을 털어놓았다.

"역시 왕년의 신문 기자다우셔요 선생님은. 그 얘길 그렇게 빙빙 돌려대는 말솜씨가 말씀예요. 하지만 서두르진 마세요. 금세 아시게 될 테니까요."

지욱은 결국 이날 하루도 자서전 일엔 글자 한 자 보태지 못한 채 허송하고 말았다. 전화 때문이었다. 저녁을 먹고 나서도 사정은 마찬가지였다. 저녁 이후론 다행히 귀찮은 전화가 별로 없었다. 밤에는 아가씨마저 잠잠했다. 그러나 그는 아직도 일거리를 대할 수가 없었다. 자꾸만 자신이 없어졌다.

내가 너무 과민해진 건 아닐까. 어쩌면 그녀는 모두 사실을 말한 것인지도 모른다는 생각이 들었다. 허탕을 치고 돌아오면서, 그리고 집으로 돌아오자마자 걸려온 그녀의 전화를 받으면서 자신 있게 단정을 내리고 있던 생각들이, 그녀와 말 일반에 대한 자신의 선명한 느낌들이 자꾸만 뒷걸음질을 치려 하고 있었다. 무엇보다 그녀의 마지막 말이 그의 사념을 심하게 간섭해왔다.

어떻게 내 기자 경력을 알았을까. 우연이었을까.

우연이라기엔 그 말이 너무 쉽게 그리고 자연스럽게 흘러나오고 있었다. 만약 그것이 우연이 아니라면 아가씨가 처음 그를 찾아낸 일에서부터 그의 이름을 알고 있다든지 하는 일들도 모두 지욱 자신의 실수나 우연에서 빚어진 일이라고만 말할 수는 없었다. 만약 그렇다면 그녀는 그녀 자신의 다짐처럼 지욱의 이름이나 직업, 경력뿐만 아니라 좀더 자세한 것을 알고 있을 수도 있었다. 처음 생각대로 그녀의 일을 머릿속에서 지워버리기엔 아무래도 아직 아쉽고 꺼림칙한 데가 있었다. 이번에야말로 정말 그 ×748번으로 한 번 전화를 걸어볼까 싶어지기도 했다. 하지만 그는 또 끝끝내 그럴 수는 없었다.

이튿날이 되자 지욱은 더욱 기분을 종잡을 수 없게 되고 말았다. 아침을 먹고 나자 금세 또 전화가 걸려왔기 때문이다.

"안녕하셨어요. 어젯밤엔 잘 주무셨어요?"

물론 그 아가씨로부터였다. 게다가 이날 아침엔 아가씨의 수다가 좀더 늘고 있었다.

"선생님, 제가 지금 뭘 생각하고 있었는지 아세요?"

다짜고짜 엉뚱한 소릴 물어대고는 이내 자문자답을 혼자서 늘어놓기 시작했다.

"웃지 마세요. 전 아까부터 선생님의 주변 일을 하나하나 생각해보고 있는 중이었어요. 선생님의 와이셔츠는 누가 빨아드릴까. 선생님이 외출을 하실 때 타이는 누가 골라드릴까. 전 그런 걸 생각하다 그만 화가 나고 말았어요. 저도 모르겠어요. 그렇지만 지금은 괜찮아요. 전 지금 선생님을 깜짝 놀라게 해드릴 일을 생각해냈거든요. 뭔 줄 아세요? 선생님의 겨울 모자를 뜨기로 했어요. 맘에 드실지 모르지만 저는 그걸 한 바늘 한 바늘 떠나가며 선생님만 생각하기로 했거든요. 그래서 전 선생님을 처음 뵙는 날 그걸 선물로 드리겠어요."

지욱의 기분 같은 건 역시 아랑곳을 않으려는 투였다. 지욱은 간간이 흠흠 콧소리만 흘리며 넋이 빠져나간 듯 멍청하니 수화기를 들고 앉아 있었다.

"뭐 오래 걸리진 않을 거예요. 하지만 오늘은 안되겠군요. 간밤에 눈이 그쳐버렸어요. 저는 꼭 눈 내리는 날 선생님을 만날래요. 그게 좋겠죠? 그런데 오늘은…… 눈이 그치고 나니 날씨가 매우 쌀쌀맞군요. 그래서 전 육중한 금색 커튼을 내리고 있어요……"

"혼자 지껄이는 게 댁의 취민 게로군요."

갑자기 생각난 듯 지욱이 모처럼 한마디 쏘아붙였다. 그러나 아가씨는 지욱의 말엔 여전히 관심이 없었다.

"근데 참 선생님이 계신 방은 난방이 좋은지 모르겠어요. 그렇더라도 감기 조심하셔야 해요. 전 어제 일로 감기기가 생겼나 봐요. 간밤부터 목이 여간 따갑지 않아요. 열이 있는 것도 같구요. 하지만 전 지금 아무 말도 하지 않고 그걸 숨기구 있어요. 아빠가 아시면 병원엘 가라구 야단이실 테니까요. 아빤 제가 조금만 이상해두 병원엘 가라구 성화시거든요. 하지만 전 그 대신 약을 몰래 좀 먹어뒀어요. 판피린하구 아스피린 두 알이에요. 선생님도 감기 드시면 그걸 잡수세요. 목이 따끔거릴 땐 그게 아주 좋대요."

"아스피린이라면 당장 지금 두통부터 가라앉혀야 할 것 같소."

"어머, 그럼 선생님도 감기기가 있으신가요? 감기약 이야길 하다 보니 저도 또 목이 따끔거려요. 그러니까 아셨죠. 판피린하구 아스피린 두 알…… 그럼 전 이제 좀 쉬어야겠어요. 이따가 또 전화드릴게요. 안녕."

딸깍, 전화가 끊어졌다. 지욱은 아직도 한동안 더 멍하니 전화기를 들고 있었다. 아무래도 알 수가 없는 아가씨였다. 그는 도대체 자신의 기분조차 종잡을 수가 없었다. 터무니없이 허둥거려지고 마음에 잡히는 일이 없었다. 한나절 내내 전화통에만 신경이 쏠리고 있었다. 그러나 금세 다시 전화를 걸어올 듯싶던 아가씨에게선 이번에사말고 이상스럽게 시간이 많이 떴다. 한두 번 오접 전화가 걸려왔을 뿐 점심때가 되도록 그녀로부터는 다시 기척이 없었다. 저녁때가 되어도 역시 마찬가지였다. 지욱은 은근히 열이 나기 시작했다. 그리고 차츰 후회가 되기 시작했다.

웬일일꾸. 이렇게 될 줄 알았으면 전화번호나 알아둘걸 그랬군. 그러나 이제 와선 어찌할 도리가 없는 일이었다. 그 대신 그는 이제 다시 전화가 걸려오기만 하면 그때는 기어코 모든 걸 확인해내고 말리라, 혼자서 몇 번씩 다짐을 하고 있었다.

이번에야말로 전화만 걸려오래라.

그러나 아가씨로부터는 밤중이 되어도, 그리고 다음 날 아침이 되어도 영 소식이 감감했다.

아가씨의 목소리가 수화기를 울려온 것은 그러니까 이날도 하루해가 다 저문 저녁 무렵이었다. 아가씨의 전화는 좀더 뜻밖이었다.

"선생님 전 정말 재수가 없었어요. 제 감기 말씀예요. 결국 아빠에게 들키고 말았어요. 그래 이렇게 꼼짝없이 대학병원까지 끌려와서 붙들려버린 거예요."

전화를 걸고 있는 곳은 대학병원 공중전화라고 했다.

"감기를 들키구 말았다구요? 그랬었군요. 난 야단도 한번 못 쳐주고 아주 소식이 끊어지는가 했지요."

지욱은 아가씨와의 통화 이후 처음으로 좀 상냥스런 응대를 보냈다. 그의 어조엔 제법 은근한 친밀감마저 어리고 있었다. 그러자 아가씨는 갑자기 호소라도 하고 싶어지는 기색이었다.

"그래요. 열이 굉장히 심했거든요. 그래서 아빠하구 엄만 절 이 병원에다 입원시켜놓구선 죄인처럼 꼼짝도 못하게 교대교대 감실하고 계세요. 바람이라도 쏘이면 큰일 난다구요. 폐렴기가 있다나봐요."

"바람을 쏘이면 안 되지요."

"하지만 전 견딜 수가 없는걸요. 선생님께 전활 하구 싶어서 말예요. 입원실에도 전환 있지만, 거긴 늘 엄마든지 아빠가 곁에 계셔서 전활 할 수가 없었어요. 오늘은 참다못해 아빠 혼자 계신 틈을 타서 화장실을 다녀온다고 이렇게 공중전화까지 나왔어요."

아닌 게 아니라 수화기에선 이따금 기침 소리가 섞이고 있었다.

"저런, 그럼 빨리 들어가봐요. 어른들 야단 내시기 전에."

"상관없어요. 저도 이젠 각올 하고 있으니까요. 아빤 제가 말을 듣지 않으면 안정제 주살 놔서 병이 나을 때까지 며칠이고 잠만 자게 만들어놓겠다고 협박이시거든요. 아마 제가 이렇게 여기까지 나온 줄 알면 아빤 정말 그러실지도 몰라요. 하지만 전 각오하고 있어요."

"거기가 대학병원이랬지요?"

안 되겠다 싶었다. 지욱은 빨리 아가씨를 병실로 들여보내야 한다고 생각했다. 그는 우선 병원부터 다시 확인하려 들었다. 그러나 아가씨는 지욱의 눈치를 알아챘는지 그 말은 들은 척도 하지 않았다.

"선생님을 빨리 뵙구 싶어요. 하지만 전 이렇게 환자복을 입구 머리도 손질하지 않은 모습으로 선생님을 만나기는 싫어요. 안타깝지만 참을 테예요. 그랬다가 병이 다 나으면 탐스럽게 눈이 내리는 날을 골라 건강한 모습으로 선생님을 만날 테예요."

"이젠 이름쯤 알려줘도 괜찮을 때가 되지 않았을까요?"

그러나 아가씨는 이번에도 마찬가지였다. 행여라도 병원엔 찾아오지 않게 하겠다는 듯 지욱의 말을 묵살해버렸다.

"그 대신 전 이번에 엄마랑 아빠한테 선생님을 소개할 참이에요. 기회가 좋거든요. 언젠 줄 아세요?"

"글쎄…… 바람을 너무 쏘이면 정말 해로울 텐데."

"사람들이 마취에서 깨어날 땐 평소에 가장 깊이 생각하고 있었던 일을 맨 처음 말한다고 해요. 아빠가 절 안정제로 깊이 잠들게 해주시면 전 깨어날 때 맨 처음으로 윤 선생님을 만나게 해달라고 할래요. 그럼 아빠랑 엄마랑 윤 선생님이 누구냐고 물으실 게 아니에요. 그럼 되는 거죠."

"하지만 설마 아빠나 의사가 아가씨를 정말로 그렇게 오래도록 잠이 들게 만들어줄까요. 그것도 기껏해야 수면제 한두 알 정도일 텐데."

"그러니까 각오가 되어 있다지 않았어요. 아빠가 정말 절 그렇게 만들도록 하겠다구요. 아픈 시늉을 하죠 뭐. 그러면서도 마구 바람을 쐬어대구. 그리고 또 마취든 수면제든 그런 건 전 상관없어요. 그 핑계하구 흉내만 내면 되지 않아요?"

"안 되겠군요. 어서 들어가요. 전화 끊을 테니 화내지 말구."

지욱은 타이르듯 말하고는 먼저 전화를 끊어버렸다.

오래 망설일 필요가 없었다. 전화를 끊고 나서 그는 곧 외출 준비를 서둘렀다. 그녀는 억지를 부리고 있었다. 그녀의 아버지나 의사가 그녀를 얌전하게 만들기 위해 약물로 긴 잠을 자게 하리라는 것은 그녀의 엄살이었다. 어떻게든지 자기를 깊이 잠재우도록 해서 그 잠에서 깨어나면 그걸 핑계로 엉뚱한 소리를 지껄이겠다는 것도 뚱딴지같은 어리광이었다. 그러나 지욱은 처음으로 아가씨가 조금은 귀엽다는 느낌이 들었다.

그는 병원엘 찾아가보기로 작정했다. 지욱으로서는 이제 그것이 당연한 것처럼 생각되었다. 따지고 보면 그녀가 감기에서부터 폐렴으로, 끝내는 병원 입원까지 하게 된 게 애초엔 그와의 약속에서부터 비롯된 변고였다. 병실을 찾아내는 것쯤은 별문제가 될 게 없었다. 대학병원— 대학병원을 그냥 대학병원이라고 부르는 곳은 서울대학병원 한 곳뿐이었다. 그녀는 몇 차례나 대학병원이라는 말을 흘리고 있었다.

그는 집을 나서자 곧바로 차를 잡아타고 대학병원으로 달렸다. 그리고 차가 대학병원 정문까지 왔을 때 그는 생각나는 일이 있어 구내로 들어가기 전에 일단 차를 내렸다. 차를 내려 근처 꽃가게로 들어가 백합꽃 몇 송이를 샀다. 그리곤 그 꽃다발을 한쪽 손으로 얌전히 받들어 쥐고 병원 건물까지 터벅터벅 걸어 올라갔다.

"성함도 모르고 꽃까지 사 오신 걸 보니 사정이 있으신 모양인데 안됐군요."

잠시 후 내과 간호원실의 당직 간호사는 진료 카드철을 덮으면서 지욱을 위로했다. 병원에는 아가씨가 없었다. 당직 간호사 아가씨는 꽃까지 사 들고 온 지욱의 사정이 정말로 딱해 보였던지 환자의 연령 정도만 가지고도 친절하게 환자들의 진료 카드를 하나하나 조사해주었다. 전화가 있노라더란 말에 특실까지 빠짐없이 점검을 해주었다. 그러나 아가씨는 없었다. 비슷한 사람도 없었다.

"어린애가 아닌 담에야 감기 정도로 입원까지 하는 사람이 있을라구요. 폐렴기가 있다지만 한창나이엔 것두 쉽게 앓는 병은 아니구요."

의미 있는 미소를 지어 보이는 간호사를 더 이상 견딜 수가 없었다. 지욱은 들고 온 꽃다발을 놓아둔 채 도망치듯 병원 복도를 빠져나오고 말았다.

역시 그랬었군. 유령이었어. 길을 잃고 떠도는 말의 유령이었어. 어리석게도 난 그 말의 유령에게 다시 한 번 홀린 거야.

병원 문 앞에 마침 빈 택시가 서 있었다. 지욱은 재빨리 택시에다 몸을 실어버렸다.

하지만 왜? 그 말들의 유령이 나를?

거리에는 이미 밤이 깔려 있었다. 거리마다 집집마다 현란스런 밤의 말들의 퍼레이드가 벌어지고 있었다. 정처 없는 말들은 자동

차의 라디오에서도 쉴 새 없이 쏟아져 나왔다. 우주 시대의 식품 개발 전망이라는 주제로 식품공학자들은 방금 지구상의 단백질분 감소 현상에 대하여 지극히 걱정스런 논의를 벌이고 있었다. 운전 사가 라디오 다이얼을 바꿨다. 술과 담배는 간장을 해치기 쉽습니 다. ××으로 간장을 보호합시다. 딩동댕…… 정관수술을 하셨군 요, 여보 이제 안심이네요. 정관 수술은 보건소로! 광고물 사태였 다. 서구풍 입맛…… 상표를 확인해주세요. 유사품에 속지 맙시 다. 딩동댕…… 아름다운 생활 환경 불쾌지수 제로…… 딩동 댕…… 세계를 달리는 타이어…… 최고 경영자인 당신…… 안전 도 세계 제일…… 딩동댕 딩동댕…… 필젠 타입, 도르트문트 타 입, 또는 독일의 휙스트, 스위스의 로슈, 이태리의 레페티트…… 딩동댕 딩동댕 딩동댕…… 운전사가 다시 다이얼을 바꿨다. 이번 에는 하필 피문오 씨의 원맨쇼가 진행되고 있었다. ×× 흰 거품 은 우리들의 낭만, 넘치는 글라스의…… 그는 방금 어떤 맥주 회 사의 시엠송 가수를 넉살 좋게 흉내 내어 청취자를 웃기고 있었다.

"거 라디오 아주 꺼버릴 수 없소?"

운전사는 말없이 라디오를 껐다. 차 안이 비로소 조용해졌다. 지욱은 눈을 감았다.

그 말의 유령들이 그럼 이제 애원 대신 본격적인 복수를 시작한 것인가. 그래서인가. 그래서란 말인가. 하지만, 아아 하지만……

운전사가 백미러로 지욱을 조심스럽게 살피고 있었다. 그러다가 차가 무교동을 지날 쯤 하여 운전사는 결국 참을 수가 없어진 모양 이었다.

"아까 병원엔 아마 선생님하고 썩 가까운 분이 입원해 계신 모양이군요?"

지욱은 그제서야 다시 눈을 떴다.

"아니요. 뭐, 가까운 사람은 아닙니다."

대답을 하고 나니 무의식중에 한 말이었지만 굳이 그런 식으로 변명을 하고 있는 자신이 우스웠다.

"한데 그건 왜 묻소?"

"아까부터 선생님 기분이 아주 언짢은 기색이더군요."

"하지만 오늘 그 사람이 죽었거든요. 여자였지요."

지욱은 뭔가 이 작자에게 갚아줘야 할 게 있는 것 같았다. 그는 좀 엉뚱한 소릴 했다. 그러자 운전사는 운전사대로 크게 머리를 끄덕이며 뭔가 수긍을 하는 기색이었다.

"안됐군요."

그러나 지욱은 아직도 부족했다.

"죽어야 할 사람은 죽어가는 거지요 뭐."

"어디 죽어가야 할 사람이 따로 있나요."

"그 여자 젊지만 꼽추였어요."

말을 하다 보니 그는 정말로 그 아가씨가 꼽추였을는지도 모른다는 생각이 들었다. 그리고 오늘 그 아가씨는 정말로 자기에게서 흔적도 없이 죽어버린 거라는 생각이 들었다. 아니 그것은 벌써 병원에서부터 그렇게 된 것 같기도 했다. 그러나 지욱은 자기에게서 그 아가씨가 스스로 죽어주기 위해 병원을 찾았다고는 생각되지 않았다. 그런 식으로라면 아가씨는 병원이 아니라 아무 때 아무 데서라도 맘대로 죽을 수 있었다. 애초부터 그 아가씨는 그런 식으로 제풀에 죽어갈 작정이 아니었다. 그렇다면 아가씨는 왜 병원을 샀는가. 그것은 지욱으로서도 알 수가 없었다. 아마 병원은 그녀의 말에 즐거움을 더하기 위해 지욱으로부터 어떤 이득을 얻어낼 수 있는 곳이었는지 모른다. 그리고 그것은 일단 상당한 효험을 발휘한 셈이기도 했다. 그러나 지욱은 굳이 거기까지는 생각하기가 싫었다. 확실한 것은 다만 그 거품처럼 허망한 말들 속에서 어렴풋이나마 어떤 모습을 드러내려 했던 한 아가씨가 이젠 좋든 싫든 지욱에게서 깨끗이 죽어 없어지고 말았다는 사실이었다. 그리고 그것은 애초부터 어떤 정처 없는 말의 유령에 불과했으며 거기에 홀려 든 지욱이 이제 다시 그 유령의 마술에서 겨우 제정신을 되찾아내게 된 사실이었다.

운전사는 더 이상 말을 하지 않았다. 그는 이제 입을 굳게 다물어버리고 있었다.

지욱이 대문을 들어섰을 때는 방 안에서 또 전화벨이 울리고 있었다. 지욱은 천천히 방문을 열고 들어섰다. 그러나 그는 곧 전화를 받으려 하지 않았다. 그는 신호 소리가 제풀에 꺼져버리기를 기다리듯 차근차근 옷부터 벗어 걸었다. 그러나 벨소리는 쉬 그칠 것 같지가 않았다. 지욱이 겉옷을 다 벗어 걸고 실내복 차림이 될 때까지 참을성 좋게 단속(斷續)을 계속하고 있었다. 드디어 지욱이 전화통 앞으로 다가갔다. 그는 책상 위에 기대앉아 한 손으로 천천히 수화기를 집어 들었다. 울음보가 다해 지친 어린애가 어미의 손길을 만난 것처럼 전화기는 신호 소리를 뚝 그쳤다. 그리고는 지욱이 미처 입을 떼기도 전에 반색을 하며 먼저 말이 튀쳐나왔다.

"어머 선생님이세요? 저예요."

영락없이 또 그 아가씨였다. 아니 그 말의 유령이었다. 그러나 좁은 전화기 속은 마침 그 여자의 목소리 외에도 몇 갈래의 다른 목소리가 함께 뒤섞여 심한 혼잡을 이루고 있었다. 혼선이었다. 혼선도 이중 삼중의 혼선인 것 같았다. 그것은 마치 작은 생선 부스러기 냄새를 맡은 개미 떼들이 불시에 좁은 통 속으로 모여들어 서로 엉켜 허둥대고 있는 것 같은 느낌이었다. 지욱은 가만히 입을 다물고 기다렸다. 수화기를 그냥 내려놓을까 하다가 그 염치없는 말들이 결국은 하나하나 하릴없이 흐트러져가는 꼴을 보고 싶어 좀더 수화기를 들고 있었다.

"여보세요. 아 여보세요. 선생님 저예요."

그러는 가운데도 아가씨의 목소리는 계속해서 목청을 돋우고 있었다. 한데 그때였다. 혼잡스럽던 말들이 거진거진 사라져가는가 싶더니 느닷없이 걸걸한 한 사내의 목소리가 전화통 속으로 튀어들어 여인의 말꼬리를 붙들었다.

"여보세요. 아 여보세요."

그러자 아가씨는 갑자기 착각을 일으켰는지 새판잽이로 또 반색을 하고 나섰다.

"아 선생님, 이제 찾았군요."

"헌데 댁은 누구시죠?"

오히려 남자 쪽이 좀 어리둥절해지는 기색이었다.

"아이 저라니까요 선생님. 저예요 저. 그렇게 시치밀 떼시겠어요?"

그러자 이번엔 사내가 갑자기 다시 능청을 떨기 시작했다.

"아 알겠습니다. 이제 알겠어요…… 그런데……"

아가씨는 그제서야 좀 느낌이 이상해진 모양이었다.

"아니 잠깐만요 음…… 실례지만 혹시 거기 전화번호가 33국의 ×758번 아니세요?"

새삼스럽게 묻고 있었다. 그러나 사내는 이제 조금도 망설이는 기미가 없었다.

"맞아요. 맞는 건 한 자뿐이고 틀린 게 석 자나 되지만 다 맞는 걸로 해드리죠. 33국의 ×453번. 하지만 아가씨가 전활 걸고 싶었던 건 처음부터 ×453번이 아니었던가요? 그렇지요? 아마 아가씨가 전화번홀 착각했을 거예요."

"……"

"그리구 아가씨가 찾고 있는 그 선생님이라는 분도 바로 이 사람 김치영이…… 그러니까 김 선생님이 아니셨던가 말예요. 그렇지요?"

"그랬었나 봐요."

여자 쪽에서도 이젠 반응이 달라져가고 있었다.

"정말이군요."

"그러믄요. ×453번의 김치영 선생님…… 첨부터 전 김 선생님을 찾고 있었던 거예요."

하니까 사내는 좀더 용기가 나는 모양이었다.

"그런데 이제 우리 좀 솔직해져봅시다. 어차피 여기까지 인연이 닿았는데 말이죠. 댁은 어떤 사람이죠?"

여유 만만하게 일단 화제를 후퇴시켰다.

"저요? 저 말씀이에요? 전 전서부터 김 선생님을 잘 알고 있는 사람이에요."

"뉘신데?"

"그럼 선생님은 제가 누구였으면 좋겠어요?"

"누구든지 내가 원하는 여자가 되어줄 것 같은 투군요……"

"하지만 그렇게 너무 서두르진 마세요. 전 쫓기는 건 싫어요. 제가 말씀드리고 싶을 때까진 좀."

"날 정말 알고 있소?"

"정말이라니까요. 김치영 선생님. 댁의 전화번호는 33국의 ×453번……"

전화통 속에선 또 암수 한 쌍의 말이 만나 지금 바야흐로 새로운 교미를 시작하고 있었다.

지욱은 끝끝내 입을 다문 채 무표정하게 앉아 있었다. 그러나 그는 실상 전화통 속에서 방금 진행되고 있는 음란한 말들의 희롱에는 별로 귀를 기울이고 있는 것 같지도 않았다. 그는 혼자 중얼거리고 있었다.

그렇지, 역시 유령이었어. 정처 없고 허망한 말들의 유령. 바야흐로 복수를 꿈꾸기 시작한 말들의 유령. 하지만 아아 살아 있는 말들은 그럼 이제 다신 어디서도 만날 수가 없단 말인가. 이제는 더 이상 기다려볼 수도 없단 말인가.

　손으로는 무심결인 듯 쓰다 만 채 책상 위에 펼쳐져 있는 피문오 씨의 자서전 원고지를 한 장 한 장 뜯어 구기고 있었다.

　전화기 속에선 그 한 쌍의 말의 유령이 뱀처럼 서로 꼬리를 휘감으며 여전히 음란스런 수작을 계속하고 있었다.

　"……전 아직 이야기가 다 끝나지 않았어요. 하지만 지금은 그걸 다 말씀드릴 수가 없어요. 전 조금씩만 즐거워지고 싶거든요. 지금 이야길 더 계속하다간 너무 한꺼번에 즐거워져서……"

　그것은 실로 음흉스런 말 유령들의 교미였다. 음란스럽고 허망하고 정처 없는, 그리고 이제는 그 자신들끼리도 서로서로 복수를 꿈꾸고 있는 음흉한 말들의 교미였다.

(『세대』 1973년 2월호)

그 가을의 내력

석구는 금옥이네 누렁이를 죽자사자 미워했다. 금옥이네 누렁이란 놈은 생김새 미련스런 듯하면서도 몸집이 작은 송아지만큼이나 한 거구였다. 동네 개들은 그 누렁이의 무지스런 몸집 앞에 감히 오금을 잘 펴지 못했다. 누렁이의 그림자만 스쳐도 모두들 꼬리를 가랑이 사이로 착 사려 붙이고는 흘끔흘끔 뺑소니를 쳐버렸다.

요령 없이 골목을 지나치다 누렁이 놈에게 길목이라도 막히게 되면 놈들은 지레 겁을 먹고 조그맣게 담벼락 밑으로 주저앉으며 오줌을 질질 싸 갈겼다. 누렁이 놈이 골목을 스쳐 지나가버릴 때까지 죽는 시늉을 하며 강아지처럼 낑낑거리는 놈도 있었다. 암캐 수캐 할 것 없이 누렁이 놈 앞에선 동네 개들이 모두 다 그 모양이었다. 누렁이 앞에선 모두가 한낱 하잘것없는 강아지 꼴을 해 보였다. 누렁이 놈은 이를테면 모든 동네 수캐들의 '형님'이었고 모든 동네 암캐들의 '주인' 격이었다. 거동도 제법 그런 식이었다.

아무리 녀석들이 놈의 앞에서 겁을 먹고 죽는 시늉을 해 보여도 실상 누렁이 자신이 녀석들을 직접 위협하거나 윽박지르고 덤비는 일은 별로 없었다. 느릿느릿 위엄을 떨며, 오줌을 싸 갈기든 배를 땅에 대고 죽는 시늉을 하든 그따위 조무래기 놈들에게는 관심도 없다는 듯 떡 벌어진 가슴패기의 살을 출렁거리며 여봐란듯 위엄 있게 골목길을 지나가버리곤 했다. 지나치게 낑낑거리는 놈이 있으면 우람한 턱주가리 속에서 우르릉 흰 이를 드러내 보임으로써 그나마 듣기 싫은 소리를 제압해버리거나, 암캐들의 경우엔 엉덩이께로 돌아가 킁킁 암내를 맡아보는 시늉을 하고 돌아서는 정도가 고작이었다. 다만 녀석은 동네 개들이 노골적으로 자기를 기피하려는 기색에는 비위가 뒤틀리는 듯 뻔히 보는 데서 죽자사자 도망질을 치는 놈이 있으면 이놈만은 기어코 뒤를 쫓아가서 결국은 놈의 다리에 쥐가 나 다른 놈들처럼 그 앞에서 생오줌을 벌벌 싸며 무릎걸음을 기게 해놓곤 했다. 그러나 그도 그뿐이었다. 그러고 나면 놈은 또 금세 자기의 꼴이 싱거워지고 만 듯 하릴없이 놈에게서 몸을 돌이켜가지고는 어정어정 제 갈 길을 걸어가버리곤 했다. 똥개치곤 제법 힘이 있고 의젓하고 패자다운 놈이었다.

한데 석구는 한사코 그 금옥이네 누렁이가 때려죽이고 싶도록 밉기만 한 것이었다. 그리고 그 금옥이네 집이 하필이면 석구네 골목, 석구네까지 합하여 모두 네 가구가 살고 있는 골목의 맨 어귀를 지키고 있는 자리여서, 그는 보기 싫은 누렁이 놈이 거드름을 피우며 지키고 앉아 있는 금옥이네 사립 앞을 하루에도 몇 차례씩 지나다녀야 하는 형편이었다.

석구는 그게 더욱 못마땅하고 견딜 수 없는 일이었다. 한때는 석구네도 복슬이라는 예쁘장한 암캐 한 마리를 기른 일이 있었는데, 그러자 누렁이 녀석은 첩집 드나드는 기둥서방처럼 석구네를 무상출입하며 복슬이의 주인 노릇을 하는 바람에, 나중에는 석구가 꼴이 사나워 10리 밖 외가댁으로 녀석을 보내버리고 말았을 정도였다.

그러나 녀석에 대한 석구의 까닭 모를 포한은 그 정도가 아니었다.

복슬이를 외가댁으로 보내버리고 나서 석구는 기어코 다시 종자 좋은 수캉아지 한 마리를 면소 저잣거리에서 사들여왔다.

— 젠장맞을. 그래 동네 안에선 누렁이 놈의 목덜미 뜯어 발겨줄 개새끼가 한 마리도 없단 말인가? 좋아. 그놈의 콧대를 내가 꺾어주지. 그 늙은 넝마구리의 목덜미를 물어 꺾어놓을 놈을 내가 길러내겠단 말야.

그는 스스로 놈에게 필적할 만한 개를 한 마리 길러내기로 작정했다. 몇 차례나 장터를 쫓아다니면서 고르고 고른 끝에 그중 종자가 좋다는 수캉아지 한 마리를 들여온 것이었다. 그리고는 동네방네 소문을 내어 기어코 몇 달 안에 그 누렁이 놈의 오만한 기세를 꺾어놓겠다고 장담을 하고 돌아다녔다.

알고 보면 참 이상한 일이었다.

누렁이가 어떻게 위엄을 떨고 다니든, 동네 개들이 어떻게 놈에게 사족을 못 쓰든 석구로선 그게 그렇게 화가 나서 속을 상해 할 이유가 눈곱만큼도 없었다. 동네 사람들은 틈만 나면 석구가 그렇게 누렁이를 못 잡아먹어 하는 속을 이해할 수가 없었다. 그의 어머니도 물론 마찬가지였다. 석구의 어머니 서씨는 젊어서 과부가 된 덕분에 외아들인 석구를 굶어 죽이지 않으려고 죽자사자 평생 일만 해온 여인이었다. 그러다가 이젠 석구가 제법 청년티가 날 만큼 자라났고, 게다가 체구가 여느 청년들하고는 비교도 안 될 만큼 건장해서 적이 마음이 흐뭇해 있는 판이었다. 안심하고 노후를 맡길 만하다고 생각하고 있었다.

한데 그 석구가 요즘 들어 갑자기 살림에 정신이 없고 엉뚱한 짓에다 넋을 뺏기고 있었다. 걸핏하면 금옥이네 누렁이 험담을 일삼았고, 나중에는 강아지를 사들인다 어쩐다 하면서 장차에나 있을 개쌈에만 열을 올리고 있었다. 도대체 그녀로서는 그러는 아들의 심중을 알 길이 없었다.

"어머니, 두고만 보세요. 내 요놈이 자라기만 하면 금옥이네 누렁이 놈을 그냥…… 호호호."

미리부터 좋아하는 석구의 머리가 이상해지지나 않았나 의심이 갈 지경이었다.

석구의 심산을 끝내 이해할 수 없는 그녀로서는,

"단 두 식구 사는 집안 살림에는 힘 안 쓰고 넌 무슨 짓거리에 그리 정신이 대단하냐. 사람 실없이 보이게"

하고 마뜩잖게 꾸짖고나 말 처지였다.

그럴 때마다 석구는 석구대로 또,

"어머닌 몰라요. 내 속을…… 호호호"

하고는 다시 한차례 실없는 웃음을 혼자 웃어젖히곤 하는 것이었다. 하지만 그러는 석구로서도 물론 스스로 납득할 만한 확실한 이유가 있을 리 없었다. 도대체 누렁이와 자기가 무슨 상관이란 말인가. 금옥이네 누렁이 놈이 거드름을 피우기로서니 그걸 그토록 애가 타서 못 봐 할 이유가 무어란 말인가. 거기까지 따져나가면 석구도 스스로 할 말이 없었다.

하지만 한낱 개짐승에 불과한 누렁이 놈을 그토록 석구가 미워하는 이유가 전혀 없을 수도 없었다. 곰곰 따져보면 그 나름의 까닭이 있었다. 터놓고 외고 다닐 수는 없는 일이었지만, 그것은 누렁이 놈의 주인 때문이었다. 하필이면 그 누렁이 놈이 금옥이네의 곁식구였기 때문이었다. 앞서도 말했지만 금옥이네는 석구네를 포함한 골목 안 네 가구와 함께 풀도 뽑고 길도 닦아야 하는, 이를테면 한 골목 이웃간이었다. 그것도 금옥이네가 골목 안에선 첫번째 집이었다. 골목 안 첫번째 삼간초가집에서 계집애뿐인 세 동생과 함께 성미 괄괄하기로 동네 안에 이름이 난 천 영감을 모시며 살아가고 있었다. 아들이 없는 천 영감은 늙고 쇠약했으므로 집안 살림은 맏딸인 금옥이 도맡아 꾸려나가고 있었다. 그런데 그 금옥이 여간 억척이 아니었다.

감자순을 내거나 김매기 같은 아낙네들의 밭농사 일은 물론 남정들의 일거리도 금옥은 사양하는 일이 없었다. 잔손 일은 모두 손아랫것들에게 맡겨버리고 금옥은 오히려 남정들의 거친 일을 도맡아 했다. 사내들이 하는 일은 무엇이든 지지 않고 해냈다. 산을 타며 푸나무를 끌어내리고 논밭으론 거침없이 거름짐을 이어 날랐다. 가을이 되어 추수가 급해지면 그녀는 정말로 사내아이처럼 지게를 지고 나서서 등짐을 져 나르기도 했다. 그런 식으로 그녀는 여섯 마지기 밭농사와 재 너머 반달골에 있는 산골 논 서 마지기 무 농사를 거의 남의 손 빌리지 않고도 저 혼자 척척 마무려나갔다. 뿐만이 아니었다. 금옥은 그러는 가운데도 또 틈틈이 손을 내어 닭도 치고 염소와 돼지를 기르고 하여 큰 밑천 들이지 않고 손 정성 발 정성으로 할 수 있는 일은 무엇에서나 푼돈을 만들어냈다. 그것도 모두 겹치기 일이었다. 거름짐을 이어 내면선 염소를 끌고 있었고, 김을 매고 돌아오는 길엔 돼지 먹일 꼴을 베어 이고 있었다. 시시한 사내 두 몫쯤은 되고도 남았다. 석구네 골목 안에선 그 금옥의 기세에 눌려 오히려 사내들이 기를 못 펴는 판국이었다.

실제로 마을 사람들은 석구가 그 금옥의 치맛바람에 치여 몸집은 크면서도 그늘에서 자란 시금치처럼 힘을 못 쓰고 비실대는 꼴이 아니냐 짓궂은 농담을 서슴지 않는 형편이었다.

비위가 뒤틀리지 않을 수 없었다. 석구는 그 금옥의 극성이 이만저만 꼴 보기 싫은 게 아니었다. 언제고 한번 금옥의 콧대를 보기 좋게 꺾어줘야 속이 후련할 것 같았다. 하지만 어떻게 감히 엄두를 낼 수가 없어서 속만 혼자 끙끙 앓고 있는 중이었다. 한데 하필이면 동네를 휘어잡고 있는 누렁이 놈이 또 그 금옥이네의 곁식구였다. 누렁이는 항상 금옥이네를 뒤따르며 집을 지키기도 했고 내어다 맨 염소 곁에서 가축을 지키기도 하면서 완연히 금옥이네의 한 식구 몫을 감당해내고 있었다. 놈에 대한 석구의 심사가 사나워지지 않을 수 없었다. 놈의 거드름이 한층 더 얄미웠다. 금옥이 대신 하다못해 이놈이라도 좀 콧대를 분질러줘야겠다고 단단히 작정을 하고 나서게 된 연유였다.
 그러나 금옥은 석구가 뭘 생각하고 있든 그런 건 조금도 상관을 하지 않는 눈치였다. 그녀는 석구쯤 아예 싹 무시를 해버리는 태도였다. 원래부터도 그녀는 석구에게 그런 식이었다. 석구가 누렁이에 대해 어떤 욕지거리를 하고 다니든 그런 건 모두 석구 자신이 칠칠치 못한 사내인 탓으로 돌려버렸다.
 "오죽 한심한 인간이 그래 개짐승 따위하고 아옹다옹 시샘질일 꾸."
하는 식으로 석구를 도통 시답잖은 사내로 여겨버리거나 아니면,
 "흥, 우리 누렁이가 몹시도 탐이 나는가 보지. 아니람 사내대장부가 우리 누렁일 그리 무서워해서 그럴까?"
 얄밉도록 당당해져서 보란 듯이 누렁이 놈을 더욱 알뜰살뜰 건사해줬다. 석구가 참다못해 베스 녀석(그는 나중에 놈의 이름을 그렇게 지어 불렀다)을 사들여왔을 때도,
 "그놈을 길러서 우리 누렁일 이기겠다구? 내 참 웃기는 일도 많으셔. 어디 한번 해볼 테면 해보시라지"
하고 가볍게 콧방귀를 뀌고 마는 그녀였다.
 석구는 더욱더 화가 치밀어 올랐다. 그는 있는 정성을 다해 베스 놈을 돌보았다. 어머니 서씨가 뭐라고 간섭을 하든 상관할 바가 아니었다. 그는 오로지 베스 놈에게만 정성과 정력을 다 쏟았다. 끼니마다 양껏 밥을 먹이고 틈만 나면 싸움 연습을 게을리하지 않았다.
 "많이 먹고 얼른 자라서 그놈의 금옥이네 누렁이 놈의 볼따구니

를 꽉 물어뜯어다구 응? 문제없어. 문제없을 거야, 베스. 이젠 금옥이 년네 그놈도 어지간히 늙어빠져서 가슴패기 힘이 많이 줄었을 테거든."

한껏 듣기 싫은 소리로 금옥일 옥금이, 금옥이 하면서 기대에 차 있었다. 싸움 연습을 시킬 땐 금옥이네 사립께를 슬그머니 피해 나가서 아무 놈이나 동네 개만 만나면 마구 기세를 돋워줬다.

"물어라 베스. 쉭쉭. 물어라, 물어 물어."

그러면서 그는 하루하루 몸집이 불어가는 베스 놈을 보고 대견스러워죽겠다는 듯 아무 곳에서나 장담을 해대곤 하는 것이었다.

"이제 서너 달만 있어보라구. 이 베스 놈이 동네 개들의 새 형님이 되실 테니까. 금옥이네 누렁이? 그까짓 거 뭐…… 그야 물론 녀석부터 물어 뉘어야지. 그저 놈의 목덜미하구 다리몽댕일 꺾어서…… 문제없어. 문제없다니까."

그런 석구를 보고도 금옥인 여전히 마찬가지였다.

"하하…… 내 참. 글쎄 우리 누렁이가 니네 베스한테 터럭 하나라도 상하고 돌아오는 날이 생기면 난 그날로 누렁이에겐 내 손으로 밥을 주지 않을 참이라니까."

남자처럼 깔깔깔 웃어대면서 마구 무시해버리는 거였다.

그러니까 금옥은 행여라도 정말 누렁이가 석구네 베스에게 기를 꺾이는 날이 생기면 그날로 당장 누렁이를 집에서 내쫓아버리든지 밥을 굶겨 죽이든지 하고 말겠다는 장담이었다. 그것은 그녀가 석구에게 벌써 몇 번째나 다짐을 준 말이었다. 석구는 더욱더 기가 났다.

"좋다. 그럼 누렁이 놈이 베스에게 다리몽댕이가 분질러져서 니네 집에서 내쫓기는 꼴을 좀 보자. 내 기어코 그렇게 만들어놓고 말겠다."

"애써보시더라구!"

그만큼 자신이 만만하다는 것이었다.

그리고 그것은 곧 석구에 대한 그녀의 멸시의 증거이기도 했다.

하지만 석구는 그런 식으로 금옥의 멸시를 당하고 나서도 그 당장 어떻게 분풀이를 해줄 수는 물론 없었다. 금옥은 원래 그런 계집아이였다. 석구로선 그런 금옥을 어떻게도 해볼 수 없는, 원래부터가 그런 사이로 자라왔고 또 지금도 그렇게 살아가고 있는 사이였다.

그것은 초등학교 때부터도 그랬다. 금옥은 10리 밖 초등학교를 입학해 다닐 때부터도 놀이를 하면 같은 계집아이들보다도 사내아이들하고 더 잘 어울렸다. 사내아이들과 어울려서 산길을 다녔고, 잔디밭에선 말타기나 공차기 같은 것을 사내아이들과 함께했다. 숨바꼭질이나 소꿉장난 같은 계집아이들의 놀이는 아예 즐겨 하질 않는 편이었지만, 어쩌다가 소꿉장난을 하게 될 때라도 보면 그녀는 꼭 사내 행세만 도맡아 했다. 사내애들과 어울려 싸움질도 곧잘 했고, 놀이에서는 사내아이들을 제쳐놓고 제가 꼭 '오야붕' 노릇을 하고 싶어 했다. 그런가 하면 학교 공부도 남 뒤는 서지 않았다. 사내 계집아이 할 것 없이 통틀어 한 반밖에 되지 않는 그녀의 학년에서는 금옥이 열째 안이었다. 그래서 금옥은 계집아이들 중에서 한 사람을 뽑게 되어 있는 학급의 부반장 감투까지 차지했다.

그런데 석구는 그때부터 금옥의 학년이었다. 기가 죽어 다닐 수밖에 없었다. 뱔이 틀려 죽을 지경이었다. 한번쯤 금옥을 혼내주고 싶었다. 그러나 원체가 섣불리 나설 상대가 아니었다. 그래서 그는 자기가 직접 금옥을 상대하지 않고 넌을 골려줄 계략을 생각해 낸 일이 있었다. 금옥에겐 그보다도 더 어렸을 때부터 동네 안에 한 가지 희미한 소문이 나 있었다. 이웃집 사내아이하고 소꿉장난을 하고 있었는데, 그 사내아이는 엄마 노릇을 하고 금옥이 오히려 아빠가 되었다고 했다. 그리고 그 소꿉장난이 한창 무르익을 무렵쯤 해서는 어디서 보고 배운 장난인지 금옥이 그 사내아이의 배를 까고 올라앉아서 키득키득 녀석의 배꼽을 간지럽히고 있더랬다. 동네에선 어린것이라도 무안을 줄까 봐 면대해서 말을 하진 않았지만 두고두고 웃음거리가 된 일이었다. 석구는 학교 애들에게다 슬그머니 그 소문을 퍼뜨려놓았다. 금옥이 난처해진 것은 말할 것도 없었다. 금옥은 아이들의 놀림을 받게 되자 그답지 않게 얼굴이 빨개져서 끝내는 제 분을 못 참고 울음보까지 터뜨리고 말았다. 석구는 물론 더없이 고소했다. 그런데 그다음이 이상했다. 이날 오후 기분이 고소해가지고 석구가 동네 아이들과 산길을 걸어오자 시간이 끝나기 전부터 모습이 보이지 않던 금옥이 뜻밖에 바위 뒤에 숨어 있다 불쑥 그들 앞으로 나타났다. 그리고선 두말없이 석구에게로 달려들어 그를 낚아채며 덤벼들었다. 예기치도 않은 싸움이 벌어졌다. 울고 패고 하면서 둘이 서로 한 덩어리가 되어 흙바닥을 뒹구는 개싸움이었다. 간신히 싸움이 끝나고 보니 엉망이 된 것은 석구 쪽이었다. 그는 미련스럽게 금옥을 두들겨

패는 데만 정신이 없었지만 금옥은 그렇지 않았던 모양이었다. 푸릇푸릇 얼굴에 멍이 든 것은 둘째 치고 옷이 두 군데나 찢겨 나갔는가 하면 볼때기에는 뻘겋게 금옥의 손톱자국까지 그어져 있었다. 게다가 그 싸움에서 석구는 혼자 코피까지 흘리고 있었다. 창피한 일이었다. 석구는 금옥을 골려주려다가 되려 자기 쪽에서 더 큰 봉변을 당한 꼴이었다.

이후부터 그는 아예 금옥은 상대를 하지 않았다.

그때의 싸움 이야기를 다시 입에 올리려 하지 않은 것도 물론이었다.

한데 금옥은 달랐다. 석구의 소문 때문에 망신을 당한 일을 금방 까맣게 잊어버린 듯했다. 전날처럼 사내스런 성미와 거동이 어느덧 깡그리 되살아나 있었다.

석구와 마찬가지로 그녀도 싸움 이야기 같은 건 다시 하지 않았다. 금옥은 그처럼 당당하고 여유가 만만해져 있었다. 석구가 그녀를 은근히 기피하는 것과는 반대로 금옥은 석구를 그렇게 기피하는 기미도 없었다.

그녀는 아예 석구의 존재를 무시해버리는 태도였다. 금옥과 석구는 줄곧 그런 식으로 초등학교 6년을 보냈고 석구는 아직까지도 그 꺼림칙한 기억을 가슴속에 남긴 채 금옥과는 반갑잖은 한 골목 이웃이 되어 지내고 있는 터였다.

— 금옥이 넌 고게 아직도 날 우습게 아는 모양이지? 두구만 봐라.

설마 초등학교 때하곤 똑같을 리야 없겠지만, 그래서 석구는 금

그 가을의 내력 335

옥이 누렁이에게 너무 자신만만해져서 사람마저 멸시하고 드는 듯한 눈치가 보이면 그런 억지 비슷한 생각까지 다져 먹게 되곤 하였다.

"좋아, 어쨌든 문제는 우선 그놈의 누렁이지. 내 기어코 그놈이 집을 쫓겨나가거나 밥을 굶고 말라 죽는 꼴을 보고 말 테니!"

석구의 일념은 결국 자기의 베스가 그 누렁이 놈과의 일전에서 마지막 개가를 올리는 일로 집중될 수밖에 없었다.

어느덧 베스가 제법 수캐티를 풍길 만큼 자라났다. 자라고 보니 셰퍼드나 진돗개만큼 좋은 씨는 못 되었지만 그런대로 체구도 늘씬하고 앞가슴이 다부지게 떡 벌어진 것이 웬만큼은 석구의 심중을 흡족하게 했다. 터럭도 제법이었다. 짧고 고른 연노랑 위에 검정색을 살짝 끼얹은 듯한 깔끔한 단장이었다. 석구는 점점 더 열을 올리며 베스를 데리고 동네방네 개싸움 원정을 돌아다녔다. 어느새 놈은 마을 안에서 또 하나의 실력자가 되어갔다. 싸움마다 상대편을 무난히 처치해냈다. 베스 놈은 특히 다리 힘이 좋았다. 싸움 중에 뒤로 밀리거나 아래로 깔리는 일이 없었다. 항상 상대편의 머리통을 두 발로 껴안듯이 끌어들여 닦달하였고, 뒷발로는 다부지게 놈을 밀어붙이며 마지막 버틸 힘을 뽑아놓곤 했다. 석구는 만족이었다. 의기양양했다. 그러나 아직도 그는 신중을 기했다. 누렁이 놈과의 마지막 일전은 아직도 신중을 기해야 했다.

그는 조심조심 시기를 엿보며 베스 놈을 좀더 단련시켜나갔다. 들판에서나 골목에서나 닥치는 대로 동네 개들을 윽박질렀다. 금옥은 여전히 의연하기만 했다.

"흐흠, 종자가 좋다더니 알고 보니 어디서 순 똥개 새끼를 줘가지고 와서…… 그래 그까짓 똥개 나부랭일 가지고 우리 누렁일 해보겠다구야?"

그녀는 누렁이 놈이 무슨 귀중한 보물단지나 되는 양, 또는 여자들만 득실거리는 집안 꼴이라 그게 무슨 듬직한 보호자라도 되는 양 들에서나 집에서나 여봐란듯이 늘 놈을 곁에 달고 다녔다.

그녀는 아직도 석구네 베스가 동네를 반 이상이나 휘어잡고 있는 것도 아예 곧이를 듣고 싶지 않은 투였다.

"오냐, 그래 기다려만 봐라. 베스 놈이 만셀 부르고 넌 누렁이 놈을 내쫓는 날이 오구 말 테니까."

석구가 독을 품으며 지껄여도 그녀는 그저,

"아, 글쎄 그렇게만 해보시라니까. 내야 누렁일 내쫓거나 굶겨 죽이거나 그런 변이 생기는 날엔 하여튼 누렁이하곤 한집에서 살질 않을 테니까"

하고 점점 더 여유가 만만해지는 것이었다.

"한집에선 살질 않겠다구 했것다? 정녕 잊지 말구 잘 기억하구 있거라. 어떻게 되나 보자."

"내 걱정 말구 그 틈에 베스 쌈 연습이라도 한번쯤 더 시키러 가보시지."

그 무렵 어떤 날이었다.

하루는 베스에게 뜻하지 않은 일이 일어났다.

베스 놈 하나에 걸려 있던 석구의 간절한 소망이 하루아침에 물거품처럼 스러져가고 만, 석구로서는 참으로 청천벽력 같은 일이었다. 베스가 석구도 없이 혼자 골목을 나서다가 누렁이 놈에게 무참한 곤욕을 당하고 돌아온 것이었다. 골목 안에 발정한 암캐 한 마리가 스며들었다고 했다. 베스가 먼저 그 암캐의 꽁무니를 따라붙었다. 한데 어디서 냄새를 맡고 달려 나왔는지, 그 한 쌍의 수줍은 개새끼들 뒤에서 금옥이네 누렁이 놈이 흰 이를 드러내며 으르렁거리고 있었다. 하지만 베스 놈도 이젠 여느 수캐들하고는 달랐다. 냉큼 꽁무니를 뺄 기미가 아니었다. 누렁이를 향해 똑같이 이를 드러내며 맞서고 나섰다. 사정은 그렇게 된 모양이었다. 석구의 극성을 아는 이웃집 조무래기들이 일부러 베스를 따라와 석구에게 일러바쳐준 자초지종이었다.

  결과는 베스 쪽에서 턱주가리를 물려 얼굴이 피투성이가 된 채 다리 하나까지 절룩거리게 된 꼴이었다. 석구는 하늘이 무너져 내린 듯했다. 분하고 안타까웠다. 그는 짚더미 아래 기가 죽어 엎드린 채 털을 핥고 있는 베스를 노려보다 말고 무작정 골목을 뛰쳐나갔다. 그러나 그뿐이었다. 골목을 나서다 보니 거기에는 과연 애들이 일러바친 암캐 한 마리와 누렁이가 있었다.

  놈들은 어느 틈에 성사가 되었는지 그사이 벌써 잔치가 벌어지고 있었다. 버젓하게 엉덩이를 맞댄 채 길쭉하게 골목을 가로막고 있었다. 누렁이 놈은 베스와의 싸움으로 후줄근하게 털이 젖어 있었으나 석구를 보고도 못 본 척 오히려 느긋한 표정으로 두 눈만 이따금 한번씩 끔벅대고 있었다. 그 꼴을 보자 석구는 화가 나기는커녕 오히려 양어깨에서 힘이 쭉 빠져나가는 느낌이었다. 그는 허청허청 발길을 돌이켜 집으로 돌아오고 말았다. 그리고는 누렁이에게 못하고 돌아온 화풀이를 아직도 짚더미 아래서 털을 핥고 있는 베스 놈에게 퍼부어댔다. 그는 베스 놈을 발로 한차례 보기 좋게 내질렀다. 뒤이어 겁을 먹고 달아나는 놈을 향해 손에 잡히는 대로 아무것이나 집어 팔매질을 퍼부었다.

"나가 뒈져! 못난 새끼. 나가 뒈져, 뒈져버렷!"

허무했다. 몇 달씩이나 별러온 기대가 참으로 어이없게 무너져 버리고 만 꼴이었다. 그보다도 석구가 더욱 못 견딜 것은 그 당장 동네 안에 소문이 좍 퍼져나갈 일이었다. 아닌 게 아니라 그날로 당장 소문이 동네를 빙 돌았다. 만나는 사람마다 누렁이와 베스의 싱거운 일전에 관한 소리였다. 어떤 사람은 석구를 제법 위로해주기도 했고 또 어떤 사람은 개싸움 따위에 터무니없이 열을 내고 돌아다니는 석구를 못 봐 하던 참에 은근히 고소해하는 소리를 하기도 했다. 석구는 어쨌든 그 모든 소리가 자기에 대한 멸시와 비아냥거림으로만 들렸다. 어머니 서씨마저,

"넌 무슨 개짐승 넋을 타고나서 그러냐? 제발 이제 그만 실없는 짓일랑 그만둬라. 원. 기껏 장담을 하고 나선 망신이나 당하고 나 서구……"

하고 참고 있던 말을 한꺼번에 쏟아냈다. 하나 석구로선 무엇보다도 금옥이 문제였다. 금옥이 더욱 콧대가 높아져 그를 비웃는 소리였다.

"하하하, 참 고소하다. 이젠 우리 누렁이 쫓아내지 않고 한집에서 살아도 되겠지? 쫓아내긴…… 외려 전보다 더 밥도 많이 주고 집도 따뜻하게 살펴줘야 마땅한 이치지. 그치 응? 용용, 참말로

용용이다, 하하하."
 할 수 없는 일이었다. 패자는 말이 있을 수 없다고 했다. 그는 고스란히 그녀의 수모를 감수했다.
 하지만 석구에겐 그게 오히려 다행이었는지도 모른다.
 그렇게 한 3일 수모를 견디고 나니 그는 새삼스럽게 다시 화가 치밀어 올랐다. 이번에는 덮어놓고 화만 난 게 아니었다. 아무리 생각해도 단념을 할 수가 없었다. 다시 시작해보고 싶었다. 지나간 일은 지나간 일이었다. 문제는 이제부터였다. 그는 이를 악물었다. 모든 것을 다시 시작하기로 작정했다. 베스 놈에 대한 원망이나 미움증도 어지간히 가시고 있었다. 그는 다시 베스 놈을 끌어냈다. 며칠을 지나고 나니 베스 놈도 벌써 상처가 대략 다 아물어 있었다.
 와신상담, 오로지 베스 놈의 투지와 용맹을 길러서 금옥이네 누렁이를 꺾고 말겠다는 석구의 노력은 다시 열을 올리기 시작했다. 뿐만이 아니었다. 그는 전보다도 더 주의 깊게 베스 놈을 위해주었고, 그런 그의 정표의 하나로 베스를 위해 암캐 한 마리를 더 얻어 들였을 만큼 따뜻한 배려를 아끼지 않았다. 베스 놈이 누렁이로부터 불의의 곤욕을 당한 것은 순전히 그 암캐 때문이었다. 석구는 그런 일로 곤욕을 당한 베스가 더욱 밉살스럽기만 하더니 그게 나중엔 오히려 놈에 대한 이상스런 동정으로 바뀌었다. 그는 암캐 한 마리 때문에 누렁이로부터 그토록 심한 곤욕을 당한 베스 놈을 생각하면 웬일인지 자신도 가슴이 뭉클해질 때가 생기곤 했던 것이다. 그는 베스를 위해 전번에 복슬이를 보내준 외가댁으로부터 그 복슬이 대신 중개 요량의 다른 암캐 한 마리를 얻어 들여 왔다. 이름도 짝을 맞춰 같은 서양식으로 '메리'라 지어 불렀다. 그러고 나니 처음에는 생각지도 않던 뜻밖의 효과가 생겨났다. 베스와 메리는 금세 친해졌다. 친해졌을 뿐 아니라 메리는 베스가 투지를 회복하는 데 커다란 도움이 되어주는 것 같았다. 개들은 한번 힘을 빼앗긴 놈에겐 좀처럼 다시 기를 펴지 못하게 마련이었다. 그러나 베스는 좀 달랐다. 메리가 오고 나서부터 베스는 누렁이 놈을 굳이 회피하려는 기미가 없었다. 싸움만 벌어지면 메리가 언제나 함께 싸움판으로 뛰어들어 베스를 도왔기 때문이다. 석구를 따라 금옥이네 사립께를 지날 때도 녀석은 누렁이의 기척을 두려워하지 않고 의젓하게 버티며 으르렁대다간 석구의 재촉을 받고서야 비로소 발걸음을 옮겨놓곤 했다. 금옥이 년이 다시 비양거리기 시작했다.

"흥, 이젠 아주 두 마릴 모셨군. 그래야 할 거야. 한 마리론 어림도 없지. 하지만 그것도 결국은 소용이 없을걸. 그까짓 피라미 똥개 두 마리쯤 우리 누렁이가 털도 안 뽑구 족쳐놓을걸."

석구도 그냥 얌전히 버르고만 있지 않았다.

"오냐, 그래두 겁은 나는 모양이구나. 그런 염려는 덮어둬라. 이래 봬도 난 기어코 베스 놈 한 마리로 누렁일 해치울 작정이니까. 그땐 정말 누렁이 놈 내쫓을 일이나 잊지 말구 있어."

아등바등 금옥에게 맞서고 나섰다. 그만큼 각오가 대단하기도 했고 또 전번에 당한 일도 있고 해서 가만히 있을 수가 없었다. 그는 부아 풀이 겸해서 기회만 있으면 금옥의 비위를 건드려서 약을 올려놓곤 했다.

한번은 이런 일이 있었다. 석구가 골목을 지나가다 보니까 마침 누렁이 놈이 또 그 사립문 앞에 나앉아서 거드름을 피우고 있었다. 가만히 보니 녀석의 가랑이 사이에 뻘건 것이 염치없이 삐죽 솟아나와 있었다. 그는 꼭 녀석에게서마저 놀림을 당한 기분이었다. 그는 슬그머니 흙모래를 한 줌 쥐어 숨기고는 천천히 녀석 가까이로 다가갔다. 그리곤 그 뻘건 누렁이의 사추리에다 정통으로 흙모래를 끼얹어주었다. 누렁이가 바로 질겁을 하고 집 안으로 달아났다.

"어떤 쌍놈의 새끼가 장난질야?"

당장 집 안으로부터 금옥의 앙칼진 욕설이 튀어나왔다. 수상한 바깥 기척에 사립문을 쫓아 나오려던 금옥이 마당께 어디에 주저앉아 사추리의 흙모래를 핥아내고 있는 누렁이의 흉한 꼴을 본 모양이었다. 차마 얼굴을 내밀진 못하고 욕설만 퍼붓고 있는 금옥의 심사를 석구는 보지 않고도 알 수 있었다.

또 한번은 이런 일도 있었다. 그날은 석구가 모처럼 논가에서 논물을 대고 앉아 있는데 마침 또 누렁이를 꽁무니에 달고 들일을 나가는 금옥과 마주쳤다. 그는 대뜸 심통이 솟았다.

"그 늙어빠진 누렁이 이제 그만 팔아 없애지그래, 이제 우리 베스 놈에게 혼날 날도 멀지 않았을 텐데. 나중에 직사게 물려뜯긴 누렁이 놈을 울고불고 쫓아내고선 가슴 아파하지 말구 말여."

으르렁거리는 베스 놈을 붙들어 잡고는 약을 올려줬다. 금옥도 지고 지나갈 리가 없었다.

"염려 놓으시라구. 우리 누렁이가 어때서. 이렇게 힘이 펄펄하고 건강한 누렁이가 글쎄 나이를 먹었다고 아무러면 주인하구 똑같은 누구네 똥개들에다 댈까.”

석구는 참을 수가 없었다.

“흥, 계집아이가 흉측스럽게 개를 좋아하긴. 얘 남부끄럽다야. 누렁이가 그렇게 건장하고 힘이 좋으면 놈한테 시집이라도 가렴? 서방 삼아 천년만년……”

그러나 석구는 말을 끝내지도 못한 채 손으로 얼굴을 싸쥐며 그 자리에 폭삭 주저앉고 말았다. 금옥이 논두렁 흙덩이를 움켜다가 번개같이 그의 면상을 갈겨버린 때문이었다.

그런 식이었다. 석구는 그런 식으로 악귀처럼 한사코 금옥을 괴롭히면서 약을 올려주려고 했다.

한편으로는 베스와 메리에게 싸움질을 단련시키는 일을 하루도 게을리하지 않았다. 그것은 정말 참담스럴 만큼 집요한 집념의 나날이었다. 그런 날들이 다시 몇 달 흘렀다. 그리고 가을이 되었다. 베스는 이제 완전히 쌈개가 되어 있었다. 석구도 이젠 정말로 베스 놈이 믿음직하다고 생각했다.

그는 드디어 결심을 했다.

마침내 석구가 마음속으로 혼자 결정하고 있던 날이 다가왔다. 그는 이날이 되자 아침부터 공연히 마음이 들떠가지곤 하릴없이 골목 어귀를 서성거렸다.

아니 할 일이 없는 것은 아니었다. 알아둘 일이 있었다. 가을이 시작되어 사람들은 하루 한시도 집 안에 있을 여가가 없었다. 금옥이 년이 누렁이를 꽁무니에 달고 언제 어느 쪽으로 들일을 나가는지 행방을 알아둬야 했다. 과연 금옥은 오래지 않아 누렁이 놈을 데리고 또 대문을 나섰다. 낫을 들고 점심 준비를 해가지고 나서는 걸로 보아 벼 베기를 시작한 모양이었다. 그렇다면 갈 곳은 뻔했다. 그녀네 서 마지기 산골 논이 있는 재 너머 반달골이었다. 행선지를 알아낸 석구는 이날 낮 여느 때보단 좀 이른 점심을 끝내고 느긋느긋 꼴 바지게를 짊어지고 집을 나섰다. 물론 베스 놈과 메리를 데리고서였다. 놈들에겐 특히 점심 요기를 두둑이 마련해 먹였을 만큼 세심한 주의를 끝낸 다음이었다.

그가 반달골 금옥이네 논배미 근처에 당도한 것은 그러니까 오정이 훨씬 지났을 때였다.

반달골에는 그가 점친 대로 영락없이 금옥이 벼를 베러 나와 있었다. 그녀도 그땐 이미 점심을 끝내고 저녁나절 일을 시작하고 있었다. 먼발치에서 보니 누렁이 놈이 금옥의 곁을 떠나지 않고 근처 논두렁을 뛰어다니며 메뚜기를 잡고 있었다. 석구는 혼자 빙그레 여유 있는 미소를 지었다. 그리곤 휘익휘익 휘파람 소리로 금옥의 주의를 불러 일깨웠다.

금세 효과가 나타났다. 금옥이 이윽고 낫질을 멈추며 석구 쪽을 건너다보았다. 그러나 금옥은 석구를 보고도 못 본 척 이내 다시 허리를 꺾고 부지런히 낫질을 계속해나갔다. 석구는 그러는 금옥의 논배미 근처로 좀더 가까이 내려갔다. 베스와 메리가 앞서거니 뒤서거니 그를 따랐다.

석구가 그렇게 금옥이네 논배미 귀퉁이까지 다가갔을 때였다. 금옥이 갑자기 허리를 펴고 일어서더니 이젠 모든 것을 알아차린 듯 천천히 논둑으로 걸어 나왔다. 그리고는 매섭게 석구를 쏘아보기 시작했다.

"베스를 데리고 왔다."

금옥을 향해 석구가 비로소 한마디 내던졌다. 금옥은 그제서야 히힝 하고 묘한 웃음을 날리고 나선,

"알구 있어. 그게 정 소원이람 할 수 없지. 하지만 또 후회를 하고 말걸"

하고 그녀답게 비웃음 섞인 소리로 말하고 나서는 여유만만 누렁이 쪽을 돌아다보았다. 뭔가 심상치 않은 기색을 느꼈음인지 누렁이 놈도 벌써 석구네들 쪽으로 어슬렁어슬렁 걸음을 옮겨 오고 있었다. 석구는 천천히 지게를 벗었다.

"건방진 염려는 아마 마지막일 거다. 이젠 곧 알게 될 거니까."

그는 천천히 메리 쪽으로 다가가 녀석의 목을 단단히 틀어쥐었다.

"자, 그럼 지금부터 시작이다."

말을 끝내고 나서는 벌써부터 목구멍에서 우르릉우르릉 위협음을 굴리며 다가들고 있는 누렁이를 향해 베스 놈을 사정없이 내몰았다.

"베스, 물어라. 쉭 베스. 물어! 물어!"

"누렁아, 물어라!"

금옥도 동시에 누렁이를 몰아붙였다. 신호가 떨어지기 무섭게 두 놈은 서로 번개같이 몸을 날려 덤벼들었다. 놈들은 이내 한 덩어리로 엉클어져 엎치락뒤치락 서로 상대편을 물어뜯기 시작했다. 석구에게 목을 꼭 붙잡힌 채 베스가 뛰어든 싸움판을 보고만 있어

그 가을의 내력 345

야 하는 메리 년이 죽자사자 발광을 했다. 베스 놈도 처음 몸을 날려 뛰어나갈 때는 슬쩍 한번 메리의 눈치를 살피는 것 같더니, 더 이상 거기에는 정신을 흘릴 수가 없는 듯 부리나케 혼자서 누렁이 놈에게로 돌진해 들어갔었다.

"물어라, 베스! 베스야, 물어."

석구는 끝끝내 메리 년의 목덜미를 놓아주지 않은 채 악을 쓰며 베스를 응원했다. 응원은 금옥도 마찬가지였다. 그녀는 석구보다도 더 억척스럽게 악을 악을 써댔다.

"물어라, 누렁아! 물어 죽여! 누렁이 물어 죽여."

와르릉와르릉……

"물어라 물어! 베스 물어라!"

석구의 응원 소리와 자신들의 위협음 속에 두 마리의 개는 엎치락뒤치락 실력을 가려내기 어려울 만큼 치열한 싸움을 계속했다.

논바닥이 갈수록 엉망이 되어갔다. 베어놓은 볏줌은 말할 것도 없고 개들이 뒹굴어 들어간 데는 아직도 낫이 가지 않은 볏줄기들이 연이어 이리 흐트러지고 저리 쓰러져나갔다. 싸움이 좀처럼 끝나지 않았다. 실력의 우열도 잘 드러나지 않았다. 누렁이를 타 누르고 있을 때 보면 베스 놈의 허리 힘이 조금은 나은 듯싶기도 했지만 그것은 잠깐뿐이었고, 바로 그다음 순간에는 다시 누렁이 놈이 베스의 배를 타고 올라와 목덜미를 물어뜯곤 했다.

하지만 놈들의 싸움이 무한정 계속될 수는 없었다. 드디어 어느쪽인지 비명을 올리는 소리가 났다. 소리가 나자 석구와 금옥은 서로 한순간 똑같이 긴장하며 얼굴을 마주 건너다보았다. 아직은 어느 쪽인지 분간이 가지 않았기 때문이었다. 하지만 그건 정말 순간뿐이었다. 놈들이 이내 둘로 떨어져 나갔다. 한 놈이 먼저 몸을 빼내어 뒷가랑이 사이로 꼬리를 찰싹 사려 붙인 채 날 살려라 허겁지겁 줄행랑을 치기 시작했고, 다른 한 녀석도 이젠 어지간히 기운이 파한 듯 몇 발짝쯤 더 놈을 쫓는 시늉 끝에 이내 그 자리에 우뚝 몸을 멈춰 서버린 것이었다.

싸움은 이제 그것으로 끝이 났다. 그런데 그때였다.

"나가! 죽어! 이 바보, 겁쟁이 새끼야!"

이때까지 계속 목이 메라 누렁이의 기세를 돋워 올리던 금옥이 이번에는 또 다른 식으로 갑자기 발작을 시작했다. 먼저 꼬리를 사리고 꽁무니를 빼어 달아난 놈이 다름 아닌 금옥이네 누렁이 쪽인 때문이었다.

누렁이 놈은 이제 아닌 게 아니라 나이를 너무 먹어 기력이 달리기 시작한 것일까. 그렇지 않으면 싸움을 직접 거들진 않았지만 한창 원기가 왕성한 베스 놈 뒤에 메리 년이 버티고 있어주어 놈의 투지를 북돋워준 것인가. 어쨌거나 이날 싸움에서 먼저 비명을 올리고 뺑소니를 치기 시작한 것은 그 금옥이네 누렁이 쪽이었다.

"저 멍충이, 병신 같은 놈! 어서 나가 죽어! 그대로 그냥 어디로 나가 썩 뒈져 없어지란 말야!"

분을 못 참은 금옥이 계속 그 누렁이를 향해 악에 받친 욕설을 퍼부어대고 있었다. 그러다간 제 깐에도 몹시 미안하고 분한 듯 아직 건너편 언덕에서 차마 더 달아나질 못하고 멍하니 이쪽을 건너다보고 서 있는 누렁이 놈을 향해 그 어느 날의 석구처럼 마구

돌팔매질까지 쏘아붙였다.
"저 병신, 천치 같은 놈! 호랭이나 물어 갈 놈아! 지금 어서 내 눈앞에서 썩……"

그리고 그러다 금옥은 어느 순간 자신이 베어놓은 볏줌 위로 몸을 펄썩 주저앉히며 어린애처럼 느닷없이, 그 옛날 어린 초등학교 시절처럼 제풀에 울음보를 터뜨리고 말았다.

하고 보니 석구는 이제 싸움에 이기고 난 대견스런 베스 놈을 추어줄 엄두가 나지 않았다. 오랜만에 누렁이를 거꾸러뜨린 기분에 으쓱해질 여유마저 없었다. 아니, 사실 이제는 그럴 생각도 나지 않았다. 이상한 일이었다. 그렇게도 바라고 바라던 일이 이루어진 마당에 그는 느닷없이 잔뜩 맥이 풀리고 만 것이다. 그러지 않아도 풀이 죽은 누렁이를 저주하는 금옥의 욕지거리들이 실은 그녀 자신을 향한 매질처럼 자신까지 왠지 마음이 아프고 언짢았다.

"저 새낄 이제 어째야지, 응? 저 못난이 병신 새끼를?"

계속되는 원망과 자책기 속에 금옥이 아예 몸을 헐고 주저앉아 희한하게 눈물까지 짜고 있는 모습에는 그녀가 몹시 측은하고 애틋해 보이기도 하였다. 그래 그는 마침내 그런 자기 마음을 이기지 못해 자신도 모르게 슬금슬금 금옥에게로 다가갔다. 그리고 역시 자신도 뜻을 잘 알 수 없는 소리로 은근히 그녀를 달래기 시작했다.

"그러지 마. 내 금옥이 속 다 안다. 울긴 바보같이 왜 울어. 누가 정말 누렁일 쫓아내라 할까 봐서?"

말하는 그의 손이 어느새 금옥의 어깨 위에 닿아 있었다.

금옥은 석구의 말엔 대꾸를 하지 않았다. 이젠 말도 없이 그저 눈물만 흘리고 있었다. 그 철없던 초등학교 시절 이래로 그녀에게선 정말 처음 보는 일이었다. 그녀는 어깨 위에 닿아 있는 석구의 손길도 얼핏 비켜 치우려 하지 않았다. 넋이 나간 사람처럼 그 앞에 젖은 눈길도 잊고 계속 멍청하게 앉아 있을 뿐이었다. 여느 때 같으면 어림도 없을 일이었다. 석구는 그게 왠지 더 가슴이 아팠다. 어떻게든 그녀를 위로해주고 싶은 애틋한 마음뿐이었다. 그는 자신의 말주변 없음이 못내 안타까웠다. 그런데도 지금 당장은 자기 쪽에서 뭐라고든 말을 계속해나가야 할 것만 같았다.

"자, 이젠 눈물 그치고 일어나라구. 해가 많이 기울었잖어. 이 논배미 하나라도 해전에 다 베어내려면 이젠 그만 일어나서 서둘러야 한단 말여. 개새끼들 통에 흐트러진 것도 추려야 하구."

석구는 이제 마구 금옥의 겨드랑까지 껴 일으키려 하면서 까닭 없이 목이 메어가고 있었다. 금옥은 그제서야 간신히 정신이 좀 돌아온 듯했다.

"자 어서. 이젠 그까짓 개새끼들에게 신경 쓰지 말구. 글쎄 시시한 개짐승들 때문에 멀쩡한 사람이 뭘 그리 속을 상해 하고 그래. 나도 낫을 가져왔으니까 같이 도와줄게. 응 어서."

하지만 금옥은 여전히 몸을 일으키려는 기색이 안 보였다. 할 수 없었다. 석구는 드디어 자신이 먼저 낫을 찾아 들고 논 가운데로 스적스적 발을 옮기기 시작했다. 금옥은 역시 그러는 석구를 말리려 하지 않았다. 그녀는 언제까지나 그냥 그대로 몸을 풀고 앉은 채 곰곰 석구의 거동만 바라보고 있었다.

건너편 산기슭에선 누렁이 놈이 좀 전의 적수는 까맣게 잊어버린 듯 사람들의 동정에만 넋이 팔려 어슬렁어슬렁 이따금 아쉬운 눈초리를 건네오곤 했다.

어디선가 철 늦은 장끼 울음소리가 그 느긋한 가을 산골의 정적 속으로 손에 잡힐 듯 가깝게 메아리 져 오고 있었다.

(『새농민』 1973년 2월호)

해설

고향을 잃어버린 고향에 관하여

김동식
(문학평론가)

1. 고향을 잃어버린 고향 또는 세계의 벌어진 상처:「귀향 연습」

『가면의 꿈』에 수록된 이청준의 작품들은 매우 다양하지만 공통된 주제 의식을 가지고 있다. 그것은 고향 또는 고향의 부재와 관련된 것이다. 고향 또는 고향의 부재와 관련된 문제의식은, 존재론적 근거가 사라진 현대인의 모습을 상징적으로 드러낸 것인 동시에, 1970년대의 산업화 이후 본격화된 탈향 및 이향과 관련된 한국 사회의 집단적 무의식을 반영하는 것이다. 그와 동시에 무엇보다도 이청준 자신의 무의식에 대한 탐색이기도 하다는 점에서 의미를 갖는다. 일찍이 비평가 김윤식은 이청준의 작품이 "고향에 대한 죄의식"과 관련된다고 말한 바 있거니와,[1] 이청준의 소설에는 고향에 대한 다층적이며 복합적인 성찰들이 내재되어 있다.

고향에 대한 글쓰기는 정체성과 관련된다. 고향은 개인의 선택 이전에 주어진 필연의 장소이자 운명적인 공간이며, 부모·친지·친구들과 같은 인간관계와 겹쳐지면서 원체험적인 시공간의 이미지를 구축한다. 또한 고향은 낭만적인 기억을 통해 사후적으로 구성되며, 그와 동시에 외상적인 경험을 통해 정체성의 근거를 가시성의 영역으로 이전한다. 고향에 대한 이야기는 정체성의 근거 또는 존재의 근거에 관한 이야기에 다름 아니다. 고향은 고향을 말하는 그/그녀의 아이덴티티와 직결되는 공간이기 때문이다.[2] 이청준의 소설에서 고향과 정체성의 관계에 주목하게 되는 이유도 여기에 있다.

이청준의 소설에서 고향 또는 고향의 부재는 병리적 징후와 함께 제시된다. 이러한 사실은 「귀향 연습」에서 명시적으로 드러난다. 「귀향 연습」의 주인공 남지섭은 수시로 찾아오는 배앓이 때문에 잠시 서울 생활을 접고 고향 친구 기태의 과수원에 머물기로 한다. 기태의 과수원은 지섭의 고향인 동백골에서 30여 리 떨어진 곳에 있다. 동백골로 들어가지 못한 것은 지섭의 몰골이 고향 사람들 앞에 나서기 민망할 정도로 망가져 있었기 때문이다. 과수원에서 지섭은 기태의 조카인 훈이라는 아이와 초등학교 교사인 정은영 선생을 만난다.

---

1) 김윤식, 「감동에 이르는 길」, 『이청준론』, 삼인행, 1979, p. 64.
2) 나리타 류이치(成田龍一), 『'고향'이라는 이야기』, 한일비교문화세미나 옮김, 동국대학교출판부, 2007, p. 29.

고향이란 게 자기가 나고 어린 시절을 보낸 곳이라는 사전적인 의미를 넘어서 그곳을 지키고 살거나 떠났거나 간에, 어떤 사람의 생활 속에 늘 위로를 받으며 젖줄처럼 의식의 끈을 대고 있는 우리들의 어떤 정신의 요람으로까지 뜻이 깊어진다면 지금의 서울 사람들에겐 진정 고향이란 게 있을 턱이 없었다. (p. 44. 밑줄 강조는 인용자의 것)

지섭, 기태, 훈, 정 선생은 모두 병리적인 징후를 가지고 있다. 지섭은 시도 때도 없이 배앓이를 하며, 훈이는 생일을 치르듯 매년 비슷한 시기에 골절이 되고, 정 선생은 초점 없는 시선을 가지고 있으며, 기태는 자기만이 고향을 소유하고 있다는 과시적 우월감의 소유자이다. 네 사람의 공통점은 모두 고향을 가지지 못한 실향민 또는 실향병 환자라는 점이다. 과수원 주인인 기태 역시 "아예 처음부터 그 고향 속에서만 살아왔기 때문에 오히려 고향을 못 가진 사람이랄 수 있었다"(p. 48). 이들은 모두 고향을 가지지 못한 상태 또는 실향은 곧 존재의 결함이자 질병의 원인이라는 생각을 공유하고 있다. 달리 말하면 고향에는 치유의 가능성이 존재한다는 믿음으로 과수원에 모여 있는 것이다. 정 선생이 훈이의 정기적인 골절을 고향을 가지지 못했기 때문에 생기는 것이라고 진단한 것이나, 지섭이 훈이의 치료를 위해 자신의 고향 이야기를 들려주겠다고 한 것도, 고향을 치유 가능성의 공간으로 생각했기 때문이다.

또한 이들은 고향과 관련된 특정한 태도를 제시하고 있는 인물들이다. 지섭은 불과 30여 리 떨어진 고향에는 들어가지 못하는 처지이지만 훈에게 들려주는 고향 이야기를 통해서 고향을 만들어낸다. 지섭은 고향과 관련된 기억을 이야기로 만드는 과정에서 낭만적인 고향을 구성해낸다. 반면에 정 선생의 경우 고향은 환상적인 '이미지'이다. 남자 친구가 들려준 바다 이야기와 그가 헤어지면서 보내온 소설책 속에서 너울거리던 환상적인 이미지. 정 선생은 "눈앞의 상대보다 그 너머의 잡히지 않는 무엇을 좇고 있듯 이상스레 방심스런 현장 부재의 눈빛"(p. 50)을 가지고 있다. 그녀의 초점 없는 눈은 고향의 환상-이미지를 보고 있을 따름이며, 다만 과수원에 몸을 둠으로써 고향-환상에 실체를 부여하고자 하는 것이다. 훈이의 경우 고향은 학습 또는 '지식'의 대상이다. 자신의 불운이 고향 없음에서 생겨난 것이라 믿고 있는 훈이는, 지섭의 이야기를 통해 고향이라는 기호(상징)를 축적하여 결핍을 보충하고자 한다. 정 선생과 훈이가 은유로서의 고향을 만들어가고 있다고 한다면, 과수원의 주인 기태는 고향이라고 할 수 있는 현실적인 장소를 점유하고 있다. 그는 고향(생물학적 출생지)을 떠나본 적이 없다. 하지만 그렇기 때문에 그에게는 고향에 대한 상상력이 자리를 잡을 공간이 없다. "그는 자기 고향 속에서 오히려 그 고향의 의미와 멀어지게 된 처지였다"(p. 48). 고향을 소유하고 있다는 기태의 생각은 저속한 수준의 '권력의지'로 발현된다.[3] 기태에게 고향이란 권력의지의 근거에 지나지 않는다.

---

3) 이 글에서 권력의지라는 말은, 니체 철학에서 사용된 의미가 아니라 권력을 지향하는 의지라는 일반적인 의미로 사용되었다.

지섭에게 고향 이야기를 만드는 과정은 "나의 고향에 대한 자신의 확인 과정"(p. 75)이었다. 훈이에게 고향 이야기를 들려주는 과정에서 지섭은 고향의 근원적인 이미지를 확인하게 된다. 그에게 고향의 근원적인 이미지는 바다와 산이 있고 밭에서 일하는 어머니가 있었던 '무덤가의 잔디밭 지게터'였다. 지게터는 산과 바다의 자연, 생명의 원천인 어머니, 노동의 상징인 지게, 죽음을 의미하는 무덤이 공존하는 코라와도 같은 공간이다. 무엇보다도 지게터는 힘들게 일하던 지게꾼들이 잠시 쉬면서 숨을 돌리는 곳이다. 고향도 마찬가지이다. 지게꾼들이 그러했듯이 삶의 무게를 잠시 내려놓고 위안과 휴식을 얻을 수 있는 곳.

바다가 있었다. 여름의 바다는 유난히 넓고 푸르게 반짝거렸다. 바다에 발뿌리를 내려뻗은 산줄기는 어디라 할 것 없이 울창한 녹음으로 푸르게 뒤덮여 있었다. 산비탈은 대부분 밭갈이가 되어 있고, 고구마나 수수나 콩이나 목화 같은 것을 심은 여름 밭가리 가운데는 다섯 마지기 남짓한 우리 집 밭뙈기도 끼여 있었다. 어머니는 여름 한철을 대개 그 다섯 마지기 여름 밭갈이로 보냈다. 아침만 되면 어머니는 김매기를 나가면서 밭머리로 나를 데려다 놓았다. 밭머리에는 푸나무꾼들이 산을 오르내리며 쉬어 가는 지게터가 있었다. 그리고 그곳엔 옛날부터 주인 없는 무덤이 하나 누워 있었다. 나는 언제나 그 인적에 씻겨 윤이 돋을 만큼 반들거리는 무덤가의 잔디밭 지게터에서 어머니를 기다리며 지냈다. 나중에 마을 사람들의 이야기를 들어 안 일이지만, 나는 내 기억의 한참 전부터도 여름이면 늘

상 그 밭머리의 지게터에서 하루해를 지내곤 했댔다. (p. 52)

고향은 위안과 휴식을 주는 치유의 공간이다. 하지만 현실에서는 모종의 뒤틀림들이 발생한다. 지섭은 훈이에게 고향 이야기를 해주면서 고향에 대한 실재감을 회복한다. 덕분에 고향 이야기를 만들어가는 과정이 즐겁기까지 하다. 하지만 얼마 지나지 않아 훈이에 대해 모종의 복수심을 갖게 된다. 그뿐만이 아니다. 정 선생이 갑자기 과수원을 떠나게 되고, 기태는 자신이 그녀를 겁탈했다는 충격적인 고백을 들려준다. 왜 이런 일이 벌어진 것일까. 이유는 심층적이면서도 단순하다. 고향을 소유하고 있거나 소유한 적이 있다고 믿고 있는 사람들(기태·지섭)과 과수원에서 고향을 가지게 될 것이라고 믿고 있는 사람들(정 선생·훈이) 사이의 서열적인 관계가, 억압적인 성격으로 변하게 되면서 복수와 겁탈이라는 폭력적인 차원으로 전이된 것이다. "훈이란 녀석에게 고향이라는 것이 그의 삶의 어떤 상징과 기호로 이해되고 있었듯이, 정 선생이란 여자에겐 이를테면 그 바다가 그녀의 삶의 기호였다"(p. 87). 하지만 고향을 소유하고 있거나 소유한 적이 있다고 믿고 있는 사람들로서는, 고향이 기호나 상징이나 이미지일 수 있다는 사실을 용인하기가 어려웠다. 그럴 경우 고향의 실체성이 붕괴될 뿐만 아니라, '나에게는 고향이 있다'라는 정체성의 근거도 위협받기 때문이다.

훈에게 지섭의 고향 이야기는 실체가 아니라 상징과 기호로 이해되었다. 지섭은 자신의 고향을 훈이가 실체로서 느끼도록 강요

했고, 훈이로 하여금 고향을 가지고 있지 못하다는 느낌을 절실하게 갖도록 하고자 했던 것이다. 지섭과 훈의 관계가 심리적 복수의 차원에 국한되어 있다면, 기태와 정 선생 사이의 성폭행 사건은 매우 충격적이다. 기태는 왜 정 선생을 성폭행했을까. 정 선생의 초점 없는 시선과 기태의 권력의지 사이에서 그 이유를 가늠해볼 수 있을 것이다. 정 선생에게 고향은 남자 친구의 이야기와 그가 선물한 소설책으로부터 부여받은 환상적인 이미지다. 그녀에게 고향이란 시뮬라크르이거나 하이퍼리얼리티에 해당한다. 이미지로서의 고향이 먼저 있었던 것이다. 그녀의 시선이 앞에 있는 사람을 지나쳐 저 먼 곳으로 흘러갔던 이유도 거기에 있었다. 그녀는 자신의 환상적인 고향 이미지에 최소한의 실체를 부여하기 위해 과수원에 머물고 있었던 터였다. 하지만 그녀의 시선은 기태의 과수원을 지나쳐서 여전히 환상적인 이미지만을 바라보고 있었다. 무(無)를 향하고 있는 정 선생의 시선은, 고향을 소유하고 있기에 그녀에게 고향을 가르쳐줄 수 있다고 믿고 있는 기태의 권력의지를, 본의 아니게 조롱하고 있었던 것이다.

    기태의 성폭행은 우리가 고향이라고 부르는 현실의 순환을 탈선시키고 교란시킨다. 이제 고향은 상처를 치유하고 존재감을 회복하는 공간이 아니라, 페니스의 권력의지에 의해 유지되는 외설적인 공간이다. 하지만 지섭은 기태의 행동에 대한 어떠한 비난도 하지 않고 과수원을 떠나 서울로 돌아간다. 왜 그랬을까. 아마도 훈이에게 복수하고자 했던 자신의 심리와 정 선생의 시선에 분노했던 기태의 심리가 동일한 계열에 있음을 어렴풋하게나마 알아차리고 있었기 때문이 아닐까. "사람이면 누구나 거기서 자기의 괴로운 삶을 위로받고 살게 마련이라는 고향"(p. 43)은 더 이상 현실에서 존재하지 않는다. 고향은 '세계의 벌어진 상처'[4]이다.

고향은 없다. 고향은 권력적인 시선 속에 있거나, 낭만적인 이야기 속에 있거나, 기호나 이미지로 환치되고 있다. 기태처럼 고향이 실제로 있다고 주장하는 것은 저속한 권력의지에 지나지 않는다. 실향도 귀향도 재향도 모두 병리적인 것이다. 고향은 특정한 장소의 점유로 이루어지지 않는다는 것. 또한 고향은 기억의 구성 또는 고향을 이야기하는 장치로 환원되지도 않는다는 것. 고향은 비(非)장소이다. 고향이라는 말 자체가 자신의 물질적 공간을 갖고 있지 못하다. 따라서 고향이라는 기호는 기의가 결여된 순수한 기표이다. 고향이 고향을 잃어버린 상황.

왜 귀향이 아니라 귀향 연습인가. 태어난 곳을 떠나 도시 공간으로 나온 사람은, 도시와 만남으로써 고향을 발견하게 되지만 종종 고향에 적응하지 못하고 도시에도 동화할 수 없는 심정을 드러낸다. 그들은 고향에 대해서는 위화감을, 도시에 대해서는 부적응의 감정을 드러낸다. 따라서 도시에 대한 부적응과 고향에 대한 위화감 사이에 일종의 균형 감각을 부여한 것이 귀향 연습일 수도 있다. 하지만 이청준의 작품에서 귀향 연습은 다음에는 고향으로 들어갈 수 있다는 의미를 확정 짓고 있지 않다. 연습을 통해서 귀향이 가능하다고 생각하는 것은, 고향이 엄연히 존재한다는 것을

---

[4] 슬라보예 지젝, 『삐딱하게 보기』, 김소연·유재희 옮김, 시각과언어, 1995, p. 79.

전제한 것이다. 하지만 고향의 존재가 불확정적이라면 어떨 것인가. 어쩌면 귀향은 그 자체로 연습일 수밖에 없는 운명을 지닌다.
「귀향 연습」에서 고향은 공간이면서 비공간이고, 실존적 기억이자 경험이며, 환상이나 기호 또는 상징이기도 한 것이다. 고향이라는 모호한 대상-욕망 속에 들어와 있는 네 사람은, 고향의 의미와 무의미, 고향의 현전과 부재를 각자의 욕망 속에서 강박적으로 재현하고 있는 것이다. 어떠한 용어를 사용해도 무방할 것이다. 고향은 혼돈의 은유이며, 그 어떤 강박증이다. 여전히 고향은 자신의 존재를 확인할 수 있는 상상적·상징적 지평이다. 동시에 고향의 부재는 이청준 소설에서 끊임없이 귀환하는 실재the real이다. 실재하는 것은 고향이 아니라 고향의 부재이다. 고향은 부재로서 현전한다. 최소한 이청준의 초기 소설에서는 그러하다.

2. 강박증 속의 고향과 유령의 언어들: 「배꼽을 주제로 한 변주곡」「엑스트라」「떠도는 말들——언어사회학서설 ①」

고향은 단순히 부재하는 것이 아니라 부재로서 현존한다. 고향은 상실된 것이 아니라 상실된 것으로서 도처에 존재한다. 고향 부재의 편재성(遍在性)은 현대사회를 살아가는 사람들의 존재론적인 문제로 전이된다. 이청준 소설의 인물들이 원인을 알 수 없는 헛헛함이나 허망함을 느끼는 이유를 여기에서 찾을 수 있다. 존재론적인 불안정. 고향 부재의 상황은 그 자체로는 감지되거나 인식되지 않는다. 하지만 사람들의 몸이나 행태에 비정상적인 징후들을 만들어낸다. 고향 없음의 징후들은 다양한 양상으로 나타난다. 우선적으로 눈에 띄는 것은 사라짐(찾을 수 없음)이다.「배꼽을 주제로 한 변주곡」에서는 고향 없음이 배꼽의 돌연한 사라짐으로 변주되어 나타나며,「떠도는 말들——언어사회학서설 ①」(이하「떠도는 말들」)에서는 존재의 근거를 잃고 떠도는 담지자 없는 음성이 등장한다. 또한「가면의 꿈」에서는 공식적인 자아의 얼굴이 가면화되어가는 과정을 통해 고향의 부재를 은유화하고 있다.

「배꼽을 주제로 한 변주곡」은 어느 날 자리에서 일어나보니 배꼽이 사라져버린 어느 남자에 관한 이야기이다. 처음에는 주인공인 허원에게만 일어난 일이라고 생각했다. 하지만 사람들이 해수욕장과 목욕탕을 기피한다거나 비키니 수영복이 자취를 감추는 것과 같은, 그냥 넘겨버리기 어려운 징후들이 곳곳에서 발견된다. 보다 흥미로운 현상은 배꼽에 대한 이야기가 증식된다는 것이다. 아담과 이브에게 배꼽이 있었나와 같은 신학적인 논쟁이 벌어지는가 하면, 배꼽이 없는 상황을 견디며 살 것인가, 배꼽을 찾아 나설 것인가와 같은 윤리적·실천적 논쟁이 벌어지기도 한다. 배꼽이 실종되었기 때문일 것이다. 사람들의 논법에서 직설법이 자취를 감추고 가정법이 압도적으로 사용된다. 어디 그뿐인가.『주간 배꼽』과 같은 매체가 등장하고, "새 배꼽 찾기 운동"(p. 125)과 같은 사회운동이 전개된다. 배꼽이 사라지자, 배꼽이 차지하고 있던 빈 구멍을 메우기 위해 말들이 증식한다.

아무리 일상생활에선 드러나게 불편한 점이 없다 해도 그는 역시 배꼽이 없는 자신에 대해 좀처럼 익숙해질 수가 없었다. 그는 자꾸만 허전해서 견딜 수가 없어지곤 했다. 있느니라 여기고 지낼 때는 그처럼 무심스럽던 일이 그런 식으로 한번 의식의 끈을 건드려오자 허원의 상념은 잠시도 그 잃어버린 배꼽에서 떠나 있을 수가 없었다. (p. 104)

「귀향 연습」에서 고향이 "젖줄처럼 의식의 끈을 대고 있는 우리들의 어떤 정신의 요람"(p. 44)으로 제시되었던 것을 기억한다면, 위의 인용문은 이청준의 소설 텍스트에서 배꼽과 고향의 의미론적 친연성을 충분히 확인할 수 있는 대목이다. 배꼽이 사라지자 배꼽이 없다는 사실에 의해 무의식이 규정된다. 배꼽은 기의 없는 기표와 유사하다. 배꼽은 생물학적 기능은 사라지고 다만 어머니의 자궁에 탯줄을 대고 있었음을 보여주는 신체의 흔적이다. 「귀향 연습」의 고향이 장소를 갖지 않는 고향이어서 기의 없는 기표에 비견할 수 있었듯이, 배꼽 또한 생물학적 기능을 갖지 않는 신체 기관이라는 점에서 기의 없는 기표에 비유할 수 있다. 배꼽이 자궁과 연관되며 고향이 상징적 자궁을 연상시킨다는 점을 함께 고려할 때, 배꼽은 신체에 남아 있는 고향의 기표라고 보아도 무방하다. 그런 의미에서 보자면 고향의 부재는 우리의 몸에서 배꼽이 사라지는 것과 등가이며, 배꼽의 사라짐은 고향의 부재를 드러내는 신체적 징후이자 은유이다.

「배꼽을 주제로 한 변주곡」에서 배꼽이 사라졌다는 사실에 대해서는 사회적인 차원에서 침묵이 형성되고 그와 동시에 배꼽에 대한 다양한 담론들이 융성한다. 배꼽은 사라지고 배꼽에 대한 말은 증식한다. 배꼽이 사라지자 배꼽에 대해 이야기해야 한다는 사회적 차원의 강박증이 구성된다. 배꼽이 사라졌다는 것에 대해서는 침묵을 공유하면서 말에 의해 고향을 대체하고자 한다. "그런 식으로 한번 의식의 끈을 건드려오자 허원의 상념은 잠시도 그 잃어버린 배꼽에서 떠나 있을 수가 없었다"라는 구절에서 확인할 수 있듯이 배꼽이 사라지자 배꼽에 대한 강박(증)적인 무의식이 구성된 것이다. 그런 의미에서 「배꼽을 주제로 한 변주곡」은 고향 상실 이후에 말 또는 언어로써 그 결핍을 메워야 한다는 강박관념이 어떠한 과정을 통해서 출현하는가를 검토한 작품으로 읽을 수 있다.

고향이 없다는 것은 고향에 대한 이야기를 증식시킨다. 마치 배꼽이 없어지면서 배꼽에 대한 다양한 차원의 사회적 담론이 증식했던 것과 같다. 실재와 말의 관계는 반비례적이다. 실재가 사라진 구멍을 말이 메운다. 또는 실재의 구멍은 상징적 질서를 구성한다. 「배꼽을 주제로 한 변주곡」은 고향 부재의 신체적인 징후(배앓이, 초점 없는 눈, 골절, 권력의지)와 사회적인 징후인 '말'〔語〕사이를 연결 짓고 있는 작품이다. 이청준은 고향이 아니라 고향을 말해야 하는 강박증을 성찰하고 있다. 그는 묻는다. 왜 우리는 고향에 대해 말하는 것일까. 달리 말하면 우리에게 고향이 없기 때문이다.

고향의 부재와 말/언어 사이의 관계를 잘 보여주는 또 다른 모티프가 다름 아닌 자서전 대필이다. 「떠도는 말들」과 「엑스트라」에는 자서전 대필 작가가 주인공으로 등장한다. 「떠도는 말들」은 자서전을 대필하는 도중 난데없이 걸려온 전화와 관련된 에피소드가 중심에 놓여 있고, 「엑스트라」는 연애편지 대필, 연설문 대필, 자서전 대필을 거쳐 영화판의 조연 배우가 된 사람의 이야기를 다루고 있다. 여기에서는 「떠도는 말들」을 중심으로 고향의 부재, 유령화된 말, 자서전 대필의 관계에 대해 살펴보도록 하자.

「떠도는 말들」의 주인공 윤지욱은 자서전 대필 작가이다. 어느 날 젊은 여자에게서 걸려온 전화를 받는다. 윤지욱을 알고 있다고는 하지만 그것을 확인할 수는 없다. 지욱은 여자의 전화를 받고 약속한 장소로 나갔다가 허탕을 치고 돌아온다. 며칠 후 다시 걸려온 전화에 이끌려 대학병원에도 찾아가지만 여자와 같은 감기 환자는 입원한 적이 없음을 확인한다. 그리고 다시 여자에게 전화가 왔지만 혼선이 된다. 그녀의 목소리는 다시 다른 남자에게 아는 척을 한다. 윤지욱에게 했던 말들과 거의 동일한 내용이다. 목소리를 실시간으로 전달하는 전화는 그 자체로 대단히 에로틱한 미디어이다. 하지만 이 소설은 전화 미디어가 매개하는 에로틱한 가능성과 좌절을 다루고 있지만은 않다. 이 소설에서 주요한 물음은 크게 두 가지이다. 하나는 왜 젊은 여자에게서 전화가 왔을까 하는 물음이고, 다른 하나는 왜 윤지욱은 여자의 전화에 대해 끊임없이 불신하면서도 그녀를 찾아 나서지 않으면 안 되었던 것일까 하는 물음이다.

왜 알지도 못하는 젊은 여자에게서 전화가 온 것일까. 「떠도는 말들」에 의하면, 말과 관련된 급격한 시대적인 변화가 있었다고 한다. 그 이전에는 그야말로 말들의 전성시대가 있었다. 지상의 모든 가난은 사회사업가의 입술에 있었고, 조국의 백년대계는 교육자와 청년 운동가 들의 입술 위에 있었으며, 시대의 정의는 문학도와 역사학도와 종교인 들의 입술 위에 있었다. 달리 말하면 말은 자신의 '고향'을 떠나 사람들의 '입술'로 그 주소지를 변경한 것이다. 그 결과 변화가 나타나기 시작했다. 고향을 떠나 사람들의 입술로 옮겨온 말은, "이미 사람들을 떠나버리고 만 것 같았다"(p. 298). 갑자기 사람들은 일상적인 관계 속에서 말을 하지 않기 시작했고, 그 대신 잘못 걸려온 전화, 혼선되는 통화, 장난치는 전화 등이 눈에 띄게 늘어나기 시작한다.

모든 말들이 길을 헤매고 있었다. 사람들은 이제 말을 하지 않는다. 그들은 너무나 많은 말을 하여 말들의 주소를 바꿔놓음으로써 말들을 혹사했고 말들을 배반했고, 결국에는 그 말들이 기진맥진 지쳐나게 했다. 말들은 그들의 고향을 잃어버렸고 자신들의 고향에 대한 감사와 의리를 잃어버렸다. 그래서 배반당한 말들은 자유였다. 그들이 태어날 때 지은 모든 약속에서 말들은 자유였다. 그러나 말들은 이제 정처가 없었다. 말들은 이곳저곳 떠돌아다니며 그들이 깃들일 곳을 찾았다. (pp. 303~04)

젊은 여자의 전화란 결국 단순한 장난전화나 우연히 잘못 걸려 온 전화가 아니었던 것이다. "고향을 잃고 정처 없이 떠도는 말들은 기실 지쳐 죽은 말들의 유령이었다"(p. 305). 고향을 잃고 사람들의 입술에서 유희되던 말들이 이제 '유령'이 되어 전화선을 타고 흘러들어온 것이다. 이를 두고 담지자 없는 음성(지젝)이라고 불러도 좋을 것이다. 잘못 걸려온 전화는, 말이 고향을 잃고 유령이 되어 배회하는 시대를 대변하는 징후이다.

왜 윤지욱은 반신반의하면서도 전화의 주인공을 찾아 나섰을까. 왜 사기성이 농후한 또는 장난전화의 가능성이 높은 통화에 이끌려 광화문으로, 대학병원으로 나가야 했을까. 그 역시 유령 없는 말들과 관련이 있기 때문이다. 그는 자서전 대필 작가이다. 그는 코미디언 피문오 씨(피문오라는 이름 자체가 표피적인 글과 말을 연상하게 한다)의 자서전에 다음과 같이 쓴 바 있다. "나의 말은 과연 나의 말이 아니며 나의 웃음은 과연 나의 웃음이 아니다. 나의 말은 청중의 말이며 내 웃음 또한 청중의 웃음이며, 그것들은 이미 나의 말, 내 웃음이 아닌 것이다"(p. 289). 그는 자신의 글을 통해서 피문오라는 유령을 만들어내고 있었고, 그 과정에서 그의 글 자체가 유령이 되어가고 있었다. 말들이 자신의 '고향'을 떠나 사람들의 '입술'로 그 주소지를 변경한 것처럼, 윤지욱의 대필 자서전은 그의 실존적 주체를 떠나 하염없이 떠돌고 있었고 그 과정에서 윤지욱 자신 또한 유령으로 변모하고 있었던 것이다.

자서전 대필이란 무엇인가. 자서전이 글 쓰는 주체와 글쓰기의 대상 사이의 일치를 전제한다면, 자서전 대필은 다른 사람의 일생을 거짓으로 만들어내는 일이다. 달리 말하면 자서전 대필은 자서전이라는 이름 아래에 유령들을 만들어내는 작업인 셈이다. "그는 문득 자서전의 의미가 되새겨졌다. 유령들이 온통 제 세상을 만난 듯 깃들이기 쉬운 곳. 그 유령들의 소굴. 자서전"(p. 309). 젊은 여자의 전화가 담지자 없는 목소리였다고 한다면, 윤지욱의 대필 자서전은 주체 없는 글쓰기였다. 둘 다 유령이기는 마찬가지일 터.

그렇다면 고향과 자서전의 관계는 무엇인가. 나리타 류이치의 지적처럼, 자서전과 고향은 친연성을 갖고 있다. 고향은 시원의 시간을 체험한 장소=공간이기 때문에, "사람은 자신을 이야기할 때 태어난 장소를 출발점으로 삼아 그곳을 '고향'으로 파악한다. 모든 자서전은 태어난 장소와 그곳에서의 날들로부터 시작되며, '고향'을 다양하게 진술해 보인다."[5] 물론 루소의 『참회록』에서 확인할 수 있듯이 자서전에 허구적인 차원이 개입하는 것은 불가피하다. 하지만 자서전에는 실존적 진실이 동반되어야 한다. 자서전의 기본은 자신의 삶을 자신의 목소리로 재현하는 데 있다. 분명한 것은 자서전은 고향에서 시작하는 글쓰기이며, 고향적인 것의 상징적인 재현을 추구하며, 고향을 존재의 근거로 재확인하는 상징적 절차이기도 하다는 것이다.

> 고향을 잃어버리지 않은 말, 가엾게 떠돌지 않은 말, 그가 태어난 고향에 대한 감사와 의리를 잃어버리지 않은 말, 그가 태어날 때 지은 약속을 벗어버리지 않은 말, 유령이 아닌 말, 그는 아직도 그런 말을 기다리고 있었다. (p. 305)

---

5) 나리타 류이치, 앞의 책, p. 16.

윤지욱이 여자의 전화에 매혹된 이유는 의외로 간단하다. 고향을 잃어버리지 않은 말을 만나고 싶었고 기다리고 있었기 때문이다. 하지만 그를 호명한 것은 고향을 잃어버린 목소리, 유령과도 같은 목소리였다. 달리 말하면 고향을 잃어 목소리와 주체를 잃어버린 글쓰기가 서로를 마주 보고 있었던 것이다. 고향을 간직한 말을 만나고 싶다는 욕망이, 고향을 잃어 유령처럼 떠도는 말에 의해 유혹되는 상황, 고향을 잃은 목소리와 주체를 잃어버린 글쓰기의 이중구속적인 상황에서, 과연 고향의 흔적은 어디에서 찾을 수 있을까.

3. 고향의 정치학 또는 '실재(實在)의 작은 조각': 「현장 사정」

고향은 부재로서, 결여로서, 징후로서, 흔적으로서 자신의 실재를 드러낸다. 문제는 고향의 부재가 강박증적인 무의식을 형성하면서, 말〔語〕이 고향의 부재를 감싸며 증식해간다는 데에 있다. 고향이 고향을 떠났고, 말들이 고향의 부재를 보충하려고 하지만, 그러한 말들 또한 고향을 잃어버린 터였다. 고향을 잃어버리고 유령처럼 떠도는 말들은, 존재 근거의 불안정성으로 대변되는 정체성의 위기를 반영하는 징후이다. 따라서 문제는 '나 자신의 존재 근거를 어디에서 찾을까'라는 물음으로 집약된다. 고향의 부재를 허위적으로 감싸는 말들의 향연이 아니라, 존재론적 근거인 고향이 실제로 존재했음을 보여주는 증거들이 문제인 것이다. 이야기나 이미지나 권력의지를 통해서 발현되는 고향도 아니고, 고향의 부재를 보여주는 배앓이와 같은 병리적 징후도 아닌, 자신의 존재를 입증해줄 고향이 있었음을 증명할 수 있는 신성한 세부들. 고향이 묻어 있는 그 무엇들.

「현장 사정」은 어느 술자리의 풍경을 담고 있는 작품이다. 인호, 현석, 동훈은 K시에서 중고교를 함께 다닌 동기 동창이다. 대학 졸업 후, 인호는 늦깎이 수습 판사가 되었고, 현석은 농업 행정 연구자이며, 동훈은 회사원으로 근무 중이다. 현석이 '새농촌봉사상'을 받게 되면서 새농촌연구소 사람들과 함께 축하 술자리를 갖게 되었다. 인호는 술자리가 있기 전부터 노래 때문에 고심을 하고 있다. 술자리에서는 그가 부르려는 노래를 다른 사람이 먼저 하곤 해서 낭패를 보았다는 것. 그는 여기에 대해 거의 강박증적인 관심을 가지고 있다. 술을 사는 사람은 현석이지만 자리를 주도하는 사람은 새농촌연구소의 강 회장이다. 그는 제헌의원의 아들이며, 향후 농촌 전문가로서 정계에 진출하고자 한다. '우리들의 일' 또는 '도움을 주시라' 등과 같은 다분히 정치적인 수사를 즐겨 사용하면서 사람들 사이의 관계들을 규정하고 주도해가는 인물이다. 술자리의 시작을 현석의 수상에 대한 거창한 축사로 시작했을 뿐만 아니라, 술자리의 노래도 주도해나간다.

합창은 강 회장의 선도로 「목포의 눈물」과 「유정천리」와 「꿈에 본

내 고향」으로 해서 템포가 점점 빨라지더니「물레방아 도는 내력」
「앵두나무 처녀」를 거쳐 막판에는「노들강변」같은 민요조로 옮겨가
고 있었다. 강 회장의 노래는 정말 억세고 끈질겼다. (p. 197)

 술자리에서는「오빠 생각」「고향의 봄」과 같은 동요,「낙화유수」
「선창」과 같은 낡은 유행가,「석류의 계절」과 같은 최신 유행가,
「노들강변」과 같은 민요에 이르기까지 다양한 노래들이 이어진다.
인호는 결국 강 회장의 페이스에 휘말리며 자신이 부르고자 했던
노래 또는 충분히 부를 수 있었던 노래들을 놓치고 만다. 결국 마
지막에 떠밀려 노래를 부르게 되는데, 불안한 음정으로 노래가 시
작되면서, 그마저도 강 회장이 개입해서 겨우 마치게 된다. 게다
가 노래를 겨우 마친 후에는 자신의 왼손 집게손가락의 징그러운
흉터 때문에 좌중의 놀람까지 받게 된다. 조금은 머쓱해진 분위기
에서 인호는 느닷없이 "넝넝너구리의 알붕지자는"으로 시작하는
「너구리 가족」이라는 저속한 노래를 부른다.
 한두 가지의 의문이 없을 수 없는 대목이다. 왜 인호는 술자리
에서 자신이 부를 만한 노래를 번번이 놓쳤던 것일까. 그리고 왜
수습 판사의 격에는 도저히 어울리지 않을 저속한 노래를 불렀던
것일까. 답변에 대한 최소한의 근거라도 찾고자 한다면, 먼저 강
회장이 주도한 술자리의 노래는 어떠한 것이었는지를 묻지 않을
수 없다. 강 회장이 불렀던 수많은 유행가들은, 그 시대의 노래들
의 주제가 그랬듯이, 고향과 관련된 것들이 대부분이다. 그리고
그 노래들은 인호도 예전부터 즐겨 불렀던 노래들이다. 그렇다면

노래의 문제가 아니라 노래하는 사람의 문제일 수밖에 없다. 어떤 차이가 있을까. 강 회장의 노래에는 고향에 대한 기억과 체험이 없다. 고향이 없는 고향 노래라는 점에서 기의 없는 기표에 비견할 수 있다. 고향에 대한 기억이 있어서 부르는 것이 아니라 고향에 대한 노래를 부르면서 고향을 만들어내는 것이다. 달리 말하면 그의 유행가는 고향에 대해 있지도 않은 기억과 체험을 만들어내는 듯한 환상을 부여하는 것이다. 강 회장의 노래는 고향이라는 유령을 불러내는 술자리의 일상적인 의례(儀禮)에 지나지 않았다. 하지만 고향에 대한 상징화의 과정을 주도함으로써 강 회장은 상징적 팔루스의 자리를 점유한다. 강 회장의 노래는, 농촌의 현실에 대한 절실한 체험이나 기억도 없이 책상에 앉아 농촌=고향을 조작 가능한 대상으로 취급하는 농촌연구회의 관료주의적 성격을 반영하는 것이기도 하다(이러한 대목은 새마을운동에 대한 비판적 또는 풍자적 알레고리로도 읽을 수 있다).

시골의 유행가는 보다 천천히 그리고 오래오래 불리어지면서 가난과 한탄과 설움이, 때로는 작은 즐거움이나 꿈이 깃들기 시작했다. 생활의 내력과 추억이 어려 들었다. 세월의 때가 묻어 들었다. 그리하여 하나의 유행가는 거기에서 서서히 다시 태어났다. 그리고 사람들은 그렇게 세월의 때가 앉은 유행가를 가지고 거꾸로 그 노래를 보내준 도회지로 나갔다. 〔……〕 한동안 세월이 흐르고 나면 어느 때 어떤 식으로 그런 노래가 불리어지고 있었느냐보다, 그것을 부르던 시절의 생활이나 추억이 더욱 간절해지는 것이 시골 사람

들의 유행가였다. (pp. 198~99)

반면에 고향의 노래는 삶이 배어 있었다. 인호는 강 회장이 주도하는 노래들의 연쇄 속에서 고향에 대한 기억들과 체험을 구성해낸다. 인호가 번번이 부를 수 있는 노래를 놓쳤던 것은, 노래와 관련된 고향의 기억에 젖어들곤 했기 때문이다. 인호는 강 회장이 주도하는 노래들에서 누나를 떠올린다. 광복을 맞았던 해에 18세의 나이로 소학교를 졸업했던 누나. 누나가 밭일을 하면서 불렀던 노래가 「오빠 생각」이었고, 인호가 그녀에게 가르쳐준 유행가가 「선창」과 「낙화유수」였다. 누나는 「오빠 생각」을 "정말로 고향을 잃어버린 사람처럼, 또는 오빠가 없으면서도 누군가를 멀리 떠나보내고 살고 있는 사람처럼" 반복해서 불렀다. 「낙화유수」는 단순한 유행가가 아니라 그녀의 운명을 대변하는 기호였다. 고향 마을에서의 노래에는 삶의 무늬가 새겨져 있었고 "나의 고향이 묻어 있는 이야기"(「귀향 연습」, p. 78)였다.

(가) 산에서는 언제나 멀고 유장한 노랫가락이 들려왔다. 〔……〕 공연히 가슴이 주저앉고 까닭 모를 설움 같은 것이 서려오는 노랫가락이었다. 나는 언제나 그 노랫가락을 들으며 임자 없는 무덤을 동무 삼아 지냈다. 그러나 한 번도 그 노랫가락을 뽑아대고 있는 사람의 모습을 본 일은 없었다. 노래를 부르는 사람은 푸르고 울창한 숲에 파묻혀 모습을 드러낸 일이 없었다. 언제나 노랫가락만 들려올 뿐이었다. 여긴가 하면 저기서, 저긴가 하면 여기서, 또는 여기저기

어디라 할 것도 없이 산 전체에서 소리는 끊임없이 흘러나오고 있었다. 그것은 참으로 행복스런 시절이었다. (「귀향 연습」, p. 54)

(나) 문득 고향 마을의 지게터가 떠올랐다. 앞서도 말했듯이 나는 초등학교를 졸업한 다음 K시로 나가 중학교를 다녔다. 고등학교도 물론 K시에서 다녔다. 그런데 나는 고등학교를 다닐 때까지도 방학이 되면 고향으로 가서 지게를 짊어졌다. 〔……〕 낫질을 하다가 잠시 바윗돌 위에 주저앉아 산바람을 쏘이던 휴식을 잊을 수가 없었다. 어깨가 무너지도록 나무를 잔뜩 한 짐 져 내려놓고 지게터의 잔디 위에 드러누워 낫질이 늦고 있는 녀석들을 기다리고 있노라면 포식처럼 기분이 느긋했다. 해가 떨어진 다음까지도 아직 산을 내려오지 않고 있는 녀석들의 그 게으르고 천연덕스런 노랫가락 소리. 녀석들을 기다리면서 아무것도 조급할 것이 없는 지게터의 화답 소리. 그 청승맞고 여유로운 지게터의 노랫가락들. (pp. 202~03)

「귀향 연습」을 살펴보면서 이청준에게 고향의 원초적인 이미지가 '지게터'에 있음을 확인한 바 있다. 분명한 것은 이청준에게 노래는 이미 언제나 고향의 일부분이지 고향에 대한 것일 수 없다는 점이다. 고향의 원초적인 장면 속에 노래는 자리를 잡고 있었다. 삶의 지게를 지고 가는 자들의 노래는 그들의 삶을 대변하는 것이었다. 산속에서 들려오는 노래는 그 주인공이 누구인지는 알 수 없지만 노래 부르는 사람의 존재를 증거하고 대변했다. 또한 친구들이 주고받는 노래 사이에는 그 어떠한 서열적·권력적 관계도 생겨날 여지가 없었다. 그렇다면 강 회장이 있었던 술자리의 노래는 어떠했던가. 강 회장이라는 권력이 주도하는 시공간이었고, 명령을 복창(復唱)하듯이 집단적으로 노래를 불렀고, 마치 레이스를 하듯이 경쟁적으로 노래를 했던 것. 반면에 고향에서는 어느 누구도 노래를 통제하지 않았다. 따라서 노래와 관련된 그 어떤 권력도 생겨날 수 없었다. 힘이 있는 사람의 지도에 의해 순서를 할당받으면서 이 노래에서 저 노래로 휘몰아쳐가는 것이 아니라, 게으르고 천연덕스럽고 여유롭게 서로의 노래에 대해 화답하는 고향의 풍경. 이청준의 소설에서 고향은 목가적인 묘사의 대상에 그치는 것이 아니라 시대의 권력을 비판할 수 있는 정치적 근거를 제공한다. 고향에 대한 목가적인 묘사 속에는, 1970년대의 억압적인 정치 상황과 맞서는 윤리적·정치적 근거가 섬세하게 배치되어 있다.

> 넝넝너구리의 알붕지자는/람빠가 읍서도 홀러홀러
> 그것을 보고 있던 새끼 너구리/뱃대지가 째져라고 웃어댄다야.
> (p. 171)

그렇다면 왜 손가락의 흉터와 함께 「너구리 가족」이라는 저속한 노래가 인호의 입에서 터져 나왔던 것일까. 인호에게 노래란 고향이 묻어 있어야 가능한 것이다. 노래는 고향과 관련된 노래의 레퍼토리로부터 제시되는 것이 아니라, 고향과 관련된 삶의 흔적과 기억들로부터 울려 나와야 하는 것이었다. 강 회장이 부르는 매끈한 이미지로서의 고향이나 상투화된 감성과는 거리가 있는 것이다. 글자를 거꾸로 읽으면 남성 성기가 되는 노래 가사와, 왼손 집게손가락에 징그럽게 자리 잡은 흉터, 그리고 고향의 원초적 이미지인 지게터 사이에는 어떠한 관련이 있을까. 지게를 메고 쇠꼴을 베러 가서 열심히 풀을 베다 보면 왼손 집게손가락에는 낫으로 벤 작은 상처들이 생기고, 지게를 메고 돌아오는 길에 무덤이 있는 지게터에서 잠시 휴식을 취하며 친구들과 또는 혼자서 불렀던 노래. 또는 "넝넝너구리의 알붕지자는"으로 시작하는 노래. 집게손가락의 흉터와 「너구리 가족」이라는 노래는 고향의 실재를 대변하는 확실한 증거였던 것. 흉터와 노래는 고향에 발생적 근거를 두는 동시에 고향의 존재를 대변하는 '실재의 작은 조각'(지젝)이었던 것.

인호의 급작스런 노래는 무엇이었을까. 그것은 고향의 실재를 주장하는 일이었고, 고향을 되찾고자 하는 싸움이었다. "넝넝너구리의 알붕지자는"으로 시작되는 노래는, 술자리 내내 발기한 음경처럼 분위기를 주도하고 노래를 강요하고 제멋대로 이끌어나간 강 회장에 대한 복수이자 조롱이기도 하다. 강 회장에게는 계몽과 교육의 대상으로서의 농촌 또는 균질화된 농촌이 존재할 따름이다. 그가 매끈하게 불러젖히는 유행가들은 균질화된 농촌, 대상화된 고향에 정확하게 대응한다. 그는 유행가를 통해 고향의 유령만을 재생산할 따름이다. 손가락의 흉터를 내보이고 저속한 노래를 불렀던 것은, 고향에 대한 진정성을 표출하는 방법이자 강 회장에게 커다란 엿을 먹이는 일이기도 했다. 외설스러운 노래 때문에 점잖은 나리들은 자리를 파한다. 하지만 인호의 고향은 외설스러움이라는 문명적 구분을 처음부터 알지 못한다. 인호는 "넝넝너구리의 알붕지자는"으로 시작하는 저속한 노래를 통해서 고향의 자리를 만든다. 자신의 존재가 고향에 있지 않았다면 결코 부를 수 없는 노래. 이제 고향은 인호의 몸에는 흉터로, 인호의 의식 속에서는 기억-흔적들로 자리를 잡는다. 고향은 이제 장소의 문제가 아니라 존재의 문제인 것이다. 이 지점에서 이청준 소설 특유의 '고향의 정치학'이 토대를 마련한다.

4. 고향의 부재와 상징적 팔루스:「대흥부동산공사」「그 가을의 내력」「가면의 꿈」

이청준의 단편들은 제한된 공간 내지는 모임을 배경으로 중심적인 힘의 지점이 제시되는 양상을 보인다.「귀향 연습」에서는 과수원을 배경으로 고향 친구가 '실향병' 환자들을 관리하는 병원장의 역할을 하고 있으며,「현장 사정」에서는 강 회장이 술자리 분위기를 주도하는 중심적인 역할을 한다. 또한「대흥부동산공사」에서는 시국 관련 이야기를 독점하기를 좋아하는 아버지가 동네 노인들 사이에서 대장(사장) 노릇을 하려고 해서 갈등을 빚고,「엑스트라」에서 윤 감독은 시나리오의 결말에 개입하면서 자신을 위한 이야기로 만들어가고자 하며,「그 가을의 내력」에서는 골목의 주도권을 놓고 초등학교 동창인 석구와 금옥이 개싸움을 벌인다.

제한된 공간에 마련된 힘(권력)의 자리는 부권적 지위[아버지=장(長)]와 상동적인 위상을 가지며, 정신분석학에서 말하는 상징적 팔루스와도 연관되는 것으로 보인다. 정신분석학 이론에 의하면, 상징적 팔루스는 성기 부위에 고착되어 있던 리비도의 일부를 부모와 사회 양쪽 모두에 의해 승인되는 활동이나 목표로 대체하는 과정에서 생겨난다. 사회적으로 인정받는 지위나 인품 또는 가치를 점유함으로써 타인의 욕망의 기호가 되고자 하는 것으로 이해할 수 있다.[6] 이청준의 소설에서 힘(권력)의 자리를 점유하고 있는 인물들은 특정한 시공간을 장악하거나 모임을 주도하는 역할에 그치지 않는다. 「귀향 연습」의 친구 기태는 다른 사람들을 고향을 상실한 환자로 규정하고, 강 회장은 술자리에 모인 모든 사람들을 향후 정치적인 후원자로 여긴다. 윤 감독은 씌어지지도 않은 시나리오를 대상으로 주연과 조연의 역할을 배분하며, 아버지는 자신을 화자에 고정시키면서 다른 사람들을 청자의 자리에 묶어놓으며, 금옥은 골목대장(두목) 역할을 담당하면서 마을의 남자들을 졸개의 자리에 위치 지운다. 달리 말하면 등장인물들은 상징적 팔루스의 위치를 점유하고 있는 사람들에 의해서 하위적인 위상을 부여받게 되는 것이다. 그렇다면 왜 고향(부재)의 의미망을 섬세하게 제시하고 있는 이청준 소설의 곳곳에서 상징적 팔루스적인 그림자가 출현하는 것일까.

「대흥부동산공사」의 아버지는 상징적 팔루스에 대한 욕망을 직

---

[6] 브루스 핑크, 『에크리 읽기』, 김서영 옮김, 도서출판 b, 2007, pp. 243~46.

접적으로 보여주는 인물이다. 교장 선생으로 은퇴를 한 아버지는 "당신의 심사가 가장 편치 못한 때의 위로거리"(p. 250)로 「남아의 일생」이라는 노래를 부른다. "임진강 얼음판에 팽이 치는 아해들아/삼각산 가는 길에 흰 눈이 쌓였고나"라는 가사를 가진 노래. 아버지가 임진강이나 삼각산과 관련된 실존적 경험이나 기억을 가지고 있지는 않다. 핵심은 노래 제목에 제시되어 있는 '남아'라는 단어이다. 아버지가 술을 마시고 이 노래를 부른다는 것은 자신이 생각하는 '남아의 일생'이 위기에 처했다는 것을 의미한다. 그렇다면 아버지가 노래하는 '남아의 일생'에 부합하는 조건이란 무엇일까. 그것은 다름 아닌 '자리'이다.

아버지는 은퇴 이후 ×당 ×동 지부장으로 위촉되어 혼자 사무실을 지키다가 해촉당하는가 하면, 골목에 의자 한두 개를 가져다 놓은 동네 복덕방에서 노인들과 어울리기도 한다. 밖에 나갈 자리가 있을 때 그는 중절모를 쓰거나 가죽 가방을 들고 활기차게 집을 나선다. 반대로 바깥에 자리가 없다면 그는 집에 틀어박혀 두문불출한다. 아버지의 욕망이란 무엇인가. 자못 남자란 집 밖에 나갈 곳이 마련되어 있어야 하고, 나가서는 시국 이야기를 늘어놓을 '자리'가 있어야 한다는 것. "시국 이야기만 나오면 아버지는 세상일을 혼자서 다 알고 있다는 듯 화제를 도맡아버렸고, 심지어는 복덕방 노인들도 요즘 쓰지 않는 중절모를 혼자 쓰고 나와서는 그걸 또 듣기 싫도록 자랑해대곤 하셨다는 것이었다"(p. 261). 결국 아들은 사무실을 얻고 동네 노인들을 모아 '대흥부동산공사'라는 회사를 차리고 아버지에게는 사장 자리를 만들어준다. 아버지는 말하는 팔루스이고자 했던 것이고, 그의 중절모, 가죽 가방, 회전의자는 팔루스의 자리를 나타내는 표지였던 것이다.

"〔……〕 보셨겠지만 사장 자리는 하나뿐이거든요."
〔……〕 그 하나밖에 없는 회전의자를 차지하고 앉아 곰곰이 일거리 궁리를 짜내고 계시는 아버지의 의젓한 모습을 보게 된 것은 그런대로 제법 신기한 즐거움이 아닐 수 없었다. (p. 281)

「그 가을의 내력」은, 마치 김유정의 「동백꽃」을 연상하게 하는 작품이다. 석구는 금옥의 개 누렁이가 밉다. 누렁이는 온 동네 수캐의 대장이었고 암캐들의 남편 격이었다. 골목을 지날 때마다 하루에도 몇 번씩 누렁이의 거드름 피우는 모습을 보아야 했다. 누렁이에 대한 석구의 미움은 어머니와 동네 사람들이 다 알고 있을 정도였다. 하지만 그 자신도 명확한 이유를 알 수는 없었다. "그러는 석구로서도 물론 스스로 납득할 만한 확실한 이유가 있을 리 없었다. 〔……〕 곰곰 따져보면 그 나름의 까닭이 있었다. 터놓고 외고 다닐 수는 없는 일이었지만, 그것은 누렁이 놈의 주인 때문이었다"(p. 329).

금옥은 누구인가. 어린 시절부터 금옥은 소꿉놀이를 하더라도 남자아이에게 엄마 노릇을 시키고 자신은 남편 역할을 도맡아 했다. 초등학교 시절 석구는 금옥이 소꿉장난하던 "사내아이의 배를 까고 올라앉아서 키득키득 녀석의 배꼽을 간지럽히고 있더"(p. 334)라는 소문을 퍼뜨린 적이 있다. 그냥 넘어갈 리가 없다. 금옥이 하굣길에 불쑥 나타나 석구를 덮쳐 묵사발을 내놓았다. 코피를 흘린 쪽은 석구였다. 동네 싸움의 룰에 따르자면, 석구가 진 것이다. 그 이후 금옥은 "아예 석구의 존재를 무시해버리는 태도였다"(p. 335). "석구네 골목 안에선 그 금옥의 기세에 눌려 오히려 사내들이 기를 못 펴는 판국이었다"(p. 330). 금옥이 골목대장이었다는 것.

> 한번은 이런 일이 있었다. 석구가 골목을 지나가다 보니까 마침 누렁이 놈이 또 그 사립문 앞에 나앉아서 거드름을 피우고 있었다. 가만히 보니 녀석의 가랑이 사이에 뻘건 것이 염치없이 삐죽 솟아 나와 있었다. 그는 꼭 녀석에게서마저 놀림을 당한 기분이었다. (p. 342)

누렁이는 마을에서 금옥이가 점유하고 있는 위상을 상징적으로 대변하고 있다. 누렁이의 가랑이 사이에 솟아 있던 '뻘건 것'은, 금옥이가 마을의 두목 격이며 더 나아가서는 상징적 팔루스였음을 보여주고 있다. 누렁이에 대한 석구의 미움은, 금옥의 성격이나 행실에서 연유하는 것이 아니라, 금옥이가 점유하고 있는 상징적 팔루스의 위상을 재현(대변)하고 있었기 때문이다. 따라서 누렁이와 베스(석구의 개)의 싸움은, 단순한 개싸움과 관련된 자존심의 문제가 아니라, 금옥과 석구 중에서 누가 상징적 팔루스의 자리를 점유할 것인가를 놓고 벌이는 일종의 인정투쟁이었던 것이다.

고향(존재 근거)의 부재와 상징적 팔루스의 관련 양상은 「가면의 꿈」에서도 확인할 수 있다. 「가면의 꿈」은 관찰자인 아내 지연의 내면과 사고에 초점이 맞추어져 있는 작품이다. 명식은 시골 출신으로 어려서부터 소문난 천재였다. S대 법대를 수석 입학했고 대학 3학년 재학 중에 최연소로 고등고시에 합격했다. 그리고 중매를 통해 양가집 규수인 지연과 결혼해서 아기자기한 결혼생활을 보내고 있는 터였다. 그런데 어느 날 2층 명식의 서재에서 뜻밖의 장면을 마주하게 된다. 가발을 쓰고 콧수염을 붙인 명식을 만나게 된 것이다. 그 이후로 명식은 사무실에서는 피곤한 얼굴로 돌아와 변장을 하고 밤 외출을 나가거나 2층 서재에 머무는 일이 많아졌다. "무엇이 그토록 피곤했던 것일까? 그것은 어차피 알 수가 없었다"(p. 152). 다만 지연은 명식이 "가면 뒤에서 정말로 조용한 휴식"(p. 151)을 얻고 있으리라 기대할 따름이었다. 지연이 명식의 가면을 용인했던 것은, 과중한 업무로 억눌려 있는 남편을 배려하기 위함인 동시에 가면을 쓴 남편이 성적인 매력으로 다가왔기 때문이다. 이제 지연은 명식의 가면을 사랑하기 시작했고, 그가 밤 외출을 하고 돌아올 때면 "서서히 가슴속이 더워져오는 것"(p. 154)을 느낀다. 하지만 명식은 "자신의 가면 뒤에서도 다시 피로를 느끼기 시작한 기미였다"(p. 156). "맨얼굴에서 가면을 느끼는 대신, 가발과 콧수염으로 변장하고 있는 당장의 자신에 대해서는 전혀 이질감을 느끼지 않고 있는 기미였다"(pp. 159~60). 그러던 어느 날 명식은 2층에서 내려오지 않았고, 다음 날 아침 추락사한 명식의 사체를 발견한다.

「가면의 꿈」에서 가면은 탈이나 마스크와 같은 것을 의미하는 것이 아니라 안경, 콧수염, 가발 등을 활용한 변장에 의해 만들어진 가짜 얼굴을 말한다. 그렇다면 가면이 상징하는 것은 무엇인가. 단순히 도시의 생활 속에서 소외된 현대인의 황량한 내면을 유표화하는 기호에 불과한 것일까. 명식의 가면은 얼굴이 기의를 상실했음을 드러내는, 달리 말하면 얼굴이 고향을 상실했음을 알리는 기호이다. 그와 동시에 가면은 고향을 상실한 얼굴이 고향의 안식을 욕망하고 있음을 드러내는 기호이기도 하다. 고향을 잃어버리고 존재의 근거를 상실한 명식이 서재라는 제한된 공간에서 가면을 쓰고, 마치 고향의 지게꾼 쉼터에서처럼, 휴식을 취하고자 했던 것이다. 가면은 안식을 꿈꾼다. 흥미로운 점은 가면화의 과정에서 명식이 팔루스적인 존재로 변모해갔다는 사실이다. 가면이 팔루스의 기표라는 사실은, 명식의 가면을 대하는 지연의 심리를 통해서 확인할 수 있다. "이제 지연이 명식을 속속들이 다 만나는 것은 그가 그 밤 외출에서 이상스런 방법으로 피로를 씻고 새 힘을 얻어 돌아오는 날뿐이었다"(p. 153). "서서히 더워져오던 가슴속의 열기가 아랫도리로 먼저 번져가고 있었다. 기분 좋은 마비 같은 것이 지나갔다"(p. 155). 남편은 가면 뒤에서 존재의 안식을 얻을 수 있는 환상 영역을 마련하고 있었고, 그러한 남편을 바라보는 아내의 시선에는 페니스/팔루스와 관련된 무의식이 자리를 잡고 있다. 가면은 그의 서재를 고향과 유사한 공간(휴식이 가능한 공간)으로 전환하는 방식이었다. 그리고 그는 그곳에서 팔루스가 되었다. 팔루스=가면의 환유적 운동성 속에서 쾌락과 피곤이 반복되었고, 마침내 그는 죽음에서 고향을 발견한 것이다.

사람과 사람 사이에는 또는 사람들이 모인 곳에는 어김없이 상징적인 팔루스의 자리가 출현한다. 이청준의 소설에서 상징적 팔루스는 「귀향 연습」에서 기태의 성폭행이나 「그 가을의 내력」에서 누렁이의 드러난 생식기처럼 직접적으로 제시되기도 하고, 「대흥부동산공사」에서의 아버지나 「가면의 꿈」의 명식의 경우처럼 은유화되어 나타나기도 한다. 분명한 것은 상징적 팔루스의 출현은 고향의 부재라는 외상적 실재와 상관관계를 갖고 있다는 점이다. 고향이라는 존재 확인의 근거가 사라지면서 사람들은 사회적인 차원에서 자신의 존재를 확인할 수 있는 장소를 욕망한다. 달리 말하면, 자신의 존재를 입증해줄 수 있는 고향이 사라지자 사람들은 '자리'를 통해서 자신을 입증하고자 하는 것이다. 그 자리를 점유하게 되면 사람들의 시선이 집중되고 말을 독점하게 되고 노래를 이끌어갈 수 있게 된다. 타자의 욕망의 기호가 되는 자리, 그 지점에서 상징적 팔루스는 출현한다. 물론 상징적 팔루스는 인간을 억압하는 것이 될 수도 있고, 더 나아가서 정치적인 독재로도 이어질 수 있을 것이다. 하지만 상징적 팔루스는 특정 공간을 주도하는 권력이라는 부정적 이미지로만 한정되지 않는다. 상징적 팔루스는 고향의 부재를 상징화하고 고향의 부재를 말로써 보충하는 근원적인 힘-욕망으로 기능하기 때문이다. 고향에 대한 이청준의 소설 쓰기 또한 상징적 팔루스와 무관할 수는 없을 것이다. 이청준 소설은 고향이라는 기표에 "전(前)담론적이며 여전히 쾌락의 실체가 충만하게 스며들어 있는 문자의 지위"[7]를 부여하고자 한다. 그

---

7) 슬라보예 지젝, 앞의 책, p. 84.

리고 바로 이 지점에서 그의 고향에 대한 성찰은 고향에 대한 목가적 재현을 넘어 고향의 정치학으로 움직여간다.

〔2011〕

자료

텍스트의 변모와 상호 관계

이윤옥
(문학평론가)

「귀향 연습」

| **발표** | 『세대』 1972년 8월호.
| **최초의 단행본 수록** | 『자서전들 쓰십시다』, 열화당, 1977.

1. 실증적 정보

1) **개제(改題)**: 이 작품의 표제는 발표 당시 「어떤 귀향」이었다. 그 후 「귀향 연습」으로 개제되어 창작집 『자서전들 쓰십시다』에 실린다.

2) **수필 「삶으로 맺고 소리로 풀고」**: 이청준은 이 수필에서 귀향 연습이 무엇을 뜻하는지 말한다.

 - 「삶으로 맺고 소리로 풀고」: 그런데 그 왕복 연습은 결국 무엇을 위함인가. 말할 것도 없이 마지막엔 고향으로 돌아감이 목적일 것이다. 그렇다면 또 무슨 까닭으로 귀향에 그런 연습까지 필요한가. 사실은 그게 바로 그 부끄러움과 두려움 때문이다. 30년을 버리고 떠나 산 삶의 허물로 하여, 고향이 흥허물없이 팔을 벌려 맞아줘도 나로선 아직 마음이 편할 수가

---

* 텍스트의 변모를 밝힘에 있어 원전의 띄어쓰기 및 맞춤법을 그대로 살렸음을 일러둔다.

없기 때문이다. 처음엔 고향 동넨 들고남조차 사람들의 눈길이 드문 늦은 저녁과 이른 새벽 어둠녘을 타고 다녔을 만큼 부끄러움이 심했으니까./하고 보면 나는 아직도 한동안 더 그런 귀향 연습이 필요할는지 모른다.

  3) **이전 발표 작품과의 연관성**: 이 작품에는 「침몰선」과 『이제 우리들의 잔을』『젊은 날의 이별』에 나오는 일화가 들어 있다.

  4) **콩트 「습관성 골절상」**: 「습관성 골절상」은 특별히 그럴 만한 사고를 당하거나 말썽을 부린 것도 아닌데 기이하게 자주, 비슷한 시기에 뼈가 부러지는 아이의 이야기다. 「귀향 연습」의 훈이와 『젊은 날의 이별』의 미영은 이 아이처럼 습관적으로 뼈가 부러진다.

  5) **수필 「고향의 자정력」**: 이 수필은 「귀향 연습」의 남지섭처럼 시골 고향을 떠나 도시에 사는 사람들에게 고향이 갖는 의미를 보여준다.

  6) **『젊은 날의 이별』**: 클래식 음악과 유행가를 음식에 비유해 설명하는 음악 선생 일화는 『젊은 날의 이별』에도 나온다. 두 소설에서 클래식 음악은 비프스테이크나 돈가스, 오므라이스에, 유행가는 짜장면이나 우동에 비유된다.

  7) **전기와의 연관성**: K시에서 중학교를 다니고 성년이 된 뒤, '나'(남지섭)가 고향 '동백골'을 오래도록 찾지 않는 것은 이청준의 경험과 같다. 그는 광주에서 중학교를 다니고 성년이 된 뒤, 고향 '참나무골(진목리)'을 20여 년 만에 다시 찾는다.

2. 텍스트의 변모

1) **『세대』(1972년 8월호)에서 『자서전들 쓰십시다』(열화당, 1977)로**
  * 「어떤 귀향」이 「귀향 연습」으로 개제(改題)된다.
  - 7쪽 23행: 비로소 나는 → 〔삭제〕
  - 8쪽 18행: 내가 앉아 있는 곳에서 좀더 산기슭을 타고 내려간 곳에서 → 산기슭을 타고 내려가다

- 10쪽 23행: 위염과 중이염과 → 〔삭제〕
- 11쪽 6행: 어쨌든 나는 고등학교시절 3년간을 통해 이 염자 돌림의 질병들을 거의 다 앓아낸 셈이었다. → 〔삭제〕
- 17쪽 11행: 서산농장 저쪽에서 → 농장 저쪽켠에서
- 35쪽 20행: 누구 말인가. → 누구. 그 정선생이란 여자 말인가?
- 35쪽 21행: 정선생. → 맞았어.
- 42쪽 10행: 소름이 끼칠 지경이었다. → 〔삭제〕
- 42쪽 20행: 녀석은 뭔가 망설여지는 것이 있는듯 조심스런 표정이더니 이내 다시 결심을 하고난 듯 나지막하게 물어왔다. → 〔삽입〕
- 43쪽 4행: 사람이라면 누구나 거기서 자기의 괴로운 삶을 위로받고 살기 마련이라는 고향이라는 것 말입니다. → 〔삽입〕
- 43쪽 19행: 다른 뜻이 있는가 봐요. → 〔삭제〕
- 43쪽 20행: 이 저주받을 악동 같으니라구! → 〔삽입〕
- 44쪽 6행: 나는 이야기가 좀 재미있어진다고 생각했다. 하지만 녀석에게 어떻게 그것을 납득시킬 방법이 없었다. → 그러나 나는 어린놈과의 이야기가 너무 좀 맹랑한 느낌이 들어왔다. 녀석에게 그것을 납득시키려한다는 것이 우스워졌다.
- 44쪽 9행: 저는 고향이 없대요. → 저는 고향이 없는 실향민 신세지요.
- 48쪽 12행: 고향이 상관되어 있는 환자들이다. → 실향병 환자들이다.
- 51쪽 2행: 동화책이나 읽고 있는 모양이었다. → 녀석의 표현대로〈독서에 몰두〉하고 있는 모양이었다.
- 55쪽 8행: 의젓하게 물어오는 것이었다. → 어른스럽게 고개를 크게 끄덕대고 있는 것이었다.
- 69쪽 7행: 그건 그토록 기태가 화가 나야 할 일은 아니었다. → 〔삽입〕
- 70쪽 18행: 밤에는 불면증이 심해서요. → 〔삽입〕
- 80쪽 7행: 그러면서 녀석은 나의 이야기를 들었다. → 〔삭제〕

- 82쪽 17행: 버리는 것이었다. → 종내는 그 자신이 하나의 상징이 되어 버리는 것이었다.
- 82쪽 20행: 고향이란 것에 대해서도 → 모든 것을
- 87쪽 6행: 뜻밖의 일이었다. → 〔삭제〕
- 87쪽 18행: 훈이란 녀석에게 고향이라는 것이 그의 삶의 어떤 상징과 기호로 이해되고 있었듯이, 정선생이란 여자에겐 이를테면 그 바다가 그녀의 삶의 기호였다. 고달프고 삭막한 도회인들의 삶에는 그것이 이미 누구라도 어쩔 수 없는 생래의 습벽이 되고 있는 듯싶었다. 아무리 허망스럽고 하찮은 상징이라 하더라도 저들의 삶에서는 그것이 그만큼 소중스러울 수도 있는 것이었다. 그런데 기태는 그 정은영이라는 여자로부터 삶의 기호로서의 그녀의 바다를 빼앗아 버린 것이었다. 꿈을 꾸듯 언제나 자신의 머리 위를 지나가 버리는 그녀의 그 잡히지 않는 시선 때문이었을 터였다. 그 시선에 대한 질투와 자기 모멸감 때문이었을 터였다. 하지만 기태는 그것을 그녀에 대한 질투나 자기 모멸감 때문이라곤 말하지 않았다. → 〔삽입〕
- 93쪽 19행: 자네가 오늘 여길 떠나겠다구? → 벌써, 다시 떠난다구?
- 94쪽 16행: "아냐. 여기선 안 돼. 이런 식으로는 병이고 뭐고 아무 것도 나아질 게 없겠어."/"그래, 나아질 게 없으면 도대체 자넨 여길 떠나서 어디로 가겠다는 거야? 서울? 그 몸을 해 가지고 또 서울인가?"/기태는 다시 숟가락질을 멈추더니 이젠 아주 그것을 상바닥에다 내려놓고 말았다./"갈 데야 뭐. 서울이 뭣하면 우선은 동백골도 있지 않아? 이러잖아도 난 이참에 동백골을 한번 들러 볼 작정이 서 있는 참이니까 잘 됐지 뭐."/"동백골로?"/"그렇다니까. 오늘쯤 여길 나서서 한 이틀 동백골을 들어갔다가 서울로 올라갈까고 다 예정을 정해 놓고 있는 참이야."/나는 벌써부터 그런 예정들이 잡혀 있었던 것처럼 술술 대꾸를 해 나갔다./"거 참 희한한 일이로군. 알다가도 모를 일야. 이 핑계 저 핑계 지금까진 한사코 발

길을 피해버린 남지섭이 이젠 제발로 동백골을 찾겠다니 말야." → "아냐, 여기선 안 돼. 자네 뜻은 고맙지만 여기서는 아무래도 가망이 없는 것 같아."/"여기서 가망이 없다면 그럼 어딜 가야 가망이 있다는 건가. 그게 자네가 말한 서울이라는 건가?"/"자네 집 말고 또 갈 데가 있다면 서울쪽밖에 더 있겠나?"/"그 몸을 해 가지고? 자넬 그렇게 온통 폐허로 만든 곳이 어딘데, 이번에도 또 그 악마구리 속 같은 서울이란 말인가?"/기태는 다시 숟가락질을 멈추더니 이젠 아주 그것을 상바닥에 내려놓고 말았다./"악마구리 속이라도 할 수 없지. 나를 그토록 폐허로 만든 곳이 서울이라면 내 병도 아마 그 서울쪽에 뿌리가 있을 테니까. 뿌리를 뽑고 싶으면 싫더라도 그 뿌리가 내려진 곳으로 돌아가버리는 게 정직한 태돌테구."/"아서⋯ 자네 생각이 어떤 건진 모르지만, 난 아무래도 자넬 다시 서울로는 돌아가게 하고 싶지가 않구만. 내 집이 혹 불편해져서 그런다면 더 할 말이 있을 수 없지만, 그렇더라도 서울보다는 차라리 동백골이나 한번 들어가 지내보는 게 어떨가 싶고⋯"/"동백골쪽도 생각을 해 보지 않은 건 아니었어. 그것도 뭐 새삼스런 기대가 생겨서 그랬던 건 아니었구. 기대 같은 걸로 말한다면 오히려 그건 정반대의 생각에서였다고나 할까. 난 사실 지금도 그 동백골이 어떤 곳이었던가를 깡그리 다 잊어버리고 있진 않았거든. 그런데 그게 너무 오래 동안 발을 끊고 지내다 보니까 어릴 적 일들이 터무니없는 요술을 부리려 들더군. 아주 그럴 듯한 요술로 나를 마구 속이려 든단 말야. 내 눈으로 다시 가서 사실을 확인해 두고 싶기도 했어. 더 이상 내게 요술을 부려 올 수가 없도록 말야. 하지만 아직도 내게는 용기가 훨씬 모자란 것 같아. 고향이 어떻게 나를 두렵게 하더라도 그 현실을 현실대로 정직하게 맞부딪혀 들어갈 수 있는 나의 용기가 말일세. 당분간은 그 동백골 한 곳이라도 나를 속이게 놔 두는 것이 나을 듯싶더군. 그래야 또 자네 말대로 그 악마구리 속 같은 서울살이를 버텨 나가기가 나을 듯싶기도 하고⋯"/"서울이란 할 수가 없군. 자넨 이제 진짜 서울 사람이 다 되어버린 것 같다니까…"

- 96쪽 6행: 오히려 난 그 반대야. 난 사실 동백골이 어떤 곳이었는가를 아직 다 잊진 않고 있거든. 그런데 너무 오랫동안 발을 끊고 지내자니까 어릴적 일들이 터무니 없는 요술을 부린단 말야. 아주 그럴듯한 요술로 나를 속이려 들거든. 이번에 들어가서 분명하게 다시 보아 둘 작정이야. → 그게 이를테면 유일하게 정직한 나의 삶이라는 것이겠고, 서울은 실상 그러한 나의 하나밖에 없는 소중스런 삶의 터전이었던 셈이니까…

- 96쪽 20행: 지금까지 엉터리없는 수작을 많이 했어. → 그렇다면 난 다시 서울을 찾아들어가는 것이 새삼스럽게 두려워질 일도 아니겠고, 자 그럼…

- 97쪽 21행: "자네도 가는군." → "결국은 다시 가고 마는군. 하지만 생각이 내키거든 언제든 다시 찾아오게. 고향이란 실상 자주 다녀야 발길이 익어지는 법이라네."

- 98쪽 1행: 탈진한 모습으로 → 더욱 연민이 스민 표정으로

- 98쪽 2행: "고향이 어디 금의환향길 뿐이어서야 그렇게 늘상 고향 사람다운 아량이 필 수나 있던가 말이네." → 〔삽입〕

2) 『자서전들 쓰십시다』(열화당, 1977)에서 『눈길』(홍성사, 1984)로

- 9쪽 5행: 어쨌든 상관없는 일이다./나는 다시 배앓이 쪽으로 주의를 모아들였다. → 〔삭제〕

- 13쪽 16행: 한 증세로 보여지고 있을 만큼 나에게는 절망스런 것이었다. → 절망적인 증세였다.

- 16쪽 3행: 기태가 비로소 내게 불청객이 아님을 확인해 주었다. → 〔삽입〕

- 25쪽 11행: 그런 식으로 곧이듣는 척하면서도 → 한데도

- 34쪽 1행: 기태는 이제 이야기가 결말에 가까워진 듯 말을 잠시 쉬었다가 다시 입을 열었다. → 기태는 자신도 새삼 어이가 없어진 듯 거기서 잠시 말을 끊었다가 다시 천천히 입을 열어 왔다.

- 39쪽 3행: 하지만 나는 기태의 말 가운데서 마음에 들지 않은 구석도 있었다. → 하지만 나는 그런 기태가 이상하게 편하지 않은 데가 있었다.
- 44쪽 4행: 핵 → 요람
- 48쪽 15행: 고향이 허전해지고 말았다. → 고향의 의미와 멀어지고 말았다.
- 61쪽 16행: 시선을 → 눈에 대해
- 66쪽 4행: 상처 → 사랑의 상처
- 78쪽 2행: 아무래도 좋았다. → 〔삭제〕
- 90쪽 6행: 녀석에게 한번 더 → 〔삽입〕
- 96쪽 17행: 자랑거리라도 삼아야 할 판이야. → 〔삭제〕
- 97쪽 13행: 달포 전 이곳을 찾아든 때와 한가지로 → 〔삽입〕

3) 『눈길』(홍성사, 1984)에서 『눈길』(열림원, 2000)로
* 국민학교가 초등학교로, 간호원이 간호사로 바뀐다.
- 8쪽 13행: 바위가 넓게 → 너럭바위가
- 22쪽 20행: 밉지 않은 → 〔삽입〕
- 27쪽 8행: 경비를 설 → 〔삽입〕
- 31쪽 4행: 지금의 훈이 → 〔삽입〕
- 33쪽 6행: 어머니가 → 아버지나 어머니에게
- 33쪽 9행: 어머니를 → 어른들을
- 33쪽 11행: 특히 그 어머니를 → 〔삽입〕
- 34쪽 9행: 기태의 그 같은 푸넘기 섞인 설명이 좀더 계속돼나갔다. → 〔삽입〕
- 39쪽 6행: 함부로 → 마음으로
- 49쪽 10행: 나의 마을 → 〔삭제〕
- 50쪽 13행: 언제나 눈앞에 있는 상대방에게서는 시선이 멀리 떠나 꿈을 꾸듯 잡히지 않는 것에 취해 있으며, 그래서 그 상대방에게는 뜻하지 않

은 절망 같은 것을 느끼게 하는 그런 눈빛 말이다. 나는 그녀가 말을 하면서도 그 눈빛에선 이상스럽게 나를 묵살해버리고 있는 듯한 기분이었다. → 눈앞의 상대보다 그 너머의 잡히지 않는 무엇을 좇고 있듯 이상스레 방심스런 현장 부재의 눈빛—.

- 58쪽 5행: 작업 → 고향 추적 작업
- 61쪽 18행: 그 시선은 오히려 상대방의 후방으로 뿌옇게 흘러가버리는, 눈앞에 있는 상대방에게서는 멀리 뒤로 떠나가서 꿈을 꾸듯 잡히지 않는 것에 취해 있으며, 그래서 그 상대방을 뜻하지 않은 절망감에 사로잡히게 하는, 그런 눈빛이 되곤 한다 했다. → 시선은 늘 그의 뒤쪽으로 흘러가 있어 그녀의 눈길 속엔 왠지 그의 모습이 잡히지 않고 있는 그런 허망한 눈빛이 되어버리곤 한다 했다.
- 65쪽 19행: 이제 새로운 느낌으로 → 〔삽입〕
- 68쪽 15행: 그런 것으로 바다를 오염시킬 뿐이지. → 현학 취미 같은 것으로 공연히 바다를 병들게 하고 오염시킬 뿐이지.
- 74쪽 10행: 녀석은 이야기를 다 듣고 나더니 → 녀석은 턱을 괴고 앉아 내 이야기를 열심히 듣고 있었다. 그리고 그런저런 이야기를 모두 듣고 나더니
- 77쪽 6행: 그 맛을 몰라 잘 먹을 수도 없고 → 〔삽입〕
- 77쪽 22행: 고급 음악에 대한 내 무지가 얼마쯤 바로잡힌 셈이었다. → 〔삽입〕

3. 인물형

1) **나(남지섭)**: 『춤추는 사제』의 주요 인물도 지섭이다.
2) **정은영**: 이청준이 '현장 부재의 눈빛'이라고 부른 눈빛을 지닌 여자다. 이런 여자는 눈에 잃어버린 사랑과 그리움의 대상을 담을 뿐이다. 그 전형이 『이제 우리들의 잔을』의 지윤희다.

3) 훈이: 콩트 「습관성 골절상」에 나오는 백 형의 아들이 훈이의 원형이다. 둘은 계집애처럼 생긴 모습이나 행동 따위가 같다. 『젊은 날의 이별』에서는 여자인 미영이 백 형의 아들이나 훈이처럼 뼈가 자주 부러지는 사고를 당한다.

4. 소재 및 주제
1) 결핵성 늑막염, 배앓이, 부스럼과 흠집: 남지섭은 고향을 떠난 이후 온갖 병을 다 앓아 겉모습이 망가지고 흉하게 변했다. 그가 앓는 결핵성 늑막염은 「행복원의 예수」의 '나'가 군대에서 앓는 병이기도 하다. 배앓이는 작가 자신뿐 아니라 「퇴원」 이래 이청준의 소설 주인공들을 수시로 괴롭히고, 부스럼과 흠집은 『조율사』의 '나'에게도 있다. 문제는 남지섭이 이 모든 병을 모조리 갖고 있으며 그 정도도 다른 인물들에 비해 훨씬 심하다는 것이다. 「행복원의 예수」의 '나'는 남지섭처럼 결핵성 늑막염 때문에 후송병원까지 옮겨가지만 사실 그의 병은 가짜다. 『조율사』의 '나'가 가진 부스럼과 흠집은 일부러 찾아내보려고 애쓰는 사람에게만 보이는 다분히 상징적인 결함이다. 물론 이청준의 작품에서 인물들이 앓는 몸의 병은 단순한 병을 넘어 상징으로 기능한다.

- 「행복원의 예수」: 생각이 정해지자 나는 당장 후송공작에 착수했다. 우선 어떤 병을 앓는 게 적당할까부터 생각했다. 겉으로 증상이 뚜렷한 것보다 속병 편이 낫다고 생각했다. 속병에 대해서라면 늑막염이나 폐결핵 정도가 그중 증세의 정보를 모으기 쉬울 것 같았다. 결핵성 늑막염 같은 것을 앓기로 작정했다.
- 『조율사』: i) 차에서 갑자기 배가 아파오기 시작했다. 나의 배앓이는 꼭 그런 중요한 계제에, 긴장을 느끼거나 하면 어김없이 발작을 일으키곤 하였다. 그리고 그렇게 한번 배가 아파오기 시작하면 나는 별안간 숨이 컥컥 틀어막히고 더 이상 아무것도 생각할 여유를 잃어버리게 되곤 했다.

ii) 그러다 나는 어느 순간 느닷없이 심한 복통을 느끼기 시작했다. 다음부터는 그 복통과 취기를 가누지 못해 이를 악물고 차를 내리기만 기다렸다. iii) 녀석에겐 본시 온몸에 이상한 흠집이 많았거든요. 머리도 부스럼 투성이이고 얼굴도 몸뚱이도 온통 아문 데가 없었어요. 하지만 그 부스럼이나 흠집은 그것을 찾아내려 애쓰는 사람의 눈에만 뜨일 뿐, 그에게 별 관심을 두지 않고 지내는 보통 사람들이나 더욱이 좋은 감정을 지니고 대하는 사람에겐 대개 눈에 띄는 일이 드문 것 같았어요.

2) 바다 묘사(18쪽 7행)
- 「별을 보여드립니다」: 강물은 어둠 속에 커다란 거울처럼 번쩍이며 길게 누워 있었다. 거기에 크고 작은 불빛들이 차갑게 가라앉아 있었다.
- 「등산기」: 개벚나무 사이로 들어오는 들판에는 한강 줄기가 길게 누워 있었다. 초가을 냉기에 선득선득 놀라 강은 굽이치며 유리판같이 맑게 빛났다.

3) 고향: 이청준의 소설에는 고향을 떠나 도시에서 견디기 어려운 삶을 사는 인물들이 많다. 그들에게 고향은 도시의 삶을 정화시켜줄 수 있는 유일한 곳이다. 그렇기 때문에 애당초 서울 사람들에게는 훈이처럼 진짜 고향이 없다(43쪽 4행, 43쪽 22행).
- 「그림자」: 그러고 보니 자넨 아마 진짜 고향 같은 것을 가지고 있는 시골 내기 모양이군 그래.
- 『이제 우리들의 잔을』: 그나마도 처음부터 고향이라는 걸 가지지 못한 사람들이 있었다./정말로 피곤해졌을 때 찾아갈 곳이 없는 사람들이었다. 서울 사람들이 그런 사람들이다. 하긴 진짜 처음부터 서울 사람이 몇 되기나 하는가.
- 수필 「고향의 자정력」: 바로 '고향살이'란 말로 대신할 수 있는 그 어린날의 시골살이 시절은 내 영혼의 뿌리가 닿아 있는 삶의 모태요 티 없는 꿈과 사랑의 요람이다. 그러므로 어린 시절의 시골 삶에 대한 그리움은 곧

자기 삶의 근원과 순정성에로의 회귀 욕구, 혹은 자아 회복의 정서적 감응태(感應態)라 할 수 있다. 그 과정에서 신선한 자기 정화의 기쁨을 맛보는 것은 지극히 당연한 일일 것이다.

4) 눈빛: 정은영의 눈은 현실을 보지 않는다. 이청준의 소설에서 이런 여자들은 사랑의 상실과 함께 눈에 바다 같은 것을 간직하게 된다. 이야기는 대개 이렇다. 한 남자와 한 여자가 있다. 남자는 여자의 눈에서 자신이 원하는 바다를 보고 싶어 끈질기게 노력한다. 그러다 마침내 여자의 눈에 바다가 심어졌을 때, 목적을 이룬 남자는 떠난다. 남겨진 여자는 떠난 남자를 그리워하며 어디에도 없는 먼 바다를 늘 꿈꾼다. 이처럼 현장 부재의 눈빛을 지닌 여자들은 「침몰선」 이래 변주되는 이야기 속에 꾸준히 나온다(61쪽 17행).

- 「침몰선」: 바다— 수진은 그 소녀의 눈에서 자신의 바다를 볼 수 있었다. 아니 그 눈 속의 바다는 실제보다도 더 아름답고 신비스러워 보였다. 소년은 그 소녀의 눈 속에 더욱 아름답고 분명한 바다를 심어주기 위해 계속 더 열심히 그 바다 이야기를 했다. 그러면서 그녀의 눈 속에서 하루도 빠짐없이 그의 바다를 보았다.

- 『이제 우리들의 잔을』: 그 시선 때문이었다. 아니 그 시선 때문이라고는 할 수 없다. 그녀는 진걸을 보고 있지 않았다. 그녀의 시선은 진걸을 지나가버리고 있었다. 그의 뒤쪽으로 훨씬 먼 허공을 좇고 있거나 혹은 아예 아무것도 보고 있질 않은 그런 눈이었다. 진걸의 모습이 담기지 않았다. 〔……〕 윤희의 시선을 그렇게 만들고 있는 것은 바다 때문이었다. 뒤늦게나마 진걸은 그 윤희의 눈동자 속에 먼바다의 그림자가 어려들고 있는 것을 분명히 볼 수 있었다.

- 「해공의 질주」: 여인의 눈에 어리는 수평선./사내가 사랑을 말할 때마다 먼 수평선만 바라보던 여인은, 붙잡을 수 없는 수평선을 담은 눈길이 그렇게도 사내를 안타깝게 절망시키던 여인은 마침내 그녀의 그 수평선처럼

아득한 세월의 물굽이를 넘어가버리고······

5) 어린 시절 기억: 이청준은 수필 「해변의 육자배기」에서 어린 시절 기억 하나를 인상적으로 풀어놓는다. 그 기억에는 부재하는 아버지, 바닷가 콩밭을 매며 울음소린지 노랫소린지 모르는 소리를 뱉는 어머니, 그 어머니를 보며 혼자 노는 어린 '나', 뒷산, 산에서 들리는 얼굴 없는 소리가 나온다. 이 이야기는 「바닷가 사람들」 이후 여러 작품에서 다양하게 변주되는 하나의 원형인데, 「귀향 연습」에서처럼 행복하게 기억되기도 하지만 대개의 경우 그렇지 않다. 「귀향 연습」의 따뜻한 기억이 이청준의 기억에 가장 가깝다. 『사랑을 앓는 철새들』 「연」 「이어도」 「해변 아리랑」 『남도 사람』 연작 등.

6) 유행가: 남지섭은 유행가가 고향이 묻어 있는 이야기여서 좋아한다. 그에게 유행가는 삶의 현장에서 몸으로 익힌 노래다. 그래서 유행가보다 클래식 음악은 맛이 덜하게 여겨진다. 사정은 『조율사』의 팔기와 「현장 사정」의 인호에게도 마찬가지다(75쪽 23행, 78쪽 7행).

- 『조율사』: 그리고 누구보다도 그 유행가 가락에 절실해했다. 녀석은 늘 눈을 지그시 감거나 술상으로 엎으러지듯 하며 노래를 불렀다. 그것이 그에게는 여간 자연스러워 보이지가 않았다. 그리고 그의 노래에는 이상하게 섬찟섬찟 듣는 사람의 가슴속을 깊이 파고드는 애조가 어려 있었다. 그의 소설 문장이 유행가처럼 소박하면서도 형언할 수 없는 힘으로 독자를 휘어잡아온 것도 그의 그런 유행가벽과 무관하지 않으리라는 생각이 들 때가 있었다.
- 「현장 사정」: 199쪽 6행, 207쪽 21행.

7) 개구리와 뱀 잡기: 개구리와 뱀을 잡아먹는 이야기는 「침몰선」에도 나온다(80쪽 23행).

- 「침몰선」: 개구리를 잡아다 구워 먹는 것은 전에도 마을에서 가끔 있어온 일이었다. 아이들이 개구리를 잡아다 창자를 꺼내버리고 껍질도 벗기고

해서 불에 구워 먹었다. 〔……〕 때론 그 꼬챙이질로 뱀까지 찍어 올렸다. 보지는 못했지만, 그 사람들은 뱀도 잡히는 대로 먹어치운다 하였다.

8) **구체적인 사물에 대한 경험**: 이청준에 따르면 도회인들에게는 사실의 경험이 있어야 할 자리를 헛된 상징이 채우고 있다. 다시 말해 시골 사람들이 만나는 구체적인 사물과 사실이 도회인들에게는 기껏 외연이나 상징일 뿐이다. 이 차이가 체험과 정보의 차이를 낳는다. 이청준은 체험과 정보의 차이를 「이야기 서리꾼」 같은 동화에서 잘 보여주고 있다(82쪽 14행).

9) **동백골**: 이어도와 제주도의 관계처럼 고향은 현실이 품은 이상향 같은 것이다. 제주도 사람들을 홀리는 이어도는 그들이 현실을 살아가게 하는 힘이다. 그렇기 때문에 남지섭이 악마구리 속 같은 서울살이를 버텨나가려면 동백골 한 곳이라도 그를 속이게 내버려두어야 한다. 정은영의 바다와 남지섭의 고향은 같은 것이다. 남지섭은 정은영이 바다를 잃고 사라진 뒤 그것을 분명히 깨닫는다. 이제 그는 고향을 잃지 않기 위해서 과수원을 떠날 수밖에 없다(87쪽 18행, 95쪽 20행).

– 「이어도」: 유식한 말로 이어도의 꿈이 있기 때문에 현세의 고된 질곡들을 참아낼 수 있었다는 것이지요.

「배꼽을 주제로 한 변주곡」

| **발표** | 『신동아』 1972년 9월호.
| **최초의 단행본 수록** | 『가면의 꿈』, 일지사, 1975.

---

1. 실증적 정보

1) **초고**: 「배꼽을 주제로 한 변주곡」과 「배꼽이 없는 남자」라는 작가의 육필 초고가 남아 있다. 「배꼽이 없는 남자」는 미완성이고 「배꼽을 주제로

한 변주곡」은 발표작과 같다. 두 초고에서 주인공의 이름은 모두 '허원(許元)'이다. 하지만 「배꼽이 없는 남자」에서 배꼽 관련 잡지는 『주간 배꼽』이 아니라 『순간 배꼽』이고, 허원은 대학 졸업 후 취직해 사무실과 하숙집을 한두 달 남짓 오갔을 때 배꼽을 잃는다.

2) 변주곡: 이청준의 소설 중 『새와 어머니를 위한 세 변주』와 『새를 위한 악보』도 하나의 주제를 바탕으로 하는 변주곡 형식을 취한다. 『새와 어머니를 위한 세 변주』에는 「연(鳶)」「빗새 이야기」「학」이, 『새를 위한 악보』에는 「치질과 자존심」「돌담 이야기」「웃음 선생」이 들어 있다.

3) 알레고리: 이청준은 「마기의 죽음」 이후 알레고리 기법을 사용해 「전쟁과 악기」 등 여러 소설을 썼다. 「배꼽을 주제로 한 변주곡」도 마찬가지다. 당시 시대적 상황은 사회에 대한 직접적인 비판을 용인하지 않았다. 그 때문에 이청준은 소설에 알레고리 기법을 차용할 수밖에 없었을 것이다. 그는 '이청준 우화소설'이라는 부제가 붙은 소설집 『치질과 자존심』을 발표하기도 했다.

- 『썩어지지 않은 자서전』: 말썽을 피할 길은 아예 그 등장 인물들의 사회 환경과 성격을 부여하지 않는 방법뿐일 게다. 아니면 음풍명월, 전원을 읊고 바람을 노래하고 달을 영송하는 길도 있겠지. 경우에 따라 우화 소설이나 환상적 수법을 택할 수도 있겠고.

- 『조율사』: 아무도 글을 쓰려고 하지 않았다. 누구나 조율만을 일삼았다. 그러나 우리는 알고 있었다. 왜 사정들이 그렇게 되어가는가를. 사고가 왜 그토록 정체되고 발상이 환상과 우화류에 흐르고 이야기가 핵심을 우회하는가를.

- 「여름의 추상」: 사람들은 때로 견딜 수 없는 것을 견디기 위하여 그의 현실을 파괴하여 우화를 만든다. 〔……〕 어느 해던가. 이상은 그의 더운 여름의 모든 것을 그렇게 한 편의 우화로 베껴놓았다. 그리고 그의 삶과 시대 전체를 우화로 바라보고 우화로 살다갔다.

2. 텍스트의 변모

1) 『신동아』(1972년 9월호)에서 『가면의 꿈』(일지사, 1975)으로
   * 5장이 5, 6장으로 나뉜다.
   - 110쪽 17행: 천만의 말씀이다. → 〔삭제〕
   - 111쪽 4행: 아뭏든 좋다. → 〔삭제〕
   - 136쪽 11행: 나를 → 허원을, 나의 → 그의

2) 『가면의 꿈』(일지사, 1975)에서 『조율사』(홍성사, 1984)로
   - 117쪽 9행: 마지막 조상 → 최초 조상
   - 119쪽 2행: 그렇지는 않다. → 결코 그렇지는 않았을 것이다.
   - 143쪽 17행: 뜻하지 않은 → 〔삽입〕
   - 144쪽 5행: 나 자신인가. → 자신 탓인가.

3) 『조율사』(홍성사, 1984)에서 『가면의 꿈』(열림원, 2002)으로
   - 104쪽 19행: 말들을 → 이런 저런 속언들을
   - 108쪽 2행: (그것도 시중 소문이었다) → 〔삽입〕
   - 108쪽 19행: 근자 들어선 → 〔삽입〕
   - 109쪽 6행: 당당하게 소견을 → 자신의 철학과 소견을 거침없이
   - 111쪽 7행: 그것은 하느님의 권능을 증거함에 있어 배꼽의 본보기를 만들어주시는 하느님의 전지전능에서 보다는 그것을 → 그것은 하느님의 전지전능성에서보다 그 흔적을
   - 111쪽 12행: 이 시대의 화가들에게 있을 터이다. → 그 시대의 화가들에게로 실제적인 책임이 안겨진다는 사실이다.
   - 111쪽 13행: 예수님 상을 비롯해 → 〔삽입〕
   - 112쪽 6행: 이야기해 버린다면 → 문제의 핵심을 외면하려 든다면
   - 112쪽 10행: 보여진 → 보이는, 발견되어진 → 발견된
   - 114쪽 16행: 단시일 간에 → 〔삽입〕

- 117쪽 12행: 창조주이시며 섭리자이신 → 〔삽입〕
- 119쪽 13행: 덜 효과적인 주장이라 → 더 한층 효과적인 길로
- 121쪽 5행: 만약 이 같은 희망적 가정이 사실로 실현되기만 한다면, → 〔삽입〕
- 121쪽 20행: 용기를 가질 수 있으리라고 해도 어차피 마찬가지다. → 그들에게 과연 그럴 만한 용기가 있었을까.
- 122쪽 17행: 그들의 주장은 단도직입적이었다. → 그동안 알게 모르게 허원의 주장에 경도해온 그 '용기' 신봉자들의 주장은 이제 허원보다도 더 급진적이고 단도직입적이었다.
- 127쪽 11행: H씨와 L씨에게도 그만한 융통성은 드리고 있읍니다. 아마 그 편이 좋을 듯싶어서요. → H씨와 L씨의 간곡한 주문 때문이기도 하지만, 부위가 워낙 은밀하고 외설스러운 곳이 돼 놔서 우리 신문사에서도 그만 융통성은 양해해드리기로 했으니까요. H와 L선생들께는 이미 그쪽으로 양해가 되었구요.
- 127쪽 20행: 그러니 그건 일테면 그와 신문사 간의 일종의 공모극인 셈이었다. 허원으로선 그게 다소간이나마 마음의 위안이 되지 않을 수 없었다. 게다가 신문사에서 그런 배려를 하게 된 것이 그에 앞선 표를 얻은 H씨와 L씨의 간곡한 요청 때문이었다지 않은가. 위인들도 짐작대로 이미 배꼽을 잃었음은 물론이려니와, 그로선 그 1,2위자의 대응 방식과 처신을 지켜보며 두어 주일 시일을 기다릴 여유도 남아 있었다. → 〔삽입〕
- 128쪽 4행: 128쪽 20행에서 129쪽 7행의 본래 위치.
- 128쪽 13행: 도대체 이 일을 어떻게 감당해 넘어간단 말인가. → 〔삽입〕
- 129쪽 11행: H씨와 L씨가 똑같이 난처한 입장들을 어떻게 처결해 가는가를 기다려보면 도움을 얻을 수 있을 것 같았다. → 〔삭제〕
- 131쪽 14행: 용기란 도대체 무엇인가…. → 〔삭제〕
- 133쪽 10행: 자상하고 예쁜 → 선명하고 요염한

- 134쪽 13행: 짓 → 도깨비놀음
- 136쪽 12행: 허원 또한 그에게 물러설 수가 없었다. → 〔삽입〕
- 136쪽 23행: 그는 자신도 차마 저열한 느낌을 지울 수 없는 구구한 변명 끝에 마지막으로 한번 더 분명하게 못박아 말했다. → 〔삽입〕
- 138쪽 13행: 매우 정성을 들여 정밀하게 → 〔삽입〕
- 139쪽 6행: L씨는 분명히 배꼽을 그려 붙이고 계신 거예요. → 〔삭제〕
- 140쪽 21행: 하지만 기자의 말속에는 그보다도 더 중요한 암시가 담겨 있었다. → 하지만 위인의 그런 우회적 언표나 태도 속엔 또 다른 토설투의 공격적 밀의가 담겨 있었다.
- 141쪽 23행: 그리고는 마침내 그를 돌려보냈다. → 〔삭제〕
- 142쪽 8행: 《주간 배꼽》이나 → 〔삽입〕
- 144쪽 2행: 아니 흘러내린 바지조차 추슬러 올릴 줄을 모른 채 → 〔삽입〕
- 144쪽 6행: 어느 놈의 장난이거나 그 모든 것이 합해진 어떤 것인가…. → 어느 몹쓸 놈들 장난인가.
- 144쪽 8행: 그의 손은 그 돌아온 배꼽을 조심조심 어루만지고 있었다. → 그리고 어딘지 겁을 먹은 듯한 조심스런 손길로는 불시에 되돌아온 자신의 배꼽을 슬금슬금 어루만져 보며.

3. 소재 및 주제

- **의혹**: 허원은 처음에 사람들이 모두 배꼽을 잃었다고 믿었다. 하지만 점차 자신만 배꼽이 없는 것이 아닐까 의혹에 빠진다. 「세상에서 단 혼자 팬츠를 입은 남자」의 맹만석도 허원과 비슷한 과정을 거쳐 세상 사람들 중 자신만 팬티를 입고 있다고 믿는다.

> 「가면의 꿈」
>
> | 발표 | 『독서신문』 1972년 10월 8일, 10월 15일.
> | 최초의 단행본 수록 | 『가면의 꿈』, 일지사, 1975.

1. 실증적 정보
 - 「예언자」: 가면의 울음, 달빛 아래 가면이 울고 있는 장면은 「예언자」에서 인물만 달리해 그대로 반복된다.

2. 텍스트의 변모
1) 『독서신문』(1972년 10월)에서 『가면의 꿈』(일지사, 1975)으로
 * '지현'이 '지연'으로 바뀐다.
 - 152쪽 22행: 직접 읽을 수 → 바로 만날 수
 - 156쪽 14행: 안타까와 못견뎌 하는 것 같았고 → 못견디게 불안해하고
 - 162쪽 19행: 뿐만이 아니었다. → 〔삭제〕

2) 『가면의 꿈』(일지사, 1975)에서 『가면의 꿈』(열림원, 2002)으로
 - 146쪽 14행: 그리움 같은 것이 서리고 있었다. → 그러나 어딘지 간절한 심사가 담겨 있었다.
 - 151쪽 7행: 죄지은 아이처럼 → 〔삽입〕
 - 154쪽 15행: 열두시 십분이었다. → 자정 너머 12시 10분.
 - 155쪽 22행: 깊은 애정을 가지고 친해져 가고 있었다. → 거의 스스럼이 없을 만큼 친숙해져 가고 있었다.
 - 156쪽 19행: 끊이지 않는 모양이었다. → 여전히 떨쳐버리지 못하는 기미였다.
 - 156쪽 22행: 두려워하기만 하고 있었다. → 미적미적 망설이고만 있을 때가 많았다.

- 158쪽 6행: 여자가 먼저 남편을 찾는 것처럼 보이기가 → 전에 없던 노릇이라
- 159쪽 8행: 절망 → 갈망
- 161쪽 3행: 그녀는 그리운 듯 눈을 감았다. → 부연 어둠속으로
- 161쪽 6행: 지연이 가지고 있는 명식의 얼굴은 그것이었다. → 지연이 근자 마음속에 지녀온 그의 얼굴이었다.
- 163쪽 2행: 이상스럽게 그리움 깃들인 모습으로 달빛 쏟아지는 하늘을 멀리 올려다보고 있었다. 그것은 마치 달빛이 따가워 얼굴을 찡그리고 싶으면서도 그것을 조금이라도 더 오래 견뎌보려고 무연스런 모습을 가장하고 있는 것 같기도 했고. → 또는 어느 별자리라도 찾고 있듯이 달빛이 하얗게 쏟아져 내리는 하늘을 아득히 올려다보고 있었다.
- 163쪽 10행: 그녀는 이윽고 자신도 모르게 눈물이 흐르기 시작했다. 그리고 그녀는 아마 명식도 지금 눈물을 흘리고 있는 거라고 생각했다. → 그러다 어느 순간 그녀는 웬일인지 문득 눈앞이 뿌옇게 젖어옴을 느꼈다. 그리고 동시에 2층의 명식 쪽도 필경 지금쯤은 그 달빛이 너무 따가와 눈길이 젖고 있으리라 생각했다.

3. 인물형

1) 명식: 명식은 「과녁」의 석주호와 「현장 사정」의 지인호처럼 법조인이다. 그는 판사이며 시골 고향에서 '천재'였다는 점에서 지인호와 같고, 대학 재학 중 고시에 합격했다는 점에서 석주호와 같다. 「꽃과 소리」의 화장품 장수는 명식처럼 가면을 쓴 사내고, 『이제 우리들의 잔을』에는 '명식'이라는 이름을 가진 인물이 나온다.

2) 지연: 「가면의 꿈」이 발표될 때 '지연'은 '지현'이었다. 이 작품이 첫 창작집에 수록될 때 바뀐 이름 '지연'은 『사랑을 앓는 철새들』「엑스트라」의 주요 인물이기도 하다.

4. 소재 및 주제

1) 가면: 이청준의 소설 중「꽃과 소리」에 가면을 쓴 인물이 처음 나온다. 「꽃과 소리」에서 가면을 쓴 화장품 사내는 가면을 벗고 자살하지만, 「가면의 꿈」에서 명식은 가면을 쓰고 자살한다. 가면은 진짜 얼굴을 가리는 가짜 얼굴이다. 결국 가면에 대한 이야기는 진짜와 가짜 이야기라 할 수 있다. 자아망실에서 자아회복으로 가는 길, 한마디로 자기 얼굴 찾기를 모색하는「퇴원」이래 이청준의 소설에는 진짜와 가짜 이야기가 많다. 진짜와 가짜는「가수」「꽃과 뱀」「꽃과 소리」「미친 사과나무」「그림자」「더러운 강」「엑스트라」등 작품에 따라 맨얼굴과 가면, 생화와 조화, 실명과 가명, 나와 분신 등으로 변주된다. 『가위 밑 그림의 음화와 양화』 연작 두 번째 작품인「전짓불 앞의 방백」에서, 변신 모티프를 다룬 '인화 불능의 필름'은 여기에 대한 글이라 할 수 있다. 가면 쓰기는 가장 초보적인 변신이다.

- 「전짓불 앞의 방백」: i) 그것들은 모두가 어떤 이유에서든 현실의 자신을 뛰어넘고 싶은 자기 초월욕의 반영이자 그 상징적 실현인 것이다. 그리고 그런 변신 모티프의 극치는 완전한 자기 초극, 그 자아의 사라짐이 될 것이다. ii) 변신의 욕망이나 자아 망실의 꿈은 자기 속의 갈등의 크기를 드러내고 그것을 해소하려는 깊은 소망을 내보이는 방편일 뿐, 그것의 실현이나 완성 자체에 목적이 있는 것은 아닐 터이다. 그 욕망들은 거짓 위장의 얼굴에 불과하며, 따라서 그의 실현이나 완성도 정직하지 못한 임시방편의 거짓 처방전에 불과한 것이다.

2) 천재: 이청준은 어린 시절 마을에서 '천재'로 여겨졌다고 한다. 고향 사람들은 그가 법관이나 그 비슷한 자리에 올라 마을을 빛내줄 것을 의심하지 않았다. 하지만 그는 법대 대신 문과대학을 선택했고 이후 오랫동안 귀향을 미룬다. 작가의 이런 개인사는 여러 작품에 반영된다.「가면의

꿈」에서 명식은 이청준과 달리 법대에 가고 판사가 되지만 끝내 가면을 쓰고 자살한다(148쪽 20행).

- 『조율사』: 중학생마저 몇 되지 않은 내 시골 마을에선 서울까지 올라와 대학을 다니고 있던 나에 대해 기대가 무척 대단했었다. 나의 학교 성적은 중고등학교 시절부터 어떤 방법으로 해서든지, 그리고 과장될 대로 과장되어 속속 마을로 전해져 들어갔다. 방학 때 집으로 내려가면 나는 어리둥절할 만큼 치켜세워졌고, 어머니와 형은 민망스러울 만큼 기대에 들떠 있었다. 그러나 나는 판사나 경찰서장이 되리라는 마을 사람들과 어머니와 형의 기대를 외면하고 대학 진학을 문학부로 작심하고 말았었다. 만약 내가 가족에 대해, 또는 친척이나 마을에 대해 어떤 식으로든 부채를 지고 있었다면, 나는 정말로 법과를 가서 지금쯤 판사나 검사 나리쯤 되었을지 모른다.
- 「현장 사정」: 168쪽 22행.

3) **피로감**: 명식은 늘 피곤해 보인다. 그의 맨얼굴은 두터운 피로감에 덮여 가면처럼 보일 지경이다. 이청준의 소설에는 이처럼 피곤에 지친 인물들이 많다. 게다가 그들에게 피로감은 외로움과 동의어이기도 하다. 피로감과 외로움은 견디기 어려운 현실을 사는 삶에 대한 회의와 그런 삶을 살아온 내력, 생의 무게이기 때문이다. 생의 무게가 너무 무거울 때 사람들은 삶을 버릴 수도 있다(151쪽 5행, 154쪽 1행, 155쪽 17행 등).

- 「꽃과 뱀」: i) 집으로 돌아온 나는 몹시 피곤했습니다. 오후에 아내와 교대하여 가게를 지키고 앉아 있으려니 피로감이 더 겹겹이 밀려들었습니다. 꽃 가게라곤 하지만, 생기를 뿜는 생화가 한 송이도 없는 조화 더미 속이 되어 그런지, 나의 피곤기를 조금도 덜어주지 못했습니다. ii) 화려하기로 말하면 생화 가게보다 조화 가게가 더할지도 모르겠습니다. 그러나 그날 밤 그 꽃들의 화려한 색깔들은 나의 피로를 조금도 풀어줄 수 없었습니다.

- 「가수」: 자기도 잘 모르지만 무슨 피로감이나 외로움 같은 것 때문에 그랬을 거라고요. 그는 외로움과 피로감이란 말을 같은 뜻으로 쓰고 있었어요.

4) **추락과 비상**: 「줄광대」에도 추락과 비상이 하나로 여겨지는 대목이 있다(164쪽 14행).

- 「줄광대」: 이상한 것은 그 줄광대가 줄에서 떨어져 죽은 얼마 뒤부터 사람들은 그가 승천을 해갔다고 말하게 됐다는 것이다.

「현장 사정」

| **발표** | 『문학사상』 1972년 11월호.
| **최초의 단행본 수록** | 『남도사람』, 예조각, 1978.

1. 텍스트의 변모

1) 『문학사상』(1972년 11월호)에서 『남도사람』(예조각, 1978)으로
 - 175쪽 3행: 녀석의 권유를 기꺼이 응락했다. → 〔삭제〕
 - 177쪽 18행, 178쪽 1행: 권사 → 집사
 - 199쪽 23행: 갈하기 → 칼칼하기
 - 201쪽 21행: 그러나 아가씨는 아직도 직성이 풀리지 않은 모양이었다. → 〔삭제〕
 - 208쪽 11행: 목소리를 회복해야겠다고 생각했다. → 목소리부터 되살려내야 할 것 같았다.
 - 212쪽 5행: 한데 이번에도 또 두 사람은 같은 상념에 젖어들고 있었던 모양이었다. → 〔삭제〕

2) 『남도사람』(예조각, 1978)에서 『눈길』(홍성사, 1984)로
 - 178쪽 4행: 굉장한 → 썩 괜찮은
 - 186쪽 13행: 굳이 이유를 생각하려고는 하지 않았다. 그러나 나는 녀석

의 유행가가 맘에 들지 않은 건 사실이었다. → 〔삭제〕
  - 193쪽 7행: 이번에는 내 쪽에서 → 〔삽입〕
  - 194쪽 11행: 불러 넘기는 바람에 조금이라도 여유를 더 얻을 수 있었던 점이라고나 할까. → 불러 넘겨 준 점이었다고나 할까.
3) 『눈길』(홍성사, 1984)에서 『별을 보여드립니다』(열림원, 2001)로
  - 177쪽 21행: 강요 → 권면
  - 189쪽 13행: 나의 담합 → 내 난상 대화
  - 194쪽 15행: 의기양양해서 → 여유만만
  - 203쪽 3행: 청승맞고 여유로운 → 〔삽입〕
  - 212쪽 22행: 풀을 → 보릿대나 풀포기를

2. 인물형
  - 나(지인호): 시골 출신의 판사. 앞의 「가면의 꿈」 주석 참조.

3. 소재 및 주제
1) 유행가: 앞의 「귀향 연습」 주석 참조(197쪽 22행, 198쪽 15행).
2) 쌀술과 보리술: 『조율사』에서도 막걸리와 맥주를 쌀술과 보리술로 부르며 차별화한다(181쪽 8행).
  - 『조율사』: 맥주값에서 세금을 빼고 말야. 너희 털터리들은 싼 보리술이나 처먹어라. 소비를 미덕으로 아는 사람들은 비싼 쌀술을 퍼먹구. 그렇게 말야. 그러고는 맥주값에 붙은 세금을 몽땅 대포값에다 얹어 붙여주면 어떻겠어? 하하……
3) 가난: 가난에 대해 알지 못하면서 가난을 깊이 이해하는 것처럼 행동하는 사람들이 있다. 「해공의 질주」와 수필 「가난과 가난의 소설」에 보면 그들은 남의 가난을 팔아먹고 사는 '가난의 장사치들'이다. 유행가가 그렇듯 가난을 구체적 삶으로 체험한 사람들에게 가난은 함부로 이야기할

수도 팔 수도 없는 것이다(186쪽 10행).

- 「해공의 질주」: 어떤 사람들은 전혀 가난이라는 걸 경험해본 일이 없으면서도 그것을 경험한 일이 없기 때문에 그 가난을 쉽사리 입에 올리고, 자기 진실의 근거를 그것에 기대려 하는 경우가 있는 것 같다. 나쁠 것은 없는 일이지만 나는 오히려 너무도 혹심한 가난의 학대를 겪어 봤기 때문에 오히려 그 가난을 함부로 말하기가 두려워지고 있는 것 같다. 그런 가난의 경험이야말로 나의 문학 수업에는 무엇보다 귀중한 것이 되고 있을 터이지만 나는 그것을 그저 언젠가 내가 가장 적절한 가난의 이야기를 쓰게 될 소중스런 것으로 깊이 간직할 뿐, 지금 그것을 이야기할 엄두는 감히 못 내고 있는 형편이다……
- 수필 「가난과 가난의 소설」: 그들은 그 가난의 기억이 싫거나 잊어버리고 싶어서가 아니라 그것을 너무도 소중스럽게 아끼고 있었기 때문이었을 터이다. 그것이 너무도 절실하고 소중스러운 것이기 때문에 함부로 그것을 입에 담고 나서기가 두려워지고 있었기 때문이었을 터이다. 그리고 그것을 그토록 아끼고 있는 동안에 그것을 팔고 나서는 사람들의 서툰 수작이 그들에게 너무도 못마땅했기 때문이었을 터이다.

4) **내력**: 내력이 있는 노래는 삶의 현장에서 체득한 노래다. 현석의 유행가는 내력이 없는 노래다. 그래서 '나'는 현석의 노래를 신용하지 않는다. '나'에게 「나그네 설움」「선창」「낙화유수」 등은 내력이 있는 노래다. 「현장 사정」에 소개되는 그 내력은 이청준의 실제 경험에 근거하며 수필 「어린 날의 추억독법」이나 「여름의 추상」「연」『썩어지지 않은 자서전』『신화의 시대』에도 나온다(192쪽 2행, 196쪽).

- 「여름의 추상」: 누님은 마침 집을 비운 채 들밭엘 나가고 없었다. 들밭까지 찾아나가 보니 누님은 그 여름 콩밭의 뜨거운 땡볕 아래 벌거벗은 어린애까지 등에 업고 무슨 숙명의 업보처럼 김을 매고 있었다. 그리고 내 주변없는 안부말에, 몇 년째나 꺼멓게 앞니가 빠져 지내는 가난한 입가에

힘없는 웃음기를 흘리며, 친정 동생을 만난 반가움도 잊은 채 하염없이 하던 말— 어떻게 지내긴 어떻게 지내것냐. 나 사는 것이사 항상 낙화유수제……

5) 흉터: 수필 「아름다운 흉터」는 낫질로 왼쪽 손가락에 생긴 흉터와 그 흉터의 의미에 대해 쓴 글이다. 거기에 따르면 자기 흉터엔 겸손한 긍지를 지니고, 남의 흉터엔 위로와 경의를 보내며, 흉터 많은 우리 삶엔 사랑의 찬가를 함께 해야 한다(212쪽 22행).

- 수필 「아름다운 흉터」: i) 고등학교엘 다닐 때까지 방학이 되면 고향집으로 내려가 논밭걸이와 푸나무를 하러 다니며 낫질을 실수할 때마다 왼손 검지와 장지 손가락 겉쪽에 하나씩 더해진 낫 상처 자국이 나중엔 이리저리 이어지고 뒤얽히며 풀려 흐트러진 실타래의 형국을 이루고 있는 것이 그 세 번째 흉터의 꼴이다. ii) 우리 누구나가 눈에 보이게든 안 보이게든 삶의 쓰라린 상처들을 겪어가며 그 흉터를 지니고 살아가게 마련이요, 어떤 뜻에선 그 상처의 흔적이야말로 우리 삶의 매우 단단한 마디요 숨은 값이라 할 수도 있을 것이기 때문이다.

「엑스트라」

| **발표** | 『여성동아』 1973년 1월호.
| **최초의 단행본 수록** | 『살아있는 늪』, 홍성사, 1980.

1. 실증적 정보
- **초고**: 작가의 육필 초고가 남아 있다. '순영'은 '연순'이 바뀐 이름이다. 초고에는 발표작과 달리 '追記'가 없다.

2. 텍스트의 변모

1) 『여성동아』(1973년 1월호)에서 『조율사』(홍성사, 1984)로

- 222쪽 12행: 찻값 → 〔삽입〕
- 232쪽 5행: 자네 나름대로 → 〔삽입〕
- 246쪽 10행: 「어떤 슬픈 엑스트러의 半生」이란 나의 그 → 〈어떤 슬픈 엑스트러의 半生記〉란 제목의 그

2) 『조율사』(홍성사, 1984)에서 『가면의 꿈』(열림원, 2002)으로

- 218쪽 4행: 이군…, 이군 → 〔삽입〕
- 219쪽 9행: 윤 감독은 느닷없이 곁에 앉은 순영을 들추어낸다. 자꾸자꾸 물어오는 것이 → 시나리오를 쓰게 된 사연을 연거푸 물어오던 윤 감독이 드디어는 곁에 앉은 순영의 일까지 들추어냈다.
- 220쪽 3행: 뒤이은 내 간곡한 설득 끝에 → 〔삽입〕
- 223쪽 6행: 공판장으로 가는 → 〔삽입〕
- 223쪽 21행: 공허감 때문에 텅텅 빈 → 그 허망스러움 때문에 하루하루가 암울스럽기만한
- 224쪽 20행: 더 긴말 필요 없이 그 자서전 일이 끝나고 나자 → 〔삽입〕
- 225쪽 13행: 저의 유려하고 치밀한 문장력은 → 제 입으로 말씀드리기는 뭣합니다만, 부드러우면서도 제법 힘이 있는 제 문장력은
- 226쪽 22행: 아, 그런데—, 그런데 말씀입니다… → 〔삽입〕
- 227쪽 3행: 그 순간 제 머릿속에선 천둥처럼 금세 결단이 이루어지고 있었거든요. → 〔삽입〕
- 227쪽 12행: 하여튼 그래서 전 이 시나리오를 쓴 겁니다. 그렇게 살아온 저의 이야기를 말입니다. → 제가 이 시나리오를 쓰게 된 연유이자 그간의 경윕니다. 그렇게 저렇게 살아온 제 삶과 제 시나리오의 실제 내용이란 말씀입니다.
- 232쪽 21행: 왜 그가 열을 내고 있는 건가? 하지만 해봐야지. 암, 해 보

구 말구. → 하지만 위인이 그만 관심이라도 보여 올 땐 놓쳐서는 안 되
　　겠지. 암, 놓쳐서는 안 되구말구.
- 234쪽 1행: 이 선생님은 옛날부터 아는 분이거든요. → 〔삭제〕
- 234쪽 15행: 가슴이 오그라드는 초조감을 쫓기 위해서였다. → 〔삭제〕
- 236쪽 1행: 모두 뜻이 들어맞는 → 〔삭제〕
- 237쪽 23행: 나의 일에도 뭔가 실마리가 → 그동안 깊은 낭패감에 젖어
　온 내 젊은 삶에도 뭔지 밝은 실마리가
- 238쪽 14행: 그런데 그게 왠지 윤 감독의 불편한 심사를 생각보다 심하
　게 건드린 모양이었다. → 〔삽입〕
- 240쪽 13행: 비굴스런 미소를 짓고 있었다. → 묘하게 일그러진 웃음기
　를 띠고 있었다.
- 240쪽 22행: 알맹이를 → 심장을
- 243쪽 4행: 나의 이야기에 → 그 이야기의 잔인스런 결말에
- 245쪽 2행: 그의 봉사가 알맞은 게 아니라고 말일세. → 그의 말이 매우
　적당치 못할 수도 있다, 그런 말일세.
- 245쪽 21행: 까닭없이 자꾸 눈물이 나올 것 같았다. → 〔삭제〕
- 246쪽 9행: 追記 → 뒷 이야기
- 246쪽 21행: 아무래도 좀 애를 먹을 것 같거든. → 일이 시작되려면 아
　무래도 시일이 좀 걸릴 것 같아.

3. 인물형

1) **나**: 자서전 대필자인 이 계열의 인물로는 「가수」의 주영훈, 『언어사회학서설』 연작의 윤지욱, 「새와 나무」의 시쟁이, 「문턱」의 반형준 등이 있다.

2) **나지연(순영)**: 앞의 「가면의 꿈」 주석 참조.

4. 소재 및 주제

1) 분신과 대필과 가명: 분신은 '나'가 아니지만 다른 사람도 아니다. 분신이 사람을 넘어 글쓰기에 구현된 것이 대필이다. '나'가 대필 덕에 백영하가 되면서도 백영하가 아니듯 순영 역시 '지연'이면서 아니다. 앞의 「가면의 꿈」 주석 참조.

2) 자서전: '나'가 자서전에 대해 하는 말의 내용은 『이제 우리들의 잔을』에도 나온다. 대필한 자서전이나 마음속에 간직한 닮고 싶은 인물의 삶은 자서전이 될 수 없다. 제대로 된 자서전은 누구나 삶을 다 살고 나야 가질 수 있다(225쪽 1행).

- 『이제 우리들의 잔을』: i) 정치가라는 사람들은 썩어졌거나 썩어지지 않았거나 반드시 자기의 자서전을 한 권씩 가지고 있다. ii) 자서전이란 원래 일생을 거의 다 살고 난 사람이 지난날의 처세 경륜과 그 생애의 희비를 돌아보며 쓰게 되는 것 아닙니까. 한데 김의원께서도 집필을 다 끝내고 나신 요즘 그런 생각이 드셨겠지만, 거긴 김의원 자신이 살아오신 생의 여정이나 희비는 담기지 않았을 거란 말입니다. 이를테면 실제의 인물이 없는 자서전이죠.

3) 손: '순영이'는 '나지연'이 됐지만 변하지 않은 것이 손이다. 나지연에게서 순영이로 신용할 수 있는 것은 오직 그녀의 손뿐이다. 이처럼 가명이나 분신 상태에서 손이 사람의 정체성을 잃지 않고 증명하는 경우가 또 있다. 「아우 쌍둥이 철만 씨」에서도 손은 길만과 철만이 같은 사람임을 보여주는 지표다(215쪽 6행).

> 「대흥부동산공사」
>
> | 발표 | 『자유공론』, 1973년 1월호.
>
> | 최초의 단행본 수록 | 『남도사람』, 예조각, 1978.

1. 실증적 정보
- 초고: 작가의 육필 초고가 남아 있다.

2. 텍스트의 변모
1) 『자유공론』(1973년 1월호)에서 『남도사람』(예조각, 1978)으로
- 251쪽 5행: 수상하기 짝이 없는 일이었다. → 〔삭제〕
- 251쪽 12행: 아버지 → 애비
- 260쪽 11행: 날마다 → 자주
- 267쪽 3행: 아버지가 ×당과 인연을 맺게 된 것은 그런 경로로 해서였다. → 〔삭제〕

2) 『남도사람』(예조각, 1978)에서 『눈길』(홍성사, 1984)로
- 254쪽 13행: 어머니가 나와선, → 〔삭제〕
- 254쪽 17행: 안심을 시켜 드리고는 간단히 전화를 끊었다. → 안심을 시켜드렸다.
- 260쪽 12행: 오이를 → 참외 따위의 여름 과일들을
- 265쪽 12행: 당 → 상급 당부
- 269쪽 6행: 그건 정말 안할 소리가 분명했던 모양이었다. → 〔삭제〕

3) 『눈길』(홍성사, 1984)에서 『별을 보여드립니다』(열림원, 2001)로
- 250쪽 10행: 노래 소리에는 그런 식으로 늘 불길한 곡절 → 〈남아의 일생〉 가락에는 모종의 불길스런 곡절
- 262쪽 9행: 어머니를 통해 → 〔삽입〕

- 264쪽 14행: 오늘은 → 그 아버지의 일을
- 268쪽 13행: 분위기가 → 내 귀가 인사에도 아무 대꾸가 없으신 당신의 분위기가
- 269쪽 8행: 하지만 이젠 내친 걸음이었다. → 〔삭제〕
- 277쪽 9행: 아버지만 의향이 계시면 → 〔삽입〕

「떠도는 말들──언어사회학서설 ①」

| 발표 | 『세대』 1973년 2월호.
| 최초의 단행본 수록 | 『가면의 꿈』, 일지사, 1975.

1. 실증적 정보

1) 『언어사회학서설』 연작: 「떠도는 말들」은 『언어사회학서설』 연작의 첫 작품이다. 이청준은 삼십대 전체를 이 연작과 또 다른 연작 『남도사람』 집필에 몰두한다. 그에 따르면 『언어사회학서설』 연작은 관계적 삶을, 『남도사람』 연작은 존재적 삶을 다뤘다. 각 삶의 표상은 '새'와 '나무'다. 눈여겨볼 점은 성격이 전혀 달리 보이는 두 연작이 「다시 태어나는 말」이라는 한 작품으로 맺어진다는 것이다. 『언어사회학서설』 연작은 타락한 말이 순결한 말로 재탄생하는 과정, 그러니까 말이 부활에 이르는 과정이다. 『언어사회학서설』은 모두 다섯 편이다. 1973년 「떠도는 말들」을 시작으로 「자서전들 쓰십시다」 「지배와 해방」 「가위잠꼬대」를 거쳐 1981년 「다시 태어나는 말」로 마무리된다. 이청준은 처음부터 연작을 염두에 두었다. 『세대』에 발표된 「떠도는 말들」에는 '言語社會學序說 ①'이라는 부제가 붙어 있다. 『언어사회학서설』 연작 전체가 수록된 첫 단행본은 1981년 문학과지성사에서 나온 『잃어버린 말을 찾아서』이다. 이청준은 그 책 서문에 이렇게 썼다.

- 졸작 「떠도는 말들」은 연작 소설 〈言語社會學序說〉 제1편으로 1973년 2월에 씌어졌고, 「서편제」는 또다른 연작 소설 〈남도 사람〉의 서작으로 1976년 4월에 씌어졌다. 그 이후 십 년에 가까운 나의 문학에의 꿈과 노력은 많은 부분이 이 두 연작물의 부끄럽지 않은 진행에 바쳐졌고, 그런 만큼 그 기간은 나의 삶과 문학에 대한 변화 없는 부채의 변제기가 되어 온 셈이었다./하지만 나는 결국 〈言語社會學序說〉에서 사람과 사람들 사이의 삶의 관계를 형성하고 여러 법칙을 만들어 온 말들의 모습이나 우리와 그것과의 화해롭고 조화스런 질서를 찾는 일이, 〈남도 사람〉 연작에서 우리의 삶의 한 숨은 樣式이나 존재의 근원을 찾는 일과 전혀 다른 일이 아님을 확인하게 되었다.

2) **「여름의 추상」**: 소설이라기보다 일기에 가까운 「여름의 추상」에는 말을 둘러싼 사랑과 자유와 복수에 대한 이청준의 생각이 들어 있다.

2. 텍스트의 변모

1) 『세대』(1973년 2월호)에서 『가면의 꿈』(일지사, 1975)으로
   - 303쪽 5행: 중국집 → 국수집
   - 308쪽 9행: 그 자신도 한 차례 곤두박질을 친 일이 생각나서 슬그머니 쓴 웃음이 나왔으나 전화기 속의 수선스런 사설에 대해서는 → 〔삽입〕
   - 317쪽 5행: 환자카드철 → 진료 카아드철

2) 『가면의 꿈』(일지사, 1975)에서 『잃어버린 말을 찾아서』(문학과지성사, 1981)로
   * 289쪽 20행 '피문어'를 제외하고 모든 '피문어'가 '피문오'로 바뀜.

3) 『잃어버린 말을 찾아서』(문학과지성사, 1981)에서 『자서전들 쓰십시다』(열림원, 2000)로
   - 298쪽 22행: 그는 날마다 전화통 앞에 앉아 무작정 기다리고 있었다. → 어느 날 그는 문득 그 전화통 앞에 앉아 누군가를 무작정 기다리고 있는

자신을 발견한 것이다.
- 301쪽 23행: 깊이 → 껌껌하게
- 302쪽 20행: 사람 몰골이 → 〔삽입〕
- 304쪽 11행: 그것은 이미 세 번째나 다른 곳에서 거절을 당하고 난 말이었다. → 한 사람에게 거푸 세 번씩이나 매달리고 들기도 하는 그 말들의 끈질김.
- 310쪽 2행: 결국 저를 빨리 만나서 알아버리고 싶다는 말씀이군요. → 이렇게 전화질만 하지 말고 저를 빨리 만나고 싶다는 말씀이시군요.
- 323쪽 15행: 어이없게도 → 〔삭제〕
- 324쪽 9행: 유령 → 말 유령들

3. 인물형

1) **윤지욱**: 전직 신문기자였던 윤지욱은 「엑스트라」의 '나'처럼 남의 자서전을 써주는 대필 작가지만 장차 거기에 머무르지 않는다. 앞의 「엑스트라」 주석 참조.

2) **피문오**: 「아우 쌍둥이 철만 씨」의 배길만도 코미디언이다.

4. 소재 및 주제

1) **떠도는 말들**: 정처를 잃고 무리 지어 떠도는 말들이 바로 소문이다. 우리는 「소문과 두려움」 「소문의 벽」, 수필 「소문에 대하여」 등에서 이런 소문의 속성을 확인할 수 있다(303쪽 20행).

2) **말에 대한 사랑**: 삶에 대한 사랑을 근거로 한 말에서는 사실적인 지시성이 크게 문제 되지 않는다. 사랑을 잃을 때 말은 자유롭지 못하고 복수를 감행하게 된다(298쪽 2행).
- 「여름의 추상」: i) 거기에선 사실성 따위가 크게 문제가 될 수 없다. 자기 사랑을 잃지 않는 한 말들은 결코 사실을 배반하지 않으므로. 거기 말들

이 비로소 자유로워지고, 자유스런 말들의 세상이 있었던 셈이다. ii) 하지만 도회의 표준어는 그 환경 조건이나 필요성에서 사실적인 지시성과 기호의 기능에 충실할 뿐 우리 삶에 대한 사랑이나 믿음은 그 자체로선 훨씬 덜하다. 그래 표준말은 사실적인 지시성이 약화되면 우리 삶을 오히려 복수하고 파괴하려 덤벼든다.

3) 말을 아끼는 현상: 말을 사랑했던 사람들이 말을 아끼는 현상은 여러 형태로 나타날 수 있다. 그중 하나가 작가들이 글을 쓰지 않는 것이다. 작가들은 『씌어지지 않은 자서전』『조율사』「소문의 벽」 등 일일이 예를 들기 어려울 정도로 많은 작품에서 글을 쓰지 않거나 못한다(297쪽 16행).

- 「전쟁과 악기」: 그런데 알 수 없는 일이 한 가지 있었다. 녀석들은 모두 시인 아니면 소설을 쓰는 위인들이었다. 그것은 녀석들 자신도 부인하려 하지 않았다. 한데도 이들은 어찌 된 셈인지 도대체 글을 쓰지 않았다.

4) 자서전: 윤지욱이 쓰고 있는 피문오의 자서전은 정작 피문오의 삶의 궤적과는 별로 상관없다. 아가씨에게 이미 마련되어 있는 자서전도 사정은 마찬가지다. 거짓 자서전은 실체 없이 무리 지어 떠도는 말들인 소문이 깃들기 쉬운 곳이다. 앞의 「엑스트라」 주석 참조(309쪽 1행).

「그 가을의 내력」

| **발표** | 『새농민』 1973년 2월호.
| **최초의 단행본 수록** | 『병신과 머저리』, 삼중당, 1975.

1. 실증적 정보

- 「닭쌈」: 이청준이 고등학교 1학년 때 쓴 「닭쌈」은 뒤에 『학원』 1978년 1월호에 실렸다. 닭이 개로 바뀌고 이야기나 인물이 다소 변형됐지만, 이 작품이 「그 가을의 내력」의 원형이라 할 수 있다.

2. 텍스트의 변모

1) 『새농민』(1973년 2월호)에서 『병신과 머저리』(삼중당, 1975)로

* '덕구'가 '석구'로, '복술'이 '복슬'로 바뀐다.

- 332쪽 18행: 면전에서 덕구를 → 〔삭제〕

- 335쪽 21행: 옥금 → 금옥

2) 『병신과 머저리』(삼중당, 1975)에서 『별을 보여드립니다』(열림원, 2001)로

- 327쪽 7행: 원한 → 포한

- 330쪽 9행: 두세 몫 → 두 몫쯤

- 330쪽 13행: 농담을 해오는 편이었다. → 짓궂은 농담을 서슴지 않는 형편이었다.

- 331쪽 20행: 정력 → 정성과 정력

- 334쪽 15행: 마구 울음까지 터뜨려버렸다. → 끝내는 제 분을 못 참고 울음보까지 터뜨리고 말았다.

- 338쪽 14행: 힐끔힐끔 → 〔삭제〕

- 347쪽 3행: 달아나기 시작했기 때문이었다. 그리고 다른 한 놈도 역시 이젠 기운이 다한 듯 → 〔삭제〕

- 347쪽 4행: 달아나고 있는 놈을 한두 발짝쯤 쫓아가는 시늉만 하다 말고 → 허겁지겁 줄행랑을 치기 시작했고, 다른 한 녀석도 이젠 어지간히 기운이 파한 듯 몇 발짝쯤 더 놈을 쫓는 시늉 끝에

- 347쪽 8행: "나가! 죽어! 이 바보, 겁쟁이 새끼야!" → 〔삽입〕

- 347쪽 18행: "나가 죽어! 바보! 어디로 나가 싹 죽어 없어지란 말야!" → "저 멍충이, 병신 같은 놈! 어서 나가 죽어! 그대로 그냥 어디로 나가 썩 뒈져 없어지란 말야!"

- 348쪽 2행: "저 병신, 천치 같은 놈! 호랭이나 물어갈 놈아! 지금 어서

내 눈앞에서 썩……" → 〔삽입〕
- 348쪽 5행: 느닷없는 울음까지 터뜨려버리는 것이었다. → 어린애처럼 느닷없이, 그 옛날 어린 초등학교 시절처럼 제풀에 울음보를 터뜨리고 말았다.
- 348쪽 11행: 갑자기 누렁이를 저주하고 나서는 금옥을 보자 터무니없이 기분이 언짢아지기 시작했다. → 그러지 않아도 풀이 죽은 누렁이를 저주하는 금옥의 욕지거리들이 실은 그녀 자신을 향한 매질처럼 자신까지 왠지 마음이 아프고 언짢았다.
- 349쪽 2행: 그 철없던 초등학교 시절 이래로 → 〔삽입〕
- 349쪽 4행: 슬프디슬픈 눈에서 계속 눈물만 흘리고 있었다. → 그 앞에 젖은 눈길도 잊고 계속 멍청하게 앉아있을 뿐이었다.
- 349쪽 9행: 그러고만 싶은 심정이었다. → 〔삭제〕
- 349쪽 14행: 눈물을 좀 그치는 듯했다. → 정신이 좀 돌아온 듯했다.

3. 인물형

- **복술, 베스, 메리**: 이청준의 소설에는 개가 중심인물의 상징적 대리물이 되는 등 중요 역할을 하는 경우가 있다. 이때 우리는 그 개들의 정체성이나 속성을 이름을 통해 짐작할 수 있다. 「바닷가 사람들」「개백정」에는 '복술'이가 있고, 「사랑의 목걸이」에는 '베스'와 '메리'가 있다.